Master
大師文學館｜01

U0146574

《兔子四部曲》

RABBIT, RUN
兔子，快跑

John Updike 約翰．厄普代克／著
謝欽仰◎譯

晨星出版

神恩的運動，内心的頑固；外在的環境*。

——（巴斯卡《沉思錄》，507頁）

*基督教的靈魂分裂爲「神恩的運動」與「内心的頑固」（何兆武，商務印書館出版，1985年）

兔子，快跑 RABBIT,RUN

角色介紹

哈利・安格斯壯（Harry "Rabbit" Angstrom）

本書的主人翁，外號「兔子」。一九五一年畢業於布魯爾市區的高中，是學校籃球校隊的風雲人物；高二那年創下業餘乙組籃球聯盟的得分紀錄，高三時再度刷新紀錄，一直到它畢業後多年才被後起之秀打破。然而初入社會的兔子職場之路並不順遂，早婚的他與家境優渥的珍妮絲因爲百貨公司打工的機會而共結連理。但雙方迥異的家庭背景，以及哈利不安於室的個性，使得他終難忍受日復一日相同的上班生活，學生時期懷抱的夢想、不斷地在午夜夢迴敲響他心中的鼓聲。於是，哈利選擇出走、選擇大步地開始奔跑……。

珍妮絲・史賓格（Janice Angstrom Springer）

「兔子」的妻子，家住在賈基山鎮上的高級住宅區，父親經營一間二手車交易公司，母親則出身中產階級家庭。在克羅爾百貨上班時結識哈利，因爲想擺脫拘束的心理因素，而決定逃離父母掌控、成立屬於自己的家庭。但因無法適應婚後生活開始酗酒，最終釀成無可挽回的悲劇。在《兔子，快跑》故事中育有一子一女（尼爾森及麗貝卡）。

露絲・李奧納德（Ruth Leonard）

哈利的外遇對象。曾從事特種行業，就讀於西布魯爾高中，和兔子同年畢業。兩人的邂逅起因於兔子高中籃球教練托塞羅的居中牽線，進而發展出剪不斷、理還亂的綿綿情絲。

弗瑞德・史賓格（Fred Springer）

珍妮絲之父，史賓格汽車公司的負責人。最初並不看好哈利與珍妮絲倉促成婚的這段感情，但出於對女兒的愛，仍然將一台中古車以低價售予哈利做公務之用，並替兩人安排了新婚住宿公寓；在哈利人生低潮的時刻，聘僱他擔任二手車銷售員，讓他能夠養家餬口。

蓓西・史賓格（Bessie Springer）

珍妮絲之母，黝黑、嬌小的身材，生得一副吉普賽女性的幹練面孔，瞧不起哈利高中甫畢業時的寒酸模樣，但同樣基於愛屋及烏的理由，勉強接納這個看似不成才的女婿。

厄爾・安格斯壯（Earl Angstrom）

哈利之父，長年在布魯爾市的「眞理印刷廠（The Verity Press）」擔任印刷工人。和哈利的母親相比，顯得較爲沉默寡言；在哈利最無助的時刻，協助親生兒子帶到自己的印刷廠內一同上班維持家計。

瑪麗・安格斯壯（Mary Angstrom）

哈利之母，勤儉持家的婦女典型，然而內心存在著對富裕階層潛在的敵意，每回不經意的提到珍妮絲時，言語總難免刻薄又毒辣。

馬蒂・托塞羅（Marty Tothero）

兔子讀高中時的籃球教練，爲人風流倜儻，在校執教期間就傳出許多韻事情史，而退休後更是出入花叢百無顧忌，托塞羅的妻子也深明此點。老教練將哈利視作己出，並推崇他是自己帶過最優秀的子弟兵。

厄普代克「兔子系列小說五部曲」導讀

王安琪（亞洲大學外文系教授）

美國當代小說家厄普代克（John Updike, 1932-2009）從一九六零年開始，每十年出版一部小說：《兔子，快跑》（Rabbit, Run, 1960）、《兔子歸來》（Rabbit Redux, 1971）、《兔子富了》（Rabbit Is Rich, 1981）、《兔子安息》（Rabbit at Rest, 1990），這四部小說以綽號「兔子」Rabbit 的Harry Angstrom爲中心人物，從他二十六歲的籃球明星帥哥，寫到他五十六歲爆發心臟病去世，構成所謂的「兔子四部曲」。一九九五年厄普代克將這四部小說，親自校訂增刪潤飾，並恢復以往因出版社編輯擔憂猥褻興訟而遭刪除的情色文字，集結成一大巨冊《兔子四部曲》（Rabbit Angstrom: A Tetralogy），高達1552頁。到了西元兩千年，因應讀者殷切垂詢，他意猶未盡又寫了一個182頁的中篇小說（novella）〈兔子回憶〉（Rabbit Remembered）（收錄於短篇小說集《愛的插曲》（Licks of Love），交代兔子去世的後續情節。這一大本加一小篇共1734頁，應該算是比較權威的學術版本，但一般也以當年個別推出的首版的爲主。目前通稱這五部小說爲「兔子系列小說」（Rabbit novels）或「兔子五部曲」（Rabbit Pentalogy），這五部小說分別呈現一九五〇、六〇、七〇、八〇、九〇年代的兔子故事。

厄普代克的文筆淬煉如爐火純青，精緻如「工筆畫」細描慢繪，時時是妙言巧語，處處是譬喻典故，需要細嚼慢嚥用心體會。他的短篇與長篇小說獲得十幾項大大小小文學獎項（包括兩度國家圖書獎、兩度普立茲獎、一度歐亨利獎等），可能是獲得文學獎項最多的作家。他也是少數幾位學術界與暢銷榜共同鍾愛的作家，擁有一批死忠愛戴他的學者教授和大眾讀者（通常暢銷作家不太容易獲得學院派的青睞，而學院派的作家又晦澀難懂），兩大陣營各有各的讀者，「淺者讀其淺，深者讀其深」。他那精緻細膩的勾勒技巧，三言兩語掌握神韻的洗鍊文字，閱讀困難度一如亨利・詹姆斯（Henry James）和福克納（William Faulkner），更何況轉換成另一個迥然不同的語言系統，難怪多年來一直未見完整的全套中文譯本，沒有人能夠成功挑戰這等精湛文字。二〇〇八年一月上海譯文出版社推出四本兔子系列小說精裝中譯本，此次晨星出版公司一舉出版這五部兔子系列小說，其魄力與毅力值得嘉獎，其造福國人讀者也貢獻深遠，五位譯者都是國內學者和翻譯高手，功力經得起考驗，「沒有三兩三，不敢上梁山」。朱炎教授是國內首屈一指的厄普代克專家，承蒙他指派撰寫此一導讀，本人不勝惶恐。

二〇〇九年一月二十七日厄普代克因肺癌去世，全世界報章雜誌爭相報導，知名作家撰寫輓詞，一片緬懷欷噓遺憾，好久沒有當代作家的逝世引起如此廣泛的關懷，也遺憾他終究未能獲得夢寐以求的諾貝爾文學獎。他勤於筆耕，寫詩、寫小說、寫書評、寫藝評，半個世紀的寫作生涯造就平均每年至少一本著作，「兔子系列小說」已經成為他的代表作，這位「兔子」是美國家喻戶曉的故事人物，也是很多美國人自己的人生寫照，五十多年來伴隨他一同成長的讀者們，歷盡滄桑之餘格外覺得心有戚戚焉，見證「感同身受的經驗」（vicarious experiences）。

「兔子」系列故事裡有很多厄普代克自己的影子，兩人都算是白手起家，從默默無聞到事業有成，從年輕迷惘焦躁不安出發，到後來即使經濟穩定但憂患意識依然揮之不去，正如其姓名Rabbit Angstrom中angst是德文字根近乎anxiety之意，終其一生他始終處於anxiety-ridden躁鬱狀態，但卻不太了解到底在追求什麼，人生無常，有意栽花花不開，無心插柳柳成蔭，努力與收穫往往不成正比。

厄普代克本人二十六歲左右時也面臨類似壓力，早婚娶妻大他兩歲，子女相繼出生，而他毅然決定辭去New Yorker工作以專事寫作，這對寫作新手而言是很冒險的決定，他的焦慮壓力全化在「兔子」身上，孤注一擲的厄普代克寫出了一炮而紅的《兔子，快跑》；將心比心寫出來的故事，獲得全美讀者的認同。往後每十年厄普代克出版一本「兔子」故事，像連續劇一樣，呈現當前美國人五十年來成長過程中的種種感受，面對急遽變化與暴發富裕，還來不及調適或難以消化的迷惘、幻滅、疏離、躁鬱等等，他成功的具體的描繪出大家「於我心有戚戚焉」卻「無以名之」的微妙感受，難怪得到學術界與廣大群眾的共賞。

《兔子，快跑》寫的是天下所有年輕男人的危機意識和焦慮挫折，還沒準備好肩負家庭責任，當然想逃避，但是逃不出命運的掌心，只好回歸現實聽天由命。《兔子歸來》寫盡他的無所適從，面臨社會轉型過渡時期的紊亂、新舊價值觀交替的游離擺盪、個人與社會的信心危機，宗教也無法拯救他迷失的靈魂。捱過了貧賤夫妻的百事哀，棄絕了上帝的信仰救贖，到

《兔子富了》他代理日本豐田汽車，在全球石油危機聲中，他「瞎貓碰死老鼠」陰錯陽差押對了行業，但也富得莫名其妙，不是「白手起家」，而是勝之不武的繼承岳父事業。在《兔子安息》裡又搖身一變變得「財」高望重，儼然一介鄉鎮仕紳，然而外表壯碩卻是虛有其表，外強中乾好像就是美國這個國家的寫照，過度富裕的後遺症，飲食不知節制亂吃垃圾食物，成天看電視不運動，因而心臟病壽終正寢。最後〈兔子回憶〉裡他已去世十年，肉身已朽空留惆悵遺願未了，慌亂茫然的一生彷彿過眼雲煙，可有可無，太陽依舊東昇，歷史循環重演。

這五部小說形成一個完整結構，前有伏筆後有呼應，在〈兔子回憶〉作總結。厄普代克所創造的小說人物「兔子」，是一個觀察者兼參與者的角色（observer and participant），但不是評論者（commentator），見證美國這半世紀蓬勃發展的經濟和複雜變化的社會，無奈「兔子」只有高中畢業程度，畢竟才疏學淺，無法了解這些急遽變化背後蘊藏的深沈寓意。這個市井小民（Everyman）象徵著一般美國社會大眾，只是被動的接收者，親眼目睹並全程參與，敏感的他不論如何觀察入微也無法窺其堂奧，他只能觀察、感受、迷惘、徬徨，卻完全不能理解、詮釋、反省、參透。仔細數一數這五部小說裡處理的大大小小議題，沒有一百個也有五十個，都是跟美國文化主題切題相關，「生於斯長於斯」的情義與道義，促使冰雪聰明的厄普代克針針見血坦陳現狀。上自全體移民萬眾一心的理念、創國先民的建國理想與史話、清教徒的道德規範與工作倫理、一代接一代的薪傳、因應歷史變遷交雜互動的新舊觀念、演變到現階段物質文明與功利主義的價值觀、爭議衝突如性別、種族、階級問題等等。

厄普代克擅長描繪的對象是美國小鎮的中產階級，寫他們的平凡、中等、庸俗、實際，「兔子」從中產階級出身，一路上因緣際會遇見各行各業販夫走卒，幾乎囊括美國各種階級代表人物，各種價值觀「百川匯海」，才形成所謂的「集體意識型態」，沒有一種單一價值觀可以主導宰制所有其他者，整體的意識型態需要不停的自我調適修整。兔子系列小說是厄普代克五十年來用心過日子深思熟慮的結果，觀察美國社會價值體系瞬息萬變的過程，歷經世代交替，代代相傳至今，傳統的宗教觀和工作倫理只待成追憶，每個時代有每個時代的困境或信心危機，每個時代的人也都會從矛盾中凝聚出某種程度的共識。厄普代克忠實可靠、鉅細靡遺、不加評論、不偏不倚的把他所經歷見證的一切現象記載下來，留下蛛絲馬跡，以待後世再去歸納分析。即使不滿意於現階段的物質文明或低俗文化主導美國，他關心的是社會現象背後蘊含的文化衝擊效應，以他高規格高級知識份子的教養，降尊紆貴設身處地的揣摩中產階級社會大眾的感受。

「兔子五部曲」像是一部社會史百科全書，鉅細靡遺的描繪美國二十世紀後半葉錯綜複雜的社會現象（或亂象），像「萬花筒」裡看世界，呈現這半世紀美國社會全貌，縱覽美國文化傳承，並對「美國夢」（American Dream）意識型態提供文化批判。藉著大家暱稱「兔子」的這位純眞無邪「美國亞當」（American Adam）人物的人生歷程及其焦慮游離，厄普代克以寓言方式，精湛透徹的呈現這個國家的「美國夢」建國理想，其道德與宗教標準陳義過高，其清教徒工作倫理過於嚴謹，以致於今人難以遵循實現，今日美國人物質生活富裕，但文化上欠缺內涵，精神上欠缺安全感。厄普代克緬懷「美國夢」建國史話的輝煌事蹟，感傷今昔理想落差幻滅，重新審視種種歷史事件與社會變遷對美國人價值觀的影響與調適。

「兔子」經常慶幸生爲美國人，姑且不論這個國家的現況如何偏離當年建國元勳的期望，畢竟這是全世界最富足最強勢的國家，是建立在一個純眞的理想美夢之上，當年一群人破釜沈舟遠渡重洋，離鄉背井只是單純的爲了照自己的方式信奉上帝。厄普代克自己是非常虔誠的基督徒，定期週日上教堂，「兔子」年少時受基督教教育，但在面臨信心危機的緊要關頭時，宗教卻未能即時替他釋疑解惑，前後兩位教會牧師都照個人理念詮釋教義，不顧他的迫切需求，害他變成一個無神論者，終日惶惶不知所措，只好以人類的「性」本能爲依歸，雜交、濫交、朋友換妻、甚至翁媳亂倫。這象徵著「美國夢」已在萎縮凋零，宗教原本是「美國夢」的精髓，現在宗教已經失去鎮定人心的作用，道德標準越來越低，過去美國人自豪自信的傳統觀念已不復見。屬於美國的一切價值都在貶值，民主也不再保護遵守法律的市民，政治腐敗剝奪了人性，這個國家正開始分崩離析。

《兔子安息》裡有一段章節令人激賞，日本豐田汽車老闆島田先生（Mr. Shimada）來視察，非常不滿意業績，因而撤銷代理權。這個老闆是厄普代克所創造出來最滑稽有趣的人物，說著一口洋涇濱英語，字不正腔不圓，卻批評得恰到好處。這個老闆批評道：「美國這個老大哥近年來的舉動就像個小老弟，產業界什麼也不生產，就只有靠併購和巧取豪奪，年輕人沒教養，缺乏自制和自律，自由氾濫到連狗都有權利隨地大便」。厄普代克一向不好諷刺，在這裡他可是諷刺得淋漓盡致，用的是「借刀殺人」（borrowed knife）的手法，從這個虛構的外籍人物嘴裡，厄普代克說出自己心裡的話，暢所欲言的批評自己同胞。厄普代克還用了另一個諷刺手法「懲罰無辜」（punishing the innocent），「兔子」用心傾聽日本老闆的嚴厲批評，承受所有的責難，儘管這一切並不是他個人的過錯。這個手法達到「雙面刃」（double-edged）的效果，從一方面來看，厄普代克誇張的模仿日本人可笑、笨拙、不合文法、不正確的英文，等於報復侵略性強烈的日本企業界，他們佔了便宜還賣乖，嚴重威脅美國經濟，造成工商業不景氣。從另一方面看，厄普代克也抒發了怨氣，直陳長久以來觀察到的美國人壞習慣：欠缺教養、濫用自由、個人主義、自私自利、自我膨脹、自以為是、自相矛盾等等。事實上，這位日本老闆並不代表日本人的觀點，反而是厄普代克把自己的觀點「借題發揮」出來，厄普代克失望於美國人不自重，一代不如一代。

這「兔子五部曲」堪稱美國文學的里程碑之作，將會流傳久遠歷久彌新。值此金融海嘯，一代文壇偉人驟逝，回顧他那些反省檢討，似乎比諸多華爾街大師更發人深省。

穿過死亡——約翰・厄普代克《兔子，快跑》

作者／吳俞萱（2009年華人部落格小說評審／樂多專欄作家）

怕了，他眞的怕起來了。兔子想起一招曾經用來自我安慰的老方法：假裝自己在地上挖了一個洞，一旦把目光朝洞下方看著，他就會察覺到那地底的亮光。然後他又把視線移向了教堂的窗户上，也許是因爲這間教堂很窮，或者是這個夏夜來得很晚，又或許是有人疏忽了：那裡並沒有亮燈；塗抹石灰的教堂正面，此刻只剩下一圈黑色的圓。

——約翰・厄普代克《兔子，快跑》

約翰・厄普代克筆下的「兔子」察覺自己的過去就像被膠水黏住了一樣，黏在一堆損壞的玩具、空蕩的酒杯、看不完的電視、經常準備不及的三餐上，根本無路可逃。他相信在這世上的某個地方，會有比聽孩子的哭聲或是在二手車廠騙別人用高價買下舊車之類更好的事情。他忽然閃過一絲念頭：不就是離開這個地方嘛！只要走出門就好了！

於是，他掙脫日復一日的掌握，從骯髒失序的生活陷阱中，輕易地逃走了，如同溫德斯電影《歧路》和《別來敲門》裡的男主角，踏上一段追尋的旅程，才發現自己幾乎錯過了整個人生。急欲丟掉的過往像「兔子」開車上路時揉碎的地圖，他搖下窗子把紙球扔出去，但是，爆開的碎紙片彷彿脫離軀體的翅膀，又飄回了他車頂的上方。

畢竟，沒有一個過去能眞正地過去，也沒有一種出走，能轉個彎一片光明。不到幾個小時，「兔子」回來了。他繼續掙扎於庸俗的人情瑣事（這正是小說動人之處），在自己慘淡晦黯的胸懷之中默默點燃火光，思索著存在的意義。他重新爬上了坡，在愈來愈深的黑暗中設法發出一點自己的聲音來，淹沒所有對著他吶喊不止的噪音。

在他心裡，那些曾經竭力取得平衡的人事物，都已不再具有意義感。「兔子」突然明白：他的內在是非常眞實地存在著，也是綿密網子中心一個純然、空白的空間。他不知道自己該怎麼做，又該往哪裡去，還會有什麼事要發生。這個什麼都不曉得的想法使他變得非常渺小、無法捉摸；如此舉無輕重的感覺，正浩瀚無邊地充斥他的內在世界。

若「兔子」的第一次出走是爲了躲避日常的惡寒和庸俗，是一種不想被馴服而開展出來的缺乏方向感的消極逃亡，那他在小說結尾的第二次離開，則是積極地迎向一場追尋，關乎自我的認同。他跟電影《女人出走》裡的主角一樣捲起風暴，陷溺在風暴中心，向外看、向外看一個與過去無關的風景。

「兔子」的離去，是爲了回到眞實的自我，不承接善意，也不排拒惡意，尋求明澈的、無須妥協的存在的激情，那是活著的明證，而這種追尋無法與外界達成和解，只能是容納了全部的黑暗之後，在黑夜裡無限自由地潛行。終於，這隻兔子奔跑起來，爲自己而奔跑，最好一直奔跑不要停下來，隨時準備受傷，隨時準備受傷了再站起來。穿過死亡，便能理解餘生。

面對我們所想忽視的自我面相
——談約翰．厄普代克的《兔子快跑》

作者／劉韋廷（聯合文學短篇小說新人獎、文字工作者）
http://blog.roodo.com/waitingliu/

在看約翰．厄普代克這本原文版發行於1960年的《兔子快跑》時，總會讓我不時想起由山姆．曼德斯執導，曾獲得奧斯卡最佳影片的《美國心玫瑰情》。

事情是這樣的。我想，每個人都曾遇到過生活上的困境，有些時候，當無力感實在燃燒得太過熾烈時，也總會使我們想要閉上雙眼，就這麼朝連自己也不知道的方向奔馳而去。

當然，那樣的奔馳，與電影《阿甘正傳》中那句「Run! Forrest run!」所帶有的掙脫困境式含義截然不同，甚至我們還能說，在《兔子快跑》中的「Rabbit run」這類奔馳，其實更象徵了集迷惘、狂亂，甚至是有些自甘墮落於一身，是種寧可背離一切，也不想再度面對生活的狼狽竄逃。

而就這方面來說，《兔子快跑》與《美國心玫瑰情》其實有著極爲相似的面向，所描述的均爲美國中產家庭中的男主人，在遭逢困境時的迷惑感，以及那純然發洩似的逃亡旅程。

《兔子快跑》的靈魂人物「兔子」哈利．安格斯壯，打從故事序幕開始，便於自己未加思索的情況下，展開了背離一切責任的旅途。面對生活的無力感，他選擇讓自己回頭抱擁少年時代所擁有的校園籃球明星榮光，以自己也無法說服自己的方式，利用那些早已逝去的事物來維持自信，甚至藉由背叛妻子，作爲拒絕承認當前生活困境的手段。

然而，兔子這段逃亡旅程，雖說使他暫時脫離了原本困境，卻也引發了接踵而來的其它問題。甚至到了故事中段，原有與後至的問題同時趕上了他，於是，原本想要逃脫一切的行爲，反倒使兔子身上背負的責任更爲龐大，甚至還加上了一層濃烈的罪惡感，使情況更爲嚴重。

於是，這亦使得這則故事的主題更爲清楚。你大可背離生活周遭一切，只管盡情逃亡，但卻始終無法逃開自己的內心。你流亡、竄逃、背棄，用盡所有方式來追尋自由，卻忽略了那自由卻是由更多責任的蛛絲糾結而成。有時，縱使我們知道這一切將會徒勞無功、白費力氣，卻仍舊選擇了逃亡一途，於是一切週而復始，除了誠實面對自我，否則絕對難以從這樣的泥沼裡脫身而出。

這正是《兔子快跑》在看似荒謬可笑的情節中，眞正最令人感到怵目驚心的部份。或許你會覺得，怎麼可能有這麼多倒楣或誇張的事，竟然全發生在兔子及其親朋好友的身上。但約翰．厄普代克所要處理的問題，原本就是中產家庭會實際遇到的困境縮影，在將這些事件拆析解離後，任誰也無法否認，自己的確有可能遭遇故事中提及的任何一個問題，更別說我們也曾一度面對那些迷惘，甚至此刻還正在逃離，只是毫不自知罷了。

而如此的寫實性，正是這本一九六零年的作品之所以傑出到足以跨越時間的原因所在。畢竟，家庭與社會，原本便是由不同的個人相互建構而成，而約翰．厄普代克的手法，也正是以始終不變的人性作爲出發點。或許環境及時代的改變，的確會使問題呈現不同層面，但說穿了，那不過僅是問題部份而已，至於我們身爲人類所會感受到的迷惘，甚至是那股只想逃離及破壞一切的衝動，卻也同樣是始終不變的。

要不然的話，何以頗有《兔子快跑》味道的《美國心玫瑰情》，依舊能在一九九九年時獲得破億票房，又同時得到了奧斯卡最佳影片？如果不是這樣的話，我們又怎會在事隔五十年後的今日，於翻讀《兔子快跑》之際，明明對主角兔子感到厭惡，卻又如同看見赤裸裸的自身缺點般那樣不忍責怪，同時又在心中有著波濤洶湧的惶惶不安呢？

而這，不正是我們總在不自覺中，努力所想忽視的自我面相嗎？

第一章

男孩們圍著一根綁著籃框板的電線桿打起籃球。躍動的腿與呼叫的聲音正此起彼落地傳出來。球鞋踩在巷子裡鬆散卵石上所摩擦而成的劈啪聲，彷彿要將他們的吶喊彈射向上方蔚藍澈淨的三月天空裡。穿著西裝、綽號爲「兔子」的哈利・安格斯壯（Harry Angstrom），儘管已經二十六歲、並有六呎三吋高的身材了，還是選擇駐足在巷口望著孩子們嬉戲。個頭這麼高大的哈利似乎不可能像隻兔子，然而他那張偌大的臉、反白的藍色瞳孔，以及把香菸塞進嘴裡時會在他短短的人中部位出現神經質式的抽動，多少解釋了這個人爲何在孩提時代會得到這個暱稱。他想著：「小孩一個接一個地出生，然後再以長江後浪推前浪的姿態不斷地推擠著我們。」

站在那兒一動也不動的哈利，讓那些眞正的男孩們感到很奇怪；大伙的眼珠子直往他身上打轉。他們只在自己鬧著玩，並不是爲了要表演給某個穿著雙排釦、可可色西裝、在鎭上閒晃的大人看。畢竟像這樣一個在巷內出現的成年人，對他們而言似乎是可笑的。他的車在哪兒？香菸則讓整件事看起來更加詭譎。難道他是那些想用香菸或鈔票，把小孩拐到製冰廠後面的壞傢伙之一？孩子們是聽說過這種事，卻不怎麼害怕：因爲他們共有六個人，對方則只有一個。

球從籃框邊緣彈起，越過六個男孩的頭頂，落在哈利腳邊。眼見他矯健地一個彈跳抄起球，男生們嚇了一跳。他們安靜地看著兔子。而他只是瞇著眼、先將目光穿透香菸產生的藍色煙霧——發現它們縷聚一塊的深色剪影活脫是春日午後天空裡一根突兀的煙囪；再小心翼翼地把腳步站穩、緊張地用白色手掌五指箕張抓著球、可以看見指甲上大面積的半月形部份；另一隻手則從下方把球托在胸前擺動；並且爲了調整節奏而耐心地輕輕去搖晃這顆球。當哈利的膝蓋往下一沉的瞬間，手上的球越過了外套右邊的領子後從肩膀向前飛去。他似乎沒有朝著籃板的方向出手，使得這球看來不會命中目標。最後、當這個目標本不在籃框內的球終究應聲入網時，他聽到那一種屬於女人呢喃低語般的進籃聲，不禁得意地大叫：「哈！」

「運氣好。」其中一個孩子說。

「是技術好，」他回答並問：「嘿[①]，可以讓我一起打球吧？」

那群男孩沒有人回答，只是相互對望並露出迷惘、笨拙的神情。兔子把他的外套脫下、摺整齊後放在一只乾淨的垃圾筒蓋子上；身後那些穿著粗布長褲的小孩們又開始跑動了起來。他加入這場激烈的搶球混戰，自兩隻孱弱的、有著骯髒關節的手中輕輕一拍，把球捧到了他手上。這種一如把上好皮革延展開來的熟稔彈性，讓他整個人都不自然地繃緊了、雙臂就像長了翅膀般地輕快起來——哈利感覺自己是經過多年後才又重新觸碰到這份緊繃感似的。他將手臂舉起、手中的籃球就從他的頭頂飄向籃框。正因爲他感到如此精準，所以當球沒能投進時他眨了眨眼、一時之間還懷疑這一球是否爲沒有碰到籃網的空心球。他問：「嘿，我要跟誰一組？」

兩個男孩不發一語地走向了他。他們三個對抗另外四個。雖然他一開始就打算放水：不進

① 「嘿！」：兔子的口頭禪：他多數會在快樂、興奮、得意的時候脫口而出。生氣時也會說只不過語氣會加重。

入籃下禁區打球；但它仍是場不公平的比賽，也沒人想要記分。這種不友善的沉默讓他不安。孩子們用簡短的語句在彼此吆喝，卻沒人敢跟他說話。比賽進行時哈利感覺到這些男生在自己腳邊跑個不停，而且也愈來愈氣急敗壞地想要絆倒他——但就是不肯對他開口。他不想要這種尊敬。他想告訴他們變老沒什麼，也不需要什麼特別待遇。

十分鐘後一個男孩跑去加入另一隊，於是只剩兔子和唯一的戰友以二敵五。餘下的這位男生的個頭矮小，卻流露出一種與其他同伴不同的、適合打耐力賽的自在感，他是其中打得最好的。戴著綠色絨球的編織帽剛好蓋住他的耳朵並與眉毛齊高，這使他看起來像是得了侏儒症的模樣。但他是位天生好手，這點你可以從他那種不著痕跡的走位方式、從容切入進攻的身形看得出來，還有他在移動前蓄勢待發的樣子。運氣好的話，他遲早會是中學裡一流的運動員——對於這種經歷哈利可是過來人：當你沿著小斜坡慢慢攀爬到頂端後、每個人開始為你歡呼；眉裡的汗珠讓你視線模糊、你在喧鬧聲圍繞之下飄然升起；然後你就離開了。起初那不是被遺忘、只是離開，而你會感覺到既冷靜且自由。你離開了、有點像融化那樣；然後再不斷往上爬升，直到你變成不過是這些孩子眼中鎮上「那群大人」中的一個——那基於某些古怪的理由而顯得鬱鬱寡歡、並還現身探望他們打球的一個成年男子。他們並不是忘了他，更糟的是：他們根本沒聽過他。然而在他的年代，「兔子」這個名字可是紅遍整個郡耶！他在高二那年創下業餘乙組籃球聯盟的紀錄；高三時他再次刷新記錄，而這個紀錄直到四年之後——也就是四年前才被打破。

兔子放低身體瞄準，單手投球、雙手投球、挑籃，出奇不意地切入空檔；然後轉身、跳起、出手，球平穩地飛出去。他很得意雙手對球的感覺還在，並覺得自己彷彿掙脫了長久以來的滯悶。可惜他的身體漸漸地愈來愈重，呼吸也急促了起來——他對自己的喘不過氣感到惱怒不已。此時另外那五個男孩開始呻吟、動作遲緩，其中一個孩子並且還因爲被他不小心撞倒而一臉髒污地起身走掉，他見著了便立刻停下動作說道：「好了。」他說：「老頭子要先走了，加油、加油、加油！」

針對那個跟他同隊、戴著絨球帽的男孩，他補了一句：「再會了，高手。」兔子很感激這個男孩——他在其他人都繃著臉時仍不受影響地崇拜著自己。天生好手才會惺惺相惜，這種感覺盡在不言中。

哈利拿起他摺好的外套，把它像封信一樣地夾在手臂下奔跑。沿著巷子、經過廢棄的製冰廠，凹陷的卸貨走道上還放著腐爛的木製平台；垃圾桶、車庫門、網住雜亂枯萎花梗的鐵絲網片。這是三月時刻，愛讓空氣清爽了起來，萬物也煥然一新。他透過抽完菸後嘴裡的酸味品嚐到新鮮空氣；並從上下跳動的襯衫口袋扯出一包菸，在腳步不停歇的狀況下把它丟進某戶人家敞開的垃圾筒裡。他得意地細咬著上唇，用那雙特大號的仿麂皮鞋重重踩過巷子中鋪石地上到處飛揚的紙屑。

兔子奔跑著。他在巷子底拐進了另一條街：賈基山（Mt. Judge）鎮上的韋爾伯街（Wilbur Street），這是在賓夕法尼亞州（Pennsylvania）第五大城布魯爾市（Brewer）的郊區。跑上山坡，他先經過一片大房子——那兒全是嵌入磚塊和水泥的小型要塞、並有切成斜面的彩色玻璃門廊，以及擺上盆栽的窗戶。然後他在往另一個街區的半路上，看到一排三〇年代整批蓋好的開發案；沿著山坡往上爬的木造房屋活像一組階梯，每一幢雙拼房屋與下方鄰居的距離約莫六呎，屋上兩扇遠遠隔開的晦暗玻璃窗像動物的眼睛，屋瓦的顏色從瘀青的紫色到糞土黃都有，它們的正面則是疤痕累累、但曾是白淨如雪的隔板。其中有一打三層樓的建築物，每幢都有兩扇門——第七扇門就是哈利的房子。它門前的木階已經破爛了；底下還有一個小土坑，有個迷途的玩具在裡頭慢慢地腐壞：那是個塑膠小丑。他整個冬天都看到它在那兒，但總猜想會有個孩子回來找它。

在照不到陽光的門廳哈利停下來喘口氣，頭頂上一盞燈泡灰濛濛地亮著；棕色暖氣機上並掛了三個空的馬口鐵信箱。他樓下鄰居的門在另一邊，彷若一張受傷的臉那樣關著。空氣裡總有股味道，可是他永遠也分辨不出來它是什麼——有時像是在煮甘藍菜的滋味，有時像是爐子生鏽的氣味，有時又像某種柔軟東西正在牆壁裡腐壞的霉味。他爬上樓梯、走到位於頂樓的家。

門鎖住了。他把那支小鑰匙插進鎖孔時手抖個不停、脈搏激烈地跳動著，金屬則發出刺耳的摩擦聲。但是當他打開門時卻見到妻子珍妮絲（Janice）正拿著老古董雞尾酒杯坐在扶手椅上，看著音量調得很低的電視。

「妳在家呀，」他說：「那幹嘛鎖門？」

她面無表情地望向兔子側臉，深色的眼睛因爲電視看太久而變紅。「它自己鎖上的。」

「自己鎖上的？」他不解地重複著珍妮絲的話，但還是彎腰親吻她光滑的前額。她是個嬌小的女人，偏橄欖色的肌膚看起來很緊實，彷彿裡面有什麼東西正在隆起而繃緊住那小小的身軀。不過從昨天開始，她看起來好像已經不再美麗如昔，嘴角自從多了兩道短短的細紋後顯得有些貪婪；她的頭髮也開始稀疏起來，害得兔子一直想到妻子頭髮底下的頭蓋骨。由於這些隨著年齡增長的生理變化就這麼在不知不覺中發生了，所以他想：它們似乎也可能明天就消失不見，而她又會再變成自己當初迷戀上的女孩吧。他拿這個跟她開玩笑問道：「妳在怕什麼？妳以爲誰會開門進來？埃羅·弗林（Errol Flynn）②嗎？」

妻子沒回話。哈利小心地攤開他的外套，拿著它到衣櫃，然後取出一副鐵絲衣架。衣櫃放在起居室裡，電視機就放在它前面，所以門只能開一半；他小心翼翼地不去踢到插在門另一邊插座裡的電線。有一次，可能因爲是懷孕或喝醉時顯得特別笨拙的珍妮絲，腳勾到了那些電線、差點讓那台一百四十九元美元的電視砸個粉碎——還好兔子趁電視機還在金屬架上搖搖欲墜、同時他老婆也還沒緊張得亂踢之前就穩住了它。珍妮絲怎麼會變成這樣？她在害怕些什麼？

身爲一個喜歡凡事都井然有序的人，哈利熟練地把衣架的兩角穿進外套袖孔裡、把它掛在

---

②美國有名的電影明星，曾主演過「俠盜羅賓漢」

油漆過的橫桿上，就和其餘的衣服一樣。他想著也許該把領子上「示範人員」的徽章拿下來，卻又決定明天還是要穿這一套。如果不把這個季節穿已經嫌太熱的深藍色那套算進去，他只有兩套西裝。他壓住門把它關上、也聽到了「喀噠」一聲，可是門卻又自己打開、往外彈出了一兩吋。兔子感到不滿的是：當他像個老廢物那樣抖著手開門時，珍妮絲卻光坐在那聽著刺耳的噪音。

他轉身問妻子：「妳既然在家，那車子呢？它不在外面。」

「它在我媽家。你擋到我了。」

「在妳媽家？眞是好極了。眞是他媽的放車的好地方！」

「怎麼會有這種節目？」

「什麼節目？」他從她的視線前移開，站到一邊。

珍妮絲正在看一群稱爲「小老鼠」的孩子們表演的一齣歌舞劇。劇裡達蓮恩是巴黎的一個賣花女，丘比是個警察，而那個笑聲刺耳的高個兒是浪漫的藝術家。他和達蓮恩、丘比、凱倫（打扮成一位法國老太太，飾演警察的丘比則扶著她過街）一起跳舞。進入廣告時間，切成七塊的「菟特西麵包卷」就從包裝紙裡面跳了出來，變成「T－o－o－t－s－i－e（菟特西）」七個字母。它們一樣又唱又跳，唱著的同時它們又爬回了包裝紙裡、回音聽起來就像個音箱。眞是他媽的可愛！兔子已經看過五十遍了，這次卻覺得反胃。他的心仍在抽痛，喉嚨接著一緊。

珍妮絲問道，「哈利，你有菸嗎？我的抽完了。」

「啊？回家的路上我把它扔進垃圾筒了；我正在戒菸。」他實在不懂在他的胃這麼難受的時候，怎麼會有人還想著抽菸。

他老婆終於轉看著自己。「你把它扔進了垃圾筒！天啊，你先不喝酒，現在又不抽菸了。你幹嘛？想當聖人啊？」

「噓！」

大大的米老鼠吉米（Jimmie）出場了，他是戴著圓圓黑耳朵的成人。專心看著電視的兔子非常尊重這位演員。哈利在布魯爾市區的幾家十元批發商店展示一種廚房小用品，所以希望從大老鼠吉米身上學到些對銷售有幫助的東西。他取得這份工作已經四個禮拜了。「格言，格言，至理名言。」吉米唱著，胡亂地彈奏那把老鼠吉他，「格言指引我們；格言幫助我們全部變成～更好的，小—老—鼠。」

吉米收起微笑和吉他，透過電視螢幕說：「認識你自己！一位睿智的希臘長者這麼說過。認識你自己。這到底是什麼意思呢？男孩和女孩們！它的意思是：你要做你自己。不要想當隔壁的莎莉、強尼或弗雷德；就是做你自己！上帝不要一棵樹去當一座瀑布，或是一朵花去當一塊石頭。上帝讓我們每個人都擁有一種特殊的才能。」同爲基督徒、珍妮絲和兔子的身體有點不自然地僵硬起來，談到「上帝」二字會使他們內疚。「上帝要我們某些人成爲科學家、某些人成爲藝術家、某些人成爲消防隊員、醫生或是特技演員。而且祂讓我們每個人都有特殊的才能好變成這樣的——只要我們努力去發揚光大。我們一定要努力，男孩們、女孩們。所以啦：

認識你自己！去了解你的才能，然後努力幹活發展它們，這就是得到快樂的方法。」他嘟起嘴、然後又眨眨眼。

好耶！兔子也試著把兩片嘴唇嘟起來、然後眨一下眼睛，把觀眾聚集到面前與你聯手對抗背後的敵人。就算華特迪士尼——或是這個神奇的削皮器公司——願意承認這些全都是騙人的，但是管它的！這些景象看起來還是挺可愛的。我們在同一條船上，是騙局在推動這個世界，這是我們的經濟基礎：稱爲「維他經濟」。它是現代主婦們的通關密碼，也是這家神奇削皮器公司推銷維他命的一種標語。

珍妮絲起身關掉正要播放六點整點新聞的電視機，電流所留下的小星星緩緩從螢幕消失。

哈利問：「孩子去哪兒了？」

「在你媽那裡。」

「在我媽那裡？車子在妳媽那裡，然後小孩在我媽那裡。天啊！妳眞是一團亂。」

眼見站起身來的妻子顯現出孕婦特有倔強而粗笨的模樣，就讓兔子感到一肚子莫名的火氣。她穿著那種腹部有U型剪裁的孕婦裝，罩衫裙襬底下新月型的白色襯裙若隱若現。珍妮絲開口說：「我累了。」

「當然，」他說，「那個酒——妳喝了多少？」他朝雞尾酒杯比了比。珍妮絲杯口喝過的地方已經出現一圈糖漬。

她試著解釋：「我要跟我媽一起進城，所以順道把尼爾森（Nelson）放在你媽家；我們坐她的車去，一面逛街一面看櫥窗裡的春裝，然後她就趁克羅爾百貨公司打折的時候買了一條不錯的自由牌圍巾，有紫色渦漩紋圖案的那種。」她說得結結巴巴，細小的舌頭從兩排分開的灰暗齒間伸出。

哈利覺得害怕。珍妮絲一慌張起來就很嚇人：她的眼睛會在皺起眉的眼窩中縮小，張開的小嘴巴無言地懸在半空。自從她的頭髮開始稀疏、從發亮的前額往後退時，他便一直覺得她變得冷淡、難相處又呆板，而且心想她會一直這樣下去：皺紋更深、頭髮更少。他算是晚婚的了：那時自己二十三歲，而珍妮絲高中畢業才兩年，勉強算是成年。珍妮絲有一對嬌羞的小胸脯，躺下來時她的這對胸脯平貼著胸部，看起來只像是對小小的凸出柔軟物。在他們以聖公會（Episcopal）[③]儀式舉行婚禮過後七個月，兒子尼爾森來到世上，那算是個難產。兔子把當時的恐懼跟現在的感受混在一起了，而此刻情緒終能慢慢平復下來。「那妳買了什麼？」

「一件泳衣。」

「泳衣！嘖，在三月天？」

她閉上眼睛一會兒；哈利可以感覺她體內的酒精流遍全身，想到這點就使他覺得噁心。

「它讓我覺得穿得下泳衣的那天看起來更近了。」珍妮絲回答。

---

③又稱聖公宗（Anglicanism）：屬天主教中的一個教派，也是英國（英格蘭）的國教，目前世界上的聖公宗教徒約有七千三百萬人。美國及蘇格蘭的聖公會英文名稱使用「The Episcopal Church」。「Episcopal」意思爲主教制的。目前華人、韓國及日本基督徒大都使用聖公會爲統一名稱。

「妳到底在煩什麼？其他的女人都喜歡懷孕！告訴我，妳幹嘛這麼愛漂亮？爲什麼就這麼他媽的愛漂亮？」

她睜開棕色的眼睛，眼眶內溢出滿滿的淚水、滑落到因受傷而漲得粉紅的臉頰；她認眞地看著他罵道：「你這個混蛋！」

兔子趕緊走向妻子並用雙手抱住了她。此時他眞切地感受到了珍妮絲的存在：有她帶著熱淚的呼吸及充血的眼白。在一陣深情的衝動下，他彎下膝蓋想用腰頂住她，但卻被她堅硬的肚子給擋住了。他只好站直，並在她的頭上開口說：「好嘛，妳買了件泳衣。」

被自己以胸膛和手臂護住的老婆，用了一種他以爲已經從她身上消失的眞摯情感脫口說出：「別離開我，哈利。我愛你。」

「我也愛妳。現在好了，妳買了件泳衣。」

「紅色的，」她邊說邊在哈利懷裡傷心地輕輕搖動著。但是她的身體一搖起來就有種弱不禁風、無法承接的感覺——而這種感覺抱在懷裡不大舒服。「有條帶子可以綁在脖子後面，還有一件在水裡能拿掉的褶裙。靜脈曲張實在讓我痛得受不了，媽就陪我到克羅爾百貨的地下室喝了杯巧克力蘇打。整個美食街都在整修，櫃台也不見了。不過我的腿還是很痛，所以我媽只好帶我回家，她說你可以去開車把尼爾森接回來。」

「妳的腿痛得要命？搞不好是她的腿吧！」

「我也以爲你早該回到家了。你去哪兒啦？」

「喔，四處走走罷了。在巷子裡跟幾個孩子打球。」這時兩人才從擁抱中分開。

「我想小睡一下，但卻睡不著，媽說我看起來很累。」

「妳本來就應該看起來很累，妳是個新時代的家庭主婦啊！」

「但同時間你就在外面的巷子裡，像個十二歲的小孩一樣玩？」

哈利氣妻子竟然聽不出來他猛批她的有關「家庭主婦」這句話。這可是華特迪士尼公司的人努力要他們的業務員所推銷出來的「形象」耶——聽來諷刺實際上卻充滿了憐憫和寵愛。看來是錯不了的了：他的老婆眞是笨得可以。他說：「喔？那跟妳坐在這裡看製作給兩歲以下兒童看的節目有什麼差別？」

「那剛剛是誰在『噓』？」

「唉，珍妮絲，」他嘆了口氣。「去妳媽的，眞是去妳媽的。」

她用心看著丈夫好一陣子，終於做了決定說：「我要去弄晚飯了。」

哈利覺得很懊悔。「我過去開車，然後把孩子接回來。我們可憐的孩子一定以爲他無家可歸。妳老媽到底是怎麼想的？她以爲我媽除了照顧別人的小孩之外就沒別的事好做嗎？」他心裡再度忿忿不平。她怎麼就不懂他想看吉米節目是出於工作上的考量——那是爲了賺錢給她，好讓她能買糖放進那又髒又舊的古董酒杯裡。

走進廚房的珍妮絲覺得自己剛才的脾氣發得還不夠。她應該要火冒三丈、要不就一點也不要動氣，因爲她先生已經說過這番類似的話上百次了，或許有幾千次。比方說，從一九五六年以來平均每三天一次，那樣該是多少次呢？三百次。有這麼頻繁嗎？那爲什麼每一次都仍然讓人難以忍受呢？

在他們結婚之前，她比較容易容忍這些。她可以突然變回過去那個小女孩：神經像一副新的線圈，皮膚聞起來有如清新的棉花。他們常去跟她一起工作的女性友人位在布魯爾的公寓。那兒有管框型的床及銀色浮雕的壁紙；往西可以看到河岸邊一個巨大的藍色瓦斯槽。下班後——那時他們倆都在克羅爾百貨工作：她穿著口袋上繡著「珍」的白色罩衫在賣糖果和腰果；而哈利則從早上九點做到下午五點負責在樓上移動安樂椅和楓木茶几、鎚開包裝貨物用的木箱。令人發癢的塡充用細刨花屑跑進他的鼻子和眼睛裡，熱辣辣地教人難受。電梯後頭堆了許多髒兮兮的黑色新月型箱子；地板上則布滿彎曲的鐵釘。兔子的手掌總會弄得黑漆漆的，因此綽號爲仙女的主管錢德勒小姐每小時都要裝腔作勢地走進來：叮嚀他要洗手才不會把家具弄髒。岩漿肥皂的泡沫是灰色的，他的手因爲長期拿鐵橇而長出黃色的繭。

過了五點半——在骯髒的一天結束後，他們通常會在兩組大門前碰面，並拉起鍊子不讓顧客進來；兩組門中間有一個鑲著綠色玻璃的安靜小室，而在薄薄的邊窗裡那些沒有身體、戴著羽毛帽和粉紅珍珠項鍊的服裝模特兒，偷偷地聽著迴盪在四周的叨叨道別聲。每個員工都痛恨克羅爾百貨；然而他們卻選擇一如游泳似地漸漸漂走離去。珍妮絲和兔子會在這個小室碰頭，昏暗的燈光和綠色的地板好像水底世界。他倆推開另一扇沒有上鎖的門、摸索著走到有燈光的地方。他們從不承認要去的那個有銀色浮雕的地方是和回家的人潮車陣呈反方向。他們疲倦地拉著手緩步地走，並在窗戶照射進來的暮色裡做愛。她那時仍羞於讓哈利看見自己的身體，所以要求他在過程中必須一直閉著眼睛：他的勃起一進到體內後就讓她感到一陣顫抖；她的那裡面盡是柔軟得一如絲絨拖鞋般的顆粒。他們事後會並肩躺在其他女孩的床上，並爲完成了這場做愛中的最後一步覺得悵然若失。眼前的牆壁是銀色的，而即將消逝的白晝則成了金色。

如今在起居室外頭的廚房是個狹長空間，它緊湊的走道就夾在五年前還很新穎的機器當中。珍妮絲這時掉了件金屬製的東西在地上，它不是鍋子就是杯子。「妳能夠不燙到自己把飯做好嗎？」她丈夫在外頭喊道。

「你還沒出門啊？」這是兔子得到的答案。

他走到衣櫃，取出掛得整整齊齊的外套。他好像是這個家裡唯一在乎整齊的人。身後的房間亂成一團。沾著骯髒殘渣的傳統酒杯；塞滿煙蒂、勉強站在安樂椅的扶手上的菸灰缸；皺巴巴的地毯；一疊搖搖欲墜的報紙；扔得到處都是的小孩子玩具：不是破的就是卡住或壞掉的、斷了條腿的洋娃娃，或是和幾個剪開早餐盒疊作堆的硬紙板，要不然就是暖氣機底下一團團的毛球。這些一個接著一個連成亂七八糟的一切，就像張收緊的網子緊緊黏在哈利背上。

他努力想整理出決定：究竟該先拿車再接小孩，還是先接孩子？他其實想早點看到孩子。不過走到住得比較近的岳母——史賓格（Springer）太太——家取車會快一些。可是，萬一她正好盯著窗子，等兔子上門好跳出來告訴他珍妮絲有多麼累時怎麼辦？「陪妳一起走了那麼一大段路去買東西，誰會不累啊？妳這可悲的守財奴，胖巫婆，老吉普賽。」兔子心想。而倘若他帶著孩子一起去也許就不會碰到這種事了。他頗喜歡和孩子一起從母親家走回來的這個想法。兩歲半的尼爾森，走起路來像個騎兵似地轉來轉去，但每一步都很用力。他們可以在落日餘暉中沿著樹下散步，然後像變魔術一樣在某個人行步道旁發現爹地的車車。可惜這樣一來就得花掉他更多的時間：因爲他媽媽又會狡猾、拐彎抹角地向自己抱怨珍妮絲有多無能。哈利厭惡他母親講個沒完；或許她只是開玩笑，但他也不能掉以輕心，畢竟她實在太強勢了——至少跟他在一起的時候是這樣。看來他最好先去丈母娘家取車、再去母親家接尼爾森。但他就是不想這麼做、一點也不想。問題在他面前糾結成一團，複雜得教人難受。

珍妮絲從廚房裡喊道：「還有，親愛的，可以幫我買包菸嗎？」尋常的口吻彷彿在說沒事了，一切恢復正常。

僵住了的兔子站在那兒，盯著映在通往走廊的白色門上模糊而呈黃色的自個兒身影，感覺他就置身在一處陷阱裡。肯定是這樣，他走出了家門。

外頭天色漸漸暗了並有點涼意，挪威楓樹黏答答的新芽正發出氣味。沿著韋爾伯街邊一整排房屋內的起居室有寬大的窗戶，正自它們位於電視機銀色區塊之外的廚房裡透出燃亮的溫暖燈光，像極了洞穴深處的火炬。哈利沿著下坡走去，白天正一點一滴地把自己凝聚起來。他會不時拿手去碰那些粗糙的樹皮或籬笆的枯枝，想知道它們的質地。在韋爾伯街跟帕德大道交會的轉角處，有個信箱倚著暮色站在水泥柱子上。聳立的路標上出現兩片指示牌，電話線桿上鑿了防滑釘的箱子在天空下支撐著它的絕緣體；消防栓猶如一根金色的灌木，形成一片小樹林。

兔子過去常喜歡爬上電線桿。從朋友的肩上開始直到用釘子做成的樓梯，他能一直爬到讓你能聽到電線唱歌的地方。這些電線的歌聲是一首沒有動作、令人恐懼的呢喃。它總在誘惑你鬆手，放掉掌中堅硬的長釘去感覺掉落時背後的空間，感覺它抓住你的腳、騎上你的脊椎。他記得自己曾佇在電線桿頂端的雙手有多麼灼熱，手上還沾滿了一路沿著大釘子爬上來而摩擦產生的碎片。他當時傾聽著電線歌唱，彷彿眞的可以聽到人們在說話：說著成人世界裡的所有祕密。絕緣體則像顆巨大的藍蛋落在一個多風的巢裡。

當他沿著帕德大道向前走去。高處寂靜的電線大腳跨入，穿過氣息流轉的楓樹枝頭。在下一個拐角處那兒，以前常有製冰廠來的水流下、以啜泣似的姿態進入下水道後又重新出現在街道的另一邊。過街的兔子走在水溝旁。溝裡從前常有水流過，讓水道的淺岸穿上一層綠色條狀的黏液，這些黏液正揮著手等你；如果你膽敢從它們身上走過，腳底就會滑溜溜地跌泡到水裡。他還記得自己曾在這裡滑倒過，但不記得自己到底一開始為什麼要從這溼滑處走去。接著他想起來：當初是爲了給那些女孩留下印象：有蘿蒂・賓加曼；瑪格麗特・史可科夫（Margaret Schoelkopf），有時候是芭芭拉・科布；還有瑪莉・霍耶——這些是他放學後一起走回家的女同學。常常莫名流鼻血的瑪格麗特擁有旺盛的生命力，她爸爸是個酒鬼；而且在其他人都不再穿滾蕾絲邊的鞋子之後，她爸媽還在給她穿。

哈利往下朝克傑萊斯巷走去、有一條鋪了鵝卵石的狹窄巷子。它一路彎彎曲曲，經過了一家小小的盒子工廠（裡頭員工多半是中年婦女）後面的空地；一家啤酒批發店的水泥牆；還有一幢現在用木板覆蓋著、看來很舊的石砌農舍——身爲城裡最古老的建築物之一，它是用厚重粗糙的印地安皮沙岩製的磚塊所砌成。這幢房子曾控制了現在鎮上一半面積土地，在它坍塌且飽受破壞的圍籬後方還留有一個庭院：其中有一堆棕色的枝幹和腐朽的木材，並在夏季裡長滿沒有人想要的野花野草——蠟綠色的枝條、乳白色的豆莢裡藏著絲綢般的種子、還有輕盈的黃色花蕊上沾滿液狀的花粉。

在這間老農舍跟陽光運動協會之間還是有一些距離。這個協會位於一幢高窄的磚造大樓，宛如是都市裡的廉價公寓，被錯置在這雜亂後門棄屋所在的巷子裡。入口處有片看來不祥的奇怪棚架，足足有一間戶外廁所那麼大的棚架；它總在每年冬天於大樓門前被豎立起來，保護其中的酒吧免遭風吹雨打之苦。有幾次進去俱樂部的兔子，發現裡頭看不到陽光。這幢建築物的一樓是個酒吧，二樓則擺滿牌桌，城裡的玩家坐在那兒低聲交換起作戰策略。他把喝酒跟玩牌都看成是一種令人消沉的罪——那是個帶有口臭的罪；更讓他覺得灰心的是這裡的政治氣氛。他的老籃球教練馬蒂・托塞羅（Marty Tothero）應該就住在這裡：在還沒有因爲醜聞被學校趕出去之前，他對本地的事務還有相當的影響力；即便是現在，據說也還能操控一些事。哈利雖不喜愛熱衷玩弄權謀的人，但他曾喜歡過托塞羅。除了自己的母親之外，托塞羅算是他見過最有那種魄力的人。

想到自己的老教練還窩藏在那裡就讓兔子覺得心驚膽顫。他持續向下走去，經過汽車修理廠與一間廢棄的雞舍。他一路的前進方向總是在往下，這肇因於賈基山鎮是建立在賈基山的東方山翼上；而這座山的西側則俯瞰著布魯爾市。儘管賈基山鎮和布魯爾市會在綿延於此山南邊、開往距離還有五十哩遠的費城（Philadelphia）公路上交會，但兩者並沒有眞的融合在一起。因爲它們之間隴起了一條從南到北有兩哩長、寬廣的綠色山脊：這山脊的上頭不時受到礫石坑、公墓和新開發建地的侵擾；但在某個高度以上又保留了數百英畝的森林——它是賈基山鎮的男孩們永遠無法徹底探索的保留區。

以二檔爬行在風景秀麗車道上，汽車引擎聲穿鳴了大片林地。但在這些被世人遺忘的漫長松樹培育林中，布滿了針狀葉的土地正於無邊無際、死氣沈沈的綠色隧道下，不停地向前及向上延伸，而小男孩在穿越寂靜後似乎進到了更爲荒涼的幽冥之地。然後，一片穿透樹枝的陽光來到他跟前，或者發現自己站在由幾世紀以前異常勇悍的移民所挖掘出來的一個質地鬆軟、滿佈石頭的地窖坑上，整個人因而感受到一股眞切的恐懼，好似身旁這股生命跡象會讓他意識到本身的存在，並連帶使得樹林的威脅也變得鮮活起來。於是他的恐懼像個無法關閉的警鈴嗚囀不停：跑得愈快，聲音就愈響亮。孩子會駝背沒命似地跑著，直到身旁清楚傳來一陣離合器的刺耳喘息聲——一輛身旁的汽車換檔加速通過後，松樹幹後方護欄的白色短柱出現眼前。他接著安全地走在堅實的柏油路面上，決定是要步行下山回家、還是轉到「山頂旅店」買支棒棒糖，享受眺望腳下布魯爾市的風光。視野下的布魯爾市一如地毯般地展開：它是個紅色的城市。城中的木頭、錫鐵、連紅磚都被漆成紅色——一種有如橘紅玫瑰花盆的紅，跟世上任何其他都市的顏色都不同——但它卻是住在這個市郡裡的小孩們心目中唯一的城市顏色：他們認爲全部的城市都該是這樣的顏色。

賈基山將黃昏提早帶到了鎮上。現在是春分前一天，才剛過下午六點，鎮裡全部的房子、磨石屋頂的工廠和傾斜的山道都已籠罩在一片陰影裡，而這片陰影也深深滲到了這座山東邊谷底的農地上。它邊緣的兩排農舍小屋正從它們的窗面反射落日、閃耀出光芒。不過隨著陽光消褪，這些窗子一個接著一個突然像關燈般地熄掉了。整片夕陽緊接著劃過了新房舍建地；棕褐色休耕中的農田；以及一座遠遠看過去除了其中黃色、毫無價值的沙坑陷阱之外，整體看來就像是個長條狀牧場的高爾夫球場；還往上延伸到對面的丘陵地：那兒的西側斜坡仍在燒亮著傍晚才有的光榮。兔子就駐足在巷子末端享受起視野裡那般開闊的景致——這是他小時候當球僮的地方。

被一種模糊的急切感所牽動，哈利轉身向左拐進了傑克遜路——這是他住過二十年的老地方。他父母的家座落於轉角上一棟住著兩戶人家的磚造房子裡。可惜只有他們另一頭的鄰居博爾格一家人才能擁有一個小小的邊院——這點讓他母親一直很嫉妒。她總在抱怨：「博爾格家的窗戶把陽光都佔去了，害我們只能窩在這裡。」

兔子偷偷摸摸地從草地上接近他的老家。他跳過牽牛花的小樹籬和用來防止孩子從人行道跨過來的電線後，溜下兩條水泥走道之間的草皮上。身旁有兩道沿著草皮旁建起的水泥磚牆——他以前住在其中一面牆後頭，而齊姆家則住在另一面牆後頭。長相平凡的齊姆太太，擁有因爲甲狀腺過度分泌所造成的一對大眼睛和淺藍色的鬆弛皮膚，經常對著她的女兒卡洛琳——一個美麗得超過她年紀該有的五歲小女孩——鬼吼鬼叫。她的父親齊姆先生則雙唇豐厚、髮色火紅。遺傳的奧妙於卡洛琳身上發揮得淋漓盡致：豐滿與纖細，紅色與藍色，健康與神經質等等特質都混合得恰到好處；這讓她早熟的美麗看起來像是別處才會出現的東西，例如在法國、波斯或天堂——即使是大她六歲、往往對女生視若無睹、後知後覺的哈利，也能察覺到這一點。然而齊姆太太依舊是整天對著女兒吼叫不停；於是當齊姆先生下班回來後，這對夫妻持續對罵數小時的戲碼便將上演。這些爭執通常是從做父親的試圖要保護小女兒開始，然後鄰居們就會注意聽到兩人間的陳年舊帳彷若是夜裡的複瓣花朵般一舉綻放開來。所以他媽媽有時候說齊姆先生要殺了太太，有時候又改口說小女孩會趁父母熟睡時把兩人都殺了。

卡洛琳的確是有點冷酷。從開始就學後，她總會在漂亮的小臉上掛著微笑出門，一路以自己擁有般全世界的驕傲獨自地搖擺身軀——儘管哈利家才剛在相隔不到六呎的廚房窗子這頭，聽到卡洛琳母親利用整個早餐時候對女兒歇斯底里地發著飆。「那個可憐的男人怎麼受得了？如果卡洛琳跟她母親再不解決她們之間的歧異，總有天一早醒來，她們會發現一家之主消失了。」但哈利母親的任何預言從來都沒有成真過。後來齊姆全家人，包括先生、太太和女兒三人一起坐上一輛旅行車搬離開這個地方，他們有一半的家具還擺在搬家公司卡車旁的人行道上。齊姆先生在俄亥俄州的克里夫蘭找到一個新工作。這可憐的一家人沒有人會想念他們的——但在當時還是有人重視他們的。他們把房子的一半所有權賣給一對身爲虔誠衛理公會

（Methodist）④教徒的老夫婦，不過老人拒絕修剪他房子和哈利家之間的那塊草皮。本來齊姆先生不論晴雨，每逢週末必定到屋外去把那整塊草皮都修剪得很好。「彷彿這就是他生活中僅餘的快樂來源，我對這一點毫無疑問。」兔子會如此推敲。但新屋主卻只會修剪到剛好一半；面對笨重的割草機，這名老人居然選擇只將它從本來推過來的地方再推回去——如果把割草機推到哈利家那一端並不會多花什麼力氣，也不至於要留下這樣一個可笑的庭院模樣。「當我聽到那老蠢蛋的車輪沿著他那自以爲是的步伐在『卡嗒卡嗒』作響時，我的血壓就會上升，差點氣到自己的耳朵都要爆裂！」安格斯壯太太於是整個夏天都不准兒子或是先生去主動整理那另一半的草皮，因而在這狹小陰暗空間中，雜草竟能長到如同膝蓋一樣高，還有像小麥一樣的梗、同時開出了次第黃花。

直到八月從鎮上來了一個人很抱歉地說出：他們必須依法除草。哈利首先應了門並說道沒問題，可是他母親卻從身後搶到前頭說，你這是甚麼意思？這是她的花床耶——她不想讓人給毀了。身爲兒子的他覺得很難堪。那個人只是冷冷地注視他媽媽，並從臀部的口袋裡拿出一本翻舊的小書，把法條指給她看；但她仍在爭說這是她的花床。那個人只好宣布再不除草會罰款多少金額這回事後，悻悻然地離開門廊。後來趁著安格斯壯太太在布魯爾市區逛街的某個週六，他父親從車庫取出了把鐮刀，將那半片草皮上的全部雜草都割除；而兔子則在剩下的草渣上來回推著割草機，直到它能像舊齊姆那棟屋子的另一半草皮般地整齊（雖然顏色顯得深了些二）。這麼做讓他有罪惡感：他害怕母親回來後會與丈夫產生衝突。童年時期的哈利害怕父母親爭吵，每當他們生氣變臉、罵人的話講得口沫橫飛時，他眼前彷彿有一片玻璃也正劃破空氣朝自己射來，造成身上力量一點一點地耗去——他必須找個房子遠遠的角落裡藏身。不過幸好這次夫妻間沒有衝突，讓他吃驚的是他爸爸選擇撒了個善意的謊言；更不可思議的是當安格斯壯先生這麼做時還跟兒子擠眉弄眼地打暗號。他告訴太太：那個衛理教老頭終於受不了凌亂的庭園就自己把草割了。他媽媽相信了先生的話，卻還是很不高興；她把那天剩下來的時間、以及接下來的整個禮拜，全都用來嚷著要告那個老神棍。她不知怎麼地就認定這是她的花床。如今這兩片水泥牆間的這塊地並不比兩呎寬多少——這對必須從上頭走過的高個子哈利而言有點危險，好像踩在一堵牆的上頭一般。

他往回走到那扇亮著燈的廚房窗戶旁，鞋底沒有一點兒摩擦聲地踏上水泥地，踮著腳尖往屋內看向一個明亮的角落。他見到自己正坐在一把兒童專用椅上，一陣奇怪的妒忌心來了又去：那其實是他的兒子。小男孩細小的脖子上反射出光芒，宛如是廚房裡架上的杯子、盤子、鍍鉻門把、鋁製蛋糕容器以及摺成扇形有光澤的油布這些乾淨的東西一樣。他那戴著閃閃發光

---

④ 一七八十年十二月二十四日，美國衛理公會（Methodist Episcopal Church）在馬里蘭州巴爾的摩成立。以後經過數次分裂，形成美以美會、監理會、美普會、循理會和聖教會等。其中最重要的一次分裂，就是一八四四年美國南北衛理公會因爲黑奴問題大分裂，在美國南方的稱監理會（The Methodist Episcopal Church South），在美國北方的則稱美以美會（The Methodist Episcopal Church）。一九三六年時，美以美會的總部在紐約第五大道（Fifth Avenue）一百五十號。一九三九年五月十日，美以美會、監理會和美普會（The Methodist Protestant Church）重新聯合，稱爲衛理公會（The United Methodist Church）。

眼鏡的母親，正在桌子的一角彎起腰，並從她肥胖彎曲的手臂末端伸出一支冒著熱騰騰豆子的湯匙。爲什麼沒人來接孩子——這種擔心此刻在她臉上竟看不出一絲端倪；有著扁鷹鉤鼻的安格斯壯太太反倒顯現出一種專注，全心只凝結在唯一的願望上：孫子，吃下去吧！她的嘴綳緊成白色的皺褶，大伙在微笑中呈現著和諧的美感。尼爾森的嘴唇，在兔子看不到的角度，一定是把豆子吃了；同桌的其他家庭成員跟著齊聲讚揚：他父親模糊的話語、與他妹妹尖銳的音調，對他而言變得很細微——隔著中間的玻璃、加上頭腦裡傳來血液的沙沙聲，兔子聽不清楚屋內的家人在說些什麼。

他剛下班的爸爸身穿沾了油墨的藍色襯衫：誇起孫子時凹陷的臉龐顯露出倦意、加上蒼白髮，渾身呈出遮不住的老態；脖子也像鬆垮的幾捆細繩；一年前裝的假牙改變了他父親的臉型，讓它更垮下了零點幾吋。而他準備去歡度週五夜晚的妹妹蜜莉恩（Miriam），則穿金戴玉、打扮時髦。模樣酷酷的她吃起晚餐，同時幫小侄子舀了滿滿一匙飯；當她戴著閃亮手鐲、纖細而白皙的手臂，穿過冒著蒸氣的桌面時，那叮叮噹噹的聲響爲整個飯桌上的場景奏起一段俗氣的背景旋律。蜜莉恩妝畫得太濃：十九歲的她其實用不著擦上綠色眼影就能展現青春無敵的嬌媚了；可惜她有些許暴牙，這點總讓這個年輕女孩總是試圖避免微笑。此時尼爾森把他渦紋狀的大頭垂降到自己明亮的頸部，並將看來短短的、布滿小粉點的童稚小手伸出，想從姑姑那裡拿湯匙。哈利父親在盤子上方的臉龐湧現笑容；暱稱爲小蜜的妹妹雙唇向上飛揚，打破她之前小心翼翼僞裝而出的冷淡神情，笑得露出牙齒——這讓哈利憶及從前那個經常坐在他腳踏車把手上的小女孩：當他們沿著陡峻的賈基山街道一溜煙而下時，她流水般的頭髮往往搔得他眼睛發癢。現在早已長大的小蜜讓尼爾森嘗試握住她的湯匙，但小孩一溜手竟把湯匙掉在地上了。小孩哭道：「亞了！亞了！」；這句話兔子聽得到也聽得懂：小男生是想說「灑了」。爺爺和姑姑因此都笑得開懷，似乎還說了些什麼；奶奶卻抿著嘴很嚴肅地取著一只新湯匙走過來。他的兒子有人餵，而且這個家看來還比他自己婚後的家來得愉快多啦！哈利向後滑動一步、穿越水泥，重新走過安靜的草地。

他這時的動作有一種果斷的迅速。黑暗中他向下走過傑克遜街的另一半街區，接著穿過約瑟夫街、跑了一個街區、又大步跨過另一個，終能來到他汽車的視線範圍內。他的車門在對自己咧嘴而笑，整個車就被停放在街道上錯誤的那一頭。哈利摸摸口袋後心頭一涼：天哪、他竟沒有帶鑰匙！整件事情會搞成這樣全都肇因於珍妮絲的過度懶散。要不是她忘了在丈夫離家要去取車時把鑰匙交給他，就是她根本沒把鑰匙從這輛車子的發動器中抽出來。他試著去想像哪個可能性比較高、但實在無法肯定。他沒那麼了解自己的妻子，他從來就不明白她到底要做什麼。「就連珍妮絲這個笨女人也不了解自己吧！」兔子心想。

他岳父母史賓格家的大房子前頭昏暗，後面倒是燈火通明。在芬芳的樹影下哈利謹慎地移動著，以免驚動正在幽閨客廳裡面呆坐著、等著把心頭想法告知上門女婿的那名老婦人。他穿過自己的車前——這是輛一九五五年份的福特二手車：它是那個蓄著沙土色希特勒小鬍子的老丈人史賓格先生在一九五七年以整整一千塊美元賣給他的。當時這個飽受驚嚇的老渾蛋認為：

自己賣了一輩子的車，女兒卻要嫁給個只能趁著一九五三年在德州服役時、以區區一百二十五塊美元購得一九三六年份老別克車款乙輛的窮小子，真是可恥。於是當那台別克老車才市值八十塊美元時，他的岳父就逼他先透支一千塊美元來買下這台舊福特車。事情就是這樣：史賓格一家人總覺得他們得到什麼都是應該的。

從後座乘客處打開車門的兔子，沒料到車門的彈簧此刻發出「砰」的一聲，嚇得他趕緊縮身將頭藏進車子裡。謝天謝地！在車燈和雨刷的球形按鈕下頭，他看到一隻八角形的鑰匙現出身影。天佑珍妮絲那個笨蛋！他滑身進入車內關上側門，這次學會得謹愼注意不再讓那些金屬零件於彼此碰撞時產生任何聲響。史賓格家粉刷過的宅院前頭仍然昏暗，有某種原因讓他聯想到廢棄的冰淇淋攤子。一旦他把手中的車鑰匙轉到「啓動」位置時，車頭引擎便開始劇烈地攪動起來，可惜沒兩下它竟又熄了火。焦慮的哈利只能勉力按捺住體內一股想把車悄悄開走的衝動，強迫自己以無比輕柔的耐心對待眼前的油門及整台機械——由於在這個冬季的最後一天中被閒置了數小時之久，它們目前早就冷卻下來而滯礙難動。等待中的他心跳加快，一種屬於菸草的味道又來到喉嚨。他恐懼些什麼？就算史賓格老太太眞的出來了又如何？唯一可疑的是孩子爲何不在車上？他大可回答自己正想取完車後去接他，反正這樣的順序也絕對合乎邏輯。不過雖然如此，不管多麼合情合理，他還是覺得說謊不方便。因此他把手煞車拉出只容得下指尖的寬度後，再次發動引擎、將油門踩下；同時間向旁邊偷看了一下，發現史賓格家的客廳燈亮了，他便鬆開離合器，讓這台福特車開始奮力轉動、駛離路旁。

沿著約瑟夫街開起快車的哈利，一向左拐後並沒去注意到上頭寫著「停」的標誌。他順著傑克遜路而下，開到了斜斜切入中央大道的地方——這是往費城去的四四二號公路上。停！他不想去費城。但眼前的路在城郊電廠車站外就變寬了，而除此之外的唯一選擇就是調頭穿回賈基山鎮。但就這個路線來說，他得沿著山路把車開進布魯爾市區，陷進那晚餐時分繁忙的交通車潮裡，他亦不打算再看到簡直就是個「紅色花盆城」的布魯爾市中心。眼前的公路這時從三線道變寬成爲四線道，他再無撞到別輛車之虞；而全部的車潮都像溪流上的木頭一一魚貫前進。

兔子打開收音機，在一陣雜音後出現一位音色柔美的女黑人在唱著：「沒有歌，白晝永遠不會結束，沒有歌……」聽得他想抽根菸配合體內那種澄澈的感覺，卻又記起自己已經戒菸的這回事——這點讓他覺得全身更加潔淨無暇。在駕駛座上沉下上半身的他，將右手放在椅背上、左手握著方向盤，在暮色中的山頂向下滑行。黑人女歌手唱到「一畦玉米」時，聲調轉成黯然而深情，彷彿是來自大提琴深處的天籟；而當她唱起「青草滋長」這句時，哈利視線下的鄉間景色也隨之垂入四周的道路，活像隻綿延的黑鳥。更有甚者，他整個頭皮被於耳邊回盪的「叫人不知所措」及「沒一個……」等這類歌詞深深地打動，不自覺地呈現出狂喜的收縮狀態。不過此時、一陣代表車裡暖器已在正常運轉的燒焦橡膠味傳來，他聞到後立即把溫控桿調到中間。

接下來除了「祕密的愛」、「秋葉」之外，還有一首歌，但他沒聽清楚歌名。這類型歌曲像是適合在烹飪晚餐時的背景音樂。兔子不禁想起珍妮絲煮飯的景象：東西在鍋裡嘶嘶作響，或許她在切剁些什麼；沾了油脂的水在一旁沉悶地滾著；解凍的豌豆把維他命都蒸發掉了。他的心焦急地從這景象移開，努力想些愉快的事情。他想像自己即將單手長射，卻感覺自己是站在一個懸崖上；當籃球一離開手後他就會掉進底下的深淵。他又試著回想他母親和妹妹餵食他兒子的畫面，可是在這倒轉的景象中，小男孩卻哭得前額通紅、嘴巴張大，吐出無助的熱氣。

一定會有其他愉快的事值得哈利去想像：製冰廠黃濁的水從溝裡流下，流過鵝卵石上造成彎曲的斜紋，引動岸邊纖細條狀的黏液輕輕搖擺。突然間他飄向了珍妮絲在下沉日光中躺在別的女孩床上、身體顫抖的畫面。後來他變成得努力把蜜莉恩的感覺從腦海中抹去：在他腳踏車把手上的小蜜；也是在昏暗下雪天中坐著雪橇讓他一路沿著傑克遜街向上拉的小蜜。小女孩戴著兜帽開心地笑著，他是一旁的那位大哥哥；身側雪中的紅燈，標示著鎮上大人用來封堵街道以供鎮民玩耍的支架位置。他倆正向下滑、向下滑，雪橇在黑暗凝結光滑的雪上發出呼嘯聲；「抓緊我，哈利！」小蜜大喊。接著在雪橇撞擊終點時，灑在橇底作爲安全防護的煤渣擦出了火花，彼此的摩擦聲就像黑夜中的一顆大心臟重擊一聲後倏地停止。「再一次嘛，哈利。之後我們就回家，我保證，拜託，噢！我愛你。」那時的小蜜才差不多七歲，戴著兜帽，街上還下著雪、溼溼滑滑的。最後他的思緒轉回到現實：可憐的珍妮絲現在或許已經不知所措，焦急地打著電話給她的母親及婆婆、或是另外某個人，想知道爲什麼她的晚飯都冷了，丈夫的人都還沒有回來。眞笨，原諒我。

兔子加快速度向前行駛。一路上遇見繁複的燈光脅迫著他，讓他逐漸被驅策開往費城的方位。他恨費城，那是世上最髒的城市，人們挨著毒水過活，你在那兒可以嗅出化學藥物的味道。他其實想要往南開、往下開，去到地圖中長滿橘子的小樹林、煙霧瀰漫的溪河和有赤腳婦女的地方。這個主意看來簡單極了：只要開一整夜的車，開過黎明、早晨、中午，並將車停在沙灘上，脫掉你的鞋，在墨西哥灣沉沉入睡，然後跟滿天井然有序的星辰一同醒來，感覺自己處於全然的養生新狀態。但他卻正向東走：這是最壞的方向，進入到不健康、煤煙、惡臭，一個令人窒息、沒有殺人根本就動彈不得的洞穴裡。但高速公路吞噬了哈利，出現一個上頭寫著「帕斯城－兩公里」的路標——這讓差點剎車的他緊跟著陷入沉思。

如果他正往東方開，那南方就在他的右邊。然後，猶如整個天地就在左右兩側等候哈利的差遣似地，他的右方視野真地出現了一條寬敞的道路，上面標示著「一百號公路－往西賈斯特威明頓（Chester Wilmington）」。一百號公路聽起來十分悅耳；雖然他並不想去威明頓市，但至少那是個正確的方向。哈利從未到過威明頓，那裡是杜邦（Du Pont）⑤企業的地盤；他不曉得當一個城市變成一家公司時會是個什麼樣子。

⑤一八〇二年七月十九日杜邦先生自法國遷徙至美國德拉瓦州（Delaware）的威明頓市（Wilmington）成立了一家火藥工廠；當時的公司集資三萬六千美元，共十八股，每股二千美元；自此開啓了該企業在美國本土及海外市場的龐大發展。迄今威明頓市仍是它迄今設立的總公司位置之一：是美國德拉瓦州最大城。人口約爲七萬多人；並有「世界化工之都」、「世界信用卡之都」等稱號。

開不過五哩路，他開始覺得這條路好像也是同一個龐大陷阱的箇中部分。他碰到第一條岔路口後就馬上朝右邊轉，發現大燈下一座拱頂石砌成的標示牌，寫著「二十三」。好數字！在他參加籃球校隊後的第一場比賽，他就是得了二十三分——當時的兔子還是個沒近過女色的高二學生——濃密的樹蔭遮蔽了眼前這條較為狹窄的道路。

一個赤腳的杜邦人。她的腿或許是褐色的、胸部像鳥一樣小。哈利聯想到法國的一個泳池邊有名裸女：她的體內很深，彷彿裝有大量的錢——有幾百萬之多。一說到幾百萬，跑進你腦海的會是白色的印象：那些驚人的白色鈔票一路輕柔地飄沉到那座女體身底，但仍有許多吉光片羽在她身子外頭留了下來。那些富家女是性冷感？還是色情狂？一定都有吧！而畢竟從某些老印第安騙子傳承下來的女人會比其他女人運氣好一些，就算她們住在貧民窟，身上繼承的東西還是一樣。這些深膚色的印第安女人會自黯淡的褥墊上發光，把周遭東西襯托得更白皙。當她們想要與你交歡時，就會主動出現在眼前；用盡全身自然曲線為你帶來令人驚嘆的銷魂感受——若非如此，那些曼妙的身軀也不過就是些脂肪重量。可笑的是，熱情如火女子的那裡頭往往是又緊又乾，而慢條斯理的女性的下體反倒溼潤迷人。她們要你從上面在她們小小的下半身突出點上用力地磨蹭。最要緊的是你必須先對她們加以挑逗，直到這些女人愛的熔岩達到爆發境界為止。關於這點你能察覺得出來：她們在皮裘下的肌膚，會忽然變得像布偶頸部般地放鬆而慵懶。

二十三號公路往西走過些溫馴的鄉間小鎮，比如說：科文特維爾、艾爾文生及摩根鎮。

兔子喜歡這些地方。方正高大的農舍輕輕緊靠路旁，四週都是柔軟的白色粉牆。一個鎮上的小酒館發出亮光，他停在對面有兩座加油器的五金行外面。從收音機他知道現在差不多七點半，但五金店還在營業：櫥窗裡擺著鏟子、播種機和挖洞埋樁的工具，以及黃色、藍色和橙色的斧頭，還有一些釣竿和一排外野手的手套。一個穿著靴子、鬆垮垮卡其褲和兩件法蘭絨襯衫的中年男子從店裡頭走出來。「你好，先生。」他開口，並在說「先生」時加強音調，聽起來就像跛腳的人在行走一樣地用力。

「能幫我加滿普通汽油嗎？」

那人開始幫他加油。兔子走出車子、繞到車後問道：「我現在離布魯爾市有多遠？」

那名農人聽著汽油發出的咯咯聲，抬起頭用一種有點不信任的眼神看著他。他舉起一根手指頭說：「調頭，走那條路。走十六哩路可以到橋。」

十六哩。他已經開了四十哩路，結果才離自己的家十六哩遠。

不過這也夠遠了。這裡是另一個世界，有不同的風味，更古老的風味，地底下有些還沒有任何人探勘過的偏僻洞穴。「假如我直走呢？」

「那你會到教堂鎮。」

「教堂鎮之後呢？」

「新荷蘭，蘭開斯特市（Lancaster）。」

「你有地圖嗎？」

「孩子，你想到哪裡去？」

「唉呀，我不太確定。」

「你的目的地是哪裡？」那個人倒挺有耐心。他的臉此時看起來不僅像個父親，也顯得狡猾又愚蠢。

生平第一次，哈利意識到自己看起來像個罪犯。他聽出來汽油已經升到油箱的頸部，也注意到農人把每一滴油盡可能地擠進油箱，不讓它從油箱口濺出來——完全不比那些都市裡的加油工的粗魯手法。今夜，他就來到了像這樣一個連一滴油都不該浪費的地方。在鄉間，法律可不是個看不見的鬼魂：它們會四處走動，身上也帶著實在的泥土味。於是沒道理的恐懼便凝結在兔子的身體裡。

「需要我幫你檢查機油嗎？」那個人問道。他把加油管掛回生鏽的加油機旁——它是那種老式、圓頭還上漆的那種機器。

「先不必……呃，還是麻煩你一下好了，多謝。」四周安靜下來。哈利需要的不過是一張地圖，但這該死的鄉巴佬，眞是糟透了！他到底在瞎疑心什麼？人總是要到某個地方去的。所以最好還是檢查一下機油：因爲到喬治亞州的半路前，他都不想再停下來。

「喂，從這裡往南到蘭開斯特市有多遠？」

「正南方嗎？不知道。上路大約是二十五哩。機油沒問題。你想現在去蘭開斯特市嗎？」

「是啊，可能會。」

「還要檢查水嗎？」

「不了，這樣就好。」

「電池呢？」

「它是好的。我走了。」

那個人把引擎蓋使勁關上，並從上頭對哈利微笑說道：「汽油錢三塊九美元，年輕人。」聲音還是一樣的低沉、謹愼、同時帶點殘缺的味道。

兔子把四塊美元放進對方的手：那堅硬結痂的雙手，上頭的指甲讓他想起被磨成奇怪形狀的舊鏟子。接著這名農夫樣的男子就消失在五金店：或許他正打電話給州警；他的行爲舉止看起來活像是他知道自己的一些事情，但是這怎麼可能？兔子的心裡發毛，眞想鑽進車裡趕快開走算了。爲了讓心定下來，他數一數錢包裡剩下的錢：七十三塊美元；而且今天是發薪日。手指頭摸到這麼多盤纏讓他精神一振。此時那名鄉巴佬熄了燈、從五金店裡走出來，手裡拿著一角美元零錢，但依舊沒有地圖。哈利把手做成杯狀想收下錢，那個人卻用他寬大的拇指把錢推進去後說：「我在店裡到處找找，唯一看到的是紐約州的地圖。你不會想去那條路的，對不對？」

「嗯。」兔子回答，並走向他的車門。他從頸後透過頭髮可以感覺到那個人在跟著自己。他走進車內、使勁關上門，可是這名農人就剛好站在車門處，臉上的肉懸掛在打開的車窗上。彎下身的他就在快把臉湊進車內時，哈利看到他的薄唇上有條裂開的、斜斜指向鼻子的傷疤。

戴著眼鏡的鄉下人把嘴唇若有所思地移動著、擺出學者的口吻說教道：「你知道——唯一能到達目的地的方法，就是在出發前搞清楚你要去哪裡。」

兔子嗅到一陣威士忌的酒味。他淡淡地回應：「我不這麼認為。」但那個人的嘴唇、眼鏡和淚滴形的鼻孔外面伸出的黑色鼻毛，均沒有表現出一絲絲驚奇的被冒犯之意。兔子倒了車、直直地往前開走。他想：任何告訴你該怎樣做的人，呼吸中都有威士忌的味道。

當哈利把車開往蘭開斯特市時，一路上原本的輕快心情都被剛剛經歷過的事情破壞了。那個老傢伙什麼都不懂就只是倚老賣老，並把整個地區弄得很邪門。在教堂鎮外黑暗中，他跟一輛門諾教派（Amish）⑥的輕便馬車擦身而過，瞥見其中一個蓄著鬍子的男人和一名身穿黑衣的女子並坐在馬車裡。兔子覺得那整輛馬車的陰影正發出如魔鬼般地強光，而裡頭男人的鬍子就像鼻孔裡長出的頭髮。他試圖想像這個教派的人們過的是怎樣的美好日子，並總在努力避掉這個二十世紀騙人的「維他命產業」。可惜此刻對哈利而言，這派模樣還是像個撒旦的忠貞教徒正冒著生命危險趕路；而馬車後頭只有一面粉紅色的昏暗反光鏡，同時憎惡自己這群從大大的尾燈發出光暈的現代開車族。他們以為自己是誰啊？但他也無法在精神上動搖這些人的信念就是了。馬車沒有在他的後視鏡裡出現；他們與兔子擦身而過後就消逝了，徒留下側面的匆匆一瞥：那女人在四方形陰影裡頭的臉，變成一團斧頭狀的煙霧；高高的棺木四周布滿毛髮，並踩著一匹垂死之馬的死亡節奏前進。哈利認為，信奉這門教派的人都對自己的牲口過度役使。這些狂熱分子！他們的婦女在田裡站起身來，狀如駝峰；雖然穿著衣服，但黑色的裙子一掀起來就發現裡頭面什麼都沒穿——「沒穿內褲的狂熱分子，崇拜肥料……」他這麼想著。

富饒的土地似乎將它的黑暗投進天空，農場的鄉間夜色變得更加幽暗。所以當蘭開斯特市的街燈跟他昏暗的車燈融會成一體時，哈利滿懷感激。本來打算開出州界再吃晚飯的他，挨不住飢腸轆轆的感覺，還是選擇先在一家簡式餐廳停車進食；店裡頭的時鐘此時列著八點零四分。他在店家的門邊架子上取了份地圖，邊吃著三個漢堡，邊在櫃台處研究起自己的位置。他所在的蘭開斯特市周遭盡是些有趣的地名，像掌中鳥、天堂、交流、飄飄山、福星等等。不過若住在這些地方，這些名字對你而言或許就不那麼好笑了。就像賈基山這個地名一樣：你總會習慣的；一個鎮總是得有個名字。「掌中鳥、天堂……」他用目光將地圖上這些秀色可餐的字母排列成序。在這個髒亂、組合式餐店的濃厚油光中，他倏地燃起一個瘋狂的構想：眞想開車去那些地方，豐滿的小妞、街上的玩具狗、以及淡黃檸檬色陽光下的糖果屋。

但是不行，兔子的目標是南方天空中像大枕頭一樣的白色太陽。從地圖中他得知自己比較像是往西開、而非往南走。假如之前那個鄉下佬有地圖可以提供，他老早就在往正南方的十號公路上了。而目前他唯一能做的事就是開到蘭開斯特市中心，然後走二二二號公路出去、一路下到馬里蘭州（Maryland），並接上一號公路。他還記得在週六晚報上頭讀到：怎麼從佛羅里

⑥是再洗禮基督教的一個分支，由瑞典門諾派教負責人雅各亞曼成立在一六九三年。教徒多居住於美國及加拿大，並分成數個主要團體。復古時期的門諾教派用馬耕種和運輸，他們依照傳統禮俗穿著，並且拒絕使用家電、電話或車子；許多這類不接受文明便利化物質的傳統習慣仍沿用至今。目前賓州的蘭開斯特市是該教派在美國的大本營。

達州（Florida）沿著一號公路開到緬因州（Maine），並經過世界上最美麗的路上風光。他要了杯牛奶，還加了一份蘋果派外帶；這家店的蘋果派外皮脆到起泡，也懂得要加上肉桂增加風味。哈利記得母親做的派總是會放肉桂。他把十塊美元拿來付帳、找了些零錢，心情愉快地走回停車場。這裡賣的漢堡比布魯爾市的更大、更熱騰騰，小麵包也好像蒸過。事情看來已經開始好轉。

他花了半個小時才找到路離開蘭開斯特市。在二二二號公路上他一路往南駛去，通過雷夫頓、赫斯谷、新普維登斯和奎瑞維爾，穿過機械林和獨角獸、接著是一片單調又沒路標的土地，一直到他看到橡樹林的地名，才知道自己已經進入到馬里蘭州。沿途上車內收音機不停地傳來連續的歌曲、廣告或新聞：「再無其他的臂膀與香唇」、雷哥透明塑膠椅套、康妮・法蘭西斯的「如果我不在乎」、遙控車庫門控制器、「我一路奔回家只爲說抱歉」、梅爾・托頓的「熟悉的感覺」、西屋配備單指自動搜尋功能的大螢幕電視機、杜安・艾迪的「絕對」、紙友公司的鋼筆、天美牛奶潤絲精、「讓我們漫步」、新聞報導「艾森豪總統和哈洛德・麥米倫首相在蓋茲堡開始一系列會談；藏人在拉薩跟中國共產黨徒戰鬥──這塊遙遠落後土地的精神領袖達賴喇嘛下落不明；公園大道的一名女傭得到一筆二十五萬美元的信托基金；春天預計明天降臨等」、體育新聞「在邁阿密洋基隊贏了勇士隊；某人在聖彼得堡公開賽跟某人打成平手；本地一場籃球聯賽的得分等」、氣象預報「晴朗溫暖合宜」、「讓我走」、斯考葉契爾人壽保險公司、「洛克維爾，P-A」（兔子喜歡這首）、新配方巴巴索快速泡沫、多帝・史蒂文斯的

「粉紅鞋帶」、有關一個叫比利・泰斯曼的小男孩被車撞了想收到慰問卡片或信的報導、「練習球」（他也覺得好聽極了）、羊毛料公司的全羊毛衣服、亨利・曼西尼的「跌落」、「人人都愛恰恰恰」、一種叫「上主恩典」的餐巾跟美妙的「最後晚餐桌布」、「我的心跳」、一種魔術黏土、「維納斯女神」，還有再次重覆相同的新聞報導——達賴喇嘛到底在哪裡？

離開橡樹林後不久的哈利來到了一號公路，但路上的熱狗攤、卡爾索的廣告牌及路旁模仿小木屋的酒館等景致，都讓人出乎意料地洩氣。他開得愈遠，就愈感覺到有某種龐大混亂的文明系統又向自己襲來，只不過現在面對的是巴爾的摩市（Baltimore）而不是費城。他在一個加油站停車，加了兩塊美元的普通汽油。他其實眞正想要的是另一張地圖。於是他站在一台投幣式可樂販賣機旁把地圖攤開——一罐罐的液態蠟將身邊窗內的光線染成綠色，而他就在這個窗戶透出的光線裡讀著它。

兔子的問題在於：他已朝著西方開去、但卻希望能脫離巴爾的摩與華盛頓這一區。因爲這兩個都市就像一隻雙頭犬護衛著朝南方而去的海岸線——但無論如何他都不想沿著水路向下開。他腦海浮現的夢想是：自己能從美國國土中間一直駛下去，直接到土地寬闊柔軟的腹地，然後用他來自北方的車牌給黎明的棉花田來個驚喜。

現在的他則身在某處。再往前一點就會有一條編號二十三號的公路從左邊分支出去；不，是從右邊。那條路會往上攀越回到賓州；但是在索斯維爾這裡，他可以走一條沒有編號的狹窄藍色公路，然後往下走一點、又回到一三七號道上。這條路會跟四八二號及緊接著的三十一號公路形成一個不整齊的曲線。兔子可以感覺到自己正向上搖擺、經過那條曲線，進到紅色的二十六號道；再向下走到另一條編號三四〇的公路，這條路也是紅色的。所以他是真的在滑行，並且在頃刻間找到自己想要去的地方。在他左邊有三條紅色公路彼此平行由東北往西南流動；兔子可以很容易感覺到它們在向下延伸，穿過阿帕拉契山脈的山谷。只要走它們其中任何一條，都可以像溜滑梯一樣把你倒進早晨甜美的棉花田低地。是了！一旦上了那幾條路，哈利就能把所有這些亂七八糟的想法都拋諸腦後。

他把兩塊美元給了爲他加油的服務生——是個年輕、高大的黑人小伙子。他柔軟而懶散的身體沉沉地跌坐在鬆垮垮、印有「美國石油公司」的連身工作褲裡，這讓兔子有種怪異的衝動想去擁抱他。在這遙遠的南方，空氣已經溫暖了起來。暖和的氣息在加油站的燈光和月亮之間，形成棕色和紫色的弧線並彼此振動著。在裝滿綠色液蠟的罐子上方有扇窗子，窗裡頭的時鐘寫著九點十分；而它纖細的紅色秒針平靜地掃過鐘面上的數字，促使哈利前進的道路似乎也變得平順。他低下頭縮進自己的福特車中，並於那悶熱的老舊內裝裡喃喃低唱：「人人都愛恰恰……」

兔子加完油後，就開始奮勇地往前駛去。車子經過了柏油路和碎石子的路面、穿越城鎮田野，並路過有汽笛聲的錯誤十字路口。他這次把地圖放在身旁的座位上，好讓自己能將上頭印刷的道路數字看清晰，同時盡力抗拒他一直總想盲目向南轉的衝動。體內的動物本能明白地告訴他：他正在向西開。

這會兒周遭的土地變得更荒涼。道路穿過松樹林、避開了大湖和隧道。在他擋風玻璃上方的電話線不斷拍打著星辰，而收音機裡的音樂也慢慢凝結：從給年輕人聽的搖滾樂冷卻成經典老歌，並播放出四〇年代的曲調和輕音樂。兔子擬想一對對結婚的夫妻在外面用完餐、看完電影後，驅車到褓姆家接孩子的情景。接著、當這些旋律凝結成冰，真正的晚間音樂就此接管。鋼琴和電顫琴豎起一串高亢清脆的八度音符、單簧管像池塘上的一道裂縫般地恣意游移，薩克斯風則一遍又一遍地吹出相同的裝飾八度音階。他開過西敏斯特，並花了好久才抵達弗雷得瑞克（Frederick）。然後他再走上三四〇號公路，越過波特馬克河。

午夜前夕、眼皮愈來愈重的兔子不得不把車停在路旁一家咖啡館，要走進去喝杯咖啡。不知怎麼的，雖然不能確切地說出差別，但是他知道自己跟店裡其他客人就是不同。對方也意識到了，並用冷硬的眼神回看他，一對對眼睛像是釘在一張張白色臉蛋上的金屬大頭釘。現場有身穿拉鍊型短夾克的三名年輕男子，他們與另一名女客坐在某個雅座裡；也有橙色頭髮像擺動的海草一樣垂掛下來、或者被像海盜寶藏般黃金髮夾鬆鬆束綁著的女孩們。而在櫃台區則有對身著大衣、把臉聚攏到灰色冰淇淋蘇打吸管前面的中年夫妻。在哈利推開門所造成的一片肅靜中，櫃台後頭一位略顯疲態的女性對他展現出過度的禮貌——這反倒讓他覺得自己更加不屬於這裡。他靜靜地點了杯咖啡，藉由仔細看著杯子的邊緣來穩定自己翻滾的胃。他曾想過、也曾讀過這個論點：從東岸到西岸、整個美國國土其實都是相同的國家。所以他很納悶：自己是只有跟這些人感覺格格不入，還是跟整個美國社會？

走回咖啡店外頭的冷冽空氣中，兔子被身後傳出重擊地面的腳步聲驚嚇了一下。轉頭一看發覺那只不過是一對牽著手的戀人，正匆忙走向他們的車子；而兩人十指相扣的交纏雙手就像一隻穿越暗色星空的海星。他們的車牌寫著西維吉尼亞州（West Virginia），放眼其他車的車牌也全寫上一樣的地名——除了他的之外。在這條路的另一邊，種滿樹木的林地是向下傾斜的，使得他能眺望到那片半山腰森林的頂部，彷彿一張硬紙切片被安放在一條稍微褪色的藍色被單上。他不情不願地鑽回他的福特車裡，但必須承認：這裡頭的腐敗空氣才是他唯一的避風港。

哈利把車開在愈來愈深的夜晚。道路在眼前展開，但變化的速度真是慢得讓人忿忿難平。不管這路途怎麼扭曲，車燈前面的那一大道黑牆依舊毫不疲憊地高高聳立。焦油吸黏著他的輪胎，他意識到自己臉頰上的熱氣是一種莫名的憤怒氣息；自從他離開那個餐館後就在生悶氣。兔子氣得嘴巴兩頰內側感到乾澀，也開始流鼻水。他使勁地把腳向下踩，好像要去踩扁這條蜿蜒似蛇般的道路。沿途中在一條彎道上，他的車子還差點因爲右輪陷進泥濘的路肩裡而失控。他趕緊把輪子給拉回來，但是儀表板指針還是緊挨在法定速限的右邊一點點處。

兔子關上收音機。裡頭傳來的音樂不再是讓他可以放心倚靠、順流而下的美麗音流，反倒講起了屬於城市的庸碌話題，活像是雙滑溜的手在撥弄著他的頭。在接下來的寂靜中，他也拒絕讓自己產生任何想法。他不要思考，他只想枕著沙入睡醒來。多麼愚蠢、也多麼可恨、他眞是他媽的笨，幹麼不跑遠一點？現在是午夜，夜晚已經用去了一半。

土地拒絕改變它原始的風貌。哈利車開得越遠，就發現整個地區越淪爲賈基山周遭的鄉景。相同的堤防後沿上，貼著相同因受到風吹日曬而褪色的廣告欄，也賣著不知道誰會去買的相同產品。而在他車前燈光的上方邊緣處，裸露的樹枝正編織成同樣的網。事實上，現在的網好像變得更濃密了。

體內的動物本能對兔子一直往西走的決定大聲抗議，但他的心卻頑強地抗拒。他想起之前那名鄉巴佬對自己的勸說：唯一能到達目的地的方法，就是在出發前搞清楚你要去哪裡。他原先的計畫是要在弗雷得力克之後往左開二十八哩，但是那二十八哩的路程至今已走到盡頭了。即使他的直覺在強烈抗議、即使沒有任何標示，但當他眼見一條寬敞的道路正向左側展開時，他還是上了路。看來這條路並不顯著，不太可能會在密密麻麻的地圖上被標示出來。但他知道它會是捷徑。他記得當托塞羅開始教他打球時，他並不想用低手罰球，結果反而證實這一招才是正確的方式。所以世間萬物彷彿都有這種特質：正確的選擇在最初看來似乎都是錯誤的。

接下來延伸好幾里的道路顯得寬廣多了，開在上頭讓駕駛人充滿信心。可惜在經過一段突兀出現、修補過了的路段後，整條路面就開始向上攀爬，並且還逐漸縮小。那種狹窄的樣子顯然不是人爲、乃是出於自然的力量。由於道路的邊緣一直往裡面崩塌，兩旁的樹林也因而朝向中間聚攏。這條路在爭取高度的過程中愈來愈瘋狂地扭曲著，後來還無預警地脫掉披在外層的柏油，宛如隻大蟲爬行在赤裸裸的塵土中。現在的兔子了解到選這條路是錯的，可是他不敢停下車來做迴轉的舉動。他早離剛剛經過最後一間房子的燈光數哩遠了。看來他迷了路，整座車就跨駛在厚長的雜草上，荊棘把車旁的烤漆都扯出一道又一道的刮痕。他車燈所照到的全是樹幹和低矮的樹枝；這裡騷動的陰影，活像個穿過荒野網子的大蜘蛛，向後跳入黑暗世界的核心——他深怕他車子的探照燈，會驚醒蟄伏在此的某些野獸或鬼魅。他邊開車邊祈禱路不要停，並回想起賈基山上就算是最雜亂、最被人遺忘的伐木小路，最後總會滑向山谷裡。他的耳朵發癢起來，主人緊張高亢的情緒正壓迫著它們。

哈利的禱告得不到肯定的答案。在遠方一個轉彎處，樹就像火焰般地跳躍著；然後、有輛車頭燈斜照向高空的車向他飛奔逼近。他爲了閃躲這輛來車倏地滑了出去、差點連人帶車掉進溝裡；但那輛耀眼的車卻仍像個死神般面無表情、同時以兩倍的速度從旁呼嘯而過。再來幾分鐘內，兔子只能在這個雜種留下帶有侮辱意味的沙塵中行駛。不過這個意外插曲帶來了這不是死路的好消息，這點著實平撫他一顆忐忑不安的心。不久後，他好像開進一個公園裡。他的車燈照到綠色的、上頭刻著「請」字的小桶子上，兩旁的樹修剪得稀稀疏疏，路中間還豎放著野餐桌、涼亭跟廁所直直的牆緣。停在這裡頭的其他車輛也跟著露出身形：他看到有些停放在路邊的車，上頭的乘客已不見蹤影。所以這條恐怖的道路其實是個情人獨享的小徑，短短一百碼之內它就抵達盡頭。

這條路跟掛在山脊黑雲旁的一條平坦、開闊的公路以直角交會。一輛汽車向北疾駛，另外一輛則朝南疾駛，但公路上沒有標示。兔子把車子打到空檔、拉起手剎車，打開車頂燈研究他手上的地圖。他的手和脛骨微微發抖；而在被灰塵遮覆的眼皮後面，他的大腦更因疲累而呈現不規則地快速跳動。時間必定是十二點半或者更晚了，在他前面的路上空無一人，他也已經忘記走過的公路編號與城鎮的地名。他依稀記得弗雷得力克，卻無法在地圖上找到它。過了一會他意識到自己在搜尋的，是個他從未去過的華盛頓區正西方之某處。這上頭有那麼多的紅線、藍線、長地名、小鎮、四方形、圓形和星形。他把眼睛移向北方，但是他唯一能認出來的是賓州和馬里蘭州界那條筆直的虛線：梅森—狄克遜線（Mason-Dixon Line）⑦。這讓他回想起小時候學到這條線的教室情景：那兒有一排排固定的上課桌；傷痕累累的油漆表面；乳黑色的黑板；一片片緊實、按字母順序排靠在一起的學生臀部，正在走道上來來回回。

哈利此時的視力已顯得朦朧不清。一個慢得可怕的鬧鐘聲響在他腦中浮出，彼此相隔的輕柔滴答聲彷若是他想要去的那個岸邊的浪襲聲。他重新燃起自己的注意力，設法從霧茫茫的眼神中穿梭而出，向下聚焦到地圖裡。忽然間、「弗雷得力克」這個地名啪地一下映入他的眼簾，但下一刻又在自己努力定位的過程中失去了蹤跡——這樣的結果讓他氣憤得鼻樑都隱隱作痛了。漸漸地、地名在他眼中融化，兔子此刻能看見的惟有整張地圖，猶如一張網，是用所有那些紅線、藍線和星星交織而成的一張網，一張令他身陷其中、難以掙脫的網。在一陣莫名的狂怒下他用手抓住了這張地圖並將它撕開：他首先撕掉一塊大大的三角形，再把剩下來的部份撕成一半；等到情緒較微平穩後，他又使這三片破碎的地圖疊放在一起並撕成一半。於是六片紙出現了，然後他就持續重覆這樣的動作——直到整張地圖變成一疊碎紙，他用手一擠把它們

⑦此疆線是用來區分美國北部和南部的分界。

揉成了一團球。他搖下窗子把這個紙球扔出去；可惜球一爆開後，扭曲的紙片群彷彿脫離軀體

的翅膀，又飄回到了自己車頂的上方，他趕緊搖上窗子。

哈利把這一趟亂七八糟的旅程都怪罪到當初那個戴著眼鏡、穿兩件襯衫的五金行店員身上：對方把頭伸進車子裡對自己勸告的模樣眞是可笑；他不知爲什麼自己就是無法讓思緒從這名鄉下人的身上跳過——那樣一個自以爲是、牢不可破的土包子！兔子就在那裡碰到了他，迄今都還擺脫不了他的陰影；不管怎樣也沒辦法把這名陌生人的影像從腳邊趕走，就像是過長的鞋帶、或是兩腳間夾的木棍一般，對方已牢牢地攫住了自己的心神。那個人嘲笑他——不管是出於他的口、或自他那雙勞苦的手表現出來的平穩動作、還是透過他一對毛茸茸的耳朵，他渾身都在嘲笑自己那個不可告人的願望——殊不知這願望能爲哈利偶爾帶來穩定、清晰、接近終點的踏實感受。那名鄉下人曾對他說過：「在出發前搞清楚你要去哪裡。」——他覺得這句話根本就狗屁不通，然而照目前的劣勢看來，他又不得不承認：它還是有點小小的道理。倘若他肯相信體內一丁點兒的直覺，他也許老早就該在南卡羅來納州（South Carolina）了。他眞想抽根菸，好幫助他搞清楚自己的直覺在說什麼，但最後他決定要窩在車裡睡上幾個小時。

不幸地是，兔子車後方緊挨的小樹林中有輛車子開始發動，車燈迴轉照壓在他的頸部上。他當時是把車停在路中央看地圖的，於是現在他得被迫移動車子了。一股會被別人追趕上的恐懼油然而生；另一輛車的車頭燈在他後視鏡裡漸漸放大，把整片鏡子全塡滿成了一只燃燒的杯子。於是他用力踩下離合器、手調到一檔、然後鬆開手剎車，決心把車跳回公路上，然後按著

本能向右開、向北開，朝自己家的方向駛去。

回家的路容易走些。雖然哈利沒有地圖也幾乎沒剩多少油，但一個夜間營業的「機動汽油」站像是巫師揮動魔杖似地出現在哈格斯鎮附近，接著有綠色的指標開始一路指向賓州收費公路。車內收音機傳來了柔和、沒有廣告干擾的抒情音樂；先是從哈里斯堡、接著再從費城發出，形成一道能讓哈利不偏不倚、任憑思緒及情感翱翔其上的美妙光束。此時的他已克服了疲勞的屏障，進入到一個可以放下一切雜亂、平靜而舒坦的境界。

籃球賽最後的十五分鐘情節往往能把兔子帶到那個世界；在一種慵懶的心情下，你不像觀眾所想的是爲了得分而跑，而是爲了你自己。剩下的畫面就只是你：有時是球、有時是籃框──那個高高的、有漂亮網裙的完美目標。然後你的身影又出現了，就只有你、和那個加了邊緣的籃框；這段幻想影片的焦點有時似乎下降到了你的唇，有時它又飄離得很遠、很硬、變成了遙遠又渺小的虛無盡頭。當現場觀眾在爲你進行的起身投籃或其他動作──這些是你早就能從自己的手指甚至是手臂中感知到的結果──而鼓掌歡呼、或是報以噓聲時，你就覺得他們看來都有點傻不隆咚地。而每當自己打得渾身發熱，他反而能看到全場許多事物的枝微末節：例如圍繞著鐵環細繩上的每一條線。不過出場熱身的當頭，你眼見全鎮開著老爺車而來的居民，爲了觀賞自己表演而緊緊擁擠坐在露天看台後的熱烈場景，加上啦啦隊長跟著現場精力旺盛男教練說起俏皮話的活潑鏡頭，這些在場民眾好像就活在你的體內，變成你的肝、肺和胃那般地自然、也回味無窮。有一個常來給他加油的肥佬粉絲，彷若是住在兔子的胃底，讓他整個內臟都搖晃不已。「喂，神射手！喂，出風頭的小子，出手！快出手！」如今的兔子開心地憶及他；在那傢伙的心中自己曾經是個英雄啊！

在整個昏暗的清晨裡，車上收音機的樂曲不斷地流洩，路上的指標也不停地在指向某地。哈利覺得自己的大腦像是個虛弱但警醒的病人，聽著信差從長廊帶下來所有這些有關音樂、及地理位置方面的訊息。同時他的體表亦變得異常敏感，彷彿他的皮膚會自我思考似地。車子的方向盤在他手裡變得如同鞭子一樣輕薄：一旦輕輕轉動它，兔子就能感覺到方向盤的軸心在笨拙地旋轉著，並差動引擎的齒輪分開；車子軸承也在油脂密封的管道中迴繞轉動。沿路旁發出磷光的方向指示燈誘使他想起年輕的杜邦城女子：她們排列成串、搖搖擺擺地穿過盛大光輝的宴會，以及在綴滿亮片的緊身長袍內呈現一覽無遺的養眼美景。此外，這些千金小姐性冷感嗎？他永遠也不會知道。

兔子納悶著：為什麼往回北走的指標那麼多，而往前南下的指標卻少得可憐——當然他本來不知道自己往前走下去會碰到些什麼。他從收費公路轉向往布魯爾市的岔路，沿途會來到他起初加油的小鎮。開到寫著「布魯爾市十六哩」的路上時，哈利的確看見了那個鄉巴佬的幫浦、和他滿是顯眼鏟子和釣竿的店面黑窗，猶如貓似地蜷曲在對街一角。那扇窗子看來令人舒爽。有一束淡紫色的光輕輕觸向空中。收音機裡一如浮冰般的漫長音樂，正被晴朗天氣的預報和農產品的報價所打斷。

從南方開進布魯爾市的哈利，在黎明前一片煙霧瀰漫的黑影裡，看見道路兩旁的樹林裡有愈來愈多的房子出現，然後是一塊沒有樹木、荒蕪的工業用地：那上頭有製鞋工廠、裝瓶工廠和公司行號的停車場，以及紡織工廠改建的電子零件廠。巨大的瓦斯槽從塡滿垃圾的沼澤地高高舉起，卻還是比山頭的藍色邊緣來得低。而從山頂眺望下去，布魯爾市彷彿是張繞著一塊磚頭陰影周圍編織而成的暖和地毯。在山的上方，天空中的星光漸黯了下來。

兔子橫越過奔馬橋，回到他所熟知的街道間。他開上華倫大街穿過城南，從市立公園附近的四二二號公路出來，跟著一些發出斷斷怒吼聲的拖板車及貨車一起繞過山間。太陽昇起了，一道橘光擠入了一座遠山，並在他們的車輪之間發光起來。從中央大道向左轉進傑克遜街時，他差點擦撞到隨便停在路邊幾碼處一輛運送牛奶的卡車。他繼續往傑克遜街開，經過他父母的家，轉到克傑萊斯巷。突然間、涼爽的粉白色渲染著眼前的所有建築物。他溜過老舊的雞舍，經過寂靜的修車廠，將車停在陽光運動協會專用入口處的前面幾步──如果有人從這裡出來他一定會注意到。兔子滿懷希望地向上看著三樓的窗子，但是看不到燈光。托塞羅倘如眞住在那裡，應該是還在睡覺吧！

哈利準備要睡覺了。他脫掉外套，把它當成毯子一樣地鋪放在胸前。可是陽光漸強，而且前座太窄，方向盤還擠著他的肩。但他沒有移到後座，因爲那樣做會對自己不利；如有必要，他仍然希望可以立刻開車離去。而且更重要的是：他不想睡得太沉，以免錯過托塞羅出門的時刻。

所以他就躺在前座那頭，曲起長腿、腳卻沒處放，呆滯的眼神越過方向盤向上凝視，視線穿過擋風玻璃投進頭上那片平坦而清新的藍色日空。今天是禮拜六，天空確實散放出那種兔子自少年時代就印象深刻的週六特質：寬敞、明亮而遲鈍，彷彿是一場漫長比賽即將開始前的空白記分板。孩童們在它的下方完起了頂球、玩具曲棍球、吊柱球、飛鏢……等等。

眼睛閉上的哈利，感覺有輛小汽車正從巷子開出來；而昨晚無止境的汽車噪音與黑暗交纏振動了起來。他彷彿看得見樹林、狹窄的道路，以及黑暗樹叢中停滿滿、載者一對對無言男女的汽車。他又回想到自己昨天的目的地：他想要在黎明中的墨西哥灣沙灘上舒服地躺下。但此刻的他，只能單憑天馬行空的想像力把自己車上布滿沙塵的座位變成那片豔陽海灘，而即將醒來的城鎮所產生的沙沙作響就是大海中的波濤聲。

他一定不能錯過托塞羅。兔子張開眼睛，努力地從他僵硬的衣服中爬起來。他想知道自己是否錯過了什麼。不過，眼前的天空還是老樣子。

兔子同時擔心起車窗鎖好了沒。他用一隻手肘撐起胸膛，把它們全檢查了一遍。他頭上的窗子張開了一道縫隙，他趕緊把它搖上，並按下所有的門鎖——此時的安全感讓無助的他鬆一口氣。他把臉轉向前後座之間的縫隙中，全身的扭曲把他的膝蓋推擠到直立的硬椅墊上，如此惱人的姿勢反而讓他更加清醒、睡意全消。他不自覺間產生了　股衝動：他眞想知道兒子睡在哪裡；珍妮絲做了些什麼事；雙方的父母曾到過哪裡去找他；而這些家人是否已經報警了。一想到警察，他的心就被染成了憂鬱的藍色調。他感覺到自己缺席的這一夜似乎交織成了一張綿密的網，上頭盡是親人間彼此來回的電話、匆忙的往返、著急的淚痕以及長串的對話。白色焦處的細線在徹夜穿梭，儘管現在已經褪去但其實依舊存在，轉變成爲一張看不見的網覆蓋在陡斜的街道上。而這整齣鬧劇的主角：兔子，卻安然地躺在這張網子的中心；躺在他上鎖的空籠子裡。

他憶及了珍妮絲。昏暗燈光下的棉花田跟海鷗，還有妻子躺在其他女孩床上的模樣——但別人的床總比不上在自家的床好。不過也有一些好事值得哈利去回憶：直到新婚後的那個禮拜，珍妮絲仍羞於把自己的裸體展露給老公看。某一晚他無意間踏進浴室，發現鏡子上都是水氣；而剛沖過澡的老婆正自蓮蓬頭處開心地走出來，慵懶地把玩著一小條藍毛巾、同時也大膽地露出她那兩片剛用熱水洗過呈粉紅色、彷若成熟女人般的渾圓屁股。腰身微彎的珍妮絲一見著他便轉頭過來，笑起丈夫臉上那股說不出的驚喜表情後，伸出雙臂熱情地吻了他，一股發自她柔軟脖子及白皙身軀的紅騰騰熱氣也跟著一路滑落下去。兔子此時在車裡調整了一下姿勢，把思緒又重回到他黑暗的眼窩裡。那時候的妻子頸背後方柔軟而溼滑、纖細的背脊柔順而美妙；兩人一同雙膝下跪，彼此交纏的身體展現出兩人之前做愛時、從未有過的高柔軟度。

想到這裡的哈利忽然把脛骨撞到了車門把，身體的痛楚湊巧能古怪地跟下方街道修車廠所傳出的金屬碰撞聲混合爲一。鎮上居民已經開始工作了：難道是八點了嗎？他從乾涸浮腫的嘴唇中意識到時間的消逝。扭動身體的他坐直了起來，懷中的外套滑到車內地板上。這時托塞羅先生的身影眞實地出現在滿是污漬的擋風玻璃外——他正沿著巷子要走出去、眼看就要越過那個老農舍。兔子趕緊從車上跳出來，穿上外套，從後頭追上他。「托塞羅先生！喂，托塞羅先生！」他長達數小時靜默的嗓音此刻顯得單薄而生鏽。

聞聲轉過身來的那個男人，看起來的樣子比兔子預期的更加陌生。眼前的托塞羅活脫是個肥短而疲倦的侏儒，似乎被人用透視法縮小了一般。他擁有顆禿髮的大頭，穿著印上大方格的運動外套，還有雙穿著過長藍色褲子的粗短大腿；其褲腳的摺痕因此而彎成鋸齒狀。當他停住原本慢跑的速度，並踏出最後幾步時，哈利突然害怕自己是否認錯了人。

還好托塞羅作了一個完美的回應：「哈利！」他說，「優秀的哈利．安格斯壯。」他把手伸向哈利彼此互握，另一隻手則激動地抓住對方的手臂。這讓兔子回想起當時的教練總是如何把手放在自己身上的。如今托塞羅站在眼前，握著他的手看著他，並歪著嘴笑。哈利覺得他的鼻子是塌的，一眼睜得大大的，另一眼則是眼皮下垂。而對方的整張臉隨著歲月流逝變得更不對稱；而頭髮也禿得不平均；灰色和淺棕色的頭髮一束束地梳過他的頭顱。

「我需要你的建議，」兔子把話說出口後又趕緊修正自己的內容：「我其實眞正需要的是個可以睡覺的地方。」

回答之前的托塞羅，先讓自己安靜了好一陣子，把巨大的力量藏在這些沈默的過程中。他就是有這套訓練人的技巧：強調先經過漫長的等待及思考會讓一個人的說話增加份量。最後他開口問：「你家怎麼了？」

「嗯，可以說是沒了。」

「你的意思什麼？」

「情況不好，我已經逃家了。眞的。」

對話又停頓了一下。柏油路反射過來的日光讓兔子不禁瞇起他的眼睛。同時間他的左耳發疼，同側的牙齒也好像要開始痛起來了。

「那聽起來不像是很成熟的行爲，」托塞羅回道。

「事情能有多糟就有多糟。」

「怎麼個糟法？」

「我不知道如何啓齒，以我太太來說，她是個酒鬼。」

「那你努力幫過她嗎？」

「當然。不過怎麼做呢？」

「你有跟她一起喝酒過嗎？」

「沒有，托塞羅先生，從沒有過。我受不了那種東西，我不喜歡那種味道。」他早就準備這麼說，並對如今還能向老教練報告，自己沒有糟蹋身體的這回事感到很驕傲。

「或許你應該要有，」托塞羅等待了一會後評論道：「或許如果你跟她分享過這種快樂，她就能控制得住喝酒上癮這個行爲。」

被太陽曬昏了頭的兔子，因爲整夜未眠的疲憊而顯得麻木，實在搞不懂老教練的意思。

「你太太是珍妮絲・史賓格，不是嗎？」托塞羅再問道。

「是的。天啊，她眞笨，她簡直笨的可以。」

「哈利，你這麼說眞的很過份，對任何人來說都太過分了。」

由於托塞羅對這個說法似乎很肯定、也很堅持，兔子只能暫時乖乖地點點稱是。而對方再一次冗長停頓的威力亦讓他開始感到軟弱。今天的停頓好像比他記得的任何一次間隔都還要長，就連托塞羅本人也似乎體會到了這些沉默的力道。再次被恐懼觸動的哈利，懷疑他的籃球教練是不是老糊塗了，所以又重講一遍，「我想或許我可以在這棟陽光協會的某個地方睡上幾個小時。要不然我也可以回家。我已經想過了。」

這時讓他鬆口氣的是，托塞羅終於變得開朗、忙碌起來。他拉起哈利的手肘、拖著他沿著巷子往回走時說道：「是啊，當然可以。哈利，你看起來很糟糕，非－常－地－糟－糕。」他的手勁就像堅固的金屬一樣，毫無商量餘地般抓住兔子的手臂。而當他以這般姿勢推著自己向前時，兔子感到體內的骨頭在對方的施壓點處震動不止。老教練以這近乎瘋狂的手法把他抓得那麼緊，讓哈利原先感受到的堅定撫慰猛然削減了不少。

托塞羅的聲音也變得又準又急促，爽快而銳利地切入兔子混亂不清的狀況。「你對我做了兩個要求，」他說道：「兩個要求：睡覺的地方跟一些人生的建議。現在，哈利，我會給你睡覺的地方；只要、只要，哈利，你醒來時能讓我倆針對你面臨的婚姻危機做個認眞的長談。而且我現在可以告訴你，我擔心的並不是你——我對你夠了解，知道你總是能安全著地——所以哈利，比起擔心你，我反而更擔憂珍妮絲。她沒有你那種協調能力。你能答應我嗎？」

「當然了。但答應你什麼？」

「答應我，哈利，我們要想出方法幫助妳妻子。」

「嗯，但是我不認爲我做得到。我的意思是我不再對她那麼感興趣了。我曾經是，但現在不是。」

他們已走到這棟建築物入口處的水泥台階和木製雨棚。托塞羅用鑰匙打開門。酒吧裡頭是空的，寂靜的吧檯看起來有些陰森，而沒有人坐的小圓桌看似搖搖晃晃地孱弱不堪。吧檯後頭布滿管子和金屬亮片的電子廣告插頭已被拔下，變得毫無生氣。托塞羅用一種過於洪亮的聲音說道：「我不相信。我不相信我帶過最棒的男孩會變成一個這麼狠心的巨人。」

這麼狠心的巨人？這幾個字似乎在兩人爬樓梯往二樓走去時在他們的身後發出喧鬧聲。兔子道歉說道：「我睡個覺後會試著好好想一想。」

「好孩子，這就對了，這就是我們需要的。」老教練口中的「我們」是什麼意思？二樓所有的牌桌都是空的。陽光在拉起的棕褐色百葉窗上頭照射出金黃色的方格，底下一台低矮的暖氣機被灰塵染成黑色。人群的腳步在狹窄、空無一物的地板上留下走過的足跡。

托塞羅帶著哈利走到一扇他從未進去過的門。他倆向上爬了一段通往閣樓的陡峭高梯，在這段釘死的階梯之間他看到一段段的絕緣電線、和不整齊的木作缺口，他們爬進光裡。「這就是我住的公寓。」托塞羅一面說，一面不安地輕拍他外套的口袋。

這是間面朝東方的小房間。太陽從窗簾的缺口穿進來、在牆上投射出一把長刀的樣子——它就剛好照在一張沒鋪好的行軍床上頭。另一扇窗簾是拉起的，現場有六個啤酒箱巧妙排列成一個三長兩寬的五斗櫃，直立在窗戶與窗戶之間。在六個箱子裡放著摺好、用洗衣店玻璃紙包好的襯衫、摺好的汗衫和短褲、成對捲成球形的短襪，手帕、擦亮的鞋以及一把皮面刷子，刷毛上還插了支梳子。兩根粗大的鐵釘上用衣架掛著一些運動外套，上頭的圖案亮麗但不協調。不過托塞羅的家事能力僅止於照顧他的衣服，屋內地板上則散落著絨毛球、報紙及各種雜誌——從國家地理雜誌到青少年犯罪自白書與連環漫畫等書，堆得到處都是。托塞羅住的位置跟同一閣樓的其他空間輕易地融在一起；那些儲存空間存放有舊的紙牌賽賽程表、撞球桌、一些木料、金屬桶子、毀壞的藤椅、一捆雞籠鐵絲線和一個壘球球衣的支架，掛在固定於兩根斜樑間的管子上，剛好擋住了另一邊窗子的光線。

「有男用廁所嗎？」兔子問道。

「在樓下，哈利。」托塞羅的熱情在此時已消逝無蹤；他似乎爲了屋內亂糟糟的模樣顯得有點困窘。於是當兔子在樓下使用洗手間時，他聽到這個老人在上頭忙得不可開交；可是等他回來後，又看不見閣樓內有啥改變。床還是沒鋪好。

托塞羅等了等、兔子也等了等，然後他才意識到托塞羅想看到他和衣而睡的動作。於是他就脫了衣服、穿著T恤和馬球短褲溜進了老人凌亂而微溫的床。這種想法固然讓人不快：但在他鑽進了老人的被窩後終能伸展四肢，感受起身旁堅固涼爽的牆、聽著那些或許是在尋找自己的車子在下頭移動，卻是種很棒的感覺。他扭過頭正想對托塞羅說些什麼，卻驚訝地發現自己已是獨自一人。在閣樓樓梯腳下的門已被關上，腳步聲沿著第二段樓梯減小，外頭的門也關上，只剩小鳥在窗邊鳴叫，下方的修護廠輕輕傳上來叮叮噹噹的聲音。老教練之前站在看著他更衣的這回事真令人心神不寧，但兔子確信他沒有什麼問題。托塞羅一向被稱爲色鬼，但從不是個怪人。那他爲什麼要看？突然間兔子懂了：因爲這樣做可以把托塞羅帶回到過去的時光。從前他總是都站在更衣室望著他的球隊男孩們換衣服。想通了這個問題，讓他的肌肉放鬆下來。

兔子記起在西維吉尼亞小餐館外頭的那一對情侶，兩手緊緊相連地在停車場上奔跑著；那個女孩一如海草般的頭髮四散開來——不過很可惜的是；這個女孩不是他的女人。她是紅頭髮嗎？她還在那兒嗎？他想像西維吉尼亞女孩都擁有粗壯的身體、爽朗的笑聲，就像德州的年輕妓女一樣。那些南方女人黏如糖蜜般嗲聲嗲氣的說話方式總像在跟你說笑，當時的兔子只有十九歲。跟漢利、喬其羅和宣柏格一起走上街的哈利，太過合身的卡其褲讓他緊張不已。四周的原野好像都裂了開來，地平線也似乎不比他的膝蓋高出多少，家家戶戶的居民都成了籠裡的雞般地坐在沙發上看電視。喬其羅是個瘋子、咯咯咯地笑個不停。他無法相信他們竟走對了房子：房邊的窗子裡種了美麗的花；眼見花就這樣活生生、純眞無邪地開在窗邊，他曾差點想轉身逃走。但肯定的是，來到門前的女子搞不好就是那個在電視上販賣蛋糕速食的模特兒。一開口的她卻帶有媽媽的語氣：「進來啊，男孩們。別怕羞，進來啊，讓我們玩個痛快。」那些人數沒有他原先想像得多的風塵女郎，全都待在用漩渦花紋、和球形門柄等老式家具佈置而成的客廳裡。她們親切的樸實外表讓他膽子大了不少：彷彿是在工廠做事的女工們，臉上的淡妝就像在日光燈底下透亮無比——你甚至不會想把她們稱作女孩。她們對著阿兵哥瑣瑣碎碎地問個不停，把這些大男生逗得大笑，驚訝而笨拙地擠成一團。

哈利挑的那個女人——其實是對方挑中了他——走過來摸摸他，襯衫上的鈕扣只扣了最底下的一個。當他倆走上二樓時，她以沙啞的嗲聲問他等會辦事時是要把燈開著、還是關上；而當他用哽住的喉音回答說「關上」時，那個女人溫柔地笑了。然後在與兔子做愛時她也躺在他身下不時地微笑著，盡力幫助他人生的青澀經驗步入正軌。她甚至還這樣親切地對他說道：「你很棒，寶貝。你做得很好。噢，就是這樣。哇、你學得很快……」不過一旦結束後，那名女人嘴唇旁邊的紋路就緊閉了起來，也執意不肯再躺在他身旁；她只是呆坐在鐵框床鋪的邊緣、隔著暗黑窗子向外看向德州綠色的夜空。兔子這才很難過地知道她剛剛的愉悅表現都是偽裝出來的。眼見她沉默的背上反映出泳裝胸罩的黃白色條紋，讓他不禁動了怒氣；他握住她的肩頭，粗暴地將她轉過身來。但她胸前沉甸甸的雙乳毫不在乎又沒有防備地垂掛著，以至於他羞得把目光轉移。她彎身對著他的耳朵說道：「寶貝，你付的錢不夠玩兩次喔。」可愛的女人，講白了她只是錢而已。

回到現實裡的哈利，聽到不遠處的修護廠輕輕傳上來的叮噹聲。這個聲響正撫慰著他，告訴他躲在這裡很安全。當自己躲起來的時候，外頭的人正忙著將世界搞定。至於那些脫離現實的聲音，代表他的心在黑暗中做起一種愛的運動。

＊

他的夢很淺，盡是一些詭異的東西。兔子不時更換雙腳的姿勢；緊挨著枕頭的嘴唇動了一下；眼珠子也在抽動的眼皮底下打轉，探索著雙目裡頭的視野。除此之外，他能不受到任何干擾地沉沉入睡。投射在牆上的陽光如刀似地慢慢切了下來，橫過他的胸部，到達地板時變成了錢幣般的小圓圈，最後消失無蹤。黑暗中他忽然驚醒，用他鬼魅般的藍眼珠在陌生的天地裡搜尋飄過來的人聲。那些聲音來自樓下，一聲隆隆巨響可能表示有人正在搬動桌椅、踏著重重的腳步繞著圈子──也許是想找到他。一個熟悉的渾厚低沉嗓聲在此時響起，那是托塞羅。而樓下的吵雜聲就從老人的音量轉變成爲玩牌、喝酒、胡鬧及閒談的人潮喧嘩。兔子又躲回暖暖的被窩，轉身面對沉靜的牆壁，將意識凝聚成一個紅色的錐狀體後再次進入夢鄉。

「哈利！哈利！」男子的叫聲扯著他的肩膀，也弄皺他的頭髮。他從靠牆的那一面翻過身來，斜眼往上盯見漸漸消失的光線。坐在陰影裡的托塞羅，在屋裡投射出一個充斥著些許不安的巨大身影；他髒髒的乳白色臉龐靠向兔子，嘴角傾斜的微笑看來有點嚇人，渾身還帶有威士忌的酒氣。「哈利，我給你帶個女人來了。」

「太好了。帶過來吧！」

這老頭笑著，是一種不自在嗎？他怎麼啦？

「你是指珍妮絲嗎？」

「已經下午六點多了。快起床，快，哈利。你睡得像漂亮的小寶寶一樣。我們得出門了。」

「幹嘛？」兔子其實是想問「去哪？」

「去吃飯，哈利，去吃飯，ㄔ—ㄈ．ㄢ．、。起來，我的小伙子。你不餓嗎？餓啊，餓啊。」他眞是很瘋。「啊，哈利，你很難體會一個老頭子餓著肚皮的感覺，一直吃、一直吃、一直吃，但還是不對味。你一定不懂。」托塞羅走過去窗邊，往下看著巷子；在灰暗光線下他的側身輪廓顯得更臃腫而沉重。

把被單向後推開的兔子，曲著赤裸的雙腳掛在床邊、坐起身子來。看到自己併攏白淨的大腿，原先頭昏眼花的腦袋跟著振作起來。本來細緻呈金黃色的腳毛已經變粗、顏色加深，全身的睡意也逐漸退去。「你說到的女人是怎麼一回事？」他問道。

「怎麼一回事？是啊，怎麼一回事？是個騷貨，」托塞羅不經意地脫口而出。但在窗邊陰鬱的餘暉中他低下頭來，似乎很訝異自己說得出這麼一個唐突、粗俗的字眼來。但是他也在觀察哈利的反應，彷彿這是種試煉。結果確定了，他改口說：「不是啦。是個老朋友、住在布魯爾市的老朋友，可以說是老相好吧。偶爾會在一起吃頓飯，沒別的，差不多就那樣。哈利啊，你眞是太單純了。」

兔子開始害怕起托塞羅來；對方盡說些他聽不懂的話。他穿著內衣站起來說：「我想我還是快點離開吧！」地板上的絨毛沾滿他的腳底板。

「噢，哈利，哈利，」托塞羅用混雜了痛苦與情感的豐沛嗓聲大叫著，走向前來，用一隻手臂緊緊地抱住他道：「你跟我眞是一國的。」老人抬起他那碩大傾斜的臉龐，以充滿熱切的信心凝視著哈利，可是這個年輕人仍沒有聽懂他的話。不過對兔子來說、眼前這名老人在自己的記憶中始終還是位教練，這點使得他不得不持續聽下去。「你和我都知道分數的重要，我們都知道——」正當說到如此的訓勉重點時，托塞羅反而猶豫不說了，變得有些迷惘起來。他又重複一次：「我們都知道……」然後移開了他的手臂。

兔子說：「我以為我起床後要談的是珍妮絲的事。」他從地板上撿起褲子穿上。看到被弄皺的長褲讓他很不舒服，不過這倒是提醒他：自己已跨出了一大步，他因而感覺體內的胃跟喉嚨都遭逢一陣緊縮。

「我們會的、我們會的，」托塞羅回答道，「在我們盡了社會的義務之後就會的。」停了一下。「你現在想回家了嗎？如果想一定要告訴我。」

兔子想起珍妮斯笨拙的嘴巴，還有家裡衣櫃門撞上電視機的景象。「天啊！不要。」

托塞羅於是興奮難抑；是這種愉悅感讓他開始滔滔不絕。「好呀，那麼接下來、接下來，你先穿好衣服。我們總不能光著身子去布魯爾市。要不要換件乾淨的襯衫？」

「你的襯衫我穿不下，不是嗎？」

「穿不下、哈利，穿不下？你的尺寸多少？」

「十五吋三。」

「那是我的尺寸耶！正是我的尺寸。以你的身高來講，袖長是嫌短了點。不過噢，太棒了，哈利，在你需要幫忙時能主動來找我，你不知道這對我的意義有多大。在過去這些年來……」他邊說邊從啤酒箱釘成的衣櫃裡拿出一件襯衫，並拆掉它的包裝紙。「這些年來，所有我訓練調教出來的孩子們都消失無蹤。從來沒有回來看過我。哈利，他們從來沒有回來過。」

從托塞羅晃動的鏡子中看到自己穿上此件襯衫的合身度，這點著實讓兔子訝異不已——所以他們之間的不同只在於腿的長度囉。托塞羅就像一位囉唆又驕傲的媽媽，站在一旁看著他穿好衣服。或許是因爲要跟哈利解釋待會一起出去要做什麼的尷尬已經不見了，他講起話來顯得愈來愈合理。「看到鏡子前展現出來的青春活力，對我的心臟眞有幫助。」他說道。「哈利，說眞的，你有多久沒有享受快樂的時光了?很久了吧?」

「我昨晚才剛度過一段快樂的時光，」兔子說道，「我開車到西維吉尼亞，又開回來。」

「我的女人你會喜歡的，我知道你會的，她是城市裡的一朵牽牛花，」托塞羅說個不停。「她帶來的那個女孩我還沒見過。她說她那個朋友有點胖胖的，在我女朋友的眼裡全世界都是胖胖的——光看她的吃相就知道了，哈利，年輕人的胃口特別大。嘿，這眞是個迷人的領結，你們年輕人怎麼總是有這麼多唬人的玩意兒，我學不來。」

「這只是個溫莎領結。」穿好衣服的兔子心情回復平靜。起床這件事，多少把哈利拉回到了自己曾要一度拋棄的世界中。他忍不住想起珍妮絲朧腫的身形，自己的孩子和孩子迫切的需要，還有他自己的小空間。他懷疑自己到底做了些什麼。不過這些自理智面憶及的影像如今都將被輕輕刮除、漸漸消失；而從他心頭深處湧出的直覺告訴自己：這樣做下去才是對的。他感覺自由正像氧氣般把他四處圍繞：托塞羅是其中一股旋風，而兔子身處的建築物、與周遭城鎮的街道都只是空中的樓梯與小巷。這種自由的體悟是多麼地完美而一致啊！整個世界本來不堪忍受的凌亂與渾沌，就被他輕易啓動的決定給蒸發掉了，在一抹新天地中所有的路途全部一樣好；一切的行動均會爲他的皮膚帶來有寵溺意味的力道；而就算托塞羅說是要帶他去與兩頭羊會面（而非兩名女人）；還有目的地是要去西藏（不是布魯爾市），他滿懷的幸福感也不會有任一丁點兒受到影響。

兔子不停地在調整著自己的領結，在他眼底這個溫莎領結上的小接縫線、托塞羅襯衫的領子和他的喉嚨下緣全部變成了星星的臂膀。一旦他動作完成，這些元素就會持續向外延伸到宇宙的邊緣。而他自己就是達賴喇嘛！眼前像朵雲在他眼角邊散開的托塞羅，飄到了窗邊。

「我的車還在嗎？」兔子問道。

「藍色的那台嗎？是啊，它還在。快穿上鞋吧！」

「不知道有沒有人看到我的車停在那裡？我睡著的時候，你有沒有在城裡聽到些什麼？」在哈利廣闊自由的國度裡總還殘留著些缺陷：他的老婆，他們的房子，他們的孩子——一連串凝固的牽絆。這一切似乎不是只靠短短的時光流逝就可以一下子沖淡掉的，但托塞羅的回答卻隱約暗示他這是可能的。

「沒有，」他接著說，「不過，當然囉，我也沒有到過那些可能在談論你的地方。」

讓兔子有點困擾的是：除了把他當成找樂子的玩伴之外，托塞羅對他似乎沒有什麼興趣。

「我今天應該要去上班的，」他故意提高音量，似乎在責怪這個老人。「禮拜六可是我的大日子。」

「你在做什麼工作？」

「我在一間廉價商店展示一種叫『神奇削皮器』的廚房用品。」

「這是個神聖的職業。」托塞羅說道，然後從面窗的那面轉過身來。「太帥了，哈利。你終於穿好衣服了。」

「哪裡可以找到梳子，托塞羅先生？我得用一下廁所。」

一群在陽光運動協會活動的男人在他們閣樓底下發出嘻笑，同時還對有人做的傻事發出噓聲消遣一下。兔子想到要從他們中間穿過的情景便脫口問道：「嘿，大家都會看著我嗎？」

托塞羅忽然變得憤怒起來——就像從前在練習時：如果球員都只是在籃框下混水摸魚、沒有人專心練球時，他就經常這樣。「你在怕什麼，哈利？怕那個可憐的小女人珍妮絲・史賓格嗎？你太高估別人了。沒有人會在乎你做了什麼事。我們現在只是要下樓去，你可別在廁所待太久。還有，我已經幫了你這麼多忙，到現在都還在幫你，爲什麼直到現在我還沒聽你開口說聲謝謝呢？」他把刷毛上插著的梳子拿給哈利。

一種害怕失去自由的恐懼，阻礙了原本可以簡單表達的謝意。兔子抿著嘴勉強說道：「謝謝。」

於是他們走下樓梯。但接下來的發展情況跟托塞羅承諾的完全相反。這家俱樂部內的所有人——大部分是老男人，但也不是很老，所以大夥兒變形的體態裡還帶點色瞇瞇的活力——他們全都興致勃勃地看著他。托塞羅不斷地像瘋了的似地向大家介紹著兔子：「弗瑞德，這是我的得意門生：一位出色的籃球選手：哈利．安格斯壯。或許你從報上看過他的名字，他曾兩次締造全郡紀錄：第一次在一九五〇年，接著在一九五一年又打破自己創下的紀錄，了不起的成就吧！」

「是眞的嗎，馬蒂？」

「哈利，幸會、幸會。」

這些人的雙眼似乎沒有特別的顏色，卻一對對充滿警覺性地打量著陌生的哈利。他們小小的黑眼珠像污漬一樣，貪婪的嘴巴把一些尖酸的印象吞到胃裡去，再被渾圓緊繃的啤酒肚給消化掉。兔子看得出來他們都把托塞羅當成傻瓜：爲他的朋友、也爲他本人感到羞愧。哈利趕快躲進廁所裡，卻發現馬桶座上頭的漆都掉光了、洗臉盆染上熱水龍頭滴下的鏽水、牆壁布滿油漬、毛巾架也空蕩蕩的。抬頭一看，狹小的天花板更是恐怖：一碼見方的花俏金屬圖案卻布滿了蜘蛛網，上面還吊著好些昆蟲的乾屍殼。看到這般骯髒環境讓他憂鬱加深、幾近癱瘓；他急忙走出來，跟著托塞羅蹣跚的步伐，臉上塞滿僵硬的笑容，離開這個如惡夢般的鬼地方。當托塞羅一股腦兒地坐進自己車子裡時，兔子感覺有點被冒犯、被侵入的感覺。但是，恍若在夢中，沒多問的他只是逕自鑽進駕駛座準備開車。就在啓動開關、踩住踏板的那一刻，他找回了遺失的力量。而他才用梳子沾溼的頭髮，此時在頭頂上顯得格外地僵硬。

他提高聲音問老教練道：「所以你認爲我該跟珍妮絲一起喝醉。」

「去做你的心要你做的事。」托塞羅回答：「心靈才是我們唯一的導師。」他的聲音聽起來很疲倦、也很遙遠。

「開進布魯爾市區？」

托塞羅沒有回答。

兔子把車開出巷子、駛上波特大道，這裡過去的地上常常流著從製冰廠溢出來的水。向左轉後、離開他在韋爾伯街的住所；再轉兩個彎，他就來到繞過山區即可直通到布魯爾市的中央街上。在他們的左邊有奔馬河光滑、靜止的河面上呈現它切割出來落差極大的峽谷，右邊則是燈火通明的加油站：旋轉警示燈成串閃爍，加上探照燈在四處投射。

隨著城鎮的人潮逐漸遠離，托塞羅開始聒噪起來。「我們待會要跟兩位女士碰面。哈利你聽好了，另外一個我也不知道長什麼樣子，但你要保持紳士風度。至少，我保證你會喜歡我的朋友的。她是個了不起的女人，從出生就命運坎坷，但卻有不凡的成就。」

「什麼成就？」

「她能夠掌控自己。哈利，難道這不是一切事情的祕密嗎？哈利，去掌控自己？能跟她有這麼一點點淺薄的關係，眞是讓我高興，既高興又謙卑。哈利？」

「什麼？」

「你知道嗎？哈利，一個年輕女子身體的每個部分都長了毛。」

「我沒想過。」他噁心到說不出話來。

「那你要去想，」托塞羅說道。「你要好好想想。她們都是猴子，哈利。女人都是猴子。」

看他說得這麼認眞，兔子也不由得笑了起來。

托塞羅也跟著笑，同時也朝著哈利坐得更近：「但我們卻愛死她們囉！哈利，可不是嘛。哈利，爲什麼我們會愛她們呢？假如你能知道這個答案的話，你大可解開人生的謎團了。」老人身體不停地挪動，一會兒翹腳、一會兒又放下來。他時而靠身過來拍拍兔子的肩膀，接著又猛然縮身看一下窗外風景後，再轉身過來拍拍哈利。「我是個可怕的人，哈利；一個令人厭惡的人。哈利，讓我告訴你一些事情吧！」做慣了教練的托塞羅，總是有些事情要教導對方。「我老婆說我是個令人憎恨的人，但你知道我是什麼時候才變成這樣的嗎？這一切改變可說是從她的皮膚開始。一九四三年還是四四年春天的某個日子，那還是在二次世界大戰期間，她的皮膚忽然變得非常可怕，就像是一千張蜥蜴皮縫在一起，而且縫得很糟糕的模樣。你能想像嗎？她皮膚那種支離破碎的樣子嚇壞我了，哈利。你有沒有在聽？你沒有在聽。你在想自己爲什麼要來找我。」

「你今天早上提到珍妮絲的事情，讓我有點擔心。」

「珍妮絲！我們不要再談像珍妮絲・史賓格這種小傻瓜了，哈利小子。現在是晚上，良宵苦短啊，眞正的女人多得從樹上掉下來了。」他雙手模擬一堆蘋果從樹上掉下來的樣子。「砰、啪啦，哩啪啦。」

即使身旁這名老頭瘋言瘋語，但兔子也不免對等下的會面有點期待。他們把車子停在沃倫大街的外頭，跟約好的女孩們在中國餐廳前碰了面。

在深紅色霓虹燈底下駐足等待的年輕女性，雙雙綻放一種花朵般的嬌貴；紅光把她們蓬鬆的頭髮鍍上一層紅暈，渾身就像是朵快要枯萎似的玫瑰。兔子的心在胸前澎湃不已，早已比主人先一步跳到紅磚道了。她們一起朝自己走來。托塞羅率先介紹瑪格麗特：「瑪格麗特・科斯克（Margaret Kosko），這是哈利・安格斯壯，我帶過最好的運動選手。很榮幸可以介紹這麼棒的兩位年輕人相互認識。」老頭對本身的舉動聽來異常害羞；他講話的聲音帶有快咳出來的感覺。

聽完托塞羅的介紹，兔子才驚訝地察覺到瑪格麗特簡直就是珍妮絲的翻版——同樣地白皙緊實，也同樣地嬌小倔強。她幾乎不動嘴唇地說道：「這位是露絲・李奧納德（Ruth Leonard）。這位是馬蒂・托塞羅。還有這位，你叫什麼名字？」

「哈利，」兔子開口說道：「或叫我『兔子』也行。」

「對喔！」托塞羅叫道，「以前其他男生都叫你兔子。我都給忘了。」他咳了起來。

「嗯，你這隻兔子還眞大隻，」站在瑪格麗特身旁的露絲看起來胖胖的、但其實又沒那麼胖，應該說是身材壯碩了點。她的個子很高，四四方方的眼窩上有對扁平的藍眼睛。大腿把她一件仿絲的淺綠色洋裝鼓得滿滿的，讓她即使是站著也看得到膝蓋。她的頭髮則有種髒髒的薑黃色，在腦後綁起來捲成一個髮髻。越過她身後，哈利可以看到有紅色指針的停車計時器退到路邊，淡紫色鞋帶纏繞著她的腳，底下四塊方形地磚以X型交會。

「只是外表塊頭大而已，」他回應。

「我也一樣。」她說。

「天啊，我好餓！」兔子選擇這樣說，只是想找岔開這個可能令女方會感到尷尬的話題。不知怎麼地，他覺得心神不寧。

「餓啊，餓啊，」托塞羅說道，好像很感謝這個提示。「兩位小美女想去哪裡用餐？」

「是這裡嗎？」指著眼前這家中國餐廳的哈利問道。

從兩位女士朝自己望來的模樣判定，兔子知道他們是希望他出個主意。而托塞羅此時猶如一隻橫行螃蟹，不耐煩地在人行道上來回移動著；結果不小心撞上了沿街散步的一對中年夫婦，滿臉流露出驚訝的表情。他那刻意表達歉意的姿態，惹得露絲都笑了，清脆的笑聲彷若是成堆零錢灑落在地面般地在街上迴響。聽到她笑聲的兔子，心情也跟著輕鬆起來，肋骨間的肌肉空隙感覺被注入暖暖的氣息。托塞羅首先推開餐廳的玻璃門走進去，瑪格麗特跟在後頭，露絲則是抓著兔子的手臂說：「我認得你。我念西布魯爾高中，是五一年畢業的。」

「我也是五一年次的畢業生。」知道彼此年紀相同的這件事讓哈利覺得很高興——一如自己手臂被露絲用手抓住的感受一樣舒適。雖然兩人是在城裡相反方向的兩所高中就讀，但他們的所學相同，也擁有一致的人生觀，一九五一年畢業班學生該有的人生觀。

「你們學校的籃球隊打敗了我們。」她說道。

「西布魯爾高中的球員都很糟糕。」

「不，我們才不是呢，我曾經跟其中三個球員約會過。」

「同時跟三個？」

「可以這麼說。」

「難怪他們看起來很累的樣子。」

她又笑了，宛如錢幣灑落的清脆叮噹聲又再度響起。雖然他對剛剛講的不雅笑話感到羞愧，不過露絲的反應依舊這麼地溫和可親——或許當時就讀高中的她還很漂亮。她現在的氣色則顯得不太好。不過從她濃密的髮量，倒是依稀看得出她當初身爲迷人少女的嬌俏模樣。

一個年輕的中國人擋住他們通往玻璃櫃台的路，身上穿的是淡褐色的麻布外套。櫃台那兒有個穿著日本和服的美國女孩坐著，數著一疊舊鈔票。「請問有幾位？」

「四位，」兔子說道，托塞羅卻不吭聲。

露絲脫下白色的短外套，以一種超出預期的信任態度，主動把衣服交給了兔子；布料柔軟、滿是皺褶。這個舉動讓她身上噴灑的香水味四溢開來。

「四位，是的，這邊請。」服務生把他們帶到一個紅色的雅座。

這個地方最近才甫以中式餐館的名義重新開張，之前店家留下的粉紅色巴黎畫像還高掛在牆上。穿著高跟鞋的露絲走起路來有點蹣跚；兔子從背後看到她的腳後跟因爲拉緊而泛黃，淡紫色的鞋帶像個網子把腳固定在鞋跟上，卻很容易往外斜到一邊。而在她薄荷綠洋裝絲質裙襬的底下，豐滿的臀部以一種自在篤定的姿態，將整件衣服飽滿地撐起來。她的腰部四四方方、整整齊齊地往內縮，與她臉部的線條一致。洋裝的剪裁展露出她一大片V字型豐滿美好的背部。

一進到雅座，哈利就與她不經意地相撞；她的頭頂碰到他的鼻子，頭髮上強烈刺激的氣味混入了她身上噴灑的市售香水味。而他倆之所以會相撞，乃肇因於托塞羅大費周章地把瑪格麗特引導入座——那種模樣就像是小矮人站在自己洞口一般地愼重其事。站著等的同時，兔子得意地想著：會有一位從餐廳窗戶外面經過的陌生人，就像是昨晚在西維吉尼亞州餐館外面的自己，看到他正與一個女人在一起。他自己彷彿就是那名在朝向餐廳內凝視的陌生人，羨慕著自己可以擁有他的身體和他女人的身體。露絲彎下腰坐過去。她肩膀的肌膚泛光發亮，隨即又在雅座的陰影中黯淡下來。兔子跟著坐了下來，感覺露絲正在身旁忙個不停、忙著安定下來、忙得暈頭轉向——那是女人慣用的方式，就像在築巢。

哈利發現自己手上還抱著她的外套。一件灰白的皮草，軟趴趴地睡在他大腿上。不用起身的他，只須將手往上一伸，就把這件外套掛在頭上放置衣物的掛鉤上。

「手臂長眞好。」露絲評論，並朝手提包裡頭看看，拿出了一包新港牌香煙。

「托塞羅還說我手臂短。」

「你在哪裡遇到這個老浪子的？」她故意這麼說給托塞羅聽到，看他在不在意。

「他不是浪子，他是我球隊的老教練。」

「要不要來一根？」露絲拿出一根煙敬哈利。

他揮揮手說：「我戒了。」

「原來那個老浪子是你的教練。」她嘆了口氣說道。她從青綠色的煙盒裡抽出一根香煙，將它叼在橘黃色的嘴唇間。擦火柴時的露絲皺著眉朝下注視火柴棒頭的硫磺，以一種女性獨有的好奇和笨拙把火柴拿得遠遠的。而火柴盒的兩側，都被她的手弄彎了。她總共擦了三次才把火點著。

瑪格麗特說：「露絲，別說了。」

「浪子？」托塞羅重覆道。他嚴肅的臉看來很不安又歪向一邊，透露著好像要開始融化似的狡猾笑意。「是啊、我是。我是個掉進美人堆裡的邪惡浪子。」

瑪格麗特聽出這話裡沒有一絲敵意，伸出手來放在他桌上的那隻手上，以肅穆單調的口吻堅定說道：「你一點也不像是個浪子。」

「咦？我們年輕的孔夫子⑧跑哪裏去啦？」舉起另一隻手的托塞羅問道，並四處張望起來。他向趕過來的服務生問道：「這裡有提供酒精類的飲料嗎？」

「我們會從隔壁送來，」服務生說。這些中國人的眉毛看起來像是陷在皮膚裡，而不是從皮膚上長出來，眞的很逗趣。

「雙份蘇格蘭威士忌，」托塞羅說道：「親愛的，妳呢？」

「台克利酒，」瑪格麗特的嗓音聽起來像在講俏皮話。

「孩子們呢？」

兔子仔細地望向露絲。她臉上鋪陳了一層橘黃色的粉餅。而她的頭髮，你第一眼會以爲是暗沉的金黃色或是褪掉的褐色，但事實上它有好多種顏色：紅、黃、褐及黑色，每根頭髮在光線照射下都顯現出一連串不同的色調變化，就像是狗毛。「去你的，」她說道，「台克利好了。」

「三杯，」兔子告訴服務生，心裡想台克利大概是類似檸檬汁的東西吧。

服務生重複了一遍，「三杯台克利酒，一杯加冰的雙份蘇格蘭威士忌。」說完就走了。

兔子問露絲說：「你是幾月出生的？」

「八月。幹嘛？」

「我是二月，」他說，「我贏了。」

「你贏了。」認輸的她，好像能體會到他的感受：畢竟男人不容易駕御比自己年長的女人，眞的。

⑧原文爲「Confucian」，由於哈利四人是在中國餐館用餐，托賽羅遂以「孔夫子」戲稱華人服務生。

「假如你認得我，」他說，「那妳為什麼不認得托塞羅先生呢？他可是我們這隊的教練耶。」

「誰會去注意什麼教練？他們搞不出什麼好名堂，不是嗎？」

「搞不出好名堂？高中校隊的教練可是靈魂人物，是吧？」

托塞羅回答道：「球員才是靈魂人物，哈利。鉛塊裡是煉不出黃金的、鉛塊裡是煉不出黃金的……」

「你當然可以。」兔子回道：「我高一出道的時候，可是完全不清楚哪裡是頭、哪裡是……手肘——」他停頓了一下後，決定以手肘這個字眼，替代其它當淑女在場不宜說出口的器官名稱。

「你當然懂，哈利，你當然懂。我根本沒什麼可以教你的；我只是讓你一直跑下去。」他還在四處張望。「你是頭年輕的鹿，」他繼續說道，「有大腳的鹿。」

露絲問道：「有多大？」

兔子告訴她，「十二號半。妳的呢？」

「我的很小，」她說道，「非常非常地小。」

「妳的腳丫子看起來都快擠出鞋子外面來了。」他頭向後仰，並將目光微微地拉低。他從桌角邊緣往下望，透過猶如潛艇發出的微光，看到她那縮在底下、像兩條曬黑小魚般地小腿掛在那裡。小魚見狀趕緊溜回椅子下頭。

「不要看得太用力，小心摔到座位外頭去，」她說道，有種春心蕩漾的感覺，眞好。女人喜歡被人逗弄。雖然她們死不承認，但事實如此。

端來飲料的服務生，開始幫每個客人擺上紙墊和不再光亮如新的餐具。他先幫瑪格麗特擺好刀叉。而在他幫托塞羅擺到一半時，托塞羅突然把酒杯從嘴邊拿開，用清新堅定的語調問道：「用刀叉吃中式料理？你們沒有筷子嗎？」

「筷子，有的。」

「全部擺筷子，」托塞羅說得肯定。「入境總要隨俗。」

「我的留下來。」瑪格麗特大聲說道，輕拍著手做勢護住刀叉，不讓服務生靠近。「我不要筷子。」

「哈利、露絲，那你們呢？」托塞羅問道。「你們要哪種？」

台克利酒的確有檸檬汁的味道，就像一種浮在生的、透明口味上的一層油。「我要用筷子。」兔子用一種低沉的嗓音說道，得意地取笑瑪格麗特：「我們在德州從來不用刀叉吃雞肉燴飯。」

「露絲，那妳呢？」托塞羅看她的表情中有些害怕跟不自然。

「喔，我想，如果你老人家能用，我也能用。」她吐出煙屁股，再叼上一根新的。

服務生像個爲新娘捧花般的伴娘把客人不要用的刀叉全取走了。瑪格麗特孤單地堅持自己的選擇，變成大伙取笑的對象。兔子樂歪了；她成了他快樂裡的一道可憐陰影。

「你在德州吃中式料理嗎？」露絲問道。

「一向如此。給我一根煙。」

「你已經戒了。」

「我又要開始抽了。給我一角硬幣。」

「一角硬幣！死也不給。」

露絲拒絕給兔子錢幣時，帶有一種不必要的急切感——這點激怒了他，聽起來好像她非得確認能從中牟利後才願意提供兔子所需似的。憑什麼她會以爲他是在跟她偷東西呢？他會偷些什麼呢？他伸進自己外套的口袋、掏出銅板、取了其中一角錢幣，投進桌邊牆上已經打開開關的乳白色小點唱機。他傾身過去、貼近露絲的臉，翻閱著寫滿歌名的卡片，最後壓下按鈕B和7，點了首「洛克維爾，P-A」。

「除了波士頓之外，德州的中式料理是全美國最棒的。」他說道。

「聽聽我們大旅行家的高論。」露絲說道，並給了他一根香菸。憑著這點兔子原諒了她一角硬幣的事情。

「所以你認爲，」托塞羅慢條斯理地說：「教練沒什麼作爲。」

「他們一點用處也沒有。」露絲說道。

「嘿，別這麼說嘛。」兔子說道。

服務生拿了他們要求的筷子組回來，還有兩張菜單。兔子對這些筷子不是很滿意；它們感覺上是用塑膠做的，不是木頭。同時聞香菸的味道很嗆，一鼻子都是菸草的味道。於是他把菸弄熄、永遠不想再抽了。

「我們每個人點一道，然後一起分著吃，」托塞羅對著他們說：「開始吧，誰有喜歡吃的菜？」

「糖醋排骨。」瑪格麗特說。她有個特點，就是對自己的選擇及決定都顯得很篤定。

「哈利呢？」

「我不知道。」

「咦？我們中式料理的大專家哪裡去了？」露絲說道。

「這全是英文。我比較習慣看中文菜單點菜。」

「別這樣嘛，快告訴我哪一道好吃。」

「嘿，別鬧了，你會讓我手忙腳亂。」

「你根本就沒去過德州嘛！」她回道。

哈利記起一棟在奇怪住宅區的房子，附近沒有半棵樹；大草原上漸漸升起的翠綠夜色；還有窗台上的花朵。他回答：「我當然去過。」

「去做什麼？」

「爲國效力。」

「喔，去當兵；那不算數。每個當過兵的都去過德州。」

「你喜歡什麼，就點什麼，」兔子對著托塞羅說。自剛才那番話中他聽出露絲似乎認識不少退伍軍人，對此他深感不悅；繃緊神經的他安靜聽完了他花一角點播歌曲的最後幾節。在這個屬於中國人的地方，他還是可以輕易得到某種暗示：有一種鏗鏘的旋律像是從廚房傳來，彷彿是昨晚在車上讓他情緒高亢的歌曲。

點了菜的托塞羅在服務生離去後，便打算開始給露絲訓訓話。威士忌酒沾溼了老教頭薄薄的嘴唇。「教練，」他說：「教練所關心的是如何發揮我們生命中被賦予的三樣工具：頭腦、身體和心靈。」

「還有胯下！」露絲一說完，瑪格麗特率先大笑出聲。她的突兀笑聲著實讓兔子嚇出一身冷汗。

「嘿，小女生：妳一直在跟我抬槓；你應該尊重我，注意聽我說才對。」他加重語氣地說道。

「狗屁，」她小聲地說，然後低下頭：「不要再想教訓我！」老人的教訓傷了她的自尊。她鼻翼蒼白，臉上粗糙的妝頓時一片暗淡。

「第一是頭腦、是策略。大部份來找籃球教練的男孩都只打過公園巷子裡的籃球，對於球場上那兩個籃框式比賽的高貴及優雅，一無所知。這點你認同嗎，哈利？」

「是啊，當然。就在昨天——」

「第二——先讓我說完，哈利，你等一下再說——第二是身體。訓練球員進入狀況，讓他們的腳力變強。」他在光滑的桌面上握緊拳頭。「變強，跑、跑、跑。雙腳一站在球場的地板上就得跑，永遠不嫌多。第三，」說到這兒的托塞羅，用一隻手的食指跟拇指輕輕抹去嘴角的口水後繼續說：「是心靈。所謂一個好教練——小女生，這就是我努力的目標，也有人說我已經做到了——擁有最盛重的機會，就是培養學生參賽並全力以赴的決心。我一直喜歡這些學生擁有參賽的決心遠超過他們想贏球的決心，因為就算是失敗了也會達到某種成就感。培養他們——對了，使用這個字眼好極了——為了達到那種成就的神聖不可侵犯性，我們要盡最大的努力。」他大膽地停了一下，並在這樣的沉默中仍邁向勝利。瞥了瞥在座每一個人的老教練，以滿口的大道裡讓其他三人聽得都啞口無言。「所以，一個球員能在充滿啓發性的教練帶領下而心智大開，」他下結論道，「那當日後面臨人生更大賽局的挑戰時，在更深層的意義上，他絕對不會變成一個失敗者。」他舉起胖嘟嘟的手，「最後希望神的和平降臨……」他在酒杯上頭比劃了幾下，手裡的酒杯只剩下幾個冰塊。當他舉杯就唇時，冰塊一個個向前移動，乒乒乓乓地撞向嘴唇。

露絲轉過去輕聲地問起兔子，似乎想要改變話題。「你在做什麼工作？」

他笑了。「嗯，我不敢確定我還有沒有這份工作。我今天早上本該去上班的。我，嗯、怎麼說呢，我在展售一種叫做『神奇廚房削皮器』的東西。」

「而且我確定他一定做得很好。」托塞羅附和道：「我確定當這家神奇削皮公司在每年董事會開會時，一問起『誰是今年為我們在美國市場營運目標貢獻最大的人』時，哈利・兔子・

安格斯壯這個名字必定會是名列在榜上。」

「那你是做什麼工作的?」兔子接著反問她。

「什麼都沒做,」露絲回答,「什麼都沒做。」她啜了一口台克利酒,眼皮像是油油的藍色布幕,下巴還沾上了一些飲料的淡綠色液體。

終於上菜了。哈利滿嘴盡是飢渴的唾液——自他在德州服完兵役以來,就不曾有這種可以把中國菜大快朵頤的好時機了。他愛吃中式料理:因爲菜裡沒有留下被宰殺動物的刺鼻腥味,沒有血淋淋的牛肉塊、或是帶著韌筋的雞骨頭;這些屠體在中國菜裏都被切細、剁碎、烹煮,安詳地跟著各形各色沒有特殊氣味的蔬菜一起拌炒。這些豐腴的綠色蔬菜引發他體內久久未逢甘霖的食慾,像糖果般地堆放在冒著煙的白飯上。每個人面前都是這樣一份熱騰騰又清爽的白米飯。瑪格麗特迫不及待地把油亮的肉塊拌在她飯裡。所有的人都吃得很過癮。吃了橢圓盤子上頭的黑豬肉、甜豌豆、炒雞肉、甜麵醬、炸蝦子、水煮栗子以及許多不知名的東西之後,他們大夥兒的臉色都變得紅潤又有朝氣,彼此的談話也更加熱絡起來。

「他以前眞的很了不起,」兔子談到托塞羅時評論道:「他是全郡最棒的教練。沒有他,我什麼都不是。」

「不是這樣的,哈利,不是的。你幫我的比我幫你的還多。女士們,他第一場比賽就拿了二十分。」

「是二十三分,」哈利更正道。

「二十三分耶！你想想看。」可惜其他兩名女孩只顧著吃。「還記得嗎，哈利，在哈瑞斯堡的全州巡迴賽，丹尼斯鎮隊跟他們的小神射手？」

「他個子很小，」哈利跟露絲解釋說：「大概有五呎二，長得跟猴子一樣醜，還是個卑鄙的選手。」

「嗯，不過他還是有兩把刷子，」托塞羅說道。「他眞是有兩把刷子。哈利算是遇上對手了。」

「當時他還絆倒我，記得嗎？」

「他眞的那樣做啊？」托塞羅問道：「我全給忘了。」

「那個矮子絆倒了我，害我飛出去撞到軟墊。如果當時那道牆上沒有護墊，我早就撞死了。」

「後來怎麼樣，哈利？你有沒有給他點顏色看看？整件意外我倒是一點兒印象也沒有。」滿嘴食物的托塞羅，蘊含這種復仇性的饞樣讓他看來醜陋不堪。

「怎麼會？我沒有。」兔子慢條斯理地說著：「我從不犯規。裁判看見了，那是他的第五次犯規、被罰出場。後來我們隊就痛宰他們了。」

托塞羅激烈的表情沒了，臉頰也變得鬆鬆垮垮。「對了，你不曾犯規。他從來沒有過。哈利永遠是個理想主義者。」

兔子聳聳肩說道：「我不需要這麼做。」

「哈利還有件事很玄，」托塞羅告訴兩個女人說，「他也不曾受傷。」

「哪有？我扭傷過手腕，」兔子糾正他。「不過你教的東西確實幫了大忙——」

「接下來的巡迴賽還發生了什麼事？我全忘光了。眞可怕。」

「接下來？我想是跟潘諾克隊交手吧！沒什麼特別的。他們打敗了我們。」

「他們贏了？不是我們打敗他們嗎？」

「喔，眞的不是。他們很優秀，五個都是好手。而我們有什麼？只有我，的確。我們的哈里遜還算可以啦，但是自從打足球受傷後，他整個手感就不見了，眞的。」

「隆尼・哈里遜（Ronnie Harrison）？」露絲插口問道。

兔子覺得很驚訝。「妳認識他嗎？」哈里遜是惡名昭彰的愛情騙子。

「我不太確定。」她說道，樣子還沾沾自喜的。

「個子不高，捲毛，走路有點跛。」

「不是，我不知道，」她說道。「我想不是吧。」她很得意自己的筷子使用得很俐落，另一隻手還可以平擺在大腿上。哈利喜歡看她快速低下頭用雙唇去咬食物的那一瞬間：樸素厚實的脖子往前移，肩膀上的肌腱立刻鼓起。她用筷子挾食物的力道拿捏的恰到好處；眞是有趣極了，豐滿的女人竟有這般靈巧的手感。而同桌的瑪格麗特只得用起彎曲笨拙的銀製刀叉，把食物一鏟一鏟地往嘴巴裡送。

「所以我們輸了。」托塞羅又說了一次，然後叫道：「服務生。」

那個服務的大男孩一過來，托塞羅便幫大家再點了剛剛叫過的酒。

「不要了，我不要了，謝了，」兔子說道，「這杯就已經讓我夠過癮了。」

「你還眞是個生活規律的大孩子，不是嗎？你啊！」瑪格麗特說道。她居然到現在還叫不出他的名字。天啊，哈利眞是恨死她了。

「你教的東西，我剛剛要說的是，你教的東西眞正幫助到我的，」兔子對著托塞羅說道：「就是雙手投籃時，必須把拇指幾乎按在球上面。這就是全部的秘訣，眞的。只要把球擺放在雙手前，找到那種美好的上揚感覺。然後只要咻的一聲，球就進了。」他並用雙手示範怎麼做。

「喔，哈利，」托塞羅難過地說。「你剛來找我的時候就已經很會投藍了。我給你的只是贏球的決心，成就的決心。」

「你知道我表現最好的那一晚，」兔子持續說道：「我表現最好的不是對上亞蘭維爾隊、獨得四十分那一晚；而是在我高二球季剛開始時候，我們下到郡裡一間偏僻的鄉下學校打球。那間學校很小、很古怪，六個年級加起來大概只有一百個人。它叫什麼名字來著？鳥巢嗎？諸如此類的名字吧。你一定想得起來。」

「鳥巢，」托塞羅說道，「不是吧。」

「我想那是我們唯一一次把他們排進我們的賽程裡。小體育館，四方形的、很古怪，觀眾都坐在舞台上。那間學校的名字叫什麼東西來著？」

「鳥巢嗎？」托塞羅反問。他也想不起來，一直在摸耳朵。

「金鶯！」終於記起來了的兔子高興得大叫。「金鶯高中。那種一丁點大的小城鎮。球季剛開始，天氣還很暖和，我們坐著巴士一路而下，沿途可以看到用玉米稻桿做成的棚子，那像是豎立在田野上、印地安人的圓錐形帳篷。那個學校本身有一股蘋果酒的味道，我記得你還拿它開玩笑。你跟我說要放輕鬆，我們只是來這邊練習練習；我們甚至不應該試著——你知道的——想要痛宰他們。」

「你的記性比我好多了。」托塞羅說道。這時服務生一回來、還來不及伸手遞酒時，托塞羅馬上從他的盤子上端走自己點的酒。

「於是，」兔子接著談道：「我們上場了，跟五個跑來跑去、腳步沉重的農夫比賽。我們馬上就領先了十五分，我球打得很輕鬆。有二十來個觀眾坐在舞台上，而因爲這不是聯盟賽事，所以輸贏不太重要。我甚至有種很奇妙的感覺：我大可隨心所欲地做我想做的一切事情，四處運球閃躲、傳球，突然間我知道，你看、我知道我可以做到任何我想做的動作。下半場我大概只投了十球，不過每一球都是空心進球，沒有靠擦板、而是根本沒有碰到籃框，就像把石頭丟進水井一樣容易。那些鄉下小孩渾身是汗地跑來跑去，而且只有兩個替補球員可以上場。但由於我們不屬於他們的聯盟，所以他們也不那麼在乎勝負。當時有一位裁判還整個身子靠在舞台邊跟他們的教練交談。金鶯高中，對啦。後來他們的教練到我們兩隊換衣服的更衣室來，從置物櫃裡拿出一壺蘋果酒，我們還一個個輪流傳著喝。咦，你都不記得了嗎？」他對自己無法讓在座同伴，也能感受到他這段經歷有的特別之處，覺得既迷惑又好笑。他說完後只得埋首繼續吃。這時其他三個人都吃飽了，正在喝這餐飯的第二杯酒。

「是的，先生，無名氏，你眞是個可愛的孩子，」瑪格麗特對他說。

「別太在意她的話，哈利。」托塞羅說道，「婊子講話就是這副德行！」

瑪格麗特聽畢立即賞了托塞羅一巴掌：她把手掌從桌上飛起，掃過身子、正中對方的嘴巴，卻沒聽到啪的一聲。

「正中紅心。」露絲說道，語氣裡沒半點在乎。瑪格麗特修理男人的過程顯得安靜無息，一旁的中國服務生連頭都沒抬一下，持續將餐盤清理乾淨，彷彿什麼也沒聽到。

「我們該走了，妳這個潑婦。」托塞羅邊宣告著邊想要站起身來，可是他的大腿被卡在桌邊，只能暫時像個駝背老人似地彎著腰半蹲站立。他挨小女友的這一結實的巴掌可將嘴巴都打歪了，就連兔子看了也於心不忍。但老教練的嘴角表情仍是曖昧而模糊的，展現出一種病態的情緒，混合了逞強和羞愧，更糟的是再加上點高傲——或許連高傲都說不上，應該說是自大。他勉強從這種死板僵硬的笑容裡擠出一句話來：「妳來不來，親愛的？」

「你這個王八蛋！」瑪格麗特口中雖然這樣說，但她那像堅硬核桃般的小身子還是朝著托塞羅的方向移去，並回頭看看座位上有沒有遺漏任何東西，比方像是煙或錢包之類的。「龜孫子！」她又罵了一次，不過從這次平順的語氣中她釋出善意。托塞羅跟她都顯得平靜多了，便雙雙展現出果決而堅強的作風。

同樣準備從椅子起身的兔子，被托塞羅急忙用手緊緊按住肩頭。這是一種教練式的慣用行動：他記得自己在高中時期坐在球場旁的板凳上時，常常遇到托塞羅施行這種觸摸法——就在他被拍著屁股送進球場之前。「別、別，哈利。你留下來。我們分開走。不要讓我及瑪格麗特的鄙俗與粗魯掃了你的興喔。對啦、我想借你的車，可以嗎？」

「呃？那我怎麼到別地方去？」

「說得沒錯、你說得沒錯。就當我沒問好了。」

「不，我是說，如果你要，就開走吧——」事實上，儘管車子只有一半所有權算是他的，但他還眞地很不願意跟車子分開。

托塞羅看出來了。「算了、眞的算了。剛才只是隨便問問罷了。晚安。」

「你這個愛吹噓的老混蛋。」瑪格麗特對托塞羅說道。老頭子瞧了她一眼後模糊地朝下看。她說得對，哈利也知道，他就是愛吹牛；他的臉就像個洩了氣的汽球般傾斜一邊。但是這顆汽球還在朝下凝視著他自己，彷彿有什麼話要吐露似的往外鼓脹起來，中間好比裝了水似地又重又模糊。

「你待會兒要去哪兒？」托塞羅問道。

「你不用擔心。我還有錢。我可以去住旅社。」兔子告訴他。既然托塞羅已經拒絕他的好意，他就希望對方能盡快離開。

「你隨時都可以來我那裡住，」托塞羅說道，「雖然只有一張床，但是我們可以打地鋪。」

「不了，聽好，」兔子很嚴正地說，「你已經救了我一命，但是我不想再給你添麻煩了。我會沒事的。我對你所做的已經感激不盡了。」

「好吧，下次再聊。」許下承諾的托塞羅把手抽動了幾下，卻不小心拍到瑪格麗特的大腿。

「小心我宰了你！」站在他旁邊瑪格麗特邊喊、邊往餐廳門走去。從背後看來像是一對父女的這兩人，穿過門口的櫃台——在那兒，他們的服務生正跟身旁的那名美國女孩說起悄悄話——瑪格麗特率先推了玻璃門離開。整件事發展得這麼平順，好像氣壓計裡跑進跑出的木頭小數目字一樣。

「天啊，他可真糟糕。」

「誰不是呢？」露絲問道。

「妳就看不出來。」

「你的意思是我很會吃？」

「不是，聽好，妳只是對大塊頭有點情結。其實妳不胖，身材的比例剛剛好。」

她笑開了，並努力地克制自己的笑聲；不過目光再一次瞄向他後，又忍不住地笑了起來。露絲捏住他的手臂說：「兔子，你真是個基督教紳士。」她叫起他的暱稱——這聽在哈利耳裡，猶如一股湧動的暖流在心頭滑過。

「她爲什麼要打他？」他咯咯地笑問道，內心害怕她捏住自己手臂的手可能會出奇不意地戳一下他的側邊。從露絲抓他手臂的力道就可感受到這種情況發生的可能性。

「她喜歡打人，我也被打過。」

「是嗎？可能是妳自找的。」

她又把手放回桌上後說道：「那托塞羅也一樣，喜歡被人打。」

他問道：「你很了解他嗎？」

「我聽瑪格麗特談起過他。」

「喔，那不算是了解他。那個女的很笨。」

「不是嗎？她比你知道的還笨。」

「聽我說，我知道。因爲我和她的雙胞胎姊妹結婚。」

「喔，你結婚了。」

「嘿，你說說看這個隆尼·哈里遜是怎麼一回事？你認識他嗎？」

「那你又說說看你結了婚是怎麼一回事？」

「好吧，我結婚了，到現在還是。」他很後悔他們切入了這個話題。彷彿一個特大號的大泡泡，正在擠壓著他的心臟。那種體悟彷若是回到小時候，在某個禮拜六下午從某個地方回家時，他忽然想到這些樹木、這條人行道——才是人生，是他生命裡唯一而眞實的事物。

「她現在在哪兒？」

這個問題讓他的心情更糟。一想到珍妮絲，兔子就在想：她會到哪裡去？「很可能跟她父母在一起。我昨晚才離開她的。」

「喔。那你只是出來放個假，你還沒有眞正離開她嘛。」

「不是這樣說。我覺得自己已經離開她了。」

服務生遞來一盤芝麻糕。本來心想大概很硬的哈利試吃了一片，結果很高興地發現混著芝麻籽的皮一含在嘴裡，變成了有點彈性的果凍。服務生問道：「你的朋友不會再回來了嗎？」

「用不著擔心，我會付帳的。」兔子說。

這個中國人揚起他陷下的眉毛後，擠出個笑臉，就走了。

「你很有錢嗎？」露絲問道。

「沒有，很窮。」

「你眞的要去住旅館嗎？」他倆一起吃了好幾塊芝麻糕。盤子裡大概有二十塊之多。

「大概是吧。我要告訴妳有關珍妮絲的事。在我離家出走那一刻前，我從來沒有想過要離開她；但突然間這種發展好像命中註定。她大約有五呎六吋高，膚色偏黑——」

「我不想聽這些。」露絲的口氣很篤定。她把頭向後仰，斜視著天花板的燈，五顏六色的髮絲頓時成了一個黯淡的燈罩。光線照著她的頭髮比照著她的臉龐來得迷人；在靠近兔子這一側鼻翼的肌膚上有幾個斑點，上頭的粉底都糊了起來。

「妳不想聽。」他附和道。擠在胸口的大泡泡頃刻間滾了出去。既然別人都不擔心這個，那他還擔心什麼？「好吧。那我們聊些什麼？妳體重多重？」

「一百五十磅。」

「露絲，你好輕喔。只有輕中量級。不是跟妳開玩笑，沒有人要妳全身都是骨頭，妳身上的每一磅肉都很珍貴。」

他純粹只是為了快樂在聊天，但不知道哪句話卻讓露絲的精神緊繃起來。「你真聰明，不是嗎？」她反諷道，將手中的空酒杯高高地斜舉在眼前察看。酒杯的杯身淺、杯腳短，就像是在夢幻生日舞會上吃冰淇淋用的那種杯子。透過酒杯反射出的弧形白光閃過她陷入沉思的臉龐。

「你也不想談體重的事，是吧？」哈利丟了另一塊芝麻糕到嘴裡，慢慢含著，直到那種初嚐入口的果凍感覺消失。「那我們就換個話題吧。身為一個典型的美國主婦，妳需要的是一支神奇削皮公司的廚房削皮器產品。它可以保留蔬果裡的維他命，也幫妳甩掉多餘的肥肉。只要轉一下塑膠調整鈕，就可以削紅蘿蔔，還可以幫先生削鉛筆，用途多多喔！」

「別、別再搞笑了。」

「好吧。」

「我們正經一點。」

「好吧。那妳先說。」

把整塊餅乾塞進嘴裡的露絲，鼓起的嘴巴笑得挺可愛的，嘴角並還緊緊地往下拉、興奮愉快的心情把嚼著東西的容貌都蹦現出來。她撐大圓圓的藍眼睛，把餅乾吞了下去後喘一口氣。兔子原本以爲她要說話的，結果對方只是在對著他笑一笑。「等等，」她懇求說道。「我還在努力。」又回頭注視著酒杯，想了一下。但搞了半天，她也只是說道：「不要去住旅館。」

「我沒得選擇，妳推薦一間好的囉！」他直覺地認爲露絲對這一帶的旅館應該很熟悉。兔子的目光，深深被她脖子旁一條延伸到肩膀處的淺淺白色溝槽所吸引。

「旅館都很貴啊，」她說道，「現在每樣東西都好貴。就連我的小公寓也是。」

「妳的公寓在哪裡？」

「喔，離這邊才幾條街。在夏日街二樓，樓下是診所。」

「是妳一個人的嗎？」

「是啊，我的女室友結婚去了。」

「所以妳要負擔所有的房租，而妳卻沒有工作。」

「你是什麼意思？」

「沒什麼。妳剛剛說妳沒有在上班的。妳的房租多貴？」

她奇怪地瞅著他，露出一種充滿防備性的神情，她這種眼神兔子先前也見過，就在外頭的停車計時器旁邊。

「公寓的租金？」他說道。

「一個月一百一十元，還要再付電費跟瓦斯費。」

「而妳卻沒有工作。」

凝視著酒杯的露絲，雙手搖晃杯子，看著反射的光線繞著杯緣跑。

「妳在想什麼？」他問道。

「只是覺得納悶。」

「納悶什麼？」

「你到底有多聰明！」

此時的哈利儘管一動也不動，依然可以感覺到有一陣風吹起。所以這就是他心頭漂泊感的來源；但他先前一直都不敢確定。「嗯，有機會會告訴妳的。要不要讓我補助你一點房租？」

「你爲什麼要這樣做？」

「因爲愛心，」他說道。「十塊錢夠嗎？」

「我需要十五塊。」

「付電費跟瓦斯費。好吧、好吧。」他不知道現在要做什麼。他倆依舊坐在餐桌邊瞧著空盤子，記起來剛剛這個盤子還堆滿了像金字塔一樣高的芝麻糕，他們把這些甜點吃得精光，服務生走過來一看也怔住了，眼光於一秒鐘內迅速地從空盤子轉到哈利及露絲身上。帳單總共是九塊六。兔子先放了張十塊美元的鈔票在帳單上；又放了張一塊美元的鈔票在那上頭；最後在它旁邊再擺上十塊及五塊美元的紙鈔。他算一算自己的皮夾裡還剩下多少錢：三張十塊還有四張一塊的美元。等他算好錢再抬起頭來時，那份給露絲的鈔票早就從光滑的桌面上消失了。兔子站起身，拿起她柔軟的小外套，張開衣服幫她穿上。一如魚躍般游出雅座的露絲，此刻猶如一條綠色的大魚，是他今晚的戰利品。她冷冷地讓自己被外套包住。他此時心裡計算著：她的一磅肉值十分錢。

這還沒算到餐廳的費用。兔子取起帳單走到櫃台，拿出了十塊美元給那名美國女孩。皺著眉頭在忙著找零錢給顧客的她；一對令人駭然的空洞眼神，巧妙地被擦上的睫毛膏環繞起來。她身上紫色和服的簡單剪裁，跟頭上燙的複雜髮型、與臉上所施的胭脂一點都不搭——這可是一張酸酸甜甜的美國臉蛋耶！當她把硬幣放進零錢盤上的粉紅襯墊時，兔子在那些銀器上面揮手，再給了一塊美元，然後跟一直隨侍在這名女生旁的中國服務生頷首致意。那名中國人用著不標準的英語對他倆說道：「黑常港謝您，先生。偶們黑常港謝您。」可惜他的感謝之意在他們還來不及離開餐廳前就消失無聲了。他在哈利及露絲都還朝向玻璃門走去時，就馬上轉向那位出納小姐，用拉得又高又長的嗓音，給他之前的故事來個收尾：「……然後另外這隻貓說，『但是老兄，我的可是充氦氣的！』」

兔子隨著露絲一起走入街頭。在他右手邊離山稍遠的地方，都市中心正閃爍著光芒：各式各樣的燈光交錯照耀，霓虹燈的外形有的像靴子、有的像花生、有的像高帽，還有一個巨大的向日葵佇立著。它的花莖是六層樓高的霓虹燈，靠在一幢建築物的旁邊照射出向日葵啤酒屋的象徵。那黃色的花心彷若是是第二個明月。他們再往下走一個街區時，兩道閃著紅燈的鐵路平交道柵欄正緩緩下降，有個鈴聲在急促而單調地鳴叫著，一如刀片般地穿過那團柔柔的霓虹燈光。過往的車輛因而放慢腳步、停了下來。

露絲向左轉，走進了賈基山的陰影裡，兔子跟在她後面。他倆踩在發出刺耳聲的人行道上朝向山頂前進。腳下水泥地的斜坡像是一個被埋葬的主張、一個意外的迴響，爲這裡闡述了在這座城市建立之前的地形與地勢。對兔子來說，這個人行道就猶如是「台克利酒」散放出來純淨而透明的影子。他的心情輕鬆愉快，爲了跟上他迷戀的女孩，雙腳還向前飛跳了幾步。露絲的眼睛往上看，山頭的「山頂旅店」燈火通明，襯托在賈基山上方夜空的點點繁星裡，顯得粗曠而庸俗。他們沉默地共同走著，身後有輛載著貨物的火車一路發出尖響，呼嘯通過平交道。

他找出了自己擔憂的問題：她可能現在不喜歡他，就跟那個德州娼妓一樣。「嘿，」他說道，「妳以前上去過山頂那裡嗎？」

「當然。我是坐車上去的。」

「在我小時候，」他說道，「我們經常從山的另外一邊走上來，那裡有座幽暗的森林。我還記得有一次我發現一棟老舊的房子，就是在地上的一個洞旁邊還圍著一些石頭的那種，我想那曾經是某個拓荒者開墾的農場吧！」

「我唯一到過這裡的一次，是跟某個拼命打拼的工作狂一起開車上來的。」

「哇，眞是可喜可賀啊！」他說道，心裡頭很爲露絲堅強面具底下的楚楚自憐而懊惱。

她的心事被人看穿，便生著氣反咬回去說道：「你想我會在乎你的拓荒者嗎？」她說道。

「我不知道。但妳爲什麼不在乎？妳也是個美國人啊！」

「那又怎樣？我當墨西哥人也會一樣地自在。」

「妳絕對不可能是墨西哥人，妳個子不夠矮。」

「你知道嗎？你眞是隻大笨豬。」

「喔！我的寶貝，」他邊說，邊用手攬著她的腰，「我認爲自己還滿愛乾淨的。」

「不要耍嘴皮子。」

向左轉的露絲離開威瑟街，並甩掉兔子的手。這條是夏日街，磚牆一字排開，形成有一個街區那麼長的一張臉。房子的門牌放在大門上面氣窗的彩色玻璃上。一間小雜貨店打開蘋果色和橘子色的燈光，照射出幾個在街角處逗留的小孩側影。大超市搶了這些小商店的生意，逼得它們只好也整晚營業。

哈利把手攬著露斯的腰乞求道：「別這樣嘛！今晚當個開心的女人嘛！」他想要向她證明，就算她說話盛氣凌人，自己也不會因而退卻的。她只要他能滿足於她沉重的肉體，但他卻想要獲得一個完整的女人，彷彿是羽毛一樣地輕盈。讓他意外的是，她的雙手也跟著他做了相同的動作：她回攬了他的腰。倆個人就這樣注視著對方，卻發現如此的姿勢沒辦法走路，只好在交通號誌前分開。

「剛剛在餐廳時，妳難道都沒有一點點喜歡上我嗎？」他問道，「我可是很用心逗老托塞羅開心，跟他說他有多麼偉大！」

「但我聽到的可全都是你過去的豐功偉業。」

「不過我從前眞的是很厲害，那是事實。我的意思是，就算我現在沒有什麼成就，但我過去眞的很風光。」

「你知道我最厲害的是什麼嗎？」

「是什麼？」

「做菜。」

「哇！這可比我老婆強多了，可憐的孩子。」

「還記得上主日學的時候，他們會告訴你上帝所創造的每個人都會有所長嗎？嗯，我那時就想到烹飪。我那時候想，天啊！將來我一定要當名好廚師。」

「嗯，那妳是不是呢？」

「我不知道，我大部分都在外面吃。」

「嗯，那就不要再到外面吃了。」

「可是我必須到外面吃才能認識男人呀！」說得這麼直接的露絲果然讓兔子閉嘴。她的露骨眞把他嚇到了。這樣子的她，從愛的角度來看，似乎顯得非常巨大。

「我就住在這裡。」她說道。她的房子跟這條街西側的其它房子一樣，都是以磚頭建造的。對街有一間石灰砌成的大教堂，像一匹灰色的窗簾掛在街燈後面。他們走進她家門口，通過彩色玻璃的下方。在入口門廳裡有一列門鈴、一排黃銅色的信箱、一具上了漆的傘架，還有一個鋪在大理石地面上的塑膠墊，以及兩扇門——右邊的那一扇鑲著毛玻璃，在他們面前的另一扇玻璃門上頭加了鐵絲。隔著玻璃看進去時，兔子看見鋪了橡皮墊子的樓梯。露絲拿著鑰匙開門時，他讀著另一個門上頭的燙金刻字：「F. X. 貝里格尼，醫生」。「那個老狐狸。」露絲說道，然後領著兔子上樓。

她住樓上。她的門在一間鋪著油氈的大廳盡頭，離街道最近。當露絲用鑰匙開鎖時，兔子就站在她背後。此時發著黃光的街燈，從他身邊四個有裂縫的窗格裡斜透進來，高高聳立的玻璃窗非常薄，好像一碰觸就會打破似的。他站在這裡，突然間開始發抖；首先是他的腿，然後是他腰上的皮膚。鑰匙與鎖孔配合的絲絲入扣，她的房門應聲打開了。

就在露絲一進門伸手去開燈的當下，兔子便擋住她的手臂，把她整個人都拉了過來親吻下去。這眞是瘋狂！他的肋骨裡產生了一股想把露絲壓碎榨乾的衝動，這讓他對擠壓女方的需求不斷倍增；不過它僅是單純的擠壓，沒有愛的存在，愛只沿著皮膚上閃現一下就溜走了。他沒有察覺到他倆的肌膚接觸，哈利只想把她的心擠壓進自己的心裡頭，然後徹徹底底地撫慰她。

在這樣的強抱裡，露絲很自然地掙扎反擊。她那原本半推半就、溼潤而柔軟將要迎上他雙唇的櫻桃小嘴，倏忽變得乾燥而僵硬。等到她可以將自己的頭跟手從對方那兒掙脫時，她把手掌靠著哈利的下巴用力猛推，似乎是要把那男人的頭顱朝後丟進大廳似的。她的手指彎了起來，長長的指甲刮過一隻他眼睛下方的細嫩皮膚。不得不鬆手放她走的兔子，瞇著幾乎被刮傷的那一眼，脖子上還有條筋在隱隱作痛。

「出去！」她叫道，碩大凌亂的臉龐在大廳燈光的照射下顯得十分醜陋。

他不走、反而用腳輕輕地向後一踢把門關上。「別這樣，」他說道：「我需要好好抱著妳。」

即使在黑暗中兔子亦看得出來露絲被嚇壞了；她又黑又大的身影顯現出一個如同牙齒被拔掉的缺口，而他的直覺就變成了舌頭一般地在她那裡探索。四周僵硬的氛圍告訴他不能輕舉妄動；但不知怎麼地，他就是想笑。她的恐懼跟他心裡所想的層次竟如此不協調，不過他至少知道自己並不願傷害她。

「你說抱我，」她回道：「不如說殺了我還差不多。」

「我整晚都非常地愛著妳，」他說道：「我必須讓這份感覺從我體內宣洩出來。」

「我完全了解你在說的那回事：一旦你射了，就結束了。」

「不會那樣的，」他承諾道。

「那樣還比較好。我要你滾出去。」

「不，妳不要我滾。」

「你們全都以爲自己是大情聖。」

「我眞的是，」兔子向她保證：「我是個好情人。」

在發酵酒精跟蠢蠢欲動精子的推波助瀾之下，他開始意亂情迷，將身體往前挪了幾步。儘管露絲也向後退了幾步，但已不像剛才那般地急於逃脫，他因此可以感覺到對方恐慌的傷口正在慢慢痊癒。街燈射來的光線讓兔子看見兩人身處在一個小房間裡：裡頭擺飾著兩把扶手椅、一張沙發床跟一張桌子。她走進隔壁的房間，那兒稍微大一些，裡頭有張雙人床。窗簾半掩，低低的燈光讓床單上的每一條小穗都投射出一塊陰影。

「好吧，」她說道，「你可以進去那裡了。」

「那妳要去哪裡？」她的手正放在門把上。

「這裡。」

「妳要在那兒脫衣服？」

「是啊。」

「不要。讓我幫妳脫。拜託。」一想到這檔事兔子就趕緊來到她身邊，碰了碰她的手臂。

她把手臂從他的觸摸下移走說道：「你很愛指使人耶！」

「拜託、拜託。」

懊惱了起來的露絲以沙啞的嗓音說道：「我要去廁所啦！」

「但妳出來時衣服要穿著。」

「我也還有別的事要做。」

「別做，我知道是什麼事——我討厭那些東西⑨。」

「你根本就不會感覺到它的存在。」

⑨此處哈利指的是女用避孕器。

「但是我知道它就在那裡，就像一個橡膠做的腎臟還是什麼的。」

露絲笑了說：「哼，你這個人好挑剔。好啊，那你有什麼更好的『解答』嗎？」

「我更討厭那些東西。」

「聽好！我不知道你以爲自己付了十五塊美元就有權得到什麼，但是我總得保護自己吧！」

「如果妳一定要裝那麼多小玩意兒，那乾脆把十五塊還給我。」

試著扭開手臂的露絲，卻被他抓得更緊不放。她問道：「嘿，你是認爲我們結婚了還是什麼，幹嘛對我管東管西的？」

那道透明的波濤再次淹沒了哈利，讓他用幾乎聽不見的聲音對女孩回道：「是啊，就當我們是結婚了吧！」

於是很快的，她的手臂垂靠在身體兩側不再試圖移動。他在露絲的腳前跪下，吻著她手指頭該戴著婚戒的地方。兔子既然蹲了下來，索性就開始鬆了她的鞋帶問道：「妳們女人爲什麼要穿高跟鞋呢？」同時向上猛然拉起她的一隻腳——女方只好抓著他的頭部來維持平衡。「難道妳們不痛嗎？」他邊說、邊把這隻像溼黏網子般的鞋，透過門口向隔壁的房間扔去，並對另一隻鞋也如法炮製。露絲的兩隻腳丫因而可以平坦地踩在地上，這讓她的整雙腿都能挺直。哈利把手放在女孩的腳踝四周，上上下下地輕快敏捷地按摩著，位置恰到好處；就在露絲四四方方的腳踝骨、跟圓滾滾的結實小腿肚之間。他應該當個運動員教練。

「來嘛，」露絲說道，聲音裡有一種因爲害怕跌倒的緊張，他的重量全壓在她的腿上。「上床吧！」

他意識到話中的陷阱。「不要，」他說道，站了起來。「妳會在那裡裝一個飛碟。」

「不，我不會。嘿，聽好，我裝了沒有，你甚至都不會知道。」

「我當然會，我非常地敏感。」

「噢，老天啊！反正我需要去小便一下。」

「去啊，我不在乎。」他口中這樣說，卻不讓露絲把浴室的門關上。

哈利看她像所有的女人一樣，正經八百地坐在馬桶上，背部挺直、下巴內收；膝蓋被撐開的內褲連結起來。她等了一會後，低吟的尿液噓聲便宣洩而出。平常在家時，他跟珍妮絲總會試圖訓練尼爾森上廁所；所以此時高高斜靠在門上的他，覺得自己倒挺像個父親似地，心裡頭還忽然有股可笑的衝動，想要主動稱讚露絲幾句。她眞愛乾淨：尿完後還用手取了張檸檬色的衛生紙伸到衣服下頭；把自己撐了起來的女人，就在那一瞬間，她整個貼身之物，連同那絲襪上嬌弱的拼綴圖案、彈性吊帶，還有她的毛髮跟柔軟的肉體都暴露出來了，全讓他一覽無遺。

「好女孩！」他說完就領著露絲進入臥室，身後的抽水馬桶震動著發出喃喃聲響。害羞的她只能僵硬地移動身體，同時對眼前男人的想法感到不解。而顫抖了一下的哈利，自己也突然覺得害臊起來。他領著女孩到床腳停住，開始尋找她衣服上面的勾環。他在露絲背後找到了鈕釦，卻無法輕易地解開；原來他是反著手的。

「讓我來吧。」

「不要那麼急嘛；我來就好。妳應該好好享受一下，這是我們的新婚之夜。」

「喂，我想你眞的有病。」

他粗魯地把露絲轉過身來，又再次墜入一種想要安撫她的深切渴望。他摸了摸她化了妝的臉頰；從上頭看著她皺起眉頭的額頭和被陰影覆蓋的僵硬臉龐，一時間這名女人像是變得很渺小。他溫柔地把自己的嘴唇湊到女方的一個眼窩上，試著跟她表示今晚他倆的做愛可以是從容而自在的；也試著透過他的唇傾聽她隆起眼皮底下的血管悸動。爲了公平，也怕露絲會覺得滑稽，兔子也以同樣方式吻了她的另一隻眼睛。一想到自己的溫柔多情便莫名興奮的他，心頭的急切感都滿溢了出來；他把自己的嘴唇放在對方的臉龐上恣意穿梭、輕咬、舐動，這樣的行爲讓露絲覺得肌膚發癢，不禁噗地笑了出來，並想動手把他推開。但兔子卻將她緊緊鎖住——蹲了下來的他，把張開的牙齒壓進她喉嚨旁邊那溫熱、豐潤的凹陷處。露絲怕他會眞地咬下去，不免渾身緊張了起來，雙手在他的肩頭上用力推著。不過兔子依然固守在她的領域，在對方寂靜的驚呼聲中露出牙齒，向著她即將窒息的咽喉提出強烈抗議：他要的不僅僅是她的身體，不是她的器官，而是她，是她整個人以及心。

雖然這是種無言的溝通，但露絲卻聽到了。她對著哈利說：「不要嘗試在我身上證明你是個優秀的情人。我們只要辦事，然後走人。」

「妳眞聰明，」他說著想要動手打她，卻在中途停下反過來說道：「打我吧！來吧！妳不是想打我嗎？用力打吧！」

「我的天哪，」她聽了回道：「今晚大概不用睡了。」

兔子從她身旁舉起她鬆軟的手臂，把它甩向自己；但她控制住了雙手的力道，只讓五根彎曲的手指頭輕輕地觸碰他的臉頰，一點兒也不痛。「可憐的瑪姬才需要這麼對付你的朋友，那個老混球。」

他懇求道：「不要談他們。」

「臭男人！」她繼續評論：「不是想傷害別人，就是想被人傷害。」

「我兩個都不要，眞的，兩個都不要。」

「那好，幫我把衣服脫了，別再繼續放屁了。」

他從鼻子嘆了口氣。「妳講話還眞甜。」他說道。

「假如我嚇著了你，那我很抱歉！」她的聲音裡帶有微弱的鳴金收兵的味道，好像她是眞的覺得很愧疚似的。

「不，妳沒有嚇到我。」兔子邊說著、邊公事公辦地俯身用手握著露絲的衣緣。他的雙眼目前已習慣了黑暗，認得出那如絲綢般的布料是綠色的。他把洋裝從她的身子向上翻，舉起手臂的露絲，頭一度被困在領口裡。於是她惱怒地甩著頭，活像是隻身上黏了碎屑的狗狗，直到她的外衣終能順利鬆開、掠過臂膀，鬆軟而微溫地落到了他的手裡。他把衣服擺渡到角落一張笨重的椅子上後開口說：「天啊，妳眞漂亮。」穿著銀色無袖襯衣的露絲，此刻彷彿是個美麗的女鬼。從她頭上扯下衣服的過程把她的髮型弄亂了，她把自己那張莊嚴的臉龐斜向一邊，迅速地取下髮夾，讓頭髮從沉重的環圈落下。穿著襯衣的女人，看起來總是宛如新娘似地聖潔而清麗。

「是啊，」她說道，「還很腫腫。」

「不是的，」他回應：「妳眞的很美。」兔子一說完就踏進兩人鼻息之間，將露絲抱了起來。穿著都是網洞型襯衣的她，在自己懷中的模樣就像顆發光的糖果。他把她抱到床上後輕輕放下。

「哇，你把我抱了起來，待會兒你會沒有力氣喔！」刺眼的燈光直射在她的面容上，映出了那上頭的妝與她頸項的皺痕。他問道：「我該把窗簾拉下嗎？」

「請吧！外面的景色可不怎麼宜人。」

哈利走到窗邊，一彎腰就明白了露絲的話中意思。他看到對街的灰灰的教堂，以沉悶而無聲的姿態矗立在眼前。而在它玫瑰色的窗子後面，街燈還在照著，紅色、紫色和金色的光圈在這個城市的夜晚裡，好像是現實世界被戳了一個洞，顯現出底下燃燒明亮的抽象光輝。他用窗簾把它們遮住，心裡頭對這個能增添街頭美感的光線創造者深爲感謝。他快速地轉過身去，發覺露絲的雙眸也在陰影裡回凝著他，那雙眼睛彷彿是某個東西表面的深深缺口。她臀部的曲線把襯衣撐起成了一輪銀色的新月；兔子感覺她的體重好像變成了一股香氣。

「接下來呢？」他脫掉自己的外套並把它扔到一邊；他喜歡扔衣服的這個動作：當露絲的衣服一件一件地從空中飛過，他就要逐漸接近這個女人裸體的終點了。「絲襪呢？」

「它們可不好處理，」她說道：「我不想把它們鉤破。」

「那就妳來脫。」

坐起身的露絲，靈巧的雙手像貓的爪子一樣輕柔又帶點急躁，慢慢地讓自己從一個彈性的絲跟棉編成的網子裡解脫出來。她把絲襪卸下，並整整齊地那它折疊捲好後、塞進床腳踏腳板的縫隙裡；然後她在床上躺平，拱著背褪下吊帶跟內褲。這時的兔子以迅雷不及掩耳的作風，俯身把全臉埋進露絲那一片充滿香氣的小森林中，並在那兒迷失了自我；只感覺到一名全然溫柔的女子就在眼前的一團角落裡。他把膝蓋打直、跪在床邊，在他眼底的露絲宛若是個奇幻的國度，拉高的襯裙是來自北方飄散成網的皓皓白雪。

「眞多！」他說道。

「太多了。」

「不。聽著，妳很好。」

他用手捧住露絲溫熱的頸部後背把她托高，然後再把她的襯裙從頭上滑出；於是這件衣服就像水一樣輕易地溜了出去。一個女人倘若願意被剝光，她的衣服就會很平順地滑落。在她背後，兔子的手發現到一個涼爽的凹陷處，這種觸覺在他的心頭、就跟她肩胛骨上面那片傾斜伸展的肌膚融合爲一。吻起這片寬闊光滑脊面的他：發現露絲身上愈白皙的地方，吻起來的滋味就愈涼爽。

他下巴的硬處，抵觸到了女孩胸罩的鋼圈。她便彎著一隻手臂伸到自己背後，想把它鬆開，哈利低語呢喃道：「嘿，讓我來吧。」他說完就把大手游移移到她的背後。身體坐直的露絲，豐滿的腿併攏側彎，背部的曲線猶如座大花瓶般地勻稱動人。胸罩隱藏的小掛勾很難解開；她只得把肩胛骨靠攏，隨著一陣劇痛，那難纏的肩帶終於應聲鬆掉。聳了聳肩的她背部的面積變得寬大、形成了一個凸面，肩帶就這樣沿著肩膀掉了下來。她用一隻手把胸罩甩到另一頭床緣，而將自己在兔子這一側的手臂緊貼護住胸部，好讓他看不到。但他還是在隱約之間，瞧見了在那一對豐盈、柔軟的胸脯上有兩顆動人的尖乳。挪動身體的他選擇在床角坐下，只爲了要把露絲仔細地品味端詳。她一手夾緊胸脯，另一隻手也跟著舉起來遮住另一邊乳房；一道戒指的光芒隨即閃現。她的羞怯對哈利而言是種讚美，表示她此刻對他也帶有一絲迷戀。露絲用伸直的一隻手臂支撐著身體的重量。她的腹部宛如一池陰影，不斷地加深色澤、直到成了一抹漆黑被大腿內側的弧線所完美掩蓋。光線捕獲了她的右側身軀，爲了跟他眼睛裡的飢渴對抗，她的身體沉靜地轉著、顯得僵硬不自然。她就維持著這個姿勢，直到那片白光的映照刺進了他的雙眸。此時她的嗓音衝破了自己靜止的身形，並驚醒了他：「那你呢？」

他仍然全身穿戴整齊，就連領帶都還在。然後他就脫下褲子，把它們披在椅子上、並細心地保持著褶線；而露絲則是趁機溜進被單底下。僅著內衣的兔子站在她身旁問道：「現在妳眞的是一絲不掛了嗎？」

「對啊，你不讓我穿的。」

他記起剛剛在露絲手上閃爍的光芒。「把妳的戒指給我。」

她從床單下面把她的右手伸出來，他小心翼翼地把一枚厚厚的、像是班級紀念戒指一般地銅戒，弄出她彎彎曲曲的指關節。當把手放下時，她擦過了穿在哈利身上賽馬騎師式短內褲鼓起來的前頭。他低頭見到露絲在沉思著，也看到床單蓋到了女方的喉嚨；而她白皙的手臂放在床罩上面，猶如蛇一樣地微微扭動。

「眞的什麼東西都沒有了嗎？」

「我全身光溜溜的，」她說道，「來吧。進來吧。」

「妳要我？」

「別拍自己馬屁了。我只想快點結束。」

「妳臉上的粉厚得很。」

「天啊，你眞愛侮辱人！」

「我只不過是太愛妳了。毛巾在哪裡？」

「我才不要你來洗我他媽的臉！」

兔子走進浴室打開燈，找到毛巾後把它放到熱水龍頭底下。把毛巾擰乾的他關了燈再走回房間。此時的露絲正躺在床上笑著。他問道：「有什麼好笑的？」

「穿著這些怪怪的內衣褲，你看起來確實有點像是隻兔子。我還以爲只有小男生才會穿那種有彈性的褲子。」

他低頭瞧瞧自己的T恤與合身的襯褲，心裡頭默默地覺得開心起來，並且對今晚兩人即將交纏相連的這檔子事顯得更加興致勃勃。從露絲嘴裡吐露出他的名字，那感覺彷彿是她已經地觸摸到了他的身體般地讓他興奮難耐——她終能看得出來自己是個與眾不同的特別男人啊！哈利把那條粗毛巾放在她的臉上：那張臉開始變得緊張，不斷地掙扎抗拒，就像是尼爾森一樣；但他選擇用一個父親的熟練手法跟它對抗。他的毛巾抹過了她的額頭、捏了捏她的鼻孔、磨了磨她的兩頰；接著當她整個身體在抗議中不斷地蠕動時，他還擦了擦她的唇，並把她的話弄得支離破碎、悶在口裡頭吐不出來。他最後讓露絲的雙手贏了自己——她把毛巾舉了起來瞪著他，然後一語不發地閉上眼睛。

他跪在床邊捧著她的臉，無意間壓到了自己靠著床墊邊緣的堅硬下體之敏感核心，於是某些像奶油般的東西不小心潑灑了出來，一如在結冰的牛奶中那些被迫溢出瓶口的液體是一樣的。往後退的兔子不敢再觸碰露絲；胯下那怕羞的玩意兒還在不斷起伏、振動、跳躍，最終慢慢地停了下來。他站起身來，把對面女孩手裡握著的毛巾奪回來貼在自己臉上，好似一個人在掩面啜泣。他走到床腳，把那塊布扔進浴室，剝下內衣褲並抖了一下後，便匆匆地躲進床裡，躲進床單之間那足以將他倆淹沒其中的狹長、黑暗空間深處。

他用對自己妻子一樣的方式跟她做愛。在他們婚後，珍妮絲的神經就失去了對男女床笫之事的細膩度，她需要哈利的愛撫才能潮溼；他往往會從幫老婆的背部溫柔摩擦，才開始進行當天的交歡儀式。於是聽從他的指示，露絲小心而謹愼地屈服俯躺下來。爲了將力量借用到手上，他坐在女孩富有彈性的雙臀上，把身上的重量透過打直的手臂向下傳送到拇指和手掌，然後便在眼前那片寬闊的肌肉跟糾結的骨頭上努力地搓揉起來。嘆了口氣的露絲，把擱在枕頭上的頭轉過來朝他說道：「你該去經營土耳其浴這一行的。」兔子的雙手持續向她的脖子探去，手指伸到她的咽喉四周：那裡的血管像蘆葦一樣地搏動著，他用大拇指的指丘按摩著她的肩頭，然後指尖觸碰到她那彷若上了層白釉般光滑而柔軟的酥胸上緣。之後，他的手回到她的背部，一直按到他的手腕痠疼爲止。他覺得自己有種跨騎在美人魚身上的感覺，全身疲倦的自己只能無力倒地，並在海水的咒語下昏昏欲睡。他把床單向上拉起蓋住彼此，蓋到他們的臉龐中央。

兔子習慣了珍妮絲對自己在丈夫面前赤身裸體的害羞，所以即使露絲全身火熱，也得暫被埋沒在他緊閉雙眼所造成的黑暗中。雖然她拱起身子，焦急地想挨進他身上，但他依然闔上雙眼，只是任憑眼皮不停地跳動著。她的手摸索著他，急切地想勾引著他。而他在封印的眼皮前頭感受到一片火紅。當她用一隻手從容不迫地弄開他的下巴，並把他的頭壓到她熱騰騰的胸脯上時，他眼前感受到的顏色轉成了藍：那眞是可愛的、震動的兩顆美球，載滿了飽實的份量，並有香水噴在其間。他嚐到了一口、有酸鹹的味道，而那滋味伴隨著他自己的唾液迴旋入口。她轉身過來把背貼著床，剛剛那一陣寶貴的火紅接觸在扭轉下分開，另一片清新而涼爽的肌膚又接替上場。已箭在弦上的露絲，自顧自地將另一個未逢甘霖的乳房湊進兔子的臉，上頭的粉味已與汗水溶成一團。這時的哈利張開雙眼打量著她，見到她的臉如同一只溫柔的面具在往下方注視著自己，那裡頭充滿了關愛的神情，於是他把雙眸闔上想再次盡情啃食著她獨有的美味。

他擱淺在女孩寬闊身軀上的手於一臂之遠之處找到了一個劈開的莢形、也是片打開的皺褶，簡單而沒有定形：那是露絲的兩片翹臀。再次滾動身體後的她扭動背部，並將屁股放進他肚子跟大腿之間的搖籃裡。他們因此進入了一個慵懶的空間。他眞想把時間拉長，讓它變得又細又遠。露絲張開雙腿，用指尖撫摸著他堅挺的勃起。她把腳後縮，讓男人的手握住自己的腳踝。然後他們一同邁入了下個階段，此刻的哈利愈發感到急躁，驀然驚覺雙方經歷過如此多次的轉身與扭動後，彼此的肉體竟還各自孤獨著。他顯得已經可以爲所欲爲了，因爲在這麼久的探索過程中露絲已變成了他的朋友；可惜不管到哪裡都有一堵牆擋住兩人——他們的肉體缺乏可以共同歡唱的歌曲。他不耐煩的焦躁感逐漸減弱；露絲正在他的血液裡上下浮沉，他的眼皮下頭傳來了鹹鹹的味道，那是汗水的壓力。女人的身體似乎變得很小，所以無論她怎麼動都會碰到他的手。她的呼吸聲、床裡頭彈簧嘰嘰嘎嘎的作響、無意間的雙掌互擊，以及他乾涸舌根的隱隱作痛，每一筆舉動似乎都在記錄著自己的顏色。

「現在嗎？」露絲以肘輕推著兔子問道，嗓音變得有點沙啞。於是他跪在女孩展開的兩腿間，帶著一種需要救贖醫治的姿態。透過她的協助下兩人迷失的器皿終能結合，但他佔領女方的那一剎那間竟帶有些許的哀愁。隨著他的下體不斷地增大，哈利用手臂撐在露絲身上，心裡頭卻悄悄地害怕起來：此刻正是他最常讓珍妮絲失望的地方——他總是射得太早。然而，或許是因為流動在他體內的酒精還很強烈，也或許是因為他剛剛在床頭已經洩了一些，他這時的愛意竟能在女方的溫暖體內停留很久、而不爆散開來。他把臉埋藏在她的喉嚨旁邊，她頭髮的薄荷香味裡。而她再以纖細手臂抱住他，把他的身體壓下來，並將自己爬到了他的身上。她高聳平順的肩膀往下延伸成了一個長長的下腹部，在光線中矗立在他的身上；他柔聲對她讚美道：

「嘿。」

她也應了一聲：「嘿。」

「妳真美。」

「來吧，幹活吧。」

受到這句話的激勵，兔子向上長驅直入穿進了露絲的體內。同時他把手放在她的下顎上，用力推她的臉，手指並滑進她的嘴裡，讓她不自覺中緊繃了原本平滑的喉嚨。她彷彿被這陣激烈的慾火弄得錯亂，從哈利上頭跌了下來，順手就把他翻過身，讓床上的男人改躺在自己身上。兩人胸前的肌膚緊緊相貼；她把手向下伸出，碰觸到他們下半身毛髮交融之處；而她的呼吸也擱淺在他尖銳突出的肩頭上。把大腿張開的露絲，一旦夾住兔子的兩側後又接著把雙腿張得更開，其開放的程度讓他都覺得有點心驚膽跳；她看來是想要把自己的女性象徵全都向外翻轉出來——儘管這是不可能的；但她擴大的跨下肌肉跟陰唇緊緊地按壓著他，兩人的交合姿勢猶如一種新的結構，一種新的動物。露絲覺得自己是透明的；眼前這個男人似乎可以看透她的心。她的淫蕩及狂野讓兔子下半身的運動暫停下來，思緒也隨之沉澱；直到在彼此交纏的肉體下露絲的氣勢漸衰，他的愛及男性自尊才又復甦過來。她因此先達到了高潮，並在那座銷魂的峰頂處等著他。兔子極度溫柔地用拇指一遍又一遍地順著她顫抖眉毛的弧線撫弄著。他的精液不再選擇濃烈噴出，而是一點一滴地注入到那條平靜下來的隧道。在他每一次的顫動中，她臉帶微笑，並將本來緊鎖在他背脊上的雙腿漸漸鬆開。

她及時問道：「好了嗎？」

「妳眞美。」

露絲從哈利身邊移走她的腿，並把他像堆沙子般地從自己的軀體上卸下。他凝視她的臉，似乎在它的陰影中讀出她溢滿了原諒與寬恕的表情，彷彿她已得知就在兔子下半身那愛的根部釋放而出的頃刻間，他竟然覺得失望——這顯然是個背叛。大自然像位母親一樣地引領你向上，就在她獲得自己的小小獎賞時，卻決定離你遠去，什麼也沒有留下。他皮膚上的汗在空氣中冷卻；他把毯子從她的腳邊拉了上來。

「妳眞是個尤物。」他沒精打采地躺在枕頭上說著，同時撫摸著露絲柔軟的身材。她的肉體仍然沉浸在剛剛的動作裡；歡愉的潮水顯然在她體內消退得較慢。

「我都已經忘了。」她說道。

「忘了什麼？」

「忘了我也能有這樣。」

「這樣是怎樣？」

「噢，就像從空中跌落的快感。」

「跌到哪裡去？」

「不知道哪裡。我說不上來。」

他吻了吻她的唇；她的表現無從挑剔。她慵懶地接受哈利無言的讚美，然後在一陣愛戀感的餘波盪漾裡，用舌頭舔了舔男人的下巴。

他的手臂環套在她的腰，調整好自己可以挨在她身邊的姿勢，準備入睡。

「嘿，我得起來一下。」

「留在這裡。」

「我得去浴室一下。」

「不要。」他抱得更緊。

「天啊，你最好讓我起來。」

兔子低聲說道：「不要嚇唬我。」然後舒服地依偎在她身旁。他的大腿滑過她的大腿上面，壓住那裡的一片溫暖叢林。太美好了，女人啊，妳可以是如此飢渴的子宮，也可以是如此和藹的脂肪；他眞希望彼此鼠蹊部的燃燒熱度能夠持續地旺下去——即使它已在消退之中。露絲呵！她是最佳的床友，一個剛被他上過的女人。噢，怎麼會如此美好！但她還是堅持爬起身子，彷若是朵盛開的藍色大百合花般地，慢慢地要從他的頭上滑過去。他突然想起自己在剛剛做愛時曾用差點傷了女孩的力道在緊推她的下巴。

當露絲從他放鬆的大腿跟手臂下頭翻轉離身時，哈利稍稍醒了過來，感覺口乾舌燥地說道：「嘿，幫我拿杯水來。」

站在床緣、全身裸露而放鬆的露絲，佯裝沒聽到男人的要求，選擇先離開這裡，逕自走進浴室去完成她份內的事。女人有些地方讓兔子很不快：她們都會把自己當成是個舊信封一樣地去處理。把這根水管伸進體內那根管子裡，把男人遺留的穢物一一沖洗掉，實在侮辱人嘛，眞是的！浴室裡傳來了水龍頭的哭喊聲。此刻的他愈是清醒，就愈覺得沮喪。他沈重地躺在枕頭上，注視著從窗簾下面一條平行線中露出來對街教堂的彩色玻璃窗——那份童稚的明亮感受是種他多年來的心靈撫慰。

光線從露絲緊閉的浴室門後淡淡地滲進臥室裡。那水花飛濺的聲音彷彿與他小時候父母弄出來的一樣，那時的兔子一聽到這個聲響總會醒過來，意識到他們已經上了樓；緊接著整個房子馬上就會變暗，而早上的景象也就成爲他下一個清楚的記憶。沖洗過的露絲此時一如月光下的牧神，並且手裡拿著一杯水緩緩地走回到他身邊，而他已進入夢鄉。

哈利當晚做了個感覺非常強烈的夢。夢中他和爸爸、媽媽以及一些人圍繞在家裡的餐桌坐著：那是個老舊的廚房。坐在餐桌旁的一位女孩伸出長長的手臂，上頭因爲手鐲的關係而有種厚實感。她轉開木製冰箱的把手，從裡面跑出來的冷空氣向兔子襲來。她打開放置冰塊的方形洞穴的門：看到了！冰塊就在兔子眼前幾吋的地方，雖然融化成不整齊的形狀，但體積還是很大，半透明的塊狀裡透出白色的隔板——那是它們在製冰廠從輸送帶一路碰撞下來所帶的東西。他側身靠近冰塊散發的冷冽氣息，嗅到一種鐵皮的味道，讓他聯想到冰窖的鐵牆和地上的鋼筋，有灰色犀牛皮的細膩與發霉油地毯的斑駁。近距離之下，他看見冰塊充滿液體感的表面下有幾百條白色清晰的紋路，就像葉子上的毛細管一樣；彷彿冰塊是由無數活生生的細胞所構成。再往箇中深處探索，有一堆捉摸不定的鋸齒狀雲團最後現身了：它是宇宙大爆炸時產生的星體，中心因爲折射而變得不規則；從灰白色的核心向外伸出的手臂像又直又長的板擦痕，斜斜地射向立方體的每一個表面。放置冰塊的鋼筋架生了鏽，在他的視線中顯得搖搖擺擺，轉成了咧嘴而笑的牙齒。他因此感到一陣恐懼，這些冰塊竟然是有生命的。

他母親對他說：「把冰箱的門關上。」

「那不是我開的。」

「我知道。」

「是她開的啦！」

「我知道。我的好孩子是不會傷害任何人的。」餐桌旁的女孩這時開始胡亂摸索一些吃的東西，而在體重上極具份量的媽媽重重地轉身斥責她，一直罵、一直唸，從頭到尾盡是重複一些毫無意義地的語言，不斷的口頭抨擊活像是身體深部的血流源源不絕。那該是他的心裡在淌血，自己爲這個女孩感到的同情，把臉鼓成了個白色的圓盤狀。「妓女的吃相還沒有嬰兒來得優雅。」母親最後這樣做結論。

「喂、喂、喂，」兔子哭著喊道，站起身來捍衛他的妹妹。可是他媽媽只是無情地起身離開，一路還在不停地嘲諷他倆。接下來在兩棟房子之間的狹小空間中，只剩下他自己跟一個女孩：她是珍妮絲・史賓格。他試著爲他母親剛剛的不當行爲做辯解，不過珍妮絲只是目光柔順地盯著他的肩膀。當他用雙臂抱住對方的時候，他意識到女孩的雙眸布滿了血絲。儘管他們的臉沒有靠得很近，他還是感覺到她呼吸裡的熱氣是伴隨著眼淚的。他們向賈基山城休閒館的後方走去，四周到處都是雜草、居民足跡踩踏而成的光禿禿地表、與滿地的碎玻璃瓶。隔著牆、他們聽到喇叭音響所播放的音樂；而穿著粉紅色舞衣的珍妮絲，卻仍在不斷地哭泣。他驚恐地反覆跟她解釋：他母親並非針對她、僅僅是在跟自己兒子過不去罷了；但女孩的淚光依舊止不住。讓他更害怕的是，她的臉竟開始變得扭曲，骨頭上的肌膚慢慢滑落，但是那裡面也沒有骨頭，表皮下層只有更多不斷在融化的東西。哈利趕緊把手弄成了碗狀，想把那流質物捧住並塗抹回去。當它一圈圈地滴進他的手掌時，空氣轉變成白霧，他於是跟著尖叫起來。

這個白色的東西是光。枕頭在他的眼下發亮，陽光將玻璃窗上頭的瑕疵投射在拉起的窗簾上。在他和窗戶之間有一位成熟的女性蜷曲在毛毯底下。她的頭髮隨著陽光的照射在枕頭上灑出一片紅色、咖啡色、金色、白色和黑色。笑了笑的兔子鬆口氣，用手肘撐起身體，親吻她膚質緊致、此刻因已獲足夠休憩而愜意放鬆的雙頰，並欣賞她毛孔的堅實質地。在昏暗的玫瑰光紋下，他看到自己在昨夜的黑暗中沒能把她的臉擦洗乾淨。他回到剛剛睡覺的位置，但是先前睡得太多，讓他已無法再成眠。彷彿在尋找其他夢境的入口似的，他跨越兩人的些微距離，伸出手游走在她那赤裸的身子上，感受露絲的溫暖一如剛烤出來的新鮮蛋糕，顯得新鮮而迷人。她背向著自己，所以他看不到她的眼睛。直到她發出深沉的嘆息聲後伸展全身，並且轉向他這頭，他才知道她原來已經醒了。

然後，他們再一次地做愛了。在晨光下的哈利嘴巴依然苦澀。露絲的酥胸則在突起的胸膛上淺淺地起伏，她的乳頭是兩朵咖啡色有點陷下的花蕾，下半身的陰毛則像是黃銅色的氣泡，在日光下看來這片森林裸露得過多了些。他的高潮跟她渾身油亮的肌膚相比顯得微不足道；他也懷疑這個女人是否是假裝性高潮。露絲回答不是；她沒有。不過這次的感覺是不太一樣，但也沒關係、眞的沒關係。結束後他鑽回到被窩底下，看她光著腳丫走下床去取衣服；並在穿內褲前先戴起了胸罩——那種樣子是有點可笑的。一旦她套上內褲後，兔子才意識到她的雙腳其實是分開的，腿上還有些黏稠的粉紅色液體流到腳踝，一路扭曲變少。當她四處走動時，兩條腿相互輝映出玫瑰色的光芒。她接受自己注目著她的身體，這點讓兔子心裡飄飄然，也覺得心安而踏實。這證明他倆已算是一家人。

教堂敲響了宏亮的鐘聲。兔子移到她睡覺的那個側位，眼見那些穿著整齊的人們穿過街道，走進對街石灰岩堆砌的教堂——它那有透光的窗戶曾在昨晚引他入睡。他伸手拉高幾呎窗簾後，玫瑰色的窗戶現在變成了黑色；而在教堂和賈基山上頭的蔚藍天空中，有太陽正在閃耀著大地。它照射教堂的尖塔，形成地面上一道陰涼粗短的影子，上頭有一些身穿翻領衣服的男士手中拿著花站在那裡閒聊，同時居民也低著頭魚貫進入教堂。一想到這些人這麼勇敢地離家來到這裡禱告，便讓他感到喜悅而心安，也促使他闔上雙眼，用連露絲也不會注意到的動作低下頭來喃喃自語：「主啊，請幫助我、原諒我、引領我前進。請賜福給露絲、珍妮絲、尼爾森、我的母親與父親、史賓格夫婦，還有那還未出世的孩子。原諒托塞羅以及所有其他人。阿門。」

睜開眼睛的哈利看著這嶄新的一天，說道：「那裡聚集了不少會眾呢！」

她說：「是禮拜天早上啊，我每個禮拜天早上都想吐。」

「為什麼？」

露絲她只有慵懶地發出一聲「呼」，彷彿他該知道答案似的。片刻思考後，她看見兔子坐在床緣那頭很認真地在凝視窗外，就開口說了：「曾經有個男的住我這裡，早上八點整就把我叫起床，因為他禮拜天早上九點半要教主日學。」

「妳什麼都不信吧？」

「不信。你的意思是你信？」

「嗯，是啊！我想我是信的。」她的粗枝大葉，她的肯定自信，弄得他的回應顯得畏畏縮縮地；他懷疑自己是否在說謊。假如他真地在說謊，那他真是無地自容——這個想法把他都掏空了，徒留他的心鳴動不止。哈利看到對街有些人正穿著他們最滿意的服裝，走在人行道上，經過一排破舊的磚造瓦舍：他們是不是在空氣中行走？他們的衣服，他們穿上自我最滿意的衣服；甩不掉這些想法的他頭暈目眩地做出結論：這些人似乎讓他見證到有個未知的世界存在。

「那好吧，假如你信神，那你還待在這裡做什麼？」她問他。

「有什麼不行的？妳以爲妳是撒旦還是什麼人物嗎？」

這個問法讓拿著梳子站在那裡的露絲楞一下後，接著笑了出來。「好啊，你去啊，你覺得這麼做讓你高興的話，就去啊。」

他逼問她：「妳爲什麼什麼都不信？」

「你是在開玩笑吧。」

「不是。我問妳：難道爲對妳而言，祂從來沒有、至少連片刻的時間都沒有，明顯的存在過嗎？」

「你指的是上帝嗎？沒有。看起來剛好相反。而且一直都是這樣。」

「那好吧，假如神眞的不存在，那如今一切的一切又爲什麼存在呢？」

「爲什麼？不爲什麼，它們本來就存在啊。」站在鏡子前的露絲，拿著梳子把頭髮往後梳，同時她的上唇揚了起來。電影裡頭的女人都是那種風情萬種的模樣。

「本來就存在？但這可不是我對妳的感覺。」兔子評論道。

「嘿！你爲什麼不去把衣服穿上，儘是躺在那裡對我說教呢？」她這句話，還有她那轉身甩髮的嫵媚姿態，讓他又燃起了性致。

兔子要求說：「妳到這裡來。」一想到能趁著遠方教堂擠滿人時與露絲做起愛來，他就興奮莫名。

「不要。」她覺得有點惱火。他相信有上帝這件事讓她不快。

「妳現在不喜歡我嗎？」

「這對你有什麼影響？」

「妳知道這對我很重要。」

「給我滾下床。」

「我想我還欠妳十五塊錢。」

「你只欠我一個滾開而已。」

「什麼！把妳一個人孤伶伶地留在這兒？」哈利用很滑稽的語調快速地說。趁她愣在那裡的時候，他從床上跳下來，拿了幾件衣服，再一溜煙的跑進浴室把門關上。等他穿好內衣褲再次出現時，他說：「妳再也不愛我了。」還是那一副耍寶的德行，嘟著嘴走到他整整齊齊放著長褲的椅子那邊。當他不在房裡時，露絲正好在整理床鋪。

「我愛你夠多了。」她若有所思地回答，一邊把床單拉平。

「什麼夠多了？」

「夠多就是了。」

「妳爲什麼喜歡我？」

「因爲你比我高大。」她走到床的另一邊把床單用力拉平。「天啊，我以前是多麼討厭，那種喜歡故作小鳥依人姿態的女生。」

「那是她們有某種特質，所以看起來比較容易上鉤。」他說。

她笑著說：「是上鉤還是上床？我想你說對了。」

穿上褲子的兔子把腰帶扣起來。他口中又問：「妳還喜歡我什麼？」

她看著他，「眞的要說出來？」

「眞的，告訴我吧。」

「因爲你從不輕言放棄。儘管很傻，但你一直在努力。」

他喜歡聽到這個；飄飄欲仙的喜悅感受開始沿著他的神經旋轉，讓他感覺自己龐大而有力。不過美式的謙虛又開始作祟，「成功的意志」就這樣從他嘴巴脫口而出，還把整個唇部裝得一邊高一邊低的。「她是眞的懂我。」哈利喜孜孜地想著。

「那可憐的老混球，」她說。「他眞是個混球。」

「嘿，跟妳說，」兔子說：「我等會到那邊的雜貨店買些東西，好讓妳煮一頓午餐。」

「這樣說來，你要待下來囉，是嗎？」

「怎麼，難道妳約了人見面嗎？」

「沒有，今天沒約人。」

「沒有啦，只是前一天晚上聽妳說妳喜歡做菜的。」

「我是說我曾經很喜歡做菜。」

「嗯，如果妳曾經，那妳就還會是啊。所以我該買些什麼？」

「你怎麼知道今天那間店有開門？」

「不是嗎?有了超級市場後,那些小商店在禮拜天也只好盡其所能地營業賺錢。」他走到窗邊注視外頭的街角。沒錯,那家小店的門是開著的,而且還有一位男士拿著一份報紙從裡頭走出來。

她在他的後面說:「你的襯衫髒了。」

「我知道,」他從窗戶的光線中走過來說:「這是托塞羅的襯衫。我得去買自己的。不過現在先處理吃的吧。我該買些什麼?」

「那你喜歡吃什麼?」她問道。

他很高興地走了。她啊,就是本性善良。自從他昨晚看到她站在餐廳門口停車計時器旁的那一刻,他就知道這點了。他也可以從她柔軟的肚皮上察覺出來。女人嘛!你一定會不斷地跟她們有衝突,因爲她們要的跟你不同;她們是跟男人不一樣的族群。好的女人像植物;差的女性則勉強像個石頭。但在這個花花綠綠的世界裡,沒有什麼可以跟女人的善良天性相比。他穿著髒襯衫往雜貨店跑去,人行道在腳下奔馳著。「那你喜歡吃什麼?」想起露絲溫柔的語氣,兔子知道這個女人是他的了。

他買了八條用玻璃紙包好的熱狗、一包冷凍利馬豆、一包凍薯條、一夸特牛奶、一罐調味料、一條葡萄乾麵包、一球用紅色玻璃紙包好的起士等,而袋子最上頭放的是一份馬・史威澤牌子的驅蠅餡餅(Shoo-Fly Pie)⑩:這一共花了他兩塊又四角三分美元。她在有點髒的廚房裡把袋子裝的食品拿出來開口說道:「你吃得很不健康。」

「我想買羊肉片，但老闆只有熱狗、義大利臘腸跟一些亂七八糟的罐頭食物。」

露絲做飯的時候哈利就在客廳裡閒晃，發現椅子旁邊桌下的架子放了一排偵探小說的口袋書。在拉森堡服役時，睡他隔壁床的那個人成天都在讀那些東西。這時的露絲已將窗戶打開，三月的涼風把他在德州的炙熱記憶襯托得更加清爽。露絲髒髒的瑞士窗紗被風吹起；那被灌滿了風的薄紗材質在眼前輕輕飄揚，向著沉溺在另一個美麗回憶中的自己傾身靠近——他兒時的家：地板上週日時報被午後的風吹得嘎嘎作響，母親則在廚房擦洗著盤子發出喀嚓聲。做完家事後，她會把他、他父親以及當時還是個寶寶的蜜莉恩動員起來，一起出去散個步。因爲有娃娃的關係，他們不會跑太遠：也許只是走幾個街區，來到一座老舊的砂石場。那裡有一處冬天會結冰的池塘，融化之後的湖泊有好幾吋深；而當石頭從這個形成倒影的水池面由下往上丟，會讓人有種砂石場的懸崖竟有本來兩倍高的錯覺。不過它終究只是一灘水。他們沿著池塘邊往前再走了一段距離，在新的角度下，水面映出的是太陽，之前上下顚倒的懸崖幻象已被抹去，水像透光的冰般地堅固。兔子一路上都緊緊牽著小蜜的手。

「嘿，」他對著在廚房做菜的露絲喊道。「我有個好點子，下午一起去走走吧！」

「走走走！我一整天都在走。」

⑩一個盛行在美國東岸、尤其是賓州東部蘭卡斯特城區的早餐甜點，底部是黏稠的糖漿；在該地的大多數餐館及麵包店均能買到它。但是這種餅怎麼得到了這些名字？最合乎邏輯的解釋似乎是因爲其超甜的成份會吸引了蒼蠅的飛來。所以廚師必須先「趕走」飛行的蒼蠅才能讓顧客品嚐到其美味。它的烹飪作法在網路上均能輕易找尋到。

「我們從這裡出發走到賈基山的山頂，好不好？」他不記得自己是否曾從布魯爾市的這一頭爬上這座山的頂端，於是他的腦中突然掠過一陣陣的期待感。轉身過來的兔子、露出得意的表情；而在被風撐起、隨風擺動的窗簾邊，教堂又響起了大鐘聲。

「是呀，那我們就去走走囉……」他對著廚房喊道：「妳覺得怎麼樣呢？拜託嘛。」窗戶外頭的人們從教堂漸漸散去，手上漫不經心地拿著嫩枝放在身體的一側⑪。

露絲把午餐端上來，哈利看得出來她比珍妮絲的手藝要好多了。比方說：她煎的熱狗沒有裂開——這要是讓珍妮絲來做，那這些熱狗端上桌時，總會有一種被撕裂跟扭曲的狀態，一副受盡女主人折磨的樣子。他跟露絲就在廚房瓷製的小餐桌上用餐。當他拿著叉子開始要享用盤子裡的食物時，忽然想到夢中珍妮絲的臉整個垮在他手上的模樣，讓他不禁覺得一股寒意，還有莫名的噁心感，這明顯破壞了他第一口的食慾。儘管如此，他還是努力對著露絲說了句「棒極了」，並且鼓起勇氣繼續吃下去。漸漸地，他的胃口也確實能重新找回來。

坐在桌子另一端的露絲臉上反映出些許桌面的蒼白光線，額頭上的皮膚亦閃閃發亮，鼻子旁邊的兩個斑點好像被什麼東西濺上去的。她似乎也感覺到自己此時看起來已變得不那麼吸引人，只得把心思放在午餐上，一小口一小口快速地吃著。

「嘿！」他說道。

「什麼了？」

「妳知道我的那台車還停在櫻桃街上吧。」

「你放心，計時器在禮拜天是不計時的。」

「是啊。不過明天就會計時算錢了。」

「賣掉算了。」

「啥？」

「把車賣掉：簡化生活，快速致富。」

「不要，我的意思是……喔，對妳來說是這樣沒錯。聽著，我這裡還有三十塊錢，不如讓我現在就拿出來給妳好了。」他把手伸到後面的衣服口袋裡。

「不要，不要，我不是這個意思，我沒有任何意思。只是隨口說說而已。」覺得尷尬的露絲，脖子上開始出現汗漬。她這模樣激起了他的憐惜，也使他想起昨晚她那美麗的倩影。

他解釋說：「妳知道嗎？我的老丈人是個二手車商。我娶他女兒時，他用非常便宜的價錢賣給我這部車子。所以從某個角度看來，她才是這台車眞正的主人。而且不管怎麼說，因爲她有小孩，我想她該擁有這台車。妳說我的襯衫很髒的時候，我也很想換上我自己的衣服。所以，我剛剛想的是，不如在吃完飯之後，我把車子偷偷開回家，並把車子留在那裡；然後把我的換洗衣服拿出來。妳覺得如何？」

「要是你老婆在家呢？」

---

⑪手持嫩枝是聖棕櫚日的習俗。

「她不會在家的。她應該在她媽那裡。」

「我想，其實你是希望她在家裡，」露絲說道。

他很懷疑這一點。他想像自己打開家門，發現珍妮絲就坐在扶手椅上拿著空杯子、看著電視的模樣；那感覺就像是一塊卡在他喉嚨中的食物終於吞下去後，他雖然鬆了口氣，卻察覺到自己的妻子仍然繃著臉，一副笨拙而緊張的表情。「不會，我不會希望她在家的。」他對露絲說道，「我其實還挺怕她的。」

「顯然是這樣。」露絲說道。

「她有些怪怪的東西。她是個威脅。」他堅持道。

「被你拋棄在家裡的糟糠之妻是個威脅？我會說你對她才是個威脅吧！」

「我？不會吧。」

「沒錯，因爲你認爲你是隻兔子。」露絲說這句話的口氣有些模糊、嘲弄和讓人不快。他不知道爲什麼她會這樣說。

她又問道：「那你要如何處理你那些衣物呢？」就是這樣：她感覺得到他要搬進來了。

他承認道：「拿到這兒來。」

她吸了一口氣，看似要講些什麼，卻又什麼也沒有說。

「只要今天晚上就好了，」他懇求道。「妳今天應該沒什麼計劃吧。不是嗎？」

「或許吧，我不知道。可能沒事吧！」

「那眞是太好了。嘿，我愛妳。」

起身清理碗盤的露絲站在原地，拇指按著瓷器，眼睛瞪著白桌子的中央。她用力搖著頭說：「你本身眞是則壞消息。」

與哈利相對的她，藏匿在漸層色咖啡裙子裡的是她那寬大的骨盆，堅實匀稱的樣子就像是一根屹立不搖柱子的底部。他的心通過這根堅固的柱子直達其上，感覺到自己對眼前這名女子的愛意又重新燃起、因而雀躍不已，但卻還是不敢抬高眼睛正視她。他只說：「我情不自禁嘛！妳對我而言是個好消息。」

吃了三片糖蜜派的兔子，在廚房親吻她的胸部道別時，他嘴角上殘留的些許派屑還掉落到她的針織毛衣上。他把所有的碗盤都留給她洗。他的車還在春天涼爽的午後神祕地停在櫻桃街上等著主人；它彷彿是他擁有房屋中的一個房間，被人行道隔開、切割開來；現在夜的浪潮就矗立門外，車子在沙地上閃爍發光，雖然略爲傾斜但毫髮無傷，只要兔子插入鑰匙就可隨時啓航。在滿是褶痕的髒衣服下，他卻感到身上帶有乾淨、狹隘、空洞的特質：他明白自己被另一名女子愛上了。這輛福特二手車聞起來有種橡膠、灰塵和烈日下曝曬的烤漆車殼混合散發出的安全味道：車子就像是副刀鞘，能收納他自己這把刀。哈利開車穿過禮拜天安靜的鎭上，穿過一排排柔和的居家磚瓦房舍，以及附有欄杆的木製門廊。他開車繞著賈基山的南側，看到高速公路旁的斜坡正灑滿黃綠的新葉；再上去一點，長青的植物和天空已連成一條黑色的地平線。

這裡的景致跟哈利先前所觀察到的已有不同。昨日清晨的天空還懸掛著黎明時分細細展開的雲朵；而當時的他累壞了，一頭栽進這一大片網子的核心——孤單一人蜷伏在那裡，靜靜地休息。如今，在隔天正午，頭上天空的雲彷彿都被燒得一乾二淨，他從車子擋風玻璃看到此刻的藍天全是空白與冷冽。他覺得盡收眼底的是一片虛無感，彷彿像是露絲藍色眼睛裡的空虛：那種她說她什麼也沒做的空虛，她什麼也不相信的空虛。而你的心就只能在這片空白的天地之間嫋嫋上升。

當思緒從空中降回到自己位在賈基山鎮的熟悉住處時，哈利心中的靜謐感受就消失了。他開始變得小心謹慎，又緊張兮兮地起來。他轉向傑克遜路，沿著波特大街跟韋爾伯街往上走，試圖藉由房子外面的一些蛛絲馬跡，想看出是不是有人在他的公寓裡。屋內沒什麼燈光可以看出是否有人；但因爲現在是大白天，所以這回事也不是光看燈光就說得準的。沒有車子停在他門外。他在附近轉了兩圈，還想探頭看看窗戶裡會不會倏地出現一張人臉。窗格玻璃不僅高聳而且又不透明。露絲說錯了；他根本不想再見到珍妮絲。

一想到說不定裡面還是有人，這一點點的可能性讓他不禁頭暈目眩，加上下車後的正午艷陽照射過來，雙重擔憂幾乎要把他給擊倒了。走上樓梯的哈利，腳下的每一個步伐似乎都要調整、也似乎都要強烈的自我克制，心中的無助感在他被恐懼脹滿的身體裡越來越明顯。他敲了敲門，卻隨時準備逃走——無人應門。他再輕輕敲了幾下，注意著四周動靜，然後把房屋鑰匙從口袋裡取出。

縱然此刻的公寓顯得空蕩蕩的，但還是充斥著珍妮絲的身影。他一想到那些畫面就忍不住發抖起來。安樂椅轉向電視機的樣子讓他的膝蓋像受了重擊；尼爾森放在地上壞掉的玩具讓他的腦子都打亂了。所有腦袋裡的東西——大腦裡的灰質、耳朵的小骨、眼睛的組織——都在他的體內吵吵鬧鬧地擠成一團；他覺得鼻息肉把鼻子塞住了，而流下來的東西他也搞不清楚是鼻涕、還是眼淚。客廳裡有一種荒廢已久的霉味；而窗簾還是放下的。珍妮絲每到下午就會把它們放下，好避免強光從電視機裡反射出來。已經有人進行了一些清理的工作；她的煙灰缸和空杯子都被收走了。兔子把房子和車子的鑰匙都放在電視機上頭，電視機盒是個漆成咖啡色仿木紋的金屬。他把衣櫃的門打開，櫃子的把手「碰！」的一聲撞到電視。很顯然地，妻子的衣服有一些不見了。

哈利原本想直接去拿他的衣服，卻反而轉身朝向廚房的方位慢慢走去：他想要知道自己的所做所爲已對這個家造成了什麼影響。他們的床在透過窗簾的陽光下凹陷下去——反正它從來不是張好床；那是她父母給的新婚禮物。在梳妝台上有一個玻璃製的四角型煙灰缸、一個指甲剪、一綑白線軸、一根針、一些髮夾、一本電話簿、一個數字會發光的鬧鐘、一份雜誌上撕下來的食譜（可她從沒派上用場過）、一串聖誕節送給她的項鍊，是用上頭刻有爪哇文的檀香木珠子串成的。危險地斜靠在房間牆邊的是一個大而橢圓形的鏡子，那是當她的父母買了一個新鏡子放浴室後他們搬出來的；他一直想爲珍妮絲把那面鏡子掛在她梳妝台的石膏上，可是卻始終沒抽空去買螺絲釘。窗台上有一個玻璃杯裡頭裝了半杯腐敗冒泡的水，穿透過來的微弱陽光在這片應該放著鏡子的空白處形成一道彎曲的補釘。有三條長長的、彼此平行的凹痕，就在這個位置，就抓在牆壁上：它們是什麼造成的？什麼時候發生的？兔子還在床尾過去一點的地方看到一條三角形的浴室地板踏墊。他憶及有一次珍妮絲恰巧洗好澡出來，雙臂還因爲蒸氣而泛著紅光，而腋毛也由於洗澡的關係還顯得微溼——她高興地舉起雙臂親吻丈夫。到底是什麼事情讓她這麼高興，又使他也接著高興了起來？沒人問過原因嗎？

另外在廚房裡，他則看到有人粗心大意所留下的奇特景象：平底鍋上的豬肉片沒拿起來，冷冰冰的就像死了一樣、釘在凝固的油脂上。他把它們通通倒進水槽下的紙袋裡，再用刮鏟把油脂形成的黑色塊狀物給刮下來。有個紙袋的底部沾上了黑色與咖啡色的污垢，聞起來像是有什麼甜甜的東西在腐敗著。他有點不知所措：即使垃圾桶就在樓下外頭，但他不想沿著同樣的路再走第二次，於是當下就決定不要再去管這些東西了。他把滾燙的水倒進水槽裡，並把平底鍋放進去浸泡著，冒出來的蒸氣發出了彷如是從墳裡來的低語聲。

在極度匆忙下，他趕緊拿了乾淨的緊身褲、T恤、抽屜裡的幾雙襪子、另一個抽屜裡三件用玻璃紙包著還有藍色紙板固定的襯衫、第三個抽屜裡一套洗好的土黃色軍服、衣櫥裡拉出的兩件西裝和一件運動衫。他把小件的衣物捆放在西裝裡，這樣一來就方便攜帶。被這份工作弄得滿頭大汗的哈利，用兩手抱緊著這捆衣物並且抬起大腿頂住，然後對他的公寓做出最後一次的探索：那些家具、以及鋪上的地毯跟壁紙似乎都發出黯淡的微光，一如籠罩在自己臉上的陰霾；而每個房間亦充滿了種笨手笨腳的味道——他很樂意盡快離開這裡。房門在他背後猛力地關上，流露出了一種無法挽回的感覺。他還把鑰匙留在屋內。

牙刷、刮鬍刀、袖扣、鞋子。每向前走一步，兔子就想起來他忘記帶一些東西。他只得加快速度，急忙地移動腳步忙碌著；他甚至還跳了起來，頭差點撞到門廳上頭黑色電線末端裸露的燈泡。當他迅速地通過寫有他名字的信箱時，它彷彿在呼喚著自己，那用藍色墨水所寫下的字母擠滿在空中，就像是在大叫一樣。潛進陽光裡的哈利，覺得自己頗為荒謬可笑，猶如那些報紙後面幾頁提及的奇怪小偷一般：不偷錢、不偷金銀珠寶；只是拿走瓷臉盆、二十捆壁紙或一捆舊衣服之類的。

「午安，安格斯壯先生。」

一位鄰居從身旁經過，她是雅恩特小姐：戴著淡紫色上教堂用的帽子，手中緊握著一枝棕櫚葉[12]——她住在自己那幢屋子的三樓，大家都認為她得了癌症。

「嗨，哈囉，妳好嗎？」兔子回應。

「我可是好得不得了呢，」她說道：「好得不得了。」她四平八穩地站在陽光下，太陽的光芒似乎讓她困惑，身子便無意識地挨靠在人行道的斜坡。一台灰色的車子用很緩慢的速度開過來。雅恩特小姐就擋在兔子前方的路上，模樣和藹可親但也有點糊塗，好像在感激些什麼東西似的。她在人行道上堅定不移的樣子，就好像是隻駐足在天花板上的蒼蠅，驚嘆自己竟有如

[12] 近年來在某些基督教聚會時，「嫩枝」被作為一種復活後重獲新生的象徵符碼。通常有可能出現在復活節或者聖枝主日，前者是在春分月圓後的第一個星期日，後者則是紀念耶穌當年進入耶路撒冷城時，群眾拿棕櫚枝夾道歡迎的場景。由於以上兩種節日均在三、四月間舉行，對照前後文可知這裡指的是聖枝主日（又稱聖棕櫚日）。

此的能耐。

「妳喜歡這樣的天氣嗎？」他問道。

「我愛極了，我愛極了；聖棕櫚日總是晴空萬里。這讓我的元氣源源不絕地從腳底升上來。」她笑了，兔子也附和著。對方的腳底似乎沾上膠水，就這樣黏在兩顆楓樹所形成一如羽毛般地樹蔭間熱水泥地上。他心中確信：這位鄰居應該還不知道他逃家的這回事吧！

「是的。」他說道，因爲對方的眼睛盯著自己的雙臂。「我好像在做春季大掃除呢。」他聳一聳肩上那一捆東西說明道。

「那很好啊！」她用一種令人意外的譏諷口氣說道：「你這位年輕的先生，還眞是盡到了你該盡的責任呢！」接著她轉身叫道：「咦，有位牧師在那裡。」

哈利看到有輛綠色的汽車繞了回來，以更慢的速度抵達街道中央。他知道自己被盯上了，心中的沮喪與驚慌，讓他手中捆抱的那堆衣物重量似乎變成原先的兩倍。步履蹣跚的他走出門廊，大步跨越雅恩特小姐的身旁說道：「我必須用跑的了。」

對方同時間想了想後回答：「但那不是克魯本巴哈（Kruppenbach）牧師。」

不，當然不是克魯本巴哈牧師；哈利認得那個人是誰，雖然不知道他的名字，但知道他是基督教聖公會的牧師——妻子一家人到今天爲止都是篤信這個教派，即使他們原先是屬於新教改革派（Reformed）[13]的信徒。兔子並沒有眞的在跑。不過眼前這條人行道是呈現下坡狀態，這使得他每踏出一步路都會對自己腳踝造成莫大的負擔。更糟糕的是，他手裡拿著的那包衣物，造成自己沒法子看見前方的水泥地面——但願他能順利走到巷子的那一頭就好了。他唯一的希望就是：從背影看去那位牧師仍無法確定他就是哈利‧安格斯壯。兔子自背脊感覺到那台綠色的車子還在漸漸逼近；他眞想馬上把這包衣服丟了後拔腿就跑——要是能逃進那座老製冰廠就萬事太平了，可惜製冰廠離此地仍有一個街區之隔。他彷彿能看到洗過了餐盤的露絲，正在山的另外一頭等著自己。

就像頭鯊魚在水中移動時於前方惹起無聲的水波一樣，這台綠色車子的擋泥板所激起的塵囂漣漪正往兔子膝蓋的後頭襲來。他的步伐愈快，這些漣漪就顯得愈強勁。最後他耳後突然響起一種淘氣的鼻音：「對不起，請問你是哈利‧安格斯壯嗎？」

兔子帶著想說謊的低落情緒轉過身去，用幾近乎呢喃的嗓音說：「是的。」

那是一位彬彬有禮的年輕男子。他穿了件幾乎勒緊喉嚨的白色襯衫，先把車斜斜地滑靠在人行道旁；然後再猛然地拉起手煞車、關掉引擎，將這台車歪七扭八地停靠在逆向道路上。這些神職人員竟如此不在乎一些世俗社會裡存在的小法規——這點還眞有趣。哈利記得克魯本巴

⑬基督教（別稱之一爲新教）下的其中一支教派：以喀爾文（Jean Calvin, 1509-1564）的宗教思想爲依據，亦稱喀爾文教派，「改革／歸正」爲經過改革復歸正確之意。在英語國家裡又稱長老教會。此支派乃於十六世紀宗教改革時期，與安立甘宗和路德宗並稱新教三大主流派別。它產生在瑞士，形成以後就逐漸向外傳播至法國、荷蘭（成爲國教）、英格蘭、蘇格蘭（成爲國教）、波蘭和匈牙利等。十七至十八世紀歐美各國資產階級革命後，它獲得法律承認；並成爲除瑞士以外的拉丁語系國家中最大的新教團體。在美國，它對宗教、政治、習俗和倫理均發生重大影響，之後亦傳入亞洲，擁有眾多信徒。

哈牧師的兒子，曾騎著摩托車在城裡囂張地呼嘯而過；那也算是一種褻瀆上帝的行爲吧！眼前這位牧師對自己開口了：「你好，我叫傑克．艾克斯（Jack Eccles）。」同時不合時宜地笑了一聲。他嘴中叼著一根未點上的香菸，那白色的條紋搭配起他上半身同色的衣領，讓這名男人從車窗外看來像是從漫畫裡跳出的人物。接著他下了車──那是一九五八年別克的四門特別款──並伸出手欲向對方致意。爲了握手，兔子得把手裡那團如同大球般的衣物卸下，並將其放置在人行道與道路邊欄之間的狹長草地上。

艾克斯握起手來的感覺熱切、熟練而充滿力道；這個舉動對他來說似乎象徵著一種擁抱。倏忽兔子心中閃過一絲不安，深怕牧師就此握住他的手不放。他感覺做壞事的自己被逮到了，並預測再來會需要一連串的解釋、尷尬、禱告及和解──這些東西宛如一道冰冷的牆在他身邊升起，讓他的皮膚在絕望中感到刺痛。他猜測得到這位猶如半路殺出的程咬金，將會固執而難纏。

這名牧師看起來年紀與他相近，或許只比哈利稍微大個幾歲，但身高卻矮了不少──不過也不算太矮；黑色外套下有著擔任神職不需要的發達肌肉。他有些急躁的佇立在那裡，胸膛微凹；一對長且呈淡紅色的眉毛，在鼻樑上頭擠出了一條帶有憂慮意味的紋路；嘴唇下則突出灰白色圓形的小小下巴。雖然他看起來像生著氣，人卻很友善，甚至有點傻里傻氣。

「你要去哪裡啊？」他問道。

「啥？我也不知道。」兔子被這個人的西裝搞得分了心；原來它只是看似黑色，其實是藍色的：一種樸素但不失典雅、質地也很輕盈的午夜藍。另外那件小背心或上衣之類的服飾，就黑得跟火爐一樣深。爲了把菸叼在嘴裡，艾克斯的笑聲扭曲變成噴鼻聲。他拍拍外套的胸口問道：「你該不會有帶火柴吧？」

「啊，抱歉，沒有。我戒菸了。」

「你比我還善良，」他停了一下、沉思半晌，接著挑起眉毛吃驚地看著哈利。眉毛擴張讓他灰色的雙眼變成渾圓、灰濁的玻璃珠。「那你要不要搭個便車？」

「不用了。該死的，別麻煩了。」

「我想跟你談一談。」

「不了；你不是當眞想這麼做的，對吧？」

「不是的，我很樂意幫忙，眞的。」

「那好吧！」兔子拿起那包衣服，繞過這輛別克汽車前頭坐進客座去。車子的內裝有那種新車才有的芳香與強烈的塑膠氣息；哈利深深吸了口氣，內心恐懼感因爲這份氣味而逐漸平靜下來。「是跟珍妮絲有關嗎？」

艾克斯點點頭，並從車內的後照鏡看向後方；他把車倒出了人行道。他的上唇含住下唇，眼睛下頭有著疲憊的紫青色眼袋。對身爲牧師的他來說：禮拜天肯定是個大日子。

「她還好吧？我不在的時候她都做了些什麼事情？」

「她今天清醒多了。她跟她爸爸今天早上來過教堂了。」他們沿著路往前開。艾克斯再也沒說什麼，只是眨著眼注意起擋風玻璃前的車況；同時間他從儀表板上掏出打火機。

「我猜想她應該會跟她父母在一起。」兔子說道。他覺得有些困擾：爲什麼這位牧師不對他大吼大叫，要求他滾下車或是什麼的呢？對方似乎不知道怎麼做好這份類似仲裁者的工作。

用打火機點燃香煙的艾克斯，吸了幾口後彷彿又能重回到這段談話的焦點。「很明顯地，」他繼續說明：「當你沒有在半小時內回來時，她打了電話給你的父母，請你父親把小孩送回你們公寓。我猜你爸爸必定一再向她保證，告訴她你大概只是在路上遇到什麼事情而意外耽擱了。她記得你曾因爲某種街頭比賽而弄得很晚回家，大家想說你可能又去參加了。而且我相信你老爹甚至走遍了全鎮，看看四處有沒有在辦什麼活動。」

「史賓格那老頭在哪裡？」

「她沒有打電話給他們。直到隔天凌晨兩點她才打電話給他們，我想她那個可憐的東西大概已經不抱任何希望了。」從艾克斯嘴裡順口說出「可憐的東西」這個字眼，自然而然地連結成了一個專有名詞。

哈利反問他：「直到凌晨兩點？」他開始對妻子產生不捨的感情；並將手中那包衣物緊緊握著，彷若是在安慰著珍妮絲。

「差不多那個時間。那時候的她已經醉到不省人事，於是她媽媽打了電話給我。」

「爲什麼是打給你？」

「我也不知道爲什麼，打給我的人才能回答這個問題吧！」艾克斯笑著說：「他們應該要這麼做；這樣做能讓人安心。至少對我來說是如此。我總認爲史賓格太太討厭我：她已經好幾個月沒有來做禮拜了。」這時的他把臉轉向哈利，想看看對方對這個笑話的反應，不過一陣古怪的痛楚驀地讓他豎起了眉毛，並把他的大嘴撐開。

「這是發生在凌晨兩點左右的事情？」

「兩點到三點之間。」

「老天，眞是抱歉。我沒有要打擾你睡眠的意思。」

牧師不耐煩地搖著頭說：「你不需要顧慮這個。」

「嗯，可是我還是覺得很抱歉。」

「眞的嗎？這表示還有希望。啊，你到底有什麼打算？」

「事實上我沒什麼打算。我有點且戰且走吧。」

艾克斯的大笑讓他覺得訝異不已；兔子突然想起這位牧師是處理這種事情的專家——破碎的家庭、逃跑的丈夫——而自己剛剛所講出的「且戰且走」對雙方而言算是個新詞。他覺得受寵若驚；不禁承認艾克斯眞的是有一套。

「你母親說了一個很有趣的觀點：」牧師說道。「她說你太太跟我認爲你逃家這檔子事，純屬於我們的幻覺。你母親說你是個好孩子，不可能做得出類似這種事情的。」

「這件事夠你忙的了，是吧？」

「是啊。這件事，以及昨天有人過世。」

「天啊，眞令人難過。」

他們悠閒地開著車、保持低速，通過了熟悉的街道；一度穿越製冰廠、還繞過一個街角，從那裡可以看遍整個賈基山谷，一直延伸到後頭那些山巒層層相疊的景色。「喂，假如你眞的想載我一程，」哈利開口：「你可以把我載到布魯爾市區去。」

「你不想讓我把你帶到你妻子那邊？」

「不，我的老天！我是說這樣做不見得能讓這整個情況改善，你不認爲嗎？」

有好長一段時間，這個男人似乎沒聽到自己剛剛講的話；他乾淨疲憊的側臉，正專心注視著擋風玻璃外的交通；同時間這台大車子發出隆隆聲，平穩地慢慢前進。兔子才正想吸口氣把剛剛的話再重覆一遍，卻聽到艾克斯回道：「倘若你不想讓情況改善，事情當然就會朝這樣子發展。」

看來一切麻煩似乎就這麼簡單結束了。他們沿著波特大道開向高速公路。陽光普照的街道上只有數名孩童在那邊玩耍，有些還穿著主日學的制服。小女孩們穿著顏色柔和的棉紗洋裝，裙襬從腰部延伸出去，絲帶跟襪子相互搭配得很好。

艾克斯切入關鍵點：「她到底是做了什麼讓你想離開？」

「她要我幫她買一包香菸。」

但這名牧師並未如他預期地笑出來。他似乎不屑於對哈利這種強詞奪理式的無恥表現做出任何回應；對他而言，兔子很明顯已經把玩笑開過了頭，不過確實如此。「這是眞的。整件事情感覺就像是一半自願、一半強迫，我總得將時間全部花在處理她無時無刻製造出來的種種麻煩。我不知道怎麼說耶——我過去就像被膠水黏住了一樣，黏在一堆損壞的玩具、空蕩的酒杯、看不完的電視、還有經常準備不及或根本沒有準備的三餐，而且根本無路可逃。於是我忽然閃過了一絲念頭：不就是離開那個地方那麼簡單嘛！只要走出門就好了！他媽的這整件事也眞的就這麼簡單。」

「結果你一出門就快要兩天了，是吧。」

「喔，我想這是有跡可循——」

「我倒沒想這麼多。但你的丈母娘馬上就這麼想了，而你的老婆與史賓格先生則努力抗拒這種想法。我考慮的則是別的緣由，你太太幾乎算是癱瘓了；但是她不要任何人爲她做任何事。」

「可憐的孩子，她眞是個傻子。」

「爲什麼你會在這裡？」

「因爲你把我逮個正著。」

「我是說，爲什麼你會在你家門口？」

「我回去拿些乾淨的衣服。」

「乾淨的衣服對你來說這麼重要嗎？如果踐踏別人對你是這麼容易，幹嘛還在乎那一點點衣著外貌上的端莊呢？」

此刻兔子覺得雙方再說下去就不妙了；艾克斯說一說後會再回過頭來攻擊他，並早把一些陷阱跟圈套設計好了，就等著他跳進去。

「爲什麼呢？你不需要開著它來探索你的自由嗎？」

「我只是單純地認爲她應該擁有它。她父親用很便宜的價格賣給了我們。反正它對我也沒多大用途。」

「沒有嗎？」艾克斯把香菸丟在車裡的煙灰缸按熄後，又自夾克的口袋再取出另一支。

他們正繞著山駕駛，來到山路最高的一段。山丘的一邊高高隆起，另一側則筆直地垂降，這樣子的落差使得居民若想在其中蓋間房子、或加油站之類的都顯得困難。山下頭的河流閃爍著黝黑的光芒。

「如果我現在想離開我老婆，」牧師說道：「我就會開著車跑到一千哩遠以外的地方。」這句話就像是給哈利的建議，從那白色衣領的上頭平靜地說出來。

「我當時正是這麼做啊！」兔子喊道，很慶幸他們有了這樣的交集。「我就一路遠遠地開到西維吉尼亞州。然後忽然想，去他的，便又開回來了。」他一定要試著停止這樣咒罵下去；他懷疑爲什麼自己會這麼做。是潛意識上要與眼前的神職人員有所區別嗎？也許是吧；他覺得自己正處於劣勢，有種被對方牽著鼻子走的味道。

「我可以問爲什麼嗎？」

「喔，我也不知道。太多複雜的想法啦！感覺上待在自己熟悉的地方還是比較安全吧！」

「但你不是回來保護你太太的？」

兔子對聽到的這個說法無言以對。

艾克斯接著開導他：「你說這種生活讓你陷入混亂的感受。那你認爲別的年輕夫妻又在過什麼樣的日子呢？有什麼理由值得你相信自己的生活跟別人不同？」

「你不認爲這個問題會有答案，是吧？但實際上會有。我也曾做過一些對的事。我打籃球的技術是一等一的。我眞的是這樣。所以當你做過第一流的事，做次等的感覺就很難受，不管那是什麼。而珍妮絲這個小可憐跟我在過得——乖乖，還眞是二流的人生。」

儀表板上的打火機再度被點燃。艾克斯將它取來點菸後，很快地又把注意力回到開車上。他們已經抵達布魯爾市的近郊。他這時問起哈利：「你相信有神的存在嗎？」

同樣的問題已在今天早上被問多次了，因此哈利毫不遲疑的回答：「我相信。」

這個超乎預期的答案讓牧師眨起雙眼、顯得莫名驚訝。沒有轉動身子的他，把自己布滿粗大毛孔的眼皮闔上，兔子因此只能暫時看到他側面的單眼輪廓。艾克斯問道：「那麼，你認爲神會要你讓妻子痛苦嗎？」

「讓我問你一個問題。你認爲神會讓一條瀑布成爲一棵樹嗎？」兔子明白這個大老鼠吉米提過的問題於此刻說來相當可笑；但艾克斯僅把問題拌著口中裊裊白煙吞下去的一貫態度，也惹惱了自己。他了解到無論怎樣，這名牧師還是會以同樣的姿態及香菸，去處理他之後的問題。這個男人可是個職業聽眾呢！他那清晰的腦袋必定塞滿一個灰色的糊狀物，裡頭都是街坊鄰居寶貴的祕密、還有各式各樣熱切的問題；以他年紀輕輕的模樣來說，艾克斯是無法用任何東西把這團糊狀物染成其他顏色的。這是兔子第一次，感覺到眼前這位牧師有些討厭。

「不會的，」艾克斯思考片刻之後回答，「但我想神會希望小樹變成大樹。」

「假如你想講的是我不夠成熟，那我也沒什麼話好說的。因爲就我能了解的極限看來，所謂的成熟其實跟死掉了差不多。」

「我自己也是不夠成熟。」牧師也這麼承認。

這樣還不夠。兔子想要乾脆全部講開：「好了，我不想再回到那個無藥可救的小傻瓜身邊了，不管你對她的處境感到多麼地不捨。我不知道她的感受，我從好幾年前就不了解了。我所知道的就是我心裡所想的，這也是我擁有的一切。你可知道我做什麼工作來養活那些人嗎？我在一家十元廉價商品店，展售一種價值一分錢的錫鐵玩意——那個討人厭的東西叫做『神奇削皮器』。」

艾克斯看著他然後笑了出來，突出的眼珠子寫滿訝異之色，「這倒解釋了你爲何這麼能言善道。」

這種自認高貴的譏諷卻是有幾分眞實性；接著兩人再度各歸其位，兔子覺得對方不再那麼陌生了。他說：「嘿，我希望你能放我離開。」他們正開在威瑟街上，朝向那朵大向日葵的啤酒屋方位開去——不過大白天裡仍它仍是一片死寂。

「難道你不讓我載你到現在住的地方去嗎？」

「我現在居無定所。」

「那好吧。」艾克斯表現出有點像是小男孩鬧脾氣的樣子，把車靠了邊並停在一個消防栓前面。當他用力地把煞車踩下去時，車上的行李箱內不知道是什麼東西正發出嘎嘎聲響。

「你準備外出嗎？」兔子問他。

「只是一些高爾夫球具。」

「你打球？」

「打得不好。你也打嗎？」牧師似乎對這個話題感到興趣，連夾在手指頭上的香菸還在燒著這件事都給忘了。

「我曾經當過球僮。」

「我可以邀你去打一場嗎？」啊，陷阱來了。

下了車的兔子手上還抱著那顆衣服堆疊而成的大球，他站在路旁又移動了幾步，並在重獲自由的輕鬆狀態下與對方哈拉起來：「可是我沒有球具。」

「很容易就能租得到。拜託啦，我可是認真的。」艾克斯靠身過來，好能穿過車門跟他溝通。「我可是很難得找得到球伴耶！除了我之外，每個人在非週末其間都得工作。」他笑著調侃自己。

兔子曉得他本該趕快逃跑；但一想到會有場比賽，又想到或許在這場你追我跑的賽局中看得見獵人才會讓自己更加安全，於是他把想立刻跑掉的衝動壓抑下來。

艾克斯催促他說：「倘如我不快點把你抓來打球的話，我怕你又會回去展售你的削皮器了。禮拜二可以嗎？禮拜二下午兩點？要不要我來載你？」

「不用了，我會到你家去。」

「這可是你說的喔？」

「是的。不過也別太相信從我口中說出的承諾。」

「我必須相信。」艾克斯寫下一個在賈基山鎮的地址交給他後，雙方就在路邊道了別。

在一排假日歇業的商店前有位老警察正沿著人行道走來，用敏銳的眼神斜睨著周遭的情況。對他而言，眼前這幕景象像是一名牧師在跟他的青年團團長告別，而這位團長手裡還拿著一大捆衣服準備要去救濟窮人。哈利對這名警察笑了笑，沿著閃閃發光的人行道上離開，肚子裡還飢腸轆轆地唱起歌來。眞有趣，一旦你跟著本能走，這個世界就是逮不著你。

開門讓他進到屋子裡的露絲，手上還拿著一本口袋偵探書。她的眼睛因爲看書過度而有昏昏欲睡的神態。她已經換了另一件毛衣，蓬鬆的頭髮此刻顯得更加烏黑亮麗。兔子把手中的衣物全倒在她的床上並問道：「妳有衣架嗎？」

「唉，你眞的以爲你造就了一切。」

「我造就了妳，」他說道。「我造就了妳，還有太陽和星辰。」他說畢後就把露絲緊緊地抱在懷中，彷彿這個女人眞的是由自己捏塑而成的。可惜臂膀裡的她冷淡僵硬，一點也不友善。朦朧的肥皂味跑進了哈利的鼻子裡，溼氣也抵住他的下巴。看起來她是洗過頭髮了——並把自己一頭豐厚的髮量從額頭處往後拉，用梳子均勻地整理出一根根深亮的筆直髮辮。好潔淨啊！她眞是個乾淨、非常澄淨的成熟女性；他把鼻子靠在女人的頭皮上，聞嗅著髮間散發出來那端莊強烈的香氣。他幻想起她在洗澡時裸露軀體，溼答答的髮絲滲出泡沫，並把脖子微彎沖著水的模樣。「我造就了妳盛開時的美麗。」他說道。

「你眞是與眾不同呀！」露絲回應，並推開他的胸口。當兔子把衣服整整齊齊地吊掛起來，她又問道：「你把車給你老婆了？」

「家裡連個人影也沒有。我偷偷摸摸地在房子裡進進出出，還把鑰匙留在裡面。」

「沒有人逮到你嗎？」

「事實上，有個人逮到了我——一名聖公會的牧師。他還載了我一程到布魯爾市區。」

「我就說吧，你眞的是跟宗教有緣，不是嗎？」

「我可沒有要他幫我。」

「他都說了些什麼？」

「沒說什麼。」

「他是什麼樣的人？」

「有點煩人。還傻笑個不停。」

「或許是你做了什麼引他發笑的事。」

「我跟他約好禮拜二去打場高爾夫球。」

「你在開玩笑吧？」

「不，是眞的。我還告訴他我不知道怎麼打。」

條忽爆笑起來的露絲一直止不住自己湧出的笑意。她是用那種當女人們被你弄得興奮難耐、卻深覺不好意思時才會出現的拖長音笑法。笑到像是快要嚥下最後一口氣，露絲終於說道：「喔，我的兔子，你只是一時恍神，是吧？」

「沒辦法，我已經被他逮到了，」他堅持道，知道自己再怎麼解釋都只會讓她更加莫名其妙地大笑而已。「反正我又沒做錯什麼。」

「你這個可憐的傢伙，」她說道，「你還眞讓人難以抗拒。」

隨著心中載著祕密的大石頭落地後，哈利總算可以脫去身上的髒衣服，換成乾淨的內衣褲、新襪子跟卡其褲。他把刮鬍刀遺留在家，還好露絲這兒有一把用來刮除腋毛的那種小小、彎彎的女用除毛刀可以讓他使用。他選了一件毛料的運動衫穿上，在春天下午的氣溫該會降得很快。重新穿上小山羊皮鞋的他，確認自己剛剛忘了從家中偷幾雙鞋子才離開。穿好衣服後他愉快地說：「我們一起去散步吧。」

「我在看書啦！」露絲坐在椅子上回答。她手上那本書快翻到底頁了。她讀書的動作優雅，沒把書背給折壞，即使這只是一本三十五分錢的廉價書。

「來啦！到外頭走走！」兔子走過去，試圖把她手中那本偵探小說搶過來。那本書名字叫做「牛津殺人事件簿」。當他——這個偉大的哈利・安格斯壯——此刻就在眼前，露絲爲什麼還要在乎什麼牛津殺人事件啊？

「再等一下啦。」她哀求道，手指頭又翻了一頁，並在書被哈利慢慢拖走的過程中又瞄讀了幾句，雙眼在書頁中快速地來回穿梭著；然後倏地鬆了手、讓男人把這本書取走了。她嚷叫：「天啊，你還眞會欺負弱小。」

他拿了一根點過的火柴在她讀到的地方做個記號，又看看她的光腳丫子。「妳有球鞋或其他的嗎？妳可不能穿高跟鞋去散步。」

「沒有。嘿，我想睡覺啦。」

「我們會很早回來上床的。」

聽到兔子這樣的回答，她把眼睛視線轉向了他，還微微地嘟起她的小嘴。她凡事都要往粗俗的那個方向想，就不能把話聽一聽就算了。

「走啦，」他說道。「穿上平底鞋，出去走走頭髮就乾了。」

「我還是會穿上高跟鞋，因爲我只有這種鞋。」眼見低下頭去穿高跟鞋露絲，頭髮分邊處所露出的一條白線讓他噗嗤地笑起來。大女人竟然還有這麼直的髮線！簡直就跟要過生日的小女孩所流露出的分髮線一樣。

他們穿過市立公園往山上走去。沿途中看到垃圾桶和可以收放的金屬長凳都還沒擺好。水泥和厚木板搭成的長凳上躺著幾個喝醉酒、曬著太陽的老遊民，身上穿著多層次像灰羽毛般的補釘裝，簡直像群大鴿子。長著小葉片的一些樹木爲半裸露的地面抹上了一層樹蔭；它們的樹枝和細線，保護著尚未清掃的碎石步道旁新播下種子的路緣。微風從空無一人的露天舞台上坡吹拂下來，讓人感受到太陽下的絲絲涼意，穿羊毛衫果然是個正確的決定。哈利與露絲的腳步聲驚動了幾隻不停機械性擺動頭的鴿子；這些小鳥蹣跚地移動腳步，並在兩人身後重新站穩，咕咕地啼叫。一隻離群的鴿子在板凳後面伸出一邊的羽翼，想把它弄乾，圓圓的小臉優雅地打著噴嚏，模樣與貓的表情如出一轍。有幾個不超過十四歲的小混混，正在遊戲亭上鎖的儀器棚架旁抽著煙、彼此打鬧著；亭子上頭的黃色佈告欄被人用紅色的漆漆上了德克斯與喬西、麗塔與傑等人名。這些人從哪弄來的紅色油漆啊？兔子牽起了露絲的手。公園裡露天舞台前方裝飾用的水池已經抽乾，只留下一些泡沫的污點。他們沿著一條跟水池彎曲的邊際平行的路徑行走，發覺水池和舞台的寂靜在相互呼應。一輛二次世界大戰的坦克被當成紀念碑似地擺在盡頭，沒上膛的砲管指向遠處的一處紅土網球場——那兒的網子沒有掛，邊線也還未被劃上。

群樹隨著落日轉成濃暗的色調，亭子沿著山坡向下分散開來。他們往公園的高處走去，晚上那裡頭常會有不良份子群聚，地上散落著被脫衣舞孃用過的棒棒糖造型保險套包裝紙。台階的起點幾乎被生長過盛、染上深琥珀色嫩芽的巨大灌木叢給藏了起來。許久前，當遠足還是人們例行的休閒活動時，這座城市在賈基山靠近布魯爾市的那一頭建起了階梯。當時是用六英呎長、塗上焦油的木頭砌成梯身；並在這些木頭後面以泥土形成穩固的梯面。同時一開始工程師就以鐵管把這些質地堅硬的圓形木塊給固定住，木頭抵擋泥土所形成的堤壩上散佈著細小的碎石子，這讓穿著高跟鞋的露絲走在梯面上十分困難；兔子看到她想用鞋跟挖出的洞推動身體的重量向前時，鞋跟卻陷入土中、歪向一邊。她的背部還因此扭曲著，雙手做出滑水的姿勢希冀藉此能保持平衡。

他告訴她說：「脫掉妳的高跟鞋。」

「那只會苦了我的腳啦，你這個體貼的混球。」

「那好吧，我們回頭。」

「不，不行。我們都在半路上了。」

「我們距離一半的路程還差多了。脫掉鞋子吧！接下來的路面不會有藍色的碎石子了，只是些搗碎的泥土。」

「裡頭還有大塊的玻璃。」

往前走的露絲，不久後還是乖乖地把高跟鞋脫了。於是那連長襪都沒穿的一雙白皙腳丫就這樣在兔子的目光中輕輕舉高，她腳跟的黃色皮膚隨著微微閃動；另外呈現在她小腿肌腱下的是兩只纖細的腳踝。為了表示自己的感激，哈利也將鞋子與襪子一併脫下，與女孩一同體悟光著腳底踩在這種地面上所產生的痛楚感。梯面的泥土由於遊客的長期踩踏而變得平坦，不過泥地上鑲入的小鵝卵石卻隨著他的重量刺進腳底；加上地面傳來的刺骨冰涼感，這都讓他不禁大叫出來：「喔，」他叫著：「啊！」

「別這樣，阿兵哥，」她說道：「勇敢點吧。」

後來他們學會了要走在木頭尾端的草皮上。樹枝懸垂擋住部份的道路，這讓兩人彷若走在一條向上蓋的隧道裡。走到某個定點時，他們察覺到身後的空氣一片新鮮；並可以眺望到布魯爾市的房舍屋頂，還一路看到市中心那棟有二十層樓高的法院——這棟建築可是此座城中的摩天大樓呢！介於它頂樓的窗戶間有隻水泥做成的老鷹在一派悠閒地站立，翅膀閃閃發亮。而兩位穿著看似圍巾的布製披肩來這邊觀察野鳥的中年夫妻，就從彼此的身旁經過朝山下走去。那對夫妻走過了一棵長著樹瘤的橡樹，消失在視線外時，兔子就傾身向前跨了一步，跑到露絲的身後親吻了她、擁抱著她、感受著她的體溫，還品嚐著她臉上鹹鹹的汗水，但是她卻沒有表現出一丁點反應。她覺得兔子的這些舉動來得眞不是時候；她那一次只能專注一件事的女人式思維構造，正展現在她如何能克服眼前山丘的這回事上。但對哈利來說，一想到這個都市女孩像白紙一樣的腳丫，爲了遷就自己而甘心地赤裸踩在戶外石頭路上，就讓他正在費力運送血液的心更加膨脹與感動，因而把她寬大的身軀抱得更緊。這時頭頂上有一架飛機高速地劃破天際。

「我的皇后，」他說道，「我胯下的良駒。」

「你說我是你的什麼？」

「良駒。」

快接近山頂處，另一座陡峭的山壁猛然地矗立在前方。工人已在這裡建造了附有鐵欄杆的階梯：它們一共包含三段，整個是以Z字型的走向呈現著，並能連接到「山頂旅店」那片布滿碎石子的停車場。他們重新穿上鞋、爬上樓梯，看著腳下的城市慢慢地從立體變成平面。欄杆圍繞在這條峭壁的邊緣。哈利用手撫按其中一條白色的橫桿；它在日光的照射下摸起來暖烘烘的，而此刻太陽也開始從天頂朝下方移動。他直直地往下看，目光觸及到了像被炸彈爆開的樹木頂端。這種從高處向下眺望的感覺還眞恐怖——從他年少時期起就想知道：假如從這裡往下跳去，是會死掉；還是會被那些茂密樹木以其綠色的枝葉當作緩衝護墊、一如夢中的雲朵般軟綿綿地把下墜的自己給牢牢捧住？在他下半部的視野中，這個彷若石牆的峭壁從自己腳下升起，但卻漸縮成了一把狹長的匕首；而若他往上看，就會發現整個山坡在斜斜地垂降著，不時穿插著若隱若現的羊腸小徑、以及四散各處的林中空地。最後，他倆發現沿路上來的台階於此時也變得清晰可見。

嘴巴半閉的露絲，正專心注視起她所看到的景致；彷彿她才甫闔上一本書，欲從這個城市美景獲得身心上的片刻休息。她顴骨的堅實輪廓在這片充滿警惕性的氛圍中顯得靜止不動；兔子問她是否覺得自己像個印地安女人？她回答「不」；她或許是名墨西哥女子吧。

如今他把彼此帶上山頭來了——那要看什麼呢？整個城市從這個公園尾端的幾排玩具屋往外無窮盡地延伸出去，穿過一處紅瓦盆色的廣闊腹地；這片腹地上頭點綴著塗了焦油的無數屋頂、與被夜燈照得閃閃發亮的成排車陣，並在它的末端處依稀看得見一條被玫瑰色霧氣氤氳籠罩的河流。一座瓦斯儲槽在這般煙霧裡忽隱忽現；郊區的住宅也猶如圍巾似地環繞在這座城市外圍。不過哈利發覺若把目光從中間穿過，這座城市看來的確巨大；所以他張開了嘴，彷彿是要迫使自己的靈魂用嘴唇，去品嚐這樣一個事實所蘊含的滋味。況且這個眞相在如此原始的解釋上成了種祕密，必須以龐大無比的姿態才能帶給人們一份合理的邏輯感。空氣已經風乾了他的唇。

兔子的日子已經被所謂的「神」給打亂了：其中包括露絲的取笑、艾克斯的眨眨眼——倘若已經沒人相信這種宗教信仰方面的東西，那他們爲什麼還要教你？此刻站在這裡，一切事物都變得如此簡單而清晰，好像一間房屋有了地板就一定會有天花板是同樣的道理：我們生存的眞實空間絕對是個向上發展的空間。有人正走向死亡；在這個偉大的磚造天地中有人正走向死亡。哈利心裡突然有個想法：「一切只是比例多寡的問題吧！」有一個人住在這條街道上的某間房屋內，將會在頃刻間死去。忽然間，這座平躺在遠方地面上的玫瑰城（布魯爾市）心臟地帶，對他而言似乎也就停頓在他的胸膛裡。他移動著目光，想找到那個核心點；或許他能看見一位老人家被癌症所苦的黑色靈魂升上藍天，宛如隻猴子爬在細繩上一樣；他並竭力張開耳朵去傾聽那種靈魂釋出的猛然痛楚感；不過雙腳踩踏的眞實土地卻讓這番紅潤的幻覺幡然警醒。寂靜襲上了哈利的心頭。一列列車陣沒有喧鬧聲地慢慢移動著；而有個黑點驀地從一個前方的門口出現。他跑來這裡站在高處是爲了什麼？他爲什麼不回家？他開始變得戒愼恐懼，於是乞求露絲說：「用手抱著我。」

女孩不經意地回應了他的請求，向前跨了一步把臀部跟他的下半身挨在一塊。兔子緊緊抱著她，覺得心頭的多愁善感好過了些。他們腳下的布魯爾市在斜陽的照射下似乎變得溫暖起來；它那原先覆蓋在凹陷山谷上頭的大紅布冉冉升起，就像吸飽空氣而堅固挺起的胸膛。布魯爾市啊！它是成千上萬人的母親、愛的庇護所、精巧光輝的藝術品。等到心中的安全感恢復後，哈利就用起一種備受寵愛小男孩想逗弄人的語氣問道：「妳眞的是在特種行業工作的那種女人嗎？」

在他措手不及之下，露絲從他的臂膀裡硬生生地扭身轉開，站在欄杆旁用充滿威嚇性的神情回瞪他。瞇起眼睛的她，因爲怒氣及尷尬而讓下巴也變了形。他緊張地注意到在柏油路對面至少有三個童子軍正凝視著他倆。她開口問道：「那你是個畜牲嗎？」

他感覺到必須在回答中表現出對女方的慰藉。「就某方面而言，是這樣沒錯。」

「那好吧，我們扯平。」

然後他們搭乘巴士下山回家。

＊

禮拜二下午，那是個陰天，他搭乘公車來到賈基山鎮上。牧師艾克斯的地址是在鎮上的最北邊。哈利安全地通過住家附近後在斯布魯斯⑭下車，接著邊走邊用高音對自己唱著：「喔，我就是爲——哈利——瘋狂……」——他不是在這首歌的開頭，而是選擇在歌曲結束時，讓原唱女歌手反覆唱著「我就是……」處任由自己編些新歌詞接上去。

他覺得心情很篤定。他跟露絲已靠著他的錢共同過活超過兩天了，而他還能剩下十四塊美

⑭原文爲「Spruce」，暗喻有「整潔的處所」之意，符合艾克斯牧師的身份。

元。今早趁著女孩外出購物時，他翻找過她的衣櫃；發現她的活期存款戶頭還有一筆爲數不小的存款——在二月底當頭還剩有五百多塊美元。在這幾天中，他倆去打過一次保齡球；看過四部電影——「金粉世界（Gigi）」、「奪情記（Bell, Book and Candle）」、「六福客棧（The Inn of the Sixth Happiness）」、以及「長毛狗（The Shaggy Dog）」。他在米老鼠俱樂部的節目中看過許多「長毛狗」的片段，這使得他對整部戲也很好奇；所以當他倆去看那部戲時，猶如看一本裡面有超過一半熟面孔的相簿一樣。比方說其中火箭穿過屋頂、弗雷得・麥克默里（Fred MacMurry）拿著咖啡壺跑出屋外的那一幕，他熟稔得就像看見自己的臉一樣。

露絲是非常妙的女人。她的保齡球打得眞的很糟；她好像只是走到那條出手線，然後就要把球放下；撲隆地一聲就結束了。另外當他們在看「金粉世界」時，每當戲院的立體喇叭發出轟天巨響，她就會下意識地轉過頭去噓它，彷若是有人在電影院裡說話太大聲一般；而在「六福客棧」的場次中，每當英格麗・褒曼（Ingrid Bergman）的臉一出現，她就會靠向兔子低聲問道：「她眞的是妓女嗎？」他則對羅勃特・唐納（Robert Donat）的演出很失望——他看起來糟透了。在這齣戲中的他知道自己就要死了；想像一下，若你明白自己就要死了，卻還要假裝自己是個英雄豪傑，這會是什麼樣子。露絲對昨晚「奪情記」的評語是：「爲什麼這附近從來沒有看過這種羚羊皮鼓（Bango Drum）[15]？」他聽了便暗暗發誓會找來幾個給她見識一下。果然半個小時前在威瑟街等公車時，哈利在一家叫「弦樂唱片」的音樂社櫥窗中，看到了一組羚羊皮鼓，要價十九元九毛五分美元。於是他便在公車上一路在自己膝上拍打著這種鼓的特有節奏。

「因爲我就是對哈——利——很瘋狂……」

六十一號是一棟大型磚造建築：有白色木頭鑲邊、一個仿希臘神殿的小門廊、以及用石板做成的、猶如巨大魚鱗閃爍著的天花板。該棟房屋後頭有個鐵絲網圍住一只黃色的鞦韆架、跟一只沙盒。哈利沿著小徑向前走去，路旁一隻被圈在圍欄裡的小狗對他狂吠起來。一身綠油油的青草，預告著等一下將要降臨的雨水——那是彩色相片裡常見的那種草綠色。這地方看起來開心極了，讓兔子不禁猜想自己是否走錯了地方；他還以爲牧師都會住在陰暗的路德式建築物裡。但是魚形門環上面有個小牌子，上頭刻著牧師公館。他敲了魚形門環兩次、等了會後又再敲兩次。

一個有雙閃耀綠眸子的小個頭女人俐落地打開了門。「找誰？」她詢問的聲音彷彿在說：「你怎麼敢來？」而當對方必須仰起臉龐以便適應訪客的高大身材時，眼睛睜得圓滾滾地，因此將她明亮虹膜背後更多鮮活、清晰的眼白部份流露出來。

剎那間，哈利很奇怪地覺得自己掌控了她，感覺到她對自己是有好感的。這名女人小而堅挺的鼻樑上長著幾顆雀斑，而那有點細長削瘦的鼻子，在深褐色的雀斑下因而顯得蒼白。她的皮膚跟小孩子一樣細嫩，身上還穿著橘色短褲。他心中十分歡喜，簡直到了自鳴得意的地步問好道：「嗨。」

---

⑮Bango是一種非洲羚羊名；這是在黑奴時代從非洲傳來的鼓樂文化。它通常以一對大小鼓同時呈現：其中的大鼓代表著男性的陽剛；而小鼓則象徵著女性的陰柔；並純粹以手指頭的力道來敲擊。

「你好。」

「請問艾克斯牧師在嗎？」

「他在睡覺。」

「在大白天？」

「他昨晚沒什麼睡。」

「天哪！可憐的傢伙。」

「你要進來嗎？」

「嗯，我不知道。他請我到這裡來。他眞的有說。」

「他是有可能這麼做。請進來吧！」

她領著兔子穿過大廳和樓梯，來到一個涼爽的客廳。這房間有著很高的天花板，四周貼著銀色的壁紙，有一台鋼琴，水彩風景畫，一大堆套書排在牆壁內凹的書櫃上；還有個壁爐，壁爐架上支撐著一座鐘擺是四顆金球的那種時鐘——它可以幾乎永遠不停地走下去；加了框的照片則擺得到處都是。除了長型的沙發有著漩渦狀的靠背和奶白色的坐墊之外，現場其他家具都呈現墨綠與紅色。整個房間散放出有點乾淨的冷調性；遠處傳過來溫暖的蛋糕香。她在房間中央的小地毯上停下腳步說：「你聽。」

腳上步伐也停下的哈利，發覺剛剛聽到的輕微碰撞聲消失了。對方解釋道：「我還以爲那小傢伙在睡覺。」

「妳是褓姆嗎？」

「我是他太太。」她說完就在白色沙發的正中央坐下來，證明自己說的是實話。

他也在對面有墊子的安樂椅上坐下來。紫紅色的布料靠在他裸露的前臂下產生一種細柔的砂礫感。他穿著一件格子條紋的運動衫，袖子捲到手肘上。「喔，眞抱歉。」兔子說。是啊！她當然該是女主人：對方赤裸的小腿彼此交疊，讓人看得到她青藍色的靜脈血管；而坐下時，她的臉看來就沒有應門時的年輕模樣；當她把頭部靠在椅背上放鬆時，雙下巴也跟著跑了出來。哈利問道：「妳小孩幾歲了？」

「我有兩個，兩個小女孩：一個一歲，一個三歲。」

「我有一個男孩子！兩歲。」

「我眞想要一個兒子。」她說道，「女孩們跟我之間有性格上的問題；我們彼此太相像了。我們連對方在想什麼都一清二楚。」

不喜歡她的小孩！兔子聽了嚇一跳：這可是從一位牧師太太口中說出的話耶。「妳先生知道妳的想法嗎？」

「喔，對傑克來說可是好極了；他喜歡女人爲他爭風吃醋，這裡是他的後宮。我想男孩子可能會給他威脅感。你有覺得受到威脅嗎？」

「不會，小孩子不可能啦。他才兩歲。」

「比兩歲還早就開始了，相信我。同性相斥這回事從出生就開始了。」

「我沒注意到。」

「那眞好。我想你該是個很單純的父親。我想佛洛伊德就像神一樣；你證實了這一點。」

兔子微笑著，他想佛洛伊德可能跟這裡銀色的壁紙、或她頭上展現宮殿及運河的水彩畫有點關聯——那是一種格調。艾克斯太太把指尖靠近太陽穴，閉上眼睛向後仰躺，輕啓的豐腴嘴唇嘆了一口氣。他見到此景楞住了：此刻的對方看來竟像一位精緻版的露絲。

艾克斯單薄的聲音這時從樓梯上傳下來，並以一種奇特的風格在屋子裡逐漸擴大。「露西（Lucy）！喬伊絲要鑽到我床上來了！」

露西睜開雙眼，驕傲地對著兔子說：「你看吧！」

「她說妳跟她說可以的。」樓上的嗓音持續在那兒嘀咕，同時貫穿了欄杆、牆壁、以及層層的壁紙。

艾克斯太太站起身來走向拱門，臀部的橘色短褲因爲剛才坐著而皺成一團；勾住的褲管露出了大半橢圓狀的大腿背，那兒是一片比沙發還要白的部位；而原先坐下來的壓迫造成腿部上產生的粉紅色印子正漸漸地褪去。「我什麼也沒跟她說！」她一邊對著上頭叫著，一邊順手把皺了的短褲向下拉，撫平擠成一團的布料。兔子看到她右邊褲子上用黑線縫著一個口袋。「傑克，」她繼續喊著說：「有客人來找你！一個很高的年輕人，他說是你請他來的！」

一提到他，兔子就不禁站起了身並在露西正後方說：「來打高爾夫。」

「來打高爾夫！」她高聲地重複一次。

「喔，天啊！」樓上的聲音自言自語著，接著對著下頭大叫：「你好，哈利！我馬上下來。」

樓上有個小孩在哭鬧：「媽媽也是這樣！媽媽也是這樣！」

兔子叫喊著回答：「你好！」

轉過頭的艾克斯太太，風情萬種地扭著身對他說：「哈利——？」

「安格斯壯。」

「您是做什麼的，安格斯壯先生？」

「嗯。我現在算是待業中。」

「安格斯壯，噢，對了！你是不是鎮上失蹤的那個年輕人？史賓格家的女婿？」

「是的。」哈利很聰明識相地回應著。但他的頭腦昏昏沉沉的，弄得他只得聽到露西問什麼自己就答什麼。而眼見對方在他回話的剎那間，就要正經八百地轉身離去，或許是動作太過協調了吧，他居然不自覺地就舉起手「啪！」一聲地打在她迷人的翹臀上——這個動作不是很用力，只是輕拍一下，帶有斥責與寵愛的雙重意味，不偏不倚就拍在露西地短褲口袋上。

倏忽迴身的她，趕緊把臀部移到身後的安全位置。她此時的雀斑一如針頭尖銳地突出在那張驚恐的臉龐上，搏動的血液讓全身肌膚變得慘白；一雙嚴厲的神色跟她方才給哈利洋溢著慵懶、謙卑和暖和的感覺一點兒也不搭。哈利只是緊抿雙唇，露出一副戲謔性的悔過樣子。

一陣紊亂的腳步聲這時從樓梯上傳來，聲音震動了牆壁。頃刻間艾克斯已經失去平衡、顛簸不穩地站在他倆面前，並把骯髒的白色襯衫塞進皺巴巴的卡其褲中。他掛著熊貓式黑眼圈的雙眼在粗糙眼皮間呈現溼潤的狀態：「很抱歉，」他說道，「我眞的沒有忘記。」

「反正現在天氣也陰陰的。」兔子帶著不由自主的笑容回道。露西的屁股感覺眞好，穠纖合度，緊實又有彈性——把手打在那上頭時，就大可期待一秒過後會有同等的力道再反彈回來。哈利想：「她應該會把自己剛剛的行爲講出來，並讓他就此遠離牧師家的生活圈。」反正他也不明白自己今天幹嘛要出現在這兒。

也許就要說了，可是她先生接著說出的話馬上讓她不愉快。「喔，我想我們可以在下雨前先打九個洞。」他對兔子提議道。

「傑克，你不會眞地又要去打高爾夫了吧？你自己說今天下午有很多電話要打的。」

「我今天早上打過了。」

「兩通。你只打了兩通。給佛雷迪・大衛斯跟藍迪斯太太。永遠是那兩通萬無一失的電話。那法利家呢？你說要打給法利家已經說了六個月了。」

「法利家有什麼特別神聖的嗎？他們從來沒有爲教堂做過任何事。法利太太在禮拜天的聖誕節來了，然後又從唱詩班的側門溜出去，好省去跟我談話的麻煩。」

「他們當然沒有爲教會做過什麼事，那也就是你要打電話給他們的原因——這一點你也很清楚。何況、除了你總愛計較法利太太如何從側門溜走、並讓每個人因此好幾個月都生活在悲慘當中之外，我也不認爲法利一家人有多神聖。假如她會在復活節來到教堂，那結局還是一樣。告訴你，我眞正的想法是你和法利太太一定會很合得來：因爲你們兩個都非常地幼稚。」

「露西，不能因爲法利先生有一間鞋子工廠就代表他們是比較要緊的基督徒，其重要性遠遠超過其他在工廠裡做鞋子的工人啊。」

「喔，傑克，你實在是很無聊。你只是害怕被人說是勢利眼，又不能引用聖經的經文來爲自己辯護。法利家的人來不來教堂、或是避得遠遠的，還是加入『耶和華見證人（Johovah's Witnesses）[16]』的那個教派，我其實都不在乎。」

「至少『耶和華見證人』的那個教派會把他們相信的東西眞正付諸實行。」結束這句對妻子的挖苦後，艾克斯把注意力轉向哈利，並機關算盡地放聲傻笑；那笑聲裡的苦澀讓他的嘴唇拉緊、牙齒露出，搭配著原本就不夠渾厚的下巴，使得他的頭部此刻看來活脫似顆骷髏頭。

「我不知道你說的是什麼意思，」露西說道：「但是當年你要我嫁給你時，我向你說出這些心理的感覺，而你還說這樣的溝通很好、沒有問題。」

---

⑯耶和華見證人是於一八七〇年代末，由查爾斯・泰茲・羅素（Charles Taze Russell）在美國發起的基督教非傳統教派，在基督論方面的教義與正統基督教迥異，全球信徒人數超過七百萬人。早期名爲「聖經研究者」，直至一九三一年才根據《聖經・以賽亞書》43:10「耶和華說：『你們是我的見證人，是我所揀選的僕人。』」爲自己的團體取名爲「耶和華見證人」。他們相信自己的信仰完全依據《聖經》，強調末世的預言，認爲只有耶和華見證人的信徒可從末日的哈米吉多頓之戰得救存活，並曾自十九世紀末期以來，多次預言世界末日將至，最有名的預言是末日將於一九一四年來到。耶和華見證人生活準則上的規範較傳統基督教繁複，包括不參加狂歡、聖誕節、復活節、感恩節、萬聖節，春節、清明節、元宵節、國慶節、端午節、鬼節等含有宗教意義的節日，以及「禁戒血（不食用血或帶血的肉，不捐血也不接受異體全血輸血）」。

「我說過只要妳能打開妳的心接受恩典。」正對妻子扯著喉嚨、激動開辯的艾克斯，把自己寬廣的前額燒得發燙，臉龐的上半部因此都漲紅了。

「媽咪，我已經睡飽了。」一陣微弱又害羞的聲音突然從樓上傳了下來，把在場所有大人都嚇了一跳。在鋪了毛毯的階梯盡頭處，有一位棕色皮膚、只著內褲的小女孩。兔子覺得她的膚色實在太深了，看起來不像她的父母；嬰兒肥的雙腿則撐住整個身體，露出的側面像是在比較長的柱子上頭打起結來。惱怒中她的雙手在赤裸的胸前來回撥動，並且在聽到母親的回答前她早已先知道答案了。

「喬伊絲，妳現在馬上回到妳自己床上，去睡午覺。」

「我沒有辦法。這裡太吵了。」

「我們剛才好像就在她的頭下大叫大嚷。」艾克斯對他的太太說道。

「是你在大叫大嚷，說著什麼恩典。」

「我做了一個恐怖的夢，」喬伊絲說著，然後重重地下了兩個階梯。

「妳沒有，妳根本就沒有睡著。」艾克斯太太走到樓梯梯腳前，手按著喉嚨，試圖要把自己一些負面的情緒壓抑下來。

「妳夢到了什麼？」艾克斯問他的女兒。

「一隻獅子吃了一個小男孩。」

「那根本就不是夢，」女人猛然脫口而出，然後把頭轉向她的先生。「是那些可恨的貝洛克（Belloc）[17]的詩，是你硬要說給她聽的。」

「是她主動要求的。」

「那些詩就是很可憎。它們會帶給她心靈上的創傷。」

「我跟喬伊絲都覺得那些詩還挺有趣的。」

「哼，反正你們倆都有一種錯亂的幽默感。每晚她都問我有關那隻該死的小馬湯姆的事，還有『死』是什麼意思。」

「那就告訴她那是什麼意思。如果妳讀過貝洛克的詩；又體認到我對超自然現象的信仰，那麼這些聽起來相當自然的問題就不會讓妳不舒服。」

「別再這麼滔滔不絕了，傑克。每次當你滔滔不絕時就很討人厭。」

「妳的意思是，每當我認眞看待自己時就很討人厭。」

「嘿，我聞到烤焦的蛋糕味。」兔子說道。

轉過頭來望向他的露西，雙眸裡散發出一種如霜的堅硬神情，彷彿在說：喔、原來身旁還有哈利這個人，一直在默默聆聽他們夫妻上演的爭論劇碼呢！她雙眸裡帶有冷冷的呼叫聲，並在她眼前的眾多敵人前發出了一聲微弱的吶喊。兔子感受到了，卻刻意不去理會，只是放任自己的眼神慢慢掠過她的頭頂，再用他聞到蛋糕燒焦的靈敏鼻子跟她示意。

[17] 英國的詩人、史學家和散文家，著有《韻文和十四行詩》、《壞孩子的動物故事》、《歐洲與信仰》，他的作品透露出濃濃的信仰思想。

「如果你眞的可以對自己認眞點。」她對丈夫說道，然後飛快地移動她赤裸的雙腳、離開牧師公館陰沉的大廳。

艾克斯朝樓梯叫著：「喬伊絲，回到妳的房間去，穿上衣服再下來。」

小女孩竟然又重重地下了三個台階。

「喬伊絲，妳有沒有聽到？」

「那你幫我拿，把──拔。」

「爲什麼我應該幫妳拿？爸爸我在樓下耶！」

「我不知道衣服在哪裡。」

「妳知道的。就在妳的衣櫃裡。」

「我不知道我的衣──讀──在哪裡。」

「在妳的房間裡，甜心。妳當然知道在哪裡。妳去把衣服穿好後，我就准妳下來。」

但她已經下到樓梯一半的地方了。

「可是絲──子好可怕喔！」她微笑著嘆了一口氣，把她明知道自己這麼做是不對的心思給洩漏了出來。她甜甜的兒童嗓音裡留有一些餘地，有種試探別人的特質；兔子在她媽媽試探同一個男人的聲音裡也感受到這種戒愼恐懼。

「上面沒有獅子。上面沒有其他人，只有邦妮在睡覺。邦妮都不怕。」

「拜託啦，爹地。拜託、拜託、拜託、拜託、拜託。」此時的她已走到了樓梯底層，對他的膝蓋又抓又捏地。

艾克斯大笑著，把失去平衡的身體重量放在孩子又大又平的頭上，好像那就是他的頭一樣。「好吧，」他說道：「那妳在這裡等著，跟這個有趣的叔叔聊聊天。」說畢的牧師就飛快地跳上樓梯，展現超乎兔子預期的矯健運動力。

既然被點了名，兔子就主動示好問道：「喬伊絲，妳是個好女孩嗎？」

小女生不停地搖著肚子，把頭歪向肩頭，讓她的喉嚨發出小小的「喀」聲後搖了搖頭；他覺得喬伊絲想用酒窩把自己隱藏起來。不過她卻出其不意地用堅定而清晰的聲音宣告說：「是。」

「那妳媽咪呢？」

「是。」

「是什麼讓她那麼好？」他希望艾克斯太太在廚房裡會聽到大女兒的這段心聲，那急促的烤爐聲已經停止了。

喬伊絲此時抬其頭來望向他，蒼白和恐懼寫在她扭曲的臉上，眼淚好像就要掉下來似地。她驚恐地從梯口處逃往到自己母親的身邊去。

獨自徘徊在客廳裡的兔子，試著把狂跳的心轉黏在牆上懸掛的一幅畫。那張畫描摹著一些外國文字的大寫字母——一位穿著白衣的婦女站在一棵擁有金色葉子的樹下。畫家以熟練的筆法描繪出她身後聖約翰教堂的一磚一瓦，並在該作品旁留下大大落款：米爾德麗・卡萊門

（Mildred L. Kramer）；及其完成的日期：一九二七年。再從另一張小桌子上頭望去，也就是大廳中間的方位則掛了一幅相片：當中有位穿著牧師袍領的男士；他耳上部份的頭髮有如花白的岩石──這個人物的目光彷彿能夠看穿你的心；而黏貼在這張相框中的還有一張用黃色文具夾夾住的剪報，上頭顯示一位穿著印有許多俗氣圓點花樣長袍的老紳士，與其他三位著同樣長袍的老頭並列在一起：手中握著雪茄的他，擺出了瘋子式的大笑姿態。他看起來很像傑克，但身材比較胖和強壯了些，並用拳頭握著雪茄。接下來看到的是一幅彩印的藝術性圖片。它的內容是：工作坊中有位木匠工人正在烈日當空下把他的助手的頭切了下來。這幅圖被玻璃框妥善保護著，兔子因此能從玻璃的反光上看到自己的臉龐。這時自走廊上傳來了一陣難聞的氣味，那是新油漆？清潔劑？樟腦丸？還是舊壁紙？他把心思徘徊在這些可能性之中，並憶及那一個自視線中消失了的女人；也是那個主張打從人一出生後就會展現同性相斥、異性相吸特質的女人──好一個賤人啊，眞的！淡淡的光源正照在她身上，將她的雙腳襯映出來──那線條白皙的雙腳啊！她有著小小急切的優越感、並且想要擁有她自己。她像一片餅乾；一片尖銳的香草餅乾。他不知不覺喜歡上露西了。

這間起居室必定建有另一個後梯，方便讓家庭成員輕鬆通往屋內的其它地方。因爲哈利聽得到艾克斯的聲音正從廚房傳過來：他在說服大女兒穿上毛衣，並詢問太太蛋糕是否毀了；而且一邊對露西做出解釋──不過他不曉得兔子的耳朵其實就在附近。牧師說：「別以爲這對我來說是種樂趣。這是我的工作。」

「你就沒有其他法子可以跟他溝通嗎？」

「他被嚇壞了。」

「親愛的，你把每個人都嚇壞了。」

「但是他比別人更怕我。」

「嗯，他進門的時候可是趾高氣昂的不得了——」

就是現在，哈利猜想露西應該會接著跟老公告狀：「但他還打我可愛的屁股，這是你該保護的地方耶！」然後艾克斯就會急切地回應道：「妳說什麼？妳可愛的屁股？我要殺了那傢伙。我要打電話叫警察。」

然而事實上，露西的說話聲在講到「不得了」時就戛然而止；只剩下艾克斯還一直說著：假如有人打電話來找他要怎樣；新的高爾夫球又在哪？喬伊斯妳十分鐘前已吃了塊餅乾了；好不容易最後終於說了一句：「再見，親愛的。」那溫柔的語氣看來已撫平夫妻倆先前爭執產生的摩擦。兔子在客廳裡輕輕踱步，然後靠在前面的電暖器上。此時艾克斯剛好自廚房中現身，如同一隻動作笨拙又脾氣暴躁的年輕貓頭鷹。

他們共同上了牧師的車。綠色車身在雨水無情的摧殘後留下潮溼的蠟痕。艾克斯點起一根菸，把車子開出車道，走過四二二號公路，進入了前往高爾夫球場必經的幽谷地帶。在深深吸入胸腔的幾口菸平復後，他率先說道：「所以你的問題不在於沒有信仰。」

「什麼？」

「我還記得我們上次的談話。說到有關瀑布跟樹的事。」

「是喔！我是從米老鼠節目裡偷來的。」

艾克斯笑得開懷，心裡卻覺得困惑；兔子發覺他在開口笑時嘴巴一直張著，兩排小小顆內彎的牙齒卻動也不動，同時間眉毛在上上下下，似乎是在期待些什麼的。「你這句話眞讓我啞口無言。」他承認道，並且停止他那輕挑跳動的眉穴。「那時你說你知道自己心裡要的是什麼。我整個週末都在想你這句話到底是啥意思。你可以告訴我嗎？」

哈利才不想跟這名牧師多說些什麼呢！他知道自己若說得愈多，就會失去愈多。能夠躲在自我設築的保護傘底下，這讓兔子覺得很安全，所以他不想要從藏身之處跑出來。可是眼前這個男人的遊戲就是要引誘他現身，走進能被其操控的開闊空間裡。但是猛烈的禮貌常規仍舊撬開了兔子的嘴巴。「該死的，那沒什麼啦！」他說道：「就是那樣，嗯，沒什麼嘛！你不覺得嗎？」

艾克斯點了點頭、眨眨眼、繼續開車，什麼也沒說。那個模樣下的他，展現對自己充滿自信與篤定的姿態。

「珍妮絲現在怎麼樣？」兔子問道。

艾克斯很驚訝地發覺他主動改變了話題。「我禮拜一早上順道去拜訪他們，告訴他們你還在本郡。當時你的太太正在後院和你的小孩在一塊，還有一位我想該是她的老友，是叫福斯特太太嗎？還是佛格曼太太？」

「她長什麼樣子？」

「我不是很清楚。她的太陽眼鏡讓我分心。是那種鏡面的，有非常寬的邊框。」

「喔，是佩姬・格林（Peggy Gring）。她很笨，她是跟珍妮絲是高中同班，後來還嫁給一個名為奧利・佛斯納徹（Moris Fosnacht）的傻子。」

「佛斯納徹。沒錯，就是這個名字。聽起來就像甜甜圈（doughnut）的發音。我知道這個名字跟本地的一些東西有關。」

「你搬來這裡前沒有聽過佛斯納徹節（Fosnacht Day）[18]這回事嗎？」

「從來沒有，在挪沃克沒聽過。」

「我還記得的是，當我還是，喔、應該是六、七歲時，因為我祖父是在一九四〇年去世的，他都會待在樓上直到我先下樓，好讓我不會變成成佛斯納徹。那時候他跟我們住在一起。」兔子有好幾年沒有想過或說過有關自己祖父的事情了；說著說著，一種輕微的乾澀感覺進到他的口中。

「如果成了佛斯納徹會有什麼處罰？」

---

[18] 這是流傳於德國西部的傳統節日，帶有部分基督教色彩。當地居民於寒冬將盡的一月至二月，會盛裝打扮成如惡魔、女巫、地精或猙獰的動物等角色，在街上舉辦象徵驅逐惡靈與穢物的遊行儀式。同樣的習俗亦流傳於瑞士、法國的阿爾薩斯省和澳洲西部。在本書中，哈利居住的賓州德國區有部分德裔居民也保留此傳統文化，會在基督教「大齋期」的最後一個星期二（即「Ash Wednesday」的前一天）舉行這樣的慶祝活動。

「我忘了。反正是一種你不想要變成的東西。等等、我記得了。有一年，我是最晚下樓的人，我父母還是什麼其他人就開始取笑我，我聽了很不高興，我想我哭了，我不知道。反正這就是我祖父待在上面的原因。」

「他是你爸爸的爸爸？」

「是外公——我媽媽的爸爸。他跟我們一起住。」

「我還記得我爸爸的爸爸，就是我爺爺，」艾克斯說道，「他常到康乃狄克州（Connecticut）去，老是跟我的父親兇霸霸地爭論。我爺爺是羅德島州（Rhode Island）首府普羅佛登市的天主教主教（Bishop of Providence），很努力地不讓自己的教會落入唯一神教派的手中，卻差點把自己變成唯一神論（Unitarian）者。他曾經自稱爲達爾文主義的自然神論者（Darwinian Deist）。而我猜我父親是爲了跟他唱反調吧，變得非常東正教派（Orthodox）；幾乎可以算是英國的正統天主教徒（Anglo-Catholic）。他喜歡貝洛克和徹斯特頓（G.K. Chesterton）[19]的作品。事實上他經常對我們朗誦那些你聽到我太太反對的詩詞。」

「跟獅子有關？」

「沒錯。貝洛克有一種苦澀嘲弄的性情，我太太很不欣賞。他嘲弄小孩，更是她無法原諒的，那是她的心理學。小孩子在心理學上是非常的神聖。我講到哪裡了？對了，除了那套摻了水的神學之外，我爺爺還在自己的宗教實踐裡保持著某種色彩和嚴厲，這是我父親所沒有的。他覺得我爸非常地怠慢，沒有每天晚上進行家庭禮拜的儀式。我父親會說他不想用從前上帝煩他的那一套來煩他的孩子；而且在客廳裡敬拜一個叢林的神到底有什麼好處？『你不覺得神是在森林裡嗎？』我祖父會說：『只有在彩色玻璃後面？』諸如此類的。我的兄弟們跟我常常嚇得發抖，因爲我祖父這種說法會讓我老爸的心情非常惡劣，最後父子間就忍不住爭論起來了。你知道嗎？當父親的總是這樣，你永遠擺脫不了他們的那種想法——那就是：他們永遠是對的。我爺爺啊！一個乾癟的小老頭，講話帶著北方人的口音，是多麼不得了地和藹可親。我想到他常在吃飯時用他棕色骨瘦如柴的雙手抓住我們的膝蓋，並用粗啞的聲音問道：『他有沒有讓你相信地獄？』」

哈利笑了；艾克斯模仿得很逼眞，他適合演老人。「他有嗎？你呢？」

「我想有吧！耶穌形容的那種地獄，跟上帝是分開的。」

「那麼，我們或多或少是在裡面了。」

「我不覺得，我一點都不覺得。就算是最陰鬱的無神論者，我也不覺得他會懂什麼叫做眞正跟上帝分開。外在的黑暗，我們所在的地方你可以把它叫做——」他一邊看著哈利一邊笑著說「——內在的黑暗。」

主動提到這一些家庭宗教上軼事的艾克斯，稍微瓦解了兔子的堅固心防。他也想拿一些自己的故事放置到兩人之間的隔閡裡。這份友誼成立的興奮感，與那帶有一些競爭意味的刺激

⑲徹斯特頓（G.K. Chesterton, 1874-1936）是英國重量級的記者及作家：作品含蓋有新聞性報導、詩詞、散文、哲學、傳記、奇幻與偵探小說、基督教辯論批判性文章等。

性，都讓他感受到類似於打籃球時可舉起雙手在空中恣意揮舞的快感。他不自覺地開口說道：「嗯，我不懂什麼神學啦！但是我要告訴你，我是眞的這麼覺得，這些事情的背後——」他作勢指向外頭的景色，車子正通過高爾夫球場這邊的住宅區，那是一片半磚半木有一樓半高度的房子；其中有座小小的庭院，被推土機壓得很平，上面有三輪車和一些樹齡三年的細長樹木，整個地區呈現出世上最不莊嚴的景致「——有某個東西需要我去發現。」

在車內的菸灰缸上方放了個刻著十字的小杯子，艾克斯小心翼翼地在把菸按熄在那裡。他回道：「當然，所有的流浪漢都以爲自己正在追尋什麼。至少在一開始時，他們是這麼想的。」

兔子不懂，爲什麼在試著給這個男人一點善意的回饋後，他還該被打這一巴掌。他想牧師這種職業的專業作法或許就是這樣：把管區轄下的教民都切割成爲同樣粗劣而不幸的大小單位——完全不允許每個人各自的獨特性出現。他嘲諷說：「我想，照你這樣說，你的朋友耶穌看起來就顯得很笨了。」

一提到這個神聖的名字，艾克斯的臉頰被激得通紅。「嗯，祂確實說過，」牧師說道，「聖徒不可以結婚。」

他們轉出主要道路，沿著曲折小徑向上到達高爾夫球俱樂部：那是一幢用煤渣磚塊砌成的大型建築物。它前方有一個很長的、寫著栗子樹林高爾夫球場的招牌，就放在兩個可口可樂的品牌標誌中間。當年哈利在這裡當桿弟時，整座建築物還只是個用隔板搭成的破舊小屋，裡頭有燒木頭的火爐、過時的賽程表、兩把扶手椅、一個賣棒棒糖還有回收高爾夫球的櫃台；球則是你從沼澤裡撈起、而溫麗屈太太又拿出來轉賣的——他想溫麗屈太太應該已經過世了。她是一位年紀大卻注重打扮的優雅寡婦，猶如一尊長了白頭髮的洋娃娃，所以若從她嘴裡說出果嶺、草皮、比賽、標準桿等這些男性化的字眼，似乎總會讓人覺得很好玩。艾克斯把車停在鋪了柏油的停車場後說道：「我得先說出來，免得待會忘記。」

才將手握在門把上的兔子納悶問道：「什麼事？」

「你想要一份工作嗎？」

「什麼樣的工作？」

「我教區裡有一位教友名爲荷瑞絲·史密斯（Horace Smith）太太，她家四周有塊八英畝大的庭園，朝向愛坡波羅的方向。而她先生在世時是一位不可思議的杜鵑花熱愛者。我不該說他不可思議；他其實是位非常和藹可親的老人。」

「對園藝這檔子事我啥都搞不懂。」

「沒有人搞得懂，史密斯太太是這麼說的：現在根本沒有人稱得上是園丁。更何況一週的週薪只有四十塊美元，我相信以這種薪水來說確實是找不到好園丁吧。」

「一小時一塊錢美元？那眞的太少了。」

「不用做到四十個小時，時間很有彈性。你要的不就是這樣嗎？彈性啊？然後你才可以有時間對大家佈道。」

艾克斯的怪僻就是那有點愛嘲諷別人的卑鄙作風，他跟剛剛說過的詩人貝洛克一個樣，一旦脖子上牧師的衣領消失，他的言行舉止就隨便起來了。兔子走下車、艾克斯也接著關上車門——他的頭從車子另一端看起來彷若是放在托盤上。然後那對寬大的嘴唇動了：「請考慮考慮。」

「我沒辦法，我可能不會留在鎮上。」

「那個女孩子要把你踢出去了嗎？」

「哪個女孩子？」

「她叫什麼來著？李奧納德。露絲・李奧納德。」

「嗯，你可眞聰明。」是誰跟他說的？佩姬・格林嗎？還是透過托塞羅？更有可能是托塞羅那個不知道名字的女友。她看起來就像珍妮絲。沒關係，反正這整個世界就是個網子，無論何事都會一點一滴地滲漏出去。「我從來沒聽過這個人，」兔子說道。

托盤上的頭笑得詭異，因爲耀眼的陽光正從光滑的灰色金屬上反射過來。

他們並肩走到水泥磚砌成的俱樂部會所。途中艾克斯說道：「你們這些神祕主義者（Mystics）[20]眞的很奇怪，老是把穿裙子當成是你們小小的狂喜所在。」

「喂，我今天可不一定要來這裡，你知道吧！」

「我知道，請原諒我，我現在心情不好。」

牧師這麼說其實並沒有錯，可是聽在哈利耳裡卻顯得格外刺耳，就像被黏住了似地。那些話好像在說：憐憫我，愛我吧。那種被針扎到的感覺讓他的嘴唇黏成一塊，暫時沒法子張嘴做出回應。所以當艾克斯幫他付了入場費用，他沒辦法勉強地謝謝他；而爲他租了套球具時，他也不吭聲；他一點兒都不在乎，以至於管理球場的雀斑男孩猛盯著他看，就當他是個白痴一樣。忽然有個荒謬的想法掠過兔子的腦海：或許艾克斯是眾所皆知的同性戀，而他則是牧師的新玩物。他跟艾克斯一起朝著他們第一個球座走去時，他覺得自己像是被拖著走，全身硬梆梆地、走路也很笨拙。⑳

就連小白球似乎也感應到了這種不自然；他手中的球是在艾克斯耳提面命之下打出去的。它啪地一聲飛向旁邊，還任性地在空中旋轉前進，搞得自己失足，最後成了一撮泥土墜落地面。

艾克斯又諷笑道：「那是我看過打得最棒的第一桿。」

「這不是我第一次打球，我還在當桿弟時就常打著玩。我應該可以打得更好。」

「你對自己的期望太高了。看我打吧，那會讓你覺得好過一些。」

往後退站幾步的哈利，驚訝地望著他的同伴。儘管艾克斯平常的舉手投足間都存有一種彈性，但他此刻的揮杆動作卻活脫像個五十歲的老頭，古怪而且僵硬，就好像前頭有個盆子需要避開似的。牧師用力一揮，繃得緊緊的身軀向後擺動；球從手中筆直地飛出去，卻是高而無

---

⑳某些中亞神祕教派的教會以穿著長裙作爲祭典儀式時的正式服裝，此處艾克斯是藉此諷刺哈利不可理喻、難以理解。

力，不過出手的人卻看起來對自己的表現似乎還很滿意。他神氣地昂首闊步走向球道，哈利只能吃力地跟在後頭。雪剛融不久，球場新長出來的草皮仍溼答答的，因此他的大頭皮鞋一踩就整腳陷了下去。於是兩名男子彷彿坐著翹翹板；艾克斯朝上，他就往下。

在這個充斥著異教徒或是不信教之人的小果園跟果嶺球道上，艾克斯整個人都變了，一種不花大腦的狂喜讓他此時活力洋溢。他開懷大笑、揮桿、咯咯地笑、再大聲喊叫。哈利因而不再討厭牧師；不過他自己卻顯得糟透了。他似乎把愚蠢的行爲當成衣服穿，就像染上了疑難雜症一樣，他很感謝艾克斯在這種情況下還沒有遺棄他。通常艾克斯會在五十碼以外的地方——他習慣興高采烈地往前跑——一路跑回來幫哈利找到他打丟掉的球。不知怎麼地，兔子就是無法把注意力從球應該飛去的地方移開：那個修剪整齊的果嶺，一個理想地，宛如一條被旗桿染成粉紅色的手巾狀草皮。他的目光總沒有辦法朝著球眞正打去的方向走。「在這裡，」艾克斯說道：「在樹根後面。你的運氣眞差。」

「你一定覺得這是一場噩夢吧。」

「一點也不會。你非常地有潛力。你從來沒有正式地打過高爾夫球，但你到現在還沒有一次揮桿完全落空。」

牧師的鐵齒才說出來就不靈了；這次哈利擺好姿勢，死命地想要用力把球從樹根那裡打出來，結果卻眞的揮桿落空。

「你唯一的錯誤就是太過用力，」艾克斯說道，「你本來的揮桿動作其實優美自然。」兔子又用力一敲，球彈了出來，然後滾動了幾碼。

「彎下身靠近球，」艾克斯說道，「想像你就要坐下吧。」

「我是要躺下。」哈利沒好氣地回道。他覺得很不舒服、頭昏眼花地，彷彿要被漩渦往下吸走了，漩渦上緣就是那些剛抽新芽樹木靜止不動的頂端。他依稀記得自己曾在那上頭待過，他當時滑進了泥坑、被樹吞沒；又精準地陷入球道旁邊骯髒的土坡裡。

用「噩夢」這個字，去形容兔子今午在球場上經歷到的一切感受十分恰當！通常當他清醒時，惟有活生生的東西才會讓他感覺這般地滑溜好動，並使得他能對具體的目標感到明確而無誤；不過他此刻的揮桿動作卻格外地眞眞假假，簡直把自己都搞糊塗了。原來在他心智呈現半昏沉的狀態下，眼前的虛幻世界彷若與哈利玩起了魔法——有一種陌生感慢慢地籠罩到他身上；腦海裡他正在跟手中不停換用的球桿對話，彷若它們是女人一般。

像鐵製的球桿，握在手裡輕薄又不可靠，散放著猶如珍妮絲一貫的氣質。「少來，你這個傻子！別緊張；要來囉，放輕鬆。」他這樣告訴自己。有凹痕的桿面這時在球背後挖出了一塊土，手上的震動一路向上傳到他的手臂跟肩膀，讓他聯想成那是珍妮絲打了他——「眞笨，眞的很笨。幹了她、毀了她再說吧！」莫名的怒氣讓他的皮膚腐爛，表面的汗水因而滲進了身體；而他亂哄哄的心靈，也被荊棘上頭那些苦澀扎人、又細又乾的尖刺戳破了。許多閒言閒語就這樣像堆毛毛蟲般地窩掛在那頭，燒也燒不掉。兔子幻想自己的內在大地被老婆挖出了脂肪、掘開了泥土，還撕裂成一個褐色的粗糙嘴巴；而就在此洞深處，泥土本身竟能鍬出駭人的脂肪。

接著講到木製球桿的話，「她」無疑就像是露絲。握著三號木桿，專注在它那紅色系桿頭沉重、被草染色的桿面與白色條紋優美的邊緣。「好啦，如果你夠聰明，」哈利握緊雙手，把身體用力轉動出去。啊……她怎麼那麼容易跌倒，還擋住了去路！草皮此時被撕裂出一道缺口，球跑啊、跳啊、跳地、藏進了樹叢裡。兔子走到那裡時，發覺這片小樹叢又變成了別人——啊！是他母親；他掀起傲慢的樹枝，就像掀起媽媽的裙襬一樣，心裡感到羞愧，卻又要小心翼翼地不去弄斷它們；他試著將意志力凝聚到那又硬又冥頑的小球上，不過這些樹枝卻纏住他的腳不肯放手。這小球並非他本人，但從某個角度看來，卻又似乎是他自己——哈利・安格斯壯，一顆白白的小圓球、大剌剌地坐在所有物品中間，它是其中的第一名。

再來的七號鐵桿劈了下去，拜託！珍妮絲，只要一次就好。可惜笨拙感猶如一隻蜘蛛正盤住他的手肘，讓他只能看著球一下子向這邊轉、一下子朝那邊彎，跑進一個更遠、更令人傷心的土坡裡，那是印象中德州的顏色：土黃色。喔，你這個白痴，給我滾回家。所謂的家就是那個洞。在洞的上頭，利用一個不愉快、像幽靈般的景象覆蓋他清晰的視野、腐蝕他澄澈的意志：而那淡灰色的陰雨天空正是他的祖父——總是在樓上等著孫子，好讓小哈利不會變成一個佛斯納徹。

此刻在角落裡，在這個力爭上游的高爾夫球夢的中心點，艾克斯身上那件骯髒的衣服在眼前飄揚，活像一面寫滿赦免意味的白旗：它從果嶺上拍翅振翼、大聲鼓動，就要引導他回家。

果嶺還未從冬天的死寂裡甦醒過來，上頭灑著一層乾土：那是肥料嗎？球一路滑行，彈跳中揚起一陣陣的沙塵。「推桿不要太用力，」艾克斯勸道：「輕鬆地稍微扭腰，手臂打直。第一推的距離比瞄準重要，再試一次。」對方把球踢回來。哈利大約用了十二桿將球打上四號果嶺，不過他被自己這種自負又無所謂的態度——不管得揮上幾桿才能進洞——給激怒了。加油，甜心，就好像對妻子懇求一樣，洞就在那裡，它跟桶子一樣大，不會有問題的。

但是沒有，球桿以一種如同珍妮絲般虛弱且驚慌的方式去戳球；她是在害怕什麼？這一桿或許還不到六碼。兔子於是走向艾克斯問道：「你從來沒告訴我珍妮絲怎麼了。」

「珍妮絲？」艾克斯費力地把注意力從高爾夫球中抽離出來。哈利見了心想：「他還眞是一心一意只想贏球；他吃定我了。」

「禮拜一她看起來精神還不錯。她跟另外一個女人待在後院，我去拜訪時她倆還笑呵呵的。你必須了解到，經過這段日子，她也必須做出一些調整，她或許還是喜歡搬回去跟父母住。因爲你的不負責任，她只好把自己轉變成這個樣子。」

「說實在的，」哈利煩躁地回應道，一邊用推桿把球對齊洞口，一如那些電視上的球星。「她跟我一樣受不了她的家人。假如不是爲了要急著脫離她的父母，她說不定不會嫁給我呢！」他推桿使球滑過洞口，跑到下坡處兩、三呎遠。幹！四呎遠哪！

艾克斯把球打進了目標洞口。球搖搖晃晃地往上跑，然後「喀噠」一聲地滾了進去。抬起頭的牧師，眼神裡帶有勝利的光芒，並以溫柔卻又大膽的嗓音問道：。「哈利，你爲什麼要離開妳妻子？事情很明顯地就是你跟她無法切割、糾纏不清。」

「我告訴過你啦，在我們的婚姻裡缺了某個東西。」

「什麼東西？你看過它嗎？你確定它存在嗎？」

哈利的四呎推桿力道不夠，盛怒之下他用手把球直接撿了起來。同時間他不耐煩地回道：「倘若你也不確定它存不存在，那就別問我。它是你這一行的專長，如果連你都不知道，就沒有人會知道了。」

「不，」艾克斯用要求他太太「對神的恩典打開心胸」那樣扯直了喉嚨大喊：「基督教要找的不是彩虹。如果它眞如你所想的那樣，那我們做禮拜的時候就會直接發鴉片給大家。我們要試著去做的是去服侍上帝，不是去扮演上帝。」

他們背起球袋，然後順著木製的指標往前走。

艾克斯繼續解釋道：「而且這個問題在幾個世紀前就已經解決了，在早期教會的異端邪說裡就有這種說法。」

「我只能告訴你：我知道它是什麼。」

「是什麼？是什麼？是硬的還是軟的？是藍色的嗎？是紅色的嗎？有圓點點的花樣嗎？」

這些話讓兔子的心情沮喪起來。看來艾克斯眞的不知道，還必須其他人來告訴他。在這些「我比你知道的更多」、「早期教會的異端邪說」的講法背後，他眞的需要別人告訴他有這種東西的存在；需要別人告訴他每個禮拜天的教堂聚會中他並沒有欺騙大家。今天下午的經歷，彷彿不僅要從這場瘋狂的比賽中理出一些頭緒，甚至還必須帶著這個總想把你靈魂吞噬的瘋子四處亂跑。球袋熱熱的皮帶正在啃蝕著他的肩膀。

「我覺得事情的真相是——」興奮得跟女人一樣的艾克斯，用尷尬而堅定的語調對兔子直言道：「你眞的很自私，你是個膽小鬼。你根本不在乎對錯；你唯一崇拜的就只有你自己爛透了的直覺。」

他們來到一個鋪著草皮球座的平台，旁邊有一棵彎曲的果樹，上頭長著一些拳頭大小並繃得緊緊的象牙色新芽。「讓我先走，」兔子結論道，「等你平靜下來我們再聊。」他的心一片肅靜，心跳到一半就在憤怒的情緒下暫停。他只想擺脫眼前這名糾纏的牧師，除此之外他什麼也不在乎。他希望老天能下起雨來。只求能別再看到艾克斯那副正盯著高高放在球座上、似乎已經脫離地面的小白球的身影。哈利輕易地把球桿帶到肩上揮出去，那種揮桿的聲音中帶有一種他以前從未聽過的空洞和孤獨。手臂逼得他的頭往上抬，視線隨著球遠遠地飛出去，像月光般的一點蒼白襯托在美麗的藍黑色暴風雲堆裡——那是他外公的顏色，一路濃密地朝向北方延伸過去。球沿著跟尺緣一樣筆直的直線慢慢縮小……擊中了！變成了球體、星辰、最後是一小粒斑點。球猶豫了一下，兔子心想它該結束了；但是他被騙了。因爲球的猶豫是在爲它最後的奮力一躍做準備：在它掉落消失之前，好像明顯地啜泣了一下，並且反咬天空最後一口。「就是這樣！」他喊道，用誇張的露齒微笑轉向艾克斯，重複說道：「就是這樣。」

第二章

時光在日月遞嬗中消逝。史密斯太太的田畝上，番紅花破土而出；黃水仙和水仙則吐露出喇叭一樣的花朵。甦醒的草地上懷抱著紫羅蘭，卻因爲突然冒出的蒲公英和寬葉的雜草而顯得粗糙。看不見的小河斷斷續續流過，讓莊園裡的低地哼起旋律。花壇四周用斜埋著的磚頭築起邊界，一根根不起眼的紅色花穗穿透其間，它們遲早會開出美麗的牡丹花。土地本身顏色變淡了，滿佈有稜有角的石頭使它看來像長著雀斑，旱地和溼地凹凸不平地拼湊其上，彷彿是天堂底下面貌最古老、氣味卻最新鮮的一塊天地。盛開的連翹花蓬鬆的金色花苞散發光芒，穿透籠罩花園的煙霧。兔子焚燒著耙成堆的老枝幹、枯萎的草、冬天隱蔽黑暗中落下的橡樹葉子，以及那些糾纏不清、走過去就會鉤到腳踝、惹人生氣的薔薇樹叢殘枝。睡眼惺忪的他，嘴裡還浸潤著咖啡的味道就上工了，把這些一堆一堆的灌木叢點起火；其上則被沉重露水所形成的溼網緊緊覆蓋住；等到他離開時，這些東西還在潮溼地悶燒著。當他把腳步踏在史密斯家車道上的碎石塊發出嘎嗒嘎嗒聲時，背後升起的白煙活像是夜裡的鬼魅。坐車回到布魯爾市區的路上，他一直都能聞到那灰燼溫暖的味道。

有趣的是：自從哈利接下這份打零工，兩個月來他就再也沒有興趣去修剪自己的指甲。因爲他總在修剪別人的樹枝、舉起枝幹、還有挖掘土地。他種了一年生的植物，一包一包種子都是老婦人給他的——有金蓮花、罌粟花、甜豌豆以及牽牛花。他喜歡把挖出的小土塊覆蓋在種子上；一旦它們被封在地下，這些小玩意兒就不再屬於他的了。事情就是這麼簡單：把生命丟給它自己後就省得麻煩。上帝會將水、空氣和土壤裡的養分自然地、慢慢地聚集在這個微小而堅硬結構裡，這堆土壤命中註定將要經歷一系列生命力的爆發。他不斷轉動手掌裡鋤頭的圓形握把，察覺這樣的奧妙想法就在無言中被自己體悟出來。

如今木蘭花的花期已過；除了楓樹，在其它樹種還沒產生足夠的綠蔭前，櫻桃樹、海棠樹和遠方角落一棵孤零零的李子樹正開滿花球，黑色的枝幹上彷彿從雲端收集來了一片亮眼的雪白，不過在轉眼間又被風吹落，而讓甦醒的草地被一陣驚人、宛如大量碎紙在成群漫舞所形成的白風暴染成一片純淨。汽油的氣味傳來，割草機咀嚼著花瓣；草地消化著這些物件。而在倒塌的網球場圍牆旁，紫丁香花叢茂盛地開著；小鳥則飛到水盆旁活動筋骨——這是一個忙碌的早晨。

哈利拿著一把新月形的割草機忙著修剪草皮，卻被一波波的香水味給擄獲，因爲他身後的微風已經轉向，把傾斜在河岸邊山谷百合葉子的濃厚辛辣香味吹來：在溫暖的夜晚，那裡總會有成千個鈴鐺般的花朵成熟，高掛在枝幹上並保持著甜瓜外皮那種果汁牛奶凍的淡綠色。眼前有蘋果樹、梨樹、和鬱金香——那些醜陋的紫色把眼睛的虹膜撕成了碎片。最後是杜鵑花，拿映山紅做開場白，在五月份的最後一個禮拜大量盛開；兔子等過整個春天就是爲了得到此刻的加冕。這些灌木叢使他迷惑，它們的高度已經到了可被稱爲「樹」的標準，其中有些灌木還是他身高的兩倍，而且數量繁多。它們在沿著護衛此處、有著下垂枝葉的高大雲杉木邊緣種植著；而在這塊被悉心保護的田畝上還存有數十個長方形的草叢堆，每叢都長得像是上頭布滿洞的綠色長麵包一樣。這些灌木叢是常青的，它們鋸齒狀的樹枝和長橢圓形的葉子就像手指般指著每一個方向，好像它們是屬於不同的氣候、不一樣的泥地，那裡的重力比這裡來得輕柔。當百花初綻時，它們的模樣宛如露絲讀的那些平裝間諜小說，封面上印著東方美女頭上的插花一樣嬌羞。但是當半球狀的花群開成一團的時候，它們讓他聯想到的只不過是貧窮女子趁復活節上教堂所戴的那種帽子。哈利一直想要交往，卻從來沒有擁有過一個像那樣的女孩：一個來自窮人家的小天主教徒，穿著俗麗的大拍賣衣服，並把五個花瓣的花朵當成那只唐突的軟帽；在帽子底下的黝黑葉子間他能想像出這位小女人的臉蛋；他甚至能聞到她身上的香水味。於是他攏身靠近聚集成團的花瓣一吋內的距離，卻沒有聞到任何香味，但是每一朵花在花口上都頂著兩扇雀斑，粉囊就在這裡被輕輕扣上。

對史密斯太太亡夫遺留下來的花園來說，此時正到了它箇中群花爭奇奪艷的高潮。挽著兔子手臂的老婦人走出房門，走進種植石南花的花園深處。她曾是身材高挑的女子，如今已變得駝背而瘦小，白髮裡依依不捨的幾縷黑髮反倒顯得骯髒。本該隨身帶著的手杖，或許是健忘，她此刻卻把它懸在前臂上，一路蹣跚地向前走，手杖也就跟著女主人的步伐鬆散地搖晃，好像一只異國的手鐲。她是這樣抓住她的園丁：哈利把右臂打彎，把手肘點著她的肩膀；然後她抖動地把左前臂伸進年輕人的臂彎裡，再將她結著肉瘤、布滿斑點的手指重重地壓到對方的手腕上。她倚賴他行走的方法，猶如葡萄藤抓住牆壁一樣；只要用力一拉就可以毀了這個水果藤蔓，但若不是這樣，風風雨雨它也都熬得過。他感覺到她每踏一步、身體就震動一下；每說一句話、頭也會扭動一下。倒不是老婆婆講話如此費力；而是她想要去強調一些事情。她用力地皺起鼻子、嘴唇糾結，並露出參差不齊的牙齒——這是一種喜劇式的誇張表情，她自己也知道；彷彿是個十三歲小女生不斷地承認她長得不漂亮時所扮的鬼臉一樣。

老婦人把頭抬高看著哈利，小小的棕色眼窩被許多像類似細繩的皺紋所折磨，說話時渙散的一對藍眼瘋狂地突起，用著散放能擄獲別人生命力的作風說道：「噢，我不喜歡霍爾福德太太；對我來說，她看起來總是如此無精打采，和她華麗而時髦的穿著一點都不搭調。不過哈利[21]就那麼喜歡那些鮭魚顏色；我跟他說過：『如果我想要紅色，就給我紅色；一朵豐腴的紅玫瑰。如果我想要白色，就給我白色，一朵高高的白百合；別拿那些中間色，什麼類粉紅啦，什麼近紫色啦，這些拿不定主意的顏色來煩我。杜鵑就是一種拐彎抹角的植物，』我還會對他這麼說：『她確實有大腦，因此她把所有東西都給了你一點，』就只是爲了取笑他。但是事實上我說的是眞話。」說到這裡的史密斯太太好像倏地受到了打擊，只能呆站在長著草的小路上，眼睛裡的虹膜——其中有彷如碎玻璃的白、正被揮之不去的藍圈圈所圍繞住——緊張地滾動著，自眼眶一側移動到另外一端。「事實上我說的每一句都是眞心話。我是個農家女，安格斯壯先生，我寧可看到這塊土地長滿紫花苜蓿。我會對他說：『如果你一定要在這塊土地上忙碌，爲什麼你不種些蕎麥呢？它們才算是眞正的作物。你種小麥，我烤麵包。』要是我就會這麼做。

㉑史密斯太太的亡夫（Harry Smith）與哈利・安格斯壯同名，這也是作者一個巧妙的安排；某種程度上，史密斯家的花園也代表了史密斯先生的人格特質，一位稱職的照護者、培育者；而兔子藉由擔任這份工作，也讓生命有了甦醒、轉換的機會。

『我們種這些裝飾花做什麼呢？花採完後，我們整年就只好看它們周遭那些不起眼的葉子。』我還會對他這麼說：『你種這些花是爲了哪個漂亮女孩啊？』他比我年輕，所以我常倚老賣老來取笑他。但大他幾歲我不說。我們爲什麼站在這裡？像我一樣的老人，在固定一個地方站久了就會全身僵硬。」她把手杖伸進草裡戳一戳，暗示兔子把手臂伸出來。他們接下來沿著開滿花的小路繼續前行。「從沒想過我會比他活得長。那是他的弱點。他一旦從花園離開，進了房內就一直坐著不動。農家女從不知道『坐』是什麼意思。」

老婆婆拉著他的手腕扯動不停，就跟那些高聳的雲杉木頂端一樣上下搖晃。哈利把這些樹跟禁止進入的莊園聯想在一起；一旦想到自己能在它們強壯的保護下就覺得滿心歡喜。「啊，這裡的這一棵才叫植物嘛。」他們在一個角落停下腳步，她顫巍巍地舉起手杖，指著一株身穿粉紅色的小杜鵑花；那份粉紅色的純潔度能穿透時空。「哈利給它取名叫畢安琪，」史密斯太太說道。「除了一些白色的以外，這是唯一的杜鵑。我忘記那些白色杜鵑花的名字了，不過無論是啥，反正都傻得可以，跟它們的意思有關就對了。這朵花的顏色可是這裡頭唯一眞正的粉紅色呢！記得哈利剛得到它時，把它放在其它也是所謂粉紅色的花朵群中，但它卻能讓那些顏色俗豔有如泥濘的花種相形失色，於是他便把它們全都拔掉，然後用深紅色的花做爲畢安琪的背景。你瞧深紅色的還在旁邊，不是嗎？今天是六月了嗎？」她狂熱的眼神迫切地盯著他，並把手抓得更緊了。

「還不算是。國殤日（Memorial Day）[22]在下禮拜六。」

「噢，我還非常清楚地記得我們拿到那棵傻植物的那天。熱啊！我們開車去紐約市，把它從船上接下來，放在派克德卡車的後座，就像接待我們最親愛的姑媽似的。花種在一個裝滿土的大型藍色木製盆子裡。英國只有一間苗圃有這種花，光是船運費就花了我們兩百塊美元。有個人每天下到貨倉來給它澆水。當天眞是熱啊！還有經過澤西市和特雷登的交通也糟透了，而這個像皮包骨的灌木叢卻安坐在後座的那只藍色盆子裡，彷彿是位統管一塊領地的王子！那時還沒有任何高速公路，所以開車到紐約市足足要六個小時。雖然正逢經濟大蕭條的中期，看起來卻像是每個人都擁有車子似的。我們通過伯林頓德而抵達了德拉瓦州（Delaware）。這是在世界大戰前的事了。我不認爲當我說到『戰爭』時你會眞的知道我在指哪一場。你或許會認爲唯有韓戰那檔子事才叫戰爭。」

「不，我認爲『戰爭』是指第二次世界大戰。」

「我也是、我也是！你眞的還記得它嗎？」

㉒美國國定假日；紀念美國戰士陣亡（包括在南北戰爭及第一與第二次世界大戰傷亡的將士們）的日子。原名叫做Decoration Day：於一八六八年五月五日由約翰・羅根（John Logan）將軍以第十一號將軍命令發布，並第一次正式舉行慶祝典禮，在同年五月三十日舉行第一次的紀念活動；但南方並未一起慶祝而選擇了別天；直到第一次世界大戰後才一起慶祝。一八八二年Decoration Day正式改名爲Memorial Day；一九七一年Memorial Day正式成爲全國性假日且定於每年五月最後一個禮拜一。今天國殤日已經非正式的成爲美國人用來標示夏季到來的假日；這天是一個紀念所有爲了保衛國家而犧牲生命或是作戰失蹤的男女；同時也是個感謝所有從戰場上活著回來的軍人們的日子。

「當然囉。我的意思是，那時候的我也不小了。我還把錫罐壓扁來賣，然後去買戰爭郵票，我們還在小學裡得了獎。」

「我們的孩子戰死在戰場上。」

「啊，我很遺憾。」

「噢，他有點年紀了，有點年紀了。他那時候已經快四十了。他們馬上把他追封爲軍官。」

「可是──」

「我知道。你以爲只有年輕的士兵會戰死沙場。」

「是啊，沒錯。」

「這場戰打得不錯，不像第一次大戰。我們應該獲勝，還好我們的確獲勝了。反正戰爭都令人討厭，可是那一次至少是我們贏，也就算差強人意。」她又用手杖指著那株粉紅色的植物。「我們從船塢回來的那天都已經是夏末了，它當然沒有開花，所以對我來說這麼大費周章看起來眞是愚蠢，讓它坐在後座像個──」她知道自己已經說過這些話，所以猶豫了一下，但還是繼續說道「──像個一國的王子。」在史密斯太太近乎透徹的藍色雙眼裡，有一種細微的銳利神情透露了出來；望向哈利的她，想看看對方是否有在嘲笑她的老糊塗。看不出什麼的她，猛然厲聲說道：「它可是唯一的一株呢！」

「唯一的一株畢安琪？」

「是啊！沒錯！在美國境內找不到第二株了。從金門大橋到——不管你到哪裡——到布魯克林大橋吧，我想他們是這麼說的：都找不到其它這麼純正的粉紅杜鵑了；全美國最純正的粉紅就在這裡，在我們眼前哪。以前有一位來自蘭開斯特的花匠剪了一些枝條回去插枝，但是全死光了；可能是被石灰悶死的。蠢蛋一個，還是個希臘人呢！」

老婦人用力抓住哈利的手臂，加快步伐，可惜走得很吃力。艷陽高照，或許她覺得需要進屋子休息。蜜蜂在樹叢間飛舞；鳥兒不知躲在哪裡嘰嘰喳喳地吵個不停。綠葉取代了花海，從那幾道綠色的牆上傳來微微辛辣的氣息。楓樹、白楊樹、橡樹、榆樹與七葉樹組成一座稀疏的小樹林，沿著遠處莊園的界線濃疏不等地分佈。在這個小樹叢跟草皮之間的潮溼樹蔭下，杜鵑花仍然在奮力綻放，但在草皮中央沒有遮蔽的那些則是花瓣凋零，蒼白而整齊地飄落在邊緣的小徑旁。「我不喜歡這樣，我不喜歡這樣，」史密斯太太說道，蹣跚地跟兔子走過那盛期已過的花叢旁。「我很欣賞這種美，但是我依舊寧可種些紫花苜蓿。有個女人——我也不明白爲什麼這件事會讓我這麼困擾——哈利過去常邀請街坊鄰居在我們花園的盛開期間來這兒參觀。他在很多地方都還像個小孩。有個女人，叫福斯特太太，就住在山坡下的磚造小屋裡，百葉窗上還攀著一隻金屬貓。她把口紅塗得很厚，幾乎就快塗到鼻子上了，老是一成不變地轉過頭來對著我說著——她學一種超甜美的腔調，裡頭透露著不懷好意，讓她整個身子都扭動了起來——『史密斯太太啊，天堂一定就是這個樣子！』有一年，因爲我實在再也無法忍耐下去了，我就這樣跟她說：『是喔，假如要我每個禮拜天開六個小時車在聖約翰大教堂間奔波，只爲了要再一次沉浸在杜鵑花海裡，那我會乾脆省了這趟路，因爲我才不想去呢！』你說：一個老女人說出這種大逆不道的話，會不會很可怕呢？」

「噢，我也不曉得——」

「對這個可憐的女人說這種話，她其實也是挺有禮貌的，不是嗎？當然囉，她的腦子還沒一顆豆子大；還把自己的臉塗得像個傻瓜一樣，裝年輕嘛。她現在已經過世了，可憐的人，阿爾瑪·福斯特兩三年前的冬天過世了。現在她已經知道眞理，而我卻還沒有。」

「或許她眼中的杜鵑花就像妳的紫花苜蓿一樣。」

「嘿！啊哈！沒錯！沒錯！你知道嗎，安格斯壯先生，我眞是太高興了——」她突然停下兩人的腳步，笨拙地撫摸起兔子的前臂。在陽光下，她那翹起那曬成棕褐色的小臉仰望著他；而潛藏在她眼底深處的，則有年輕女子賣弄風騷式的流轉眼波，但卻又閃爍著一絲獨屬於老人才有的精明，這種混合的神情把他搞得坐立難安。他感覺到有一股貫穿自己的力道，而正是這股力量才把史密斯先生趕進這些沒有大腦的花叢裡。老婦人結論道：「你跟我，我倆的想法很像，不是嗎？不是嗎？」

※

「你混得不錯嘛，不是嗎？」露絲問起哈利。

他們在國殤日放假的下午，一起來到布魯爾市西區的公立游泳池。她本來對於要穿上泳衣這回事顯得不自在，但是當她從更衣室走出來時，整體的感覺卻讓人眼睛一亮：那頂泳帽讓她的頭看起來變小了，而她的肩膀又圓又寬地擺動著。站在水裡的露絲被水淹到大腿處，這使得她像一座切割下來的雕像。她輕輕鬆鬆地游動著，結實的雙腿慢慢踢著水，白淨的雙臂划舉著，臀部與背部則在搖曳的綠水裡閃爍出黑色的光芒。有一次她停止滑水讓身體漂浮，並將臉埋進水裡靜止不動，那份沉靜的危險讓兔子的心跳加速；接著她用臀部的浮力幫助自己破水而出，一座渾圓的黑島就此在眼前閃耀，清晰的影像突然像台壞掉的電視機般地自水中搖晃而出——這結實的一幕讓他的心洋洋得意，一種君臨天下的涼爽愜意振奮了他的全身。她是他的，沒錯，這個女人是他的，他就跟露絲沉浸的水一樣地了解她，他也曾像水一樣地流遍過她的全身的每一處肌膚。仰泳時的露絲，胸前被不斷波動、冒泡的水流注入她的罩杯，撫漫過她裡頭的渾圓胸脯；而她隱藏在水下的身材弧線緊繃著；她閉上眼睛，盲目前進。兩個瘦瘦的男孩在池邊淺水處戲水，看見她的頭迎面朝來，趕緊濺起水花後向兩旁閃開。她的手臂向後一掃，碰著了其中一個少年，便張目醒來，蹲坐在水中微笑著；泳池擁擠，水波起伏不定，她的手臂柔軟地在其中擺動，以便能維持身體的平衡。空氣中有股氯氣的味道。乾淨，眞乾淨，兔子終於知道什麼叫做乾淨的感受。所有碰觸到你的，沒有一個元素不成爲你自己的一部分，這就是乾淨。

此時的露絲在水裡游泳，他則呆坐在草地跟空氣裡——因爲他不諳水性，溼對他來說等同於冷。既然泡過了水，他寧可坐在磁磚邊緣泡著他的腳，想像他身後有些高中女生正在欣賞他寬廣背脊上展示的肌肉線條；轉動肩膀的哈利，感覺整個身子在陽光下伸展皮膚。然後露絲涉水走到池邊，那裡的水很淺，池底格紋狀的圖案都映射到水面上來了。她爬上小階梯，身上的水珠像一串串淺綠色的葡萄滴落。他於是爬回到他倆的毯子躺下，等著她朝自己走來。只見她頃刻間已經站在他的上頭，那模樣像是跨坐在天空上，掩蓋在大腿內側高處的迷人體毛，在被水打旋黏成一團後就露了些微出來。她扯下泳帽，放開頭髮，彎下身取了毛巾；而水從她背部順著肩膀的弧度滴下來。他注視著她擦乾手臂，一股草的味道被那毯子帶了過來，四周的呼喊聲振動了一如水晶般透明的空氣。她閉上眼睛躺在兔子身旁，悠閒地沉浸在陽光裡。露絲的臉這麼靠近，看起來是一片片美好平滑的肌膚所組成，被水洗得乾淨無色，只是增添了一些礦物質黃色光澤的份量，彷彿是那種從採石場直接載運到廟宇的純淨礦石才會有的那種份量。露絲像座雕像，她說的話也有同樣的份量，就好像被巨大輪子推到他耳朵的門廊，又像無聲的硬幣在光線下不停旋轉。她說了：「你混得不錯嘛！」

「怎麼說？」

「噢——」從她嘴裡說出口的話似乎有點停頓；他看到嘴唇在動，跟著聽到「——看看你擁有的東西：你每個禮拜都跟艾克斯去打高爾夫，他讓你的妻子沒有辦法找你麻煩；你得到那些花，還讓史密斯太太喜歡上了你。此外，你還有我。」

「妳認爲，史密斯太太，眞的喜歡我嗎？」

「我所有的資訊都是聽你說的。你說她是。」

「不是吧，我從來沒有眞的那麼說。我有嗎？」

她懶得答覆他。女人那張臉在他昏昏沉沉的滿足感中被放得更大；而一如白色粉筆的日光正將她曬紅的肌膚照的發亮。

哈利重複問道：「我有嗎？」，還一邊用力地捏著她的手臂。他不是故意這麼用力的；但在碰觸她肌膚時，有些莫名的事情惹毛了他：是露絲給人那種悶悶不樂的感覺吧！

「嗚，你這個王八蛋！」

她罵歸罵，還是躺在那裡，試著把注意力多放在陽光上而不是身旁的男人。哈利用一隻手肘把自己撐起來，從露絲靜止的身軀上頭掃瞄過去，看見泳池那邊有兩個十六歲左右更輕盈的女孩身影——她們站著吸鋁箔包裝的橘子果汁。其中一位穿著白色無肩帶的少女在吐掉吸管後、抬頭偷看著他，一道棕褐色的目光射來；她那雙皮包骨的腳就跟黑人膚色一樣黑，骨瘦如柴的髖骨突起在她扁平的腹部兩側。

「喔，全世界都喜歡上了你，」露絲突然說道，「我驚訝的是，到底是爲什麼？」

「因爲我很可愛啊！」他說道。

「我是指爲什麼偏偏是你。你到底有什麼過人之處？」

「因爲我是聖人，」他說道，「我給人信心。」艾克斯先前跟他這麼說過。有那麼一次，還伴隨著笑聲——也許他是故意嘲弄兔子吧！你永遠搞不懂艾克斯眞正想表達的意義是什麼；你必須根據自己的需要去解讀。但哈利自此把這句話銘記在心；他自己可絕對想不出這種話來。他不太去想自己給過別人什麼東西。

「你給我痛苦。」

「好吧，我眞該死。」眞不公平，虧他剛剛還這麼崇拜在泳池裡舞動的她，而且還這麼深愛著她。

「到底是什麼讓你認爲你可以不勞而獲？」

「妳在抱怨什麼？我可是養著妳呢！」

「鬼才相信。我自己有一份工作。」這是事實。就在他跑去幫史密斯太太工作後不久，露絲也找了個速記員的工作——在一家於布魯爾市設立分處的保險公司。是他要求她去接下這份工作的；但一想到她每天下午的時光都在獨自度過，他就感到不安。她說她從來沒有喜歡過這份工作；這一點他無法那麼肯定。兔子當初遇到她時，她也沒眞的吃過什麼苦。

「辭了吧，」他說道，「我不在乎。妳儘管坐在那裡讀一整天的偵探小說。我會養妳的。」

「你會養我的。假如你這麼偉大，爲什麼你不去養你的老婆？」

「我幹嘛要這麼做？她父親自然會養她。」

「你還眞爲自己的所作所爲沾沾自喜哪，這就是困擾我的地方。難道你都不曾想過你將會付出代價嗎？」她把目光正視哈利，眼睛因爲待過水裡而布滿血絲。她忽然伸出手遮住了自己雙眸。這對眼睛可不是他當時在停車計時器旁看到的那一雙，猶如兩個類似洋娃娃般地、平坦而蒼白的碟盤。愈往她水藍色眼珠子的深處探索，就愈會發覺它們的幽暗、深邃與富足；它們正對著他的直覺唱起眞諦的歌，這個舉動擾亂了他的心思。

感到眼睛一陣刺痛的露絲，馬上撇過頭去不讓眼淚留下來；她心裡頭想著：糟了！這就是她身體種種不好的徵兆之一，首先是愛哭！天啊，如果是在工作時，她就必須起身離開打字機，像跑百米一樣地衝進洗手間，躲在裡頭不斷地啜泣。她就站在那麼小的空間裡，看著馬桶、笑著自己，一直哭到胸口疼了起來。再來是嗜睡，天啊！吃完午餐回來之後，她唯一能做的就是睡一下覺，否則她可能隨時在公司走廊上躺下，就躺在莉莉・歐福跟和麗塔・費歐凡特中間鋪了油布的地板上，然後讓長著一雙賊眼的老洪尼從她身上跨過。還有容易餓！光中午她就得要吃上一杯冰淇淋蘇打外加一塊三明治；然後是一個甜甜圈搭配一杯咖啡；直到最後結帳處還要再多買一枝棒棒糖。自從與兔子在一起之後，她爲了他試著減重，而且也眞的瘦了六磅下來——至少某台磅秤量起來的結果是這樣的。對身邊這名男人而言，這樣就是所謂的富足了：能把情人按照他想要的方向來加以改變。但有鑑於他的愚蠢，哈利卻把她改造成另外一個模樣。儘管他溫文有禮，卻仍給人一種脅迫感。不管怎樣，他確實是溫文有禮，同時也是自己在有生之年遇到首位如此斯文的男子。妳終於覺得自己可以是爲了他而活著，而不只是貼在男人們骯髒腦子裡頭的某件東西。天啊，她曾經非常痛恨男人流著口水、頻頻竊笑的那種色胚行徑；不過直到她跟哈利做過愛後，她有點原諒了天底下所有的男性，畢竟他們只需要爲那個錯誤負一半的責任。他們就像她一直想要衝撞的一道牆，因爲她知道牆的另一頭的確有某些美好的東西存在。

是的。自從哈利進入她生活中後，那項東西就驀然現身，這使得任何之前發生的事情都變得非常虛幻。畢竟沒有任何人曾眞正傷害過她，或在她心中留下創傷之類的事；而且當她試著回想這一切，它有時卻似乎像發生在別人身上一樣。這些故事變得如此模糊，彷彿她把眼睛閉上般地模糊、可悲而急切。這些男人往往想要她做一些他們老婆不願配合的勾當、說些髒話、抱怨幾句，或是用嘴巴做那檔子事：說穿了就是口交。他們在自己那話兒上看到了什麼？它不會有多深吧，她也不知道。畢竟那不會比他們待在妳被叫做「蜜蜂」的胸部上還糟，所以她爲什麼不大方點呢？第一次是哈里遜，反正當時喝個爛醉；直到隔天醒來時她還在猜測，昨晚自己嘴巴裡頭嚐到的究竟是啥味道？但也只不過像是小孩似地在疑神疑鬼：哪有什麼味道，它就跟喝下海水的滋味差不多而已。只不過做這些事會比男人們想像中的還要再辛苦些——女人在床上付出的努力總是比男人知曉的更辛苦。同時眞相是：男人企盼被崇拜；他們眞的很需要被人肯定。所以有關吹簫及交合這些事本身並沒有那麼醜陋，反倒是男人自己習慣把它們想成是如此低俗的舉動。讀高中時的露絲發覺了這點後深感詫異：男孩子們對這檔子事顯得如此羞愧；但一旦妳觸碰了他們的勃起，他們又會表現出無比地感激；更有甚者，妳願意這樣寶貝男人命根子的消息很快地就在學校間傳開了。這些男生是怎麼想的，難道他們是怪物嗎？假如能夠先想一下，他們或許就會知道，其實身爲異性的妳也同樣對男人的性徵充滿好奇：妳喜歡他們那裡所帶來陌生又奇特的感覺，一如他們喜歡妳軀體上獨有的女性美。何況男人那根東西的模樣，實在也沒比女人下頭的那片陰唇長得差多少：都是紅紅的、皺皺的罷了。我的天啊，說穿了它到底是什麼？也沒什麼了不起吧！這就是她偉大的發現：成熟男人的那話兒根本沒啥特別的地方，看起來活像個黏上去的物件，就足以讓世間男人自以爲是國王了！而妳若能順著他們的王道走下去，事情可能發展得很好、或者差強人意，反正妳就和他們成了一國的，跟其他那些體育館內打曲棍球時在她身旁跑來跑去的少女相抗衡。那些小妮子看起來活似乳牛，身上的藍色制服與娃娃裝雷同——那些衣服她十二歲後就不肯再穿了，還因此被學校記過。天啊，她眞痛恨其中的一些女孩子，以及她們那些當承包商或是藥商、有錢有勢的父親。不過每到晚上，她就扳回一城，盡情體驗她們所沒有經歷過的爽快經驗，這讓她能像個女王般地活在世上。

唉，其實陪男人陪多了後也變不出啥新奇把戲。妳甚至不需要主動脫衣，只要透過衣料稍微地摩擦，然後當妳的嘴裡還充溢晚餐時漢堡的洋蔥滋味，車子的引擎也還沒冷卻、發出滴答聲響時，身上的所有衣物就會被男人脫得精光。他們不可能有什麼浪漫的念頭，在那一刻間男人心裡唯一在乎的就是妳；「女人」就是他們滿腦子所想的。有時候光是法式接吻，就跟她曾體驗過的那種親吻差了十萬八千里：溼溼滑滑的舌頭，沒有人有辦法呼吸，但是突然間妳從他們舌頭先變硬、嘴巴張開又放鬆閉上、然後舌頭滑走的樣子中，就知道一切已經結束了。接下來男人們不會再用力推擠著妳；倘若妳想要原本的洋裝乾乾淨淨的話，最好趁此時趕快後退。他們把她的名字寫在廁所牆壁上；她因而成了學校裡傳唱的歌曲。這件事是亞力用很溫柔的口吻跟她說的；不過她跟亞力之間也經過一段甜蜜的時光。有一次放學後，太陽還沒下山，他們開車沿著鄉間小路，接上一條老巷子，到了一處地上覆蓋有大量樹葉的地方；從那裡能夠遠遠地、模糊地看到賈基山麓，還有依著山勢建造的城鎮。他就把頭枕在她的大腿上、撩起她的毛衣、脫下她的胸罩，做起一系列像是嬰兒般地溫柔動作——她當時的「蜜蜂」（是誰把它們叫做「蜜蜂」的？絕不是亞力！）還比較渾圓、堅挺，而且敏感。於是男孩子迫不及待、用他滿是口水的嘴巴興奮地在露絲全身亂吻一通。那天風和日麗，他們頭頂上的鳥兒亦發出聽起來頗為美好的吱喳和聲。之後亞力卻把這件事洩露出去；他一定是忍不住才說的；她原諒了他，但她也因此學乖了。她開始試著跟一些年紀大的男人交往；她有錯嗎？就算她眞的有錯，但是有何不可呢？「有何不可呢？」這類的疑問直到現在仍然存在。到底她是不是犯錯了，她光只是這樣想想就感覺很疲倦。躺在那裡的露絲，由於游泳而造成全身溼透，闔上雙眸後她看到眼前一片紅色。她一方面想著自己是不是做錯了；一方面則盡力把焦點從眼前那片紅色移開。不過她是聰明的：跟那些年輕大男孩上床是因爲他們好看；而跟那些年紀大的中老年男人交歡則是因爲他們在床上較不猴急。不過天哪，有些混球，妳會想告訴他們以後連做夢都別想碰自己一下；他們竟然以爲自己那一點小小的貢獻是世界上最偉大的事情，也是別人永遠跨越不了的成就。

可是眼前的這名男子，還眞是個怪胎——她不知道他到底擁有什麼。在男人當中，兔子算是長得挺漂亮的；他性情溫和、沒有割過包皮；他躺著時柔軟濃密的陰毛，一下子就能成爲天使的劍柄，跟她下半身的陰道緊密結合。但一談到他的特殊之處，不光是吹噓他的性能力，也非因為他難得的孩子氣：哈利買給她幾面羚羊皮鼓，還常說些甜言蜜語來哄她；更要緊的是，因爲他對自己產生了一種可笑的力量：當他們在燕好時，她覺得自己能跟他無拘無束地緊挨在一塊──這肯定就是那種感覺了；那一定就是她冥冥之中在追求的價值：可以跟一個男人自由自在地共享親密時光。天啊，遇見他的那夜、當哈利用一種驕傲的口氣跟她說了聲「嘿！」時，她就一點也不介意或許她需要彎到他身下，讓這個男人體會那話兒被女人吸吮的狂喜滋味，雖然她其實覺得身爲女人的自己還是必須對這回事在乎的。從那時起，她就原諒了與自己交往過的所有男人。兔子的臉跟他們的臉都聚集成恐怖的一團，然後她感到自己正不斷地往下跌落，跌進一個比她原先待著多年的地方更好的居所。不過兩人關係演變到後來卻成了：比起別的男人他也沒啥不同嘛！心情不佳時就纏著妳，硬要當起妳的大情聖；等到自己狀態變好了，他就轉身過去思索其它事。男人跟女人不同──他們並不一定要靠那種相依偎的感覺過活。於是兩人做愛的速度就會愈做愈快，最後竟變成一種習慣。如今等到他感到、或是她直接告訴他已經到達高潮以後，他就會匆匆敷衍了事。

再來露絲可以只是躺在床上，好像在傾聽，那種感覺讓人很舒緩而平靜；但是接下來她就睡不著了。有幾個晚上哈利想讓她興奮起來，可惜她就是睡眼惺忪、全身沉重，下體展現不出任何性慾；另外有些日子她則只想衝動地把他推開、用力搖著他並大聲喊道：「我不行啦，你這白痴，你不知道你要當爸爸了嘛！」不過不行；她不能告訴他這個消息，她明白自己只要說出一個字，兩人的關係就完了；這畢竟只是她第一個經期，而下一個應該明天就會來了；也或許她眞的會懷孕，然後她就將失去兔子，再次變得一無所有。這眞是一團亂啊！她不確定有了孩子會讓她多快樂。但至少這樣子證明她是有所作爲的，她確實乖乖遵守身旁男人的指示——把體內的避孕器卸除掉。天啊，她甚至不確定自己該不該要這個孩子——因爲從哈利平常的言行舉止、以及跟他打死也不要隨隨便便找個脫衣舞孃上床，反倒要跟名乾淨良家婦女交歡的選擇性看來，他可能會要這個生命的。她甚至也不知道自己是不是曾故意躺在男人的懷裡睡著，才導致這次懷孕，只是爲了要表現給那個自鳴得意的混球看看，傳達自己也是位規矩好女人的訊息。

兔子這個人就是這樣，完全不在乎露絲得趁他熟睡時起身，慢慢地踏進冰冷的浴室，去獨自進行完事後具有亡羊補牢性質的避孕措施——只要別讓他看到什麼、或是叫他做些什麼就好。他就是這種不負責任的男人：只顧自私地活在自己的世界，拒絕去考慮任何事情的後果。假如跟他提起她體內棒棒糖狀的避孕器、以及她常想睡覺這回事，他大概會被嚇死，然後又會逃開，連同他帶給她過的美好而乾淨的東西、他可愛的小上帝，還有他親切的、每個週二都要一同打高爾夫球的小牧師朋友都會消失無蹤。有關這名牧師最令人驚奇的部份在於：兔子以前至少還知道自己犯了錯，現在他竟自以爲是耶穌基督現身；只要能夠讓他爲所欲爲，他就將要拯救世界。我眞希望能攔住主教還是誰都行，跟他說在其手下任職的這名牧師是個禍害。他在可憐的兔子腦海裡塡滿一些遙不可及的想法，甚至直到此刻哈利還會用溫柔、過於自負的聲音在她耳邊回答問題，配起散慢、飄忽、以及自以爲是的可笑作風——這眞把她氣得想哭，而淚水果眞就簌簌地流下來。

「我告訴妳，」哈利的嗓音響起：「我從珍妮絲那兒逃開時，發現了件有趣的事情。」她的淚水已經在眼框裡打轉了，鹹鹹的池水被封印在自己的嘴裡。「如果你有膽量做自己的話，」他得意地說道：「別人會爲你付出代價的。」

※

跟那些難纏的教民保持聯絡就能讓艾克斯吃足口頭；至少一想到要去見那些人，他更會覺得苦不堪言。不過通常想像總比現實來得糟糕：現實是上帝管的；而人若眞的跑到面前，你終究還是可以忍受下來。哈利妻子——珍妮絲——的母親，也就是史賓格太太，是個臃腫、黝黑、骨架小的女性，帶有一張吉普賽人式的臉孔。這一對母女都散放出一種詭異的氣息；但在媽媽身上，那種讓別人不安的能力已經成爲穩定的天賦，完全跟中產階級的生活策略相吻合。至於女兒在這方面的能力還很浮動，不僅沒有什麼作爲，還會使得自己跟別人面臨相同的危險。所以一旦曉得珍妮絲外出了，牧師大大地鬆了口氣；她若在場、會令他莫名的罪惡感油然而生。她跟高中同學佛斯納徹太太前去布魯爾市區看日場的「熱情如火（Some Like It Hot）㉓」；而兩

㉓於一九五九年上映的電影，由比利．懷德執導、瑪麗蓮夢露主演，被喻爲美國影史上最重要的電影之一。劇情講述在一九二九年，動盪的芝加哥時常有強盜集團的騷擾。在樂團工作的喬和傑利，因在偶然的機會中目擊盜匪史巴克的手下在車庫內射殺了告密者，而被匪徒窮追不捨：正好有一支女性樂團在徵求團員，於是二人便男扮女裝加入，隨之抵達邁阿密才躲過追殺。本片將美國禁酒時代的匪黨鬥爭用戲劇化方式呈現，亦是導演將才華發揮到淋漓盡致的上乘喜劇作品。

人的兒子此時都待在史賓格家的後院草坪上。

史賓格太太引領他進屋，他倆共同走到一個裝了紗窗的長廊裡；在那裡談話她便可以同時盯著小孩。她住所的裝潢看起來很貴卻也很紊亂無序；其中每個房間，似乎都比它實際需要的再多擺放一張安樂椅。要從前門走到這幢房子的後頭，他們得經過一條蜿蜒的路線，同時穿越許多被塞滿雜物的內室。慢慢地帶著艾克斯前進的中年婦人，兩隻腳踝都綁著彈性繃帶。由於腳痛的緣故，她每一個步伐都很小，這讓他不知不覺中產生了對方的臀部也被石膏固定著的幻覺。她輕柔地放低身子，坐進門廊上吊椅的中央坐墊；同時間她踢了踢腳，吊椅於是在發出「嘎——」的尖響後，把她整個人順利地支撐起來，女主人的這般舉動著實嚇了牧師一跳。這個動作似乎是一種快樂的表現；史賓格太太光滑蒼白的小腿伸得直直的，而且輕微搖晃的吊椅，有時候能把她穿著馬鞍鞋的雙足呈現騰空的狀態。那雙鞋子已經裂開變圓，好像被放在一個潮溼的盆子裡旋轉過許多年。牧師則坐在一張由鋁跟塑膠精巧接合而成的草坪座椅上；從身旁的紗門看出去，他可以看見尼爾森．安格斯壯，正與比他年紀稍長的佛斯納徹家小哥哥一起在太陽下玩著有鞦韆、滑梯和沙池的遊戲組。他曾經訂購過一組這類型的玩具：寄來時全部都是散裝的零件，被放置在長方形的厚紙箱裡；後來他卻慚愧地發現自己無法把它們組合起來；到頭來還得靠一位耳朵重聽，名爲亨利的教堂老司事，來幫他完成這項任務。

「很高興能再見到你，」史賓格太太說道：「距離你上次到這兒來訪已經過了一段很長的時間了吧？」

「只有三個禮拜，不是嗎？」他回道。椅子緊緊壓著他的背，他把腳跟勾住底部的那根橫桿，以免這張椅子會自動朝內摺攏起來。「最近很忙，堅信禮班跟青年團決定今年要組一支壘球隊；還有我得處理教區內的一些葬禮。」根據先前跟這位女士接觸過的幾次經驗，尚未能讓艾克斯對她心生歉疚。身爲中產階層的她，居然擁有這麼大的一棟房子，這點對他一貫貴族式的社會階級觀念而言是一種冒犯；假如她的住所能狹小、簡約一些，他將更喜愛她，而她也會更容易相處。

「是啊，用全世界來換，我也不要你那份工作。」

「大部分的時間我都是樂在其中。」

「他們也是這樣跟我說的。他們說你就快要成爲一位了不起的職業高爾夫球手了。」

喔，我的老天。他認爲當史賓格太太這麼說時，心情其實是很放鬆的。牧師幻想了一下，想像他倆身處在一棟破舊斑駁的房子的門廊上，而對方是位歷經滄桑，老公在工廠做工的胖婦女，並且已經學會了對人生的發展逆來順受。因爲眼前的中年婦人看起來就是這副德性；那也是她很容易扮演的角色。弗瑞德．史賓格（Fred Springer）娶她時，也許還沒有她女兒婚禮上的準女婿哈利那般體面吧！他試著回想起四年前的哈利，一張漂亮像樣的照片便在腦海中浮現：高大、英俊、求學時期名氣響亮、聰明反應快——根本就是大夥眼中的天之驕子。他那種充滿自信的模樣，必定特別吸引了珍妮絲。於是「達味與米加耳㉔：請勿彼此欺騙……」結婚的誓言在他眼中一閃而過。艾克斯抓了抓額頭說道：「跟某人去打高爾夫，是認識那個傢伙很好的方式。那也是我正在嘗試去做的，妳知道的——眞正認識一個人。我認爲除非你能由衷了解那個人，否則是沒法子把他引到基督那裡的。」

「好吧，那你現在知道我女婿身上有什麼是我不了解的部份？」

「其中之一，他是個好人。」

「好在哪裡？」

「一定要好在什麼地方才叫好嗎？」艾克斯想了想回應：「是的，我想應該是那樣吧。」

「尼爾森！馬上給我停止那個動作。」坐在吊椅上的史賓格太太突然僵直身子，可是並未起身去看看那孩子爲什麼在哭；坐在紗門側的艾克斯可就看得很清楚了。佛斯納徹家的男孩站在鞦韆旁，手上拿著兩台紅色的塑膠玩具卡車；而矮了幾吋的小安格斯壯則張開手掌，不停地拍打著那個小哥哥的前胸，不過他也沒膽量往前踏一步、眞的用力去揍對方。小佛斯納徹就穩穩地站著，一臉刀槍不入的愚蠢表情令人抓狂；他低頭凝望著安格斯壯家的小弟弟揮打在自己身上的手、跟一張扭曲的臉，卻沒露出一絲絲滿意與否的神情；他簡直是個眞正的科學家，不帶任何情緒地佇足在原地觀察起他的實驗。珍妮絲母親此時轉爲狂暴而嚴厲的嗓音，正從紗門穿透了出去：「我叫你不要在那裡大哭大鬧，聽到了沒有？」

尼爾森把小臉轉過來面向走廊這頭，嘗試跟外婆解釋著：「皮利有——皮利——」光試圖描述這種不公平便給了他無人可擋的力量，彷彿有人從背後推一把，小男生向前移動了幾步，用力揮掌打在眼前這名小偷玩伴的胸膛；可惜換來對方輕輕的一推後，尼爾森整個人反而跌坐地面。接著他趴在草地上滾來滾去，亂踢的動作讓他在地上自轉個不停。艾克斯的心彷彿也隨著這個孩子的身體扭曲了起來；他很清楚被人冤枉的那股悲憤力道、心田升起那種不惜跟它一戰的想法；但每一拳揮空後就把體內更多的空氣抽離而去，直到整個血肉之軀必須在一座眞空的宇宙當中爆發開來爲止。

「那孩子搶走了他的玩具，」他告訴史賓格太太。

「就讓他去要回他自己的玩具，」她說道，「他必須學會這點。不能每次都靠我站起這雙腳，跑到院子外頭去處理他的事情；他們整個下午都是這種相處模式。」

「比利，」那較大的孩子驀然抬起頭，驚訝地把眼光朝向發出聲音的這名男人。「把東西

㉔編者按：此處原文爲「David and Michal: Defraud ye not one the other...」，作者出典於聖經《撒慕爾紀》上、下卷達味（David）王與皇后米加耳（Michal）的故事。

昔年達味在耶路撒冷城撒烏耳（Saul）國王手下領兵時，由於功勳彪炳而遭君忌；撒烏耳王遂提出讓達味迎娶女兒米加耳的邀請，但條件是達味必須殺一百名當時與以色列爲敵的培肋舍特（Philistine）士兵作爲交換；孰料驍勇過人的達味竟斬殺了兩百名敵軍。撒烏耳王不情願的將女兒下嫁後，仍想找機會將這位功高震主的戰士除之後快；最後在一次軍事肅清行動中，達味逃出耶路撒冷城、流亡曠野，但卻將米加耳留在城內。此後達味於輾轉逃亡途中，加封其他女子爲妃，直到最後撒烏耳王歸天後方重返赫貝龍登基。而後來在迎接「約櫃（具神示意義的法櫃）」進入達味城的過程中，米加耳有嘲諷達味的言談舉動；兩人之間的感情至此降至冰點，而米加耳終其一生皆未生兒育女。

作者讓艾克斯牧師此處提到這兩個名字，有暗指兔子與珍妮絲之間的處境與達味跟米加耳相契合之意。上述故事中相關人、地譯名，參考思高聖經學會於西元兩千年所出版之聖經千禧年版。

件頭上。

被牧師大人說服了的大男孩，於是走了過去，笨頭笨腦地把玩具丟回他那還在啼哭不止的小玩還給他。」比利對於這個情勢的新發展思考半晌，態度依舊是猶豫不決。「請你現在還他。」

被東西砸到頭的新疼痛讓尼爾森再次放聲大哭，不過一旦看到掉在自己臉頰旁邊草地上的玩具卡車，就立即止住了啼哭。他花了點時間才弄懂造成他痛苦的原因已經消除；但又得隔好一陣子後，他才懂得把體內波濤起伏的情緒控制住。當小男孩又開始繞著庭院各個角落奔跑時，他那響亮的乾喘聲，似乎把修剪過的大草地與陽光都高高舉起。有一隻不斷撞擊紗門的黃蜂正朝著下方飛翔，而艾克斯坐著的那張鋁椅也差點翻倒；看來這整個瘋狂的世界，亦同時參與了尼爾森重新自我調適的過程。

「我不懂爲什麼這個小男孩如此軟弱，」史賓格太太說道，「啊！或許我知道。」她狡猾地補了這一句，這讓艾克斯覺得很厭惡問道：「爲什麼呢？」

中年婦人掀了掀眼皮下那片像得了肝病的黃疸眼白，並把嘴角往下一沉，眉頭深鎖，一副要批評什麼的表情。「也對啦，有其父必有其子吧——被寵壞了。他一直被照顧得太好，認爲全世界都虧欠他想要的東西。」

「這不過是另外那個孩子的錯；尼爾森只是要拿回原本屬於他的東西罷了。」

「是啊，我想你也是這麼看待他爸爸吧，把所有的錯都算在珍妮絲身上。」當她說起「珍妮絲」三個字時，讓艾克斯心裡頭那個楚楚可憐的形象似乎變得更具體、更珍貴、也更重要。

他不禁想：倘若一開始不是站在另一邊，那麼在他的眼中，她是否眞的沒有犯過什麼錯呢？

「不，我不會這麼認爲，」他說道，「我認爲哈利的所做所爲百分百缺乏正當性。不過儘管如此，他會這麼做是有其背後的原因，而且其中絕對有妳女兒原先可以掌控得住的部份。在我的教會裡，我相信大家都是負有責任的生命體，必須爲自己、爲彼此負起責任。」這些話講得口沫橫飛，可是他嘴裡卻布滿了乾澀的味道；他希望對方能倒一些飲料給他喝喝。春天漸漸變熱了。

老吉普賽女人聽出他語氣裡的猶疑，「說得容易，」她說道：「若一個出身高貴、懷了九個月身孕的年輕女子，她的丈夫卻還在此刻跟著一隻蝙蝠私奔離家到好幾哩遠之處，然後鎮上每個人都認爲這是有史以來最可笑的事，而我卻還不知道這一切究竟是爲了什麼，那麼，想要有你這種充滿體諒的看法就不會如此容易了。」從她口中冒出的「蝙蝠」一字射向空中，與一隻眞的一般，又黑又快。

「沒有人認爲這是可笑的事情，史賓格太太。」

「那是因爲你沒聽到我得知的那些話。你沒看見街坊鄰居在背後竊竊私語的訕笑。怎麼說呢？有個婦人前些日子還假好心地跟我說：假如她留不住她丈夫，那她就沒有權利去管他。她竟然有膽量在我面前邊說邊笑，我當場差點就想把她掐死。我跟她說：『男人也有責任，一個巴掌拍不響——事情絕非全都是某個人這邊的問題。』就是這種女性讓男人有這樣的想法，認爲這整個世界只是用來滿足他們的快樂。而從你的行爲舉止來看，你至少也對這種說法有一半程度的信仰。好吧，假如社會上充滿了像哈利・安格斯壯這樣的男人，那你認爲他們還會需要你的教堂多久？」

史賓格太太說畢後就坐起身子，眼眶裡懸著眼淚。她提高的音調，猶如一把銼刀刮傷了艾克斯的臉龐；讓他感到自己的雙頰傷痕累累。她剛剛提到圍繞著這整件事情的訕笑和流言蜚語，此時亦成爲一個包圍著自己的可怕現實。彷彿在禮拜天早上十一點半當他登上講壇的當頭，經文從他的心中飛走、筆記也溶化成廢話；可是教堂底下仍有上百張臉孔在望向自己，這樣的場景讓他憂慮不已。艾克斯摸索了整個記憶後勉強回應道：「我認爲哈利在某些方面是個特例。」

「呵，他唯一的特別之處在於：他根本不關心自己傷害了誰或把別人傷得多重。艾克斯牧師啊，我無意冒犯；而且我也確信在你有多麼忙碌的情況下你已經盡了全力。但老實說，我還眞希望這整件事情發生的當晚我是先報警，更何況這也是我原先打算要做的。」

這句話聽在艾克斯耳裡，好像是老婦人也想叫警察來把自己逮捕起來。爲什麼不呢？當他穿戴起唯有神職人員才有的白色衣領時，上帝的名字就自然而然地嵌入了他所佈道的每個文字中。他從他該教導的那些孩童身上偷取了信仰；他謀殺那些眞的前來聽他喋喋不休之人們的信心。主日學的敬拜依著節奏進行，但每一步他都犯了錯，裝腔作勢地說著「天上的父」，艾克斯明白他其實正試圖討好的、而且也是他有生以來一直在盡力討好的眞正「父親」，是他那位抽著雪茄的爸爸。他只能勉強開口問道：「但警察能做什麼呢？」

「我不知道，但我想會比只是打打高爾夫球來得多。」

「我十分確信他會回來。」

「你這麼說已經有兩個月了。」

「我依舊還是如此相信。」但眞相是否定的，他才不相信任何事情。糟糕的是：史賓格太太似乎能從他的臉上讀出這個想法，兩人之間頓時陷入了一片寂靜。

「你能不能，」不過她的聲音改變了；像在懇求──「幫我把角落那個凳子遞過來？我必須把我的腳抬高。」

正在眨眼的艾克斯，眼皮像是刮到了什麼東西似的，整個頭也昏沉不已。自恍惚中他振作起精神，把凳子拿來給眼前的婦人。這名婦人將套著孩童那種綠色短襪的寬廣外脛骨，輕輕地舉高一些，好讓他能把凳子放在自己腳跟下。當他彎起腰來爲史賓格太太做起這些舉動時，牧師覺得自己宛如傳教小冊子中畫像所描繪的耶穌基督，在替乞丐洗腳一樣；這樣神聖的念頭促使他渾身一振，彷彿獲得一股新生的力量。於是他在對方的前頭挺直身軀；老婦人則趁機把蓋在膝頭的裙子朝下拉一拉。

「謝謝，」她說道：「這眞是讓我舒服多啦！」

「我恐怕這是我所能給你的唯一幫助，」他簡簡單單地認了錯，一方面覺得這樣是可佩的，一方面也嘲笑自己居然只能這麼想。

「啊，」她嘆氣道，「我想沒有任何人能做得更多了。」

「不，會有一些事情可以做的。也許你想找警察是對的，或者至少是一位律師——我國的法律能提供妻子足夠的保護，妳爲什麼不去善用它呢？」

「我老公弗瑞德反對。」

「史賓格先生這麼說是很有道理的。我並非僅因爲公務上的原則才反對喔！法律能從哈利身上搾取出來的只是財務上的贍養費；但我不認爲錢是這件事的眞正重點。事實上從事發至今，我也從未確定過：錢曾是各位看待此事時的重點。」

「如果你的錢總是夠用，那麼說倒是很容易。」艾克斯不介意聽她自動吐露出這句評論，那比較像是出自於她的疲倦而非惡意；他肯定她會想要順這個話題討論下去。

「也許是吧。我不知道。無論如何，我所關心的——肯定也是每位親人與朋友所在乎的——是整件事情能朝向健康的發展。假如事情眞的有救，也一定是要哈利跟珍妮絲本人去採取行動。誠然如此。不管我們想要幫多少忙，不管我們在一旁做過多少努力，我們都是局外人。」侃侃而談的牧師，此時模仿起他父親把雙手放在身後、十指也交叉緊握，背對起他的唯一聽眾。

隔著紗窗，他看到另外一個小小的人影——或許不算局外人——他是尼爾森，正領著佛斯納徹家的男孩走過草坪，追著鄰居的一隻狗。尼爾森的笑聲從小臉蛋潑灑出來，笨拙的蹣跚腳步震動著他的小身體。那是一隻又老、又紅、又小、跑得又慢的狗；佛斯納徹家的男孩，則對他這位小夥伴竟向著狗叫起「獅子！獅子！」的言語，感到既迷惑又興奮。讓艾克斯饒富趣味的是：當這兩個小傢伙在相安無事的情況下，居然是安格斯壯家的小弟弟在帶頭做大哥呢！透過朦朧的紗窗看出去，綠色的空氣似乎也隨著尼爾森的叫聲震動著。艾克斯看出了眼前的情勢：當這種無我的興奮持續地、透明地流露時，必然會很自然地讓這個年紀較小、比較遲鈍的小男生原本狹窄的思路受到更多阻礙，因而產生出一種鬱鬱寡歡的反動，最終反映在他頑固的、欺侮人的負面行爲上。他爲尼爾森感到遺憾：在這名小孩能從自己身上找到這個奇怪的逆流來自何處之前，他還得在天眞無邪的驚奇過程中受困多次。而從這個角度看出去，對艾克斯來說，彷彿他自己也還只是個孩子，總是不斷地付出、付出，然後倏忽陷入了困境。那隻老狗的尾巴原本在這兩名男孩接近時左右搖擺著。但下一刻當他倆像獵人般地圍著牠笑鬧起來，老狗的尾巴便停止擺動，反倒向下垂成了一個弓形，展現出不確定感的戒備姿態。眼見尼爾森伸出雙手拍打起老狗的背部。這時的艾克斯想要大叫警告小安格斯壯：狗可能會咬他；但他並未嚷出聲，只能選擇不忍心再看下去。

「是啊，但是他越漂越遠了」，史賓格太太抱怨道：「他可好了。如果我們不給他一個理由，他是不會回來的。」

艾克斯又坐回到鋁製椅子上。「不。他會的，基於那讓他當初離開的同一個理由，他會回來的。他很挑剔，他必然會繞回原點。他現在所處的世界，或者是說那個布魯爾市區女孩的世界，將不能再繼續滿足他的幻想，從每一週跟他碰面的過程中，我就已經注意到他的變化。」

「是這樣嗎？我可沒聽到佩姬・佛斯納徹這麼說，她說她聽到的是他正過著縱情聲色的生活。我不知道他有多少女人。」

「只有一個，我相信。安格斯壯讓人奇怪的是，他其實天生就是一種居家型的動物。喔，天哪！」

遠方那一群身影騷動了起來；男孩子們跑向一邊，老狗則跑向另外一邊。小佛斯納徹停下腳步，但是尼爾森一直跑到門廊這頭，臉上布滿了驚恐的表情。

史賓格太太聽到他傳來的啜泣聲，生氣地說道：「他們又惹得艾爾西咬人了嗎？那條狗一定腦袋有問題，老是跑過來惹麻煩。」

艾克斯趕緊跳了起來（椅子在他身後倒下去），打開紗窗門後，跑到陽光下的尼爾森旁邊去。小男孩想躲開他，卻仍被這名陌生人給抓住了。「狗咬了你嗎？」

小男孩原本的嗚咽聲被這突如其來的驚悸給嚇到全身癱瘓——有個身著黑衣的大男人正抓住了自己。

「艾爾西咬你了嗎？」

佛斯納徹家的男孩在安全距離外不敢靠近。

艾克斯手臂下的尼爾森出人意料地全身僵硬、大汗淋漓，並在大口大口地喘氣後放聲大哭。

艾克斯搖著小男孩企圖止住他嚎啕大哭所帶來的威脅感受，並且瘋狂地想把自己的意思說清楚；於是便迅速地把牙齒湊到孩子的臉頰上，發出咬動食物的喀喀聲。「像這樣嗎？狗狗有對你這樣做嗎？」

尼爾森的臉被這場啞劇吸引得全神貫注。「像——住——樣。」他終於開口說道，同時把那幼小美好的嘴唇從牙齒邊緣翹了起來，鼻子揚起皺紋，更將頭向旁邊猛然推了一吋。

「沒咬到嗎？」艾克斯追問道，放鬆了他原先緊握住小男生身軀的雙臂。

尼爾森的小嘴唇再次翹起，透露出一點點的兇狠意味。艾克斯覺得自己受到那張小臉上表露的警覺心所嘲笑，那種斜睨看人的神情使他聯想到哈利。啜泣聲再次擴散到尼爾森的全身細胞，他掙脫牧師的手，沿著門廊的台階朝他奶奶跑過去。此時的艾克斯站起身來；蹲在太陽下這段短短的時間，已經讓他黑色的背脊被汗水浸溼了。

當艾克斯爬上台階時，一種可悲的感覺突然讓他心煩。剛剛彼此間用那些四四方方、赤裸裸的牙齒咆哮玩鬧的表情猶歷歷在目。這是一種本能，無害而且眞實：就像小貓總是以牠一如棉花般柔軟的爪子去殺死線軸一樣。

走回門廊處的艾克斯，發現小男孩站在他祖母的兩腿之間，並把臉埋進對方腹部。他靠在她溫暖的身軀中蠕動著，不經意地將老奶奶的裙子從膝蓋向上掀起——於是她那一大片令人厭惡的慘白，就這樣毫無防衛地暴露出來，並且被含在尼爾森甫於玩鬧中向黑衣牧師露出緊咬動作的細小齒列中，用孫子那口細膩的咬合扯得皺皺的。小男孩嘴角此刻流出的乳白色口水，對艾克斯而言就像是他自己在流血一樣。

艾克斯驀然覺得充滿力量——就好像有人跟他說過：憐憫並不是無助的吶喊，反倒是能重新塑造世界的一個強而有力的浪潮。他朝前走去，對著祖孫兩人鞠躬並許諾道：「如果在令嬡生產前哈利還不回來，那你們就該用法律來制裁他。法律當然是有，而且還相當多。」

「艾爾西突然咬人，」史賓格太太仍在對孫子說教：「因爲你跟比利捉弄牠。」

「頑皮的艾爾西。」尼爾森說道。

「是頑皮的尼爾森。」她更正小男孩的說法。同時間她抬起臉望著艾克斯，以同樣更正性質的語調持續說道：「是啊，現在她只剩一個禮拜就要生了，而我還沒看到他回來。」

牧師對眼前這名老婦人深表同情的那個片刻已經消失了；他決定把她留在門廊上。愛永不止息，他這麼告訴自己，並引用了欽訂版聖經裡頭的文字。詹姆士國王欽定版裡頭有這段文字，而且一直都是靈驗的。他身後史賓格太太的嗓音仍在慢慢地傳進屋內：「下次讓我抓到你捉弄艾爾西，你就會得到奶奶一頓鞭子喔！」

「不要嘛，奶奶。」孩子靦腆地懇求，恐懼已經消失了。

艾克斯以爲離開時能順道找到廚房，從水龍頭拿點水喝；卻在一堆雜亂的房間裡錯過了廚房的位置。當離開那棟粉刷洋房時，他把嘴巴動了動，硬是擠出一口唾液吞嚥下去。他鑽進自己的別克車裡，沿著約瑟夫街向下開，然後沿著傑克遜路開了一個街區，計劃到三〇三號的安格斯壯家中去拜訪。

安格斯壯太太有著四角形的鼻孔，成爲一個菱形，被安置在從外頭看來並不怎麼大的一個鼻子裡；而臉上有些小小的肌肉、軟骨和骨頭，每一部份都很突出，這使得她的皮膚在強烈光線的照射下顯得稜稜角角地。

他們的訪談是在對方家中那掛有幾只黃色燈泡的廚房裡頭進行的。會在大白天時點起燈，是因爲哈利老家位在雙拼磚造房子裡比較陰暗的那一頭。他母親來到大門前，紅色的前臂上都是肥皂水；之後就引領著艾克斯一起走回到那個浸泡著滿滿襯衫和內衣的洗滌槽附近。當他倆談話時，她還在用力拍打這些衣物——她是個精力充沛的婦女。剛剛拜訪過的史賓格太太則在瘦小骨架上脹起了一團肥胖柔軟的贅肉，看得出來她少女時代也曾是位與珍妮絲同樣纖細苗條的女子；而安格斯壯太太全身則被裹在一個粗大的骨架上。哈利的高壯身材必定是得到她這邊的遺傳。在談話之中，艾克斯不斷地注意到那條長長的水龍頭傳出來的涼爽水質，卻一再被安格斯壯太太龐大的身軀擋護著；於是像討一杯水來喝如此微小的請求，至今他仍苦於沒有機會說出口。

「我不知道你爲什麼來找我，」她說道，「哈洛德（Harold）㉕早就過了二十一歲了。我已經管不動他啦！」

「他一直沒來看妳嗎？」

「沒有的，先生。」她左肩以上的側面輪廓轉了過來。「你使得他如此見不得人，我想他也不好意思回來了。」

㉕哈利的小名。

「他是應該感到羞愧，妳不這樣覺得嗎？」

「我是不懂原因啦。不過我倒是從一開始就沒贊成過他跟那個女孩結婚。你只需要看她一眼，就會知道她整個人有三分之二是瘋的。」

「噢，那不是眞的吧？」

「不是眞的？那爲什麼這個女孩當時對我開口的第一句話是：爲什麼我不買台洗衣機呢？她走進我的廚房，四下瞧一瞧，然後竟然對著未來的婆婆說起教來——告訴我該怎樣管理我這邊的生活。」

「妳該不會認爲她有什麼特別的意思吧！」

「沒有，她沒什麼特別的意思。她只是在問：像她這樣一個來自於約瑟夫街一幢偉大粉刷穀倉的女人，她家的廚房裡頭盡是些時髦的小玩意兒；而我還住在這種破舊的半邊樓房裡頭到底做什麼？況且我竟能用一些戲法讓我養大的兒子騙到她這種出身富裕家庭的女孩，除了運氣好、還能是什麼？我沒有喜歡過那個女生的雙眼，它們從來不會正面看人。」說到這句話時，婦人把臉轉過來凝望艾克斯；他心生警惕，趕緊也把目光坦然迎向她的眼神。她戴的眼鏡起了霧氣——那是種舊款的眼鏡，圓圓的鏡片用鋼絲圈住，兩個對焦點的新月型上頭映著淺淺粉紅色的光線——眼鏡下她高傲的鼻子向上翹起，展示著它錯綜複雜、多肉的鼻腔。她寬大的嘴微微伸展，好像有種含糊的期待。

艾克斯忽然意識到跟自己談話的這名婦女，是個具有幽默感的人物。與這類幽默大師相處的難處是，他們會把他們相信和不相信的東西混在一起，不管是什麼只要能製造談話的效果就好。奇怪的是，牧師覺得還蠻喜歡她的，儘管她對待他的方式，就跟她對待手中那些髒衣服是同等地粗暴。不過她就是這樣，無論什麼東西一旦來到她眼中與手中都是相同的。跟史賓格太太不同的是，安格斯壯太太其實根本沒把他放在眼裡。她想要對抗的是這整個世界。既然她這麼樣地愛好諷刺，艾克斯反倒覺得安全，讓他可以暢所欲言、無所忌憚。

於是他直率地為珍妮絲辯護：「這女孩只是怕羞。」

「怕羞？她還眞是怕羞怕到讓自己懷了孕，搞得可憐的小哈在衣服都紮不好的年紀就必須娶她。」

「照妳說的，他那時候也早就超過二十有一了。」

「是啊，嗯，是那麼大了。不過有人年紀輕輕就死了；也有人一出生就老了。」

這又是一句格言，都是格言。我的天啊，哈利的母親還眞是有趣哪，艾克斯不禁高聲地笑了出來。此時的她全不理會他的想法，逕自轉身回去洗她的衣服，神情嚴肅，滿是怒氣。「那個女孩子大概跟蛇一樣害羞，」她說道，「我說：這種小女人型態的女性是種毒藥；總是裝模作樣地四處走動，眼睛鬼鬼祟祟地想得到每個人的同情。好吧，至少她得不到我的同情；就讓那些男人哭吧。你沒聽她公公說，她是聖女貞德以來最差勁的烈女。」

艾克斯聽了又再次笑開；那難道她不是嗎？「這個嘛，呃，安格斯壯先生認為哈利應該怎麼做？」

「爬回去啊！還能做什麼別的？他會的，這可憐的孩子。他跟他父親一樣心軟。心太軟了。我想那就是男人管理這個世界的原因，他們的感情豐富。」

「一般人可不是這麼看的。」

「是嗎？教堂裡不都是這麼說的嗎？男人的感情豐富，女人是四肢發達。我不知道誰該有大腦。上帝吧，我想。」

微笑著的牧師，心頭懷疑是不是路德教派（Lutheran）散播教徒這些想法的。或許路德本人就有點像這樣——在喜怒無常中誇大其辭，宣揚一些半眞半假的道理。所有新教徒（Protestant）黑暗的極度悖論也許就是從這裡萌芽的：無能爲力、命中注定的人，創造宇宙的王，徹底地墮落。一個目中無人的人，把所有的神啓都推擠到一旁。或許：他已經遺忘了他們要他吸收的神學裡頭的一大半。艾克斯突然想起該去探訪一下安格斯壯家的本堂牧師。

安格斯壯太太拿起一根掉落了的線頭，說道：「現在我女兒蜜莉恩是跟小山丘一樣地老成了；我從來不需要爲她操心。我還記得，很久以前的禮拜天每當我們外出走走，到達砂石場那塊區域時，哈洛德都怕得半死；那時候的他才不到十二歲，他很怕小妹會從邊緣掉下去。但我知道她不會。你看看她就知道這一點。她不會跟可憐的小哈一樣因爲同情就結婚，然後再讓全世界因爲他想逃離出來而被嚴詞譴責。」

「我不是那麼確定整個世界都在責罵他。這女孩子的母親剛剛還與我討論到，輿論發展似乎恰恰相反。」

「你可別這麼想。那個女孩雖然沒有得到我的同情；但是從艾森豪以下的每一個人都站在她那邊。你會叫他回心轉意，不然也會有其他人去。」

前門這時打開了，伴隨著一陣只有哈利媽媽聽得到的輕柔聲響。她丈夫跟著走進廚房，穿著白襯衫打著領帶，但指甲裡卻有著黑色污垢；他是個印刷工人。他看上去跟他妻子一樣高，但似乎又矮了些。他的嘴裡裝著不整齊的假牙，這使得他說起話來感覺像在為難自己。他的鼻子像哈利，是個工整平滑的按鈕。

「你好啊，神父。」他這番開場白透露出他的宗教背景：他要不本身從小是個天主教徒；就是被天主教徒所教養大的。

「安格斯壯先生，很高興見到您。」這個人的手指骨廋如柴，手掌卻乾燥柔軟。「我們一直在討論你的兒子。」

「對那件事我感到很糟糕。」艾克斯相信對方所言屬實。厄爾・安格斯壯看來陰鬱、蓬亂不堪。他從事的工作已經折損了他的元氣，鼓起的嘴唇蓋住日漸鬆脫的牙齒，看起來彷若是名胃病患者要把打嗝上來的氣吞回去肚子裡一樣。哈利父親正從內部開始慢慢地被歲月啃蝕掉，頭髮上的顏色褪去，眼睛的顏色黯淡，剩下廉價墨水的那種顏色。身為一個嚴肅正直的男人，哈利爸爸向來習慣用鉛排字架、緊鎖鉛板等一連串制式不紊的動作，來衡量他自己的生活；卻沒料想到在某日早晨回到家後，竟發現家裡頭那些有生命的活字版早已凌亂不堪。

「他不斷地談論著關於那女孩的事，語氣裡好像她是聖母似的，」安格斯壯太太說道。

「事情不是那樣的，」安格斯壯平和地說道，穿著他的白色襯衫在廚房的陶瓷餐桌旁坐下。四副餐具，年復一年，已經使桌子的瓷漆磨損，露出黑色的汙點。「我搞不懂爲何哈利可以把事情弄得一團亂。他不像其他的男孩那麼邋遢；以前的哈利總是很規矩，也曾是個愛好整潔的人。」

他太太赤裸的雙手上都還浸滿肥皀泡時，就要準備爲先生熱杯咖啡。這個服務的小動作似乎能爲兩人多年的婚姻關係帶來和諧感；他們開始一致發聲，就跟本來還爭執不下的老夫老妻突然間完全和好一樣地奇妙。「都是因爲當兵的關係。」她說道：「自於他從德州回來後，整個人都完全變了。」

「他不想進來印刷店裡工作，」安格斯壯先生說道，「他不想讓工作把自己搞得髒兮兮的。」

「艾克斯牧師，你想要喝點咖啡嗎？」安格斯壯太太問道。

機會終於來了，他喜道：「不必了，謝謝妳。不過，我倒想要一杯水。」

「只要水還是加冰塊？」

「都可以。怎麼樣都好。」

「是的，厄爾是對的。」她說道，「現在大家都在說小哈（Hassy）是多麼地懶惰；但他不是這樣的，從來都不是。當你爲他在高中時代打得一手好籃球而驕傲時，你知道的，人們會說：『他的確打得很好；不過看他這麼高，打好球這回事對他來說太容易了。』他們都不知道他當時是多麼地努力練球啊；每晚在後院不停地打球到夜色昏暗爲止；那時四周都黑漆漆地，你不禁懷疑他怎麼還能看得見。」

「大約從十二歲開始，」安格斯壯說道：「他日夜都在這樣地拼命練習。我幫他在後院設了一根柱子；車庫還不夠高。」

「當他下定決心要做某件事時候，」哈利母親談道：「沒有任何事情可以使他停下來。」她用力猛拉冰塊盆的拉桿，冰塊聰明地「嘎啦」應聲鬆開，並且噴出一些冰屑。「他想要當球隊裡最頂尖的人才，老實說我也相信他是這樣。」

「我懂妳的意思，」艾克斯說道，「我跟他切磋過高爾夫球，現在的他卻已經變得比我還厲害了。」

她將冰塊放進玻璃杯裡，手握著杯子移到水龍頭下接了水，然後把它遞給牧師。他將杯子斜放到唇邊時，厄爾．安格斯壯微微激動的聲音，透過水杯傳進到他耳裡。

「可惜退伍回來後，他所關心的事只有如何追著女人的屁股跑。他拒絕到我上班的印刷廠一起工作，因爲他說那些油墨會把他的指甲弄髒。」聽到此處的艾克斯，將手中的玻璃杯放低一些，於是安格斯壯先生的臉龐，就透過水杯在桌子對面的那一端被清晰地放大。「如今他已變成布魯爾市最糟糕的浪子了。假如我有機會把這雙手放到他身上，神父，我絕對會毒打他一頓——就算我會因此被他氣死或殺死也在所不惜。」他蒼白面容上的嘴唇氣得噘起；原先黯淡的眼睛此刻閃出光芒。

「注意你的用詞，厄爾。」安格斯壯太太說畢，把裝有咖啡的印花裝飾杯子放到她先生雙手間的桌面上。

兔子父親低頭看著杯緣的水蒸氣說道：「原諒我。每當我想起我兒子現在的所作所爲，我的胃就開始翻攪不已。」

艾克斯將玻璃杯舉起來並說了聲「不」，好像杯子是座擴音器似的；接著把杯裡所有的水都喝光，杯底的冰塊跟著碰撞到他的上嘴唇。他擦了擦唇邊的水漬，正式開口道：「你兒子還是有很多優點的。當我跟他在一起時——當然這似乎是種不幸，眞的——我覺得相當愉快；我甚至可以完全忘記我當初去看他的目的。」他對著男主人端滿笑容；但眼見他沒跟著笑，只好又把笑臉轉向女主人。

「談到你與哈利打這高爾夫球這一招，」安格斯壯先生說道：「重點到底在哪裡？在我看來，狠狠地踹他一腳才是他所需要的。」

艾克斯注視著安格斯壯太太，覺得對方怪異的眉毛弧度彷彿是兩條乾掉的麵粉團，硬被黏貼在前額上頭一般。僅僅一分鐘前，他還沒有預期到自己會想要與老婦人結盟，亦沒有料到對面這個枯槁的好老頭會成爲他倆一個言語粗野、令人默默失望的對手。

「史賓格太太想等哈利，」他對哈利爸爸說道：「她女兒和她先生也都願意等下去。」

「別胡說八道了，厄爾。」哈利母親此時說道：「史賓格那老頭讓自己的名字上了報有什麼好處？瞧你說話的樣子，似乎你把可憐的兒子當成是你的敵人。」

「沒錯，他就是我的敵人。」安格斯壯先生回應。他用沾了墨汁的指尖從兩邊碰觸著茶杯墊。「從那天晚上起，當我花大把時間在街上來回奔走地尋找他時，哈利就成了我的敵人。妳沒有資格評論些什麼，因爲妳沒有看到他妻子那張可憐的臉。」

「我爲什麼要去管她的臉？況且提到哈利跟妓女住在一起這回事：在我的認知裡，她們不會因爲有了一張結婚證書就變成純白無瑕的聖女。珍妮絲那個女孩子想要得到哈利，就用她唯一知道的那條詭計騙到了他；可惜事到如今她的伎倆都用完啦！」

「不要把她形容成那樣嘛，瑪麗。妳說來挺容易的——假如我做了跟哈利一樣的事呢？」老先生對著他的妻子這樣說。

「啊，」尖叫起來的安格斯壯太太轉過身來，一張緊繃的臉蓄勢待發，猶如就要發射飛彈似的。見著此景的艾克斯也不禁向後畏縮了一下。她向著她丈夫喊道：「當時並不是我想要得到你；反倒是你千方百計想要得到我，不是嗎？」

「是啊，當然是這樣，」安格斯壯先生趕緊喃喃圓場。

「那你怎麼能拿我們跟哈利的狀況相比？」此時的老人在自己咖啡上頭聳聳肩，把身體蜷縮成小小地，彷若已經被妻子逼到一個屋內的角落。「喔，瑪麗。」他嘆口氣，不敢再多說一個字。

幾乎總會自動偏向弱者這一方的艾克斯，試圖爲哈利的父親辯護起來。「我不覺得妳可以這樣說——」他告訴安格斯壯太太：「珍妮絲不認爲她的婚姻是建築在彼此互相吸引上。假如她果眞如妳所說的是位精明的陰謀家，那麼她也不會讓老公變得如此輕易地在眼前溜走。」

哈利母親此刻知道自己把她丈夫逼得太緊了，她原先對這件議題的評論興趣也就倏地消退；她堅持的觀點——珍妮絲造就及控制著整件事——實在錯得太過明顯，以至於她不得不暫時收兵讓步。「她才沒有讓他溜掉，」她酸溜溜地說道：「她還會再讓他回來，等著瞧吧！」

艾克斯轉向男主人；如果他也認同，他們三人會就此事站在同一陣線上，而他算是達成今天的任務，可以離開了。「你也覺得哈利會回來嗎？」

「不，」安格斯壯先生一邊說道，一邊把眼光向下沉：「永遠不會。他已經跑得太遠了。現在的他只會越陷越深，直到我們或許都忘了他。假如他才二十或二十二歲，或許吧；但是在他這個快要三十歲的年紀……有時候，我在店裡會看到布魯爾市區一些年紀輕輕的流浪漢。他們無法堅持太久。除了不會眞的一拐一拐走路之外，他們看上去跟瘸子沒啥兩樣。簡直就是人渣——有人就這樣稱呼他們。而我坐在機器旁邊足足想了兩個月，想不懂他媽的爲什麼我的兒子會變成這樣，他過去曾經那麼討厭把事情弄得一團糟。」

這時的艾克斯抬起眼睛往哈利母親看過去，卻驚訝地發覺倚靠著水槽的她，浸溼的臉頰正在眼鏡下閃爍著微光；這點使得他在震驚中猛然把身子站直。安格斯壯太太哭泣究竟是因爲她認爲丈夫說出了實情，抑或她覺得她先生說出這些話只是爲了要傷害她、要去報復妻子剛剛逼自己承認當年是他主動追求她？「我希望你是錯的。」艾克斯說道：「而現在我得走了；我很感謝兩位肯跟我談談這件事。我了解這對你們是很痛苦的。」

男主人領著他穿過房子回到大門前，並在黑暗的餐廳中碰了碰牧師的手臂。「他就是喜歡事情井井有條。」哈利父親說道：「我從來沒有見過像他這樣的男孩子。家裡一旦有什麼爭執，他都看得很嚴重——譬如說：當瑪麗跟我產生口角時，你知道的，那可能只是想製造一些生活上的樂趣。」雖然點了點頭，可是艾克斯很懷疑對方用的「樂趣」一字，是否眞適合描述他剛剛所見到的激烈情節。

他倆經過起居室時，發現陰影裡站著一個苗條的女孩，身穿無袖的夏天洋裝。「小蜜！妳剛剛才進門嗎？」

「是啊。」

「這是神父——我是指牧師——」

「艾克斯。」

「艾克斯。他是來談有關哈利的事的。這是我女兒、哈利的妹妹：蜜莉恩。」

「妳好，蜜莉恩。我聽哈利說過妳，他很喜歡妳。」

「你好。」

當她說起這句話時，蜜莉恩身後的大窗子，竟閃爍起惟有小餐館內的大窗戶才有的熟悉釉光。一股由縷縷的菸味、跟藥房出售的香水味所組成的輕佻問候，也伴隨著這名年輕少女進入屋內。安格斯壯太太的鼻型長在女兒臉上則顯得細緻許多，一種撒拉遜人、或者更遠古的野蠻人般銳利臉部線條。擁有那樣突出鼻子的蜜莉恩，乍看之下似乎該有著與她母親同等的高壯身形；不過一旦當安格斯壯先生站在她身側，艾克斯卻也能在她身上察覺到她父親的影子。他倆的身材：眼前這個漂亮女孩子的、與她身旁這個疲憊老男人的，居然呈現了同一個模樣。這一對父女展現著相同狹窄的骨架、共同的纖細度；而且也均流露出會在人情世故的處理上，一種既沉穩、謀略又有耐心的性格優勢。這點是艾克斯從安格斯壯太太眼鏡底下，那一道被淚水沾溼的隱約傷口中發現的。還有當被別人冒犯時，哈利的父親及妹妹同樣能在言語的反擊上，具備著足以揮灑自如、直來直往的江湖行事風格。看上去不論發生什麼事，牧師相信這兩人都可以捱得過去吧！他們知道自己在做什麼。而身為牧師的自己則偏好去了解那些不曉得自己在做什麼的無助人們——這無疑是他的弱點。而眼前這種人，還有活在頂端上的那些人，都不是他幫得上忙的。至於那些游移在中間、或多或少還過得不錯的人們，以他貴族式的偏見看來，其實是從上下兩個階層裡偷取東西過活的人。

見到在大門前並列的安格斯壯父女——老先生把他的手搭在女兒的腰際上——艾克斯驀然憶及了那位可能直到此刻還靜靜地待在廚房、兩頰溼潤、手臂通紅，彷彿被瘋狂所俘虜的女主人。轉進人行道前，他朝著站在門口的兩人揮手道別，並且對著他倆這種不和諧的、甚至是性別錯亂的對稱景象微笑致意：看上去宛如一個戴耳環的阿拉伯小男孩，正用他那無辜而輕蔑的眼神望向自己印上宗教標誌的衣領；同時與一位臉皮鬆垮的印刷工老婦女並排在一塊，兩人顯現出同等地纖細與苗條。

進入自己別克車裡的牧師，此時感到既口渴又氣呼呼的。在過去半個小時內似乎有些愉快的對話發生，但他卻無法記起來那些到底是什麼。他覺得傷痕累累、又熱又渴、又疑惑；好似花了一整個下午待在艱困的荊棘地裡。艾克斯見了半打的人與一條狗，卻沒有在任何地方找到能跟自己契合的觀點：哈利・安格斯壯值得他去救贖，也必定可以被救贖成功。相反地，在大夥眼中滿地的荊棘叢林之間彷彿根本沒有哈利的存在：什麼都沒有，只有汙濁的空氣和去年的枯梗。白晝正在消逝，經過蒼白的下午進入到漫長的、藍色的春日傍晚。他開車通過街角，有個人正在樓上敞開的窗口處練習小喇叭：「嘟嘟哆哆噠噠嘀。嘀嘀噠噠哆哆嘟……」；沿路塞滿了下班的車流低鳴著趕回家。他開車穿過鎮上，沿著斜斜的街道、跟遠方山脊平行的路線駛著。富利茲・克魯本巴哈（Fritz Kruppenbach），是在賈基山鎮上任職超過二十七年的路德派牧師，就住在一間距離墓地不遠的高聳紅磚屋。他唸大學兒子的摩托車就停在他屋旁的車道上，車身的部分被拆解了。在他家傾斜的草坪上，展現出過分講究、分級成梯田狀的草皮塊，上頭的草色黃綠均勻但十分不自然，這是因爲過度的施肥、除草、加上修剪所造成的吧。克魯本巴哈太太前來應門——露西何時才能有這般溫順、而能把酒窩全心綻開的笑靨模樣？身穿一件跟季節完全不搭的黑色羊毛洋裝。她灰白色的頭髮綁成辮子，非常緊密堅實地纏繞在她的頭上。假如她把盤於頭頂的所有髮量都放下來，肯定會讓她像個女巫。

「他在屋子後頭修剪草坪，」她說道。

「我想跟他談幾分鐘，是有關我們兩個教區裡的問題。」

「你是否要先到他樓上的房間？我去請他過來。」

這間屋子——走廊、門廳、樓梯間、甚至是樓上牧師的小書齋，都滿溢著烤牛肉的味道。於是艾克斯坐在克魯本巴哈書齋裡、那靠窗邊一張有橡木靠背的唱詩班教堂長椅上，它是教堂裡某次翻修時所留下來的。坐在長椅上的他，突然感受到一股青少年時期的衝動：他想要禱告；但卻把視線卻越過山谷，凝視著那片高爾夫球場上的片片青草，這才是他心裡頭眞正想去的地方：去跟哈利一塊打球。

艾克斯發現自己其他球友中有的比他強，有的比他弱；只有哈利兩者皆是，並且也只有哈利能賦予這場球賽一種令人渴望的趣味性，彷彿他們正一起進行一場不可能的追尋；仁慈卻荒唐的君王指派給他們這樣的任務：這場追尋帶來的羞愧刺痛他們，讓兩人幾乎流下眼淚，卻又能在每一個發球處那清新的綠色洪流裡，讓一切劇情重新開始。而且，對艾克斯來說，他還悄悄地產生出另一項自我期許；他暗自下定決心要打敗哈利。他覺得那個使得哈利不穩定、那個使得他無法每一次都能重複做出漂亮、又毫不費力揮桿的原因，其實就是他自己製造出所有問題的根源；因此只要能堅定不移地打敗他，他自己，艾克斯，必定能站在他弱點與缺陷的制高點上，自此把哈利的所有麻煩事一併解決。同時，他還能聽到哈利不時在那裡叫喊著：「嘿，嘿」或是「太好了，太好了！」——聽到兔子這種語調對他而言也是種樂趣。關於他倆偶爾呈現出的默契，艾克斯已經能感受到某種程度的喜悅，一種無害的狂喜；它似乎能讓這個世界裡的邪惡環境變得遙遠，最後演化成爲一個綠色的星體。

屋主傳來的腳步聲讓房子開始震動。克魯本巴哈上了樓，進到他的書齋中；臉上因爲被迫中斷他修剪草坪的工作而顯得不悅。他穿著一件老舊的黑色長褲、與一件被汗水溼透的汗衫，肩膀上還披著一件灰色堅韌的羊毛衫。

「你好啊，——伽——克。」對方用起佈道般的洪量嗓音說道，但聲音裡沒半點打招呼的語氣。濃重的德國口音讓他的話聽起來有如石頭般生硬，好像是把一個字跟著一個字氣呼呼地疊上去似的，「有什麼事？」

艾克斯不敢叫眼前這個老前輩「富利茲」，只能微笑地脫口而出：「你好！」

克魯本巴哈擠了擠臉當做是回應。他那留著小平頭髮型，看上去顯得又大又方正，整個人活脫是由磚塊做的，猶如他生下來就是尊泥娃娃，然後數十年的陽光曝曬把他烤成了這般顏色、跟硬度融合的大磚塊。他重複道：「有什麼事？」

「你有一戶姓安格斯壯的教友。」

「是。」

「父親是個印刷工人。」

「對。」

「他們的兒子，哈利，兩個多月前拋棄了他的妻子與兒子；而她的家人，史賓格一家人，是我教區裡的人。」

「是啊，那個男孩。那個男孩是個浪子阿飛。」

不太能確定那個詞是什麼意思的艾克斯，心想克魯本巴哈不肯坐下來，大概是因爲他不想讓身上的汗水弄髒了他的家具。由於老前輩一直站在眼前，這使得坐在長椅上的艾克斯宛如唱詩班的孩子，一副正在跟對方哀求些什麼似地。就在他向對方解釋自己認爲這整件事是怎麼發生地時，廚房煮肉的香味變得越來越強烈。哈利是如何被自己高中時期在運動方面的傑出表現所寵壞；而他的妻子（這麼說是爲了公平）是如何——或許在他倆日復一日的平凡婚姻生活中——沒能呈現出一點點的想像力；至於他，一位身爲牧師的自己，又是如何試著讓這個大男孩的良知能夠不停地憶及他家中的老婆與孩子，卻又不算過早把逼他回去團聚。這個年輕人的問題並不在於他缺乏眞情，反而是因爲他無法控制自己太超過的、多愁善感的、愛胡思亂想式的感情與思緒；同時間雙方的家長，基於各種緣由，是如何沒法子提供這對小夫妻太大的幫助；還有他如何就在幾分鐘前目擊到安格斯壯夫妻間的一場爭執——那幕情景或許可以爲別人提供一個線索，來探討爲何他們的兒子會……。

「難道你認爲，」終於選擇在此時打斷他說話的克魯本巴哈，大肆評論道：「難道你認爲你的工作就是去干涉這些人的生活嗎？我知道神學院現在都在教你們些什麼：這種心理學，那種心理學。但我可不贊同他們的作法。你覺得你現在的工作該是個沒有酬勞的心理醫生，到處奔波，把破洞塡滿，讓每件事順利進行。可是我不這麼認爲。我不認爲那是你的工作。」

「我只是在——」

「不，先讓我說完。我已經住在賈基山鎭二十七年了，而你才在這裡待了兩年。我已經聽過你講的這個故事了；不過我注意聽的不是關於那些人如何如何，而是聽你在如何如何。我聽到的講法是這樣的：一位屬神的牧師，爲了一些瑣碎的八卦跟幾場高爾夫球比賽，出賣了他的福音。目前的你覺得這整件事在上帝眼中看起來會像什麼：一個孩子氣的年輕先生，離開了他同樣不成熟的妻子？你可曾進一步想想上帝的看法？還是或許你的程度已經高過這些了？」

「不，當然不是。但在這種情況下，我們似乎該扮演的角色是——」

「對你來說，我們的角色似乎是當名警察；沒有手拷的警察，沒有佩槍，除了本善的人性之外一無所有的警察，不是這樣嗎？不用回答，只要想想我說的是否正確。哼，我倒覺得那是魔鬼的想法。我會說，讓警察扮演警察的角色，把社會上的法規管好；這些都與我們神職人員無關。」

「我同意，在某個程度上——」

「沒有什麼某個程度上！在我們必須做的事情裡頭，不需要任何理由，也沒必要採取什麼措施。」他那有毛茸茸指關節間的厚實手指，開始輕敲起皮椅的後背來強調自己這種看法。「如果上帝想要終結苦難，祂現在就會宣告天國降臨。」傑克覺得臉上泛起了一陣灼熱的潮紅。「你覺得你的小朋友們在上帝眼裡的幾十億人當中，看起來有多大？在此刻的孟買，每一分鐘都有人死在街頭。你剛剛說到角色擔任這回事：我會說你根本不知道自己該扮演個什麼角色，否則你早就該把自己鎖在家裡禱告了。這才是你的角色：讓自己成爲信仰的典範；這份信仰，才是一切慰藉的來源；而不是靠身體到處走動玩些小花招，攪動一池春水就行了。在來回奔波中你亦脫離了上帝賦予你的責任——那就是該讓你的信仰更強壯——如此一來，當上帝的召喚到來時，你才能走出去以堅定的口吻告訴教徒：『是的，他已經死了，但你們會在天國再相見。是的，你在受苦，但你必須愛你的傷痛，因爲那就是基督遭逢過的苦痛。』唯有這樣，每到禮拜天早上當我們走到民眾面前時，我們一定要向前走去，但並非以被苦難消磨殆盡的姿態，而是以對基督全心洋溢、戮力奉獻的熱情來宣告我們的信念。」，他握緊毛茸茸的拳頭持續說下去：「跟著基督，全身散發火光：用我們信仰的力量燃燒他們。這就是他們爲什麼前來教堂的原因；除此之外，他們還有何理由該奉養我們？別忘了：其他我們能說也能做的事，別人也一樣能說能做。他們有醫生跟律師專門去做那樣的事。這些全都在聖經裡說過——一個有信仰的賊，勝過所有的法利賽人（Pharisee）[26]——所以別弄錯了。我是認眞的；別弄錯了。對我們來說，除了一再強調基督信仰就沒有別的了。所有剩下來的這些忙碌與繁文縟節，都算不上什麼，那都是惡魔的工作。」

「富利茲，」克魯本巴哈太太的聲音小心翼翼地傳到樓上，「該吃晚餐了。」

這個穿著汗衫的紅磚男人低頭看著艾克斯問道：「你願意跟我一起跪下來，祈禱基督降臨到這個房間嗎？」

「不。我不要。我正在氣頭上，這樣做太虛僞了。」

這番對退休神職人員的直接拒絕，就連僅僅來自於一個世俗人都令人難以想像，更何況還是出自於一位牧師之口？不過它不僅沒能讓克魯本巴哈軟化下來，反倒讓他變得更加僵硬。

「虛僞，」他溫和地說道：「你根本就不認眞。難道你不怕詛咒嗎？難道你不知道當你穿上那個刻有神之名的衣領時，你該要冒什麼樣的危險嗎？」他的雙眼反映在一如磚塊般的臉部皮膚中似乎成了兩個小瑕疵，粉紅色的、水汪汪地發著光，並且似乎因爲酷熱而在刺痛著。

他沒等到傑克回答，逕自轉身下樓去吃晚餐。艾克斯跟著他下樓後，就繼續往門口走去。此時這名年輕牧師的心臟，就像剛被嚴重斥責過的孩子般地在劇烈跳動著；膝蓋也由於狂怒而感到異發地虛弱又發軟。他特地來到這裡拜訪老前輩，原本期待能交換一些專業上的意見，卻反被一場精神錯亂的談話給莫名地鞭斥一頓。油腔滑調、聲如雷鳴的大老粗，竟沒有一丁點神職本該是可以對社會人群做出貢獻、理想崇高的入世專業；也許他根本來自一個屠夫世家，卻胡亂混進了這一行。傑克明白這些盤桓在自己腦海裡的盡是些惡毒、缺乏價值性的想法，但他就是對這些充滿負面能量的思緒無能爲力。他是如此地心灰意冷，以至於他甚至藉由重複性的喃喃自語：「我是對的、我是對的……」這些聽來似是而非的話，把自己沮喪感受莫名其妙地挖得更深，這也使得他因爲被羞辱過後的氣憤淚水不禁溢滿眼眶。暫且不管這看起來是有多麼地唐突，艾克斯把前額抵住汽車方向盤完美的綠色圓弧，試著讓自己被淨化及平靜下來。他想哭但哭不出來；他已經被烤乾了。恥辱跟失敗沉重地掛在他肩上，讓他今天進行的任務全都毫無所獲。

雖然他知道露西想要他早點回家——即使晚餐尚未準備好，他也可以來得及給女兒們洗個

㉖西元前二世紀至公元二世紀的猶太教一派，標榜墨守傳統禮儀而聞名。

澡，但他還是把車開到市中心的藥局去。在店家櫃台後方，剪了個與獅子狗類似髮型的年輕女孩，是他青年團契的團員之一。另外有兩個來買藥、或避孕器、或衛生紙之類的教區居民，一一快樂地向他打起招呼。事實上他們都是來這裡尋找他們生活中的解毒劑。他覺得自己樂於跟他們在一起；艾克斯牧師在沒有神的公共場所中，往往最能感受到自己融入其中的自在。他把手腕靠在又冷又乾淨的大理石上，點了杯香草冰淇淋蘇打跟一球楓樹核桃冰淇淋；並趁著甜點還未送上來之前，又喝了兩個以可口可樂杯裝滿的開水——那些水很乾淨，簡直就像神蹟。

※

「響板俱樂部」是在二次大戰期間、當南美洲的話題正火熱時取的名字；它是一棟佔據著沃倫大街、並以銳角穿過奔馬街街口的三角形建築物。它位在布魯爾市南邊，那是屬於義大利人、黑人與波蘭人移民的地盤；兔子向來不喜歡這棟建築物。它那用磚頭砌邊的玻璃窗子，躲在建築物後面的樑柱露齒而笑，看起來就像一座死人的要塞。內部陳設則頗爲講究，昏暗的燈光營照出一種最新穎的葬禮大廳式風格，四處擺放綠色的植物盆栽，音樂吹奏起撫慰人心的樂章，還有熟悉的條紋地毯味道、日光燈管和掛了威尼斯百葉窗的石板牆，以及最深處、最神祕的酒精味，一旦喝了它，你就沉浸在它的香氛裡。自從有個住在傑克遜路上原本是個殯儀館助手的人，失了業改在此地當起酒保後，兔子開始覺得這兩種職業是有高度相關聯的；他們講起話來都是輕聲細語；看上去都相當乾淨而整齊；而且總是得站著提供服務。他和露絲在靠近前頭的一個雅座坐下，窗外映照進來微弱波動的紅光，招牌上當作響板的霓虹燈正閃爍其外，來來回回模仿著響板的敲擊聲。

顫動的粉紅色燈光一掃露絲臉上的憂愁；她和他面對面坐著。哈利努力想像她以前過著的那種生活；一個像這樣令人毛骨悚然的地方，或許對她來說反而有十足的親切感，彷彿更衣室之於他一樣。不過這麼輕輕一想就讓他緊張起來；露絲懶散的生活，如同兔子有個家庭，都是他倆盡力想拋諸腦後的。他很高興只有在夜裡才到她住的地方：她會讀她的偵探小說，他則是跑到熟食店去買杯薑汁啤酒喝；兩人偶爾會去看場電影，不過那些都不像現在這樣。在他倆見面的首晚，他眞的是靠那杯台克利酒達到高潮，不過自那以後他就不在乎有沒有另外一次酒精的刺激了，並且希望對方也會有同樣的想法。有一段時間，她的言行舉止的確是朝這個方向表現，可是最近有些事情開始讓她恍神不安；露絲做愛的技巧變得沉悶起來；有時候她亦會以奇怪的目光打量著兔子，好像把他看成是隻豬似地。他不明白自己現在的行爲跟他之前有何不同，只能百分百確定：不知怎麼地，兩人間原有的自在感受已經消失了。

今晚她所謂的朋友瑪格麗特打電話來。當電話聲響起時，差點把他嚇到靈魂出竅。他最近覺得可能會是警察、他媽媽或是別人會打電話來找他；他覺得山的另一頭有些陰謀正在醞釀。自從他搬進來後有兩三次電話鈴響了，有個聲音低沉的男人問道：「是露絲嗎？」；或者一聽到兔子的聲音就掛掉。倘若那是露絲接到的電話並且還在線上，她就只會對著話筒訴說一堆「不是」，事情似乎就解決了。她挺了解該怎麼處理這些男人，但不管如何大約只有五通電話曾經打來過。她的過去就像葡萄藤一樣，只剩五支觸鬚還在糾纏著，而且只要一扯開，她便又回復到本來的乾淨、湛藍和清白狀態。然而今晚是她那段過去裡頭的瑪格麗特，想要邀他倆前來響板俱樂部聚聚：露絲想去、兔子也就跟著過來。任何事情都行，只要來點變化就好。他早已開始對一成不變的生活膩了。

他問她：「妳想要喝什麼？」

「台克利酒。」

「妳確定嗎？你現在確定這種酒不會讓妳噁心嗎？」他注意到了：露絲近期有時好像會有點噁心的毛病，然後吃不下飯；但有時食量又大到足以吃下整棟房子。

「不，我不能確定，但是我究竟去他媽的爲了什麼不能覺得噁心？」

「這個嘛，我也不知道爲什麼你不能。爲什麼每個人都不能？」

「聽好，我們不要當哲學家，一次就好。只要幫我拿酒來。」

一個黑人女孩穿著橘色制服走向他倆，從那裙子的褶邊看來他猜想這是南美洲的服裝款式。哈利告訴她要二杯台克利酒。她記下後把菜單輕輕闔上，轉身走開。他看見她背後的鏤空深到脊椎骨的一半之處，所以有一截黑色胸罩的肩帶露了出來；而跟這個相比，她的膚色根本不算黑，柔軟的紫色影子在光照射下的背部平坦部位翩翩起舞。她有一種悠閒的吸引力，彷彿鴿子踮著腳走路一樣，把橘色制服的褶邊弄得搖曳生姿。她沒把兔子放在心上；他喜歡這樣，喜歡她沒把事情放在心上的輕鬆感。最近發生在露絲身上的是，她開始嘗試讓他對某些事情出現罪惡感。

她問他：「你在看什麼？」

「我沒在看什麼。」

「你要不到的，兔子。你太白了。」

「嘿，你心情眞的不錯嘛。」

她笑得傲慢。「我就是這樣。」

「天啊，我希望妳不是這樣。」

當他們靜悄悄地坐在那裡時，那位黑人女侍又走了回來，在他們面前把台克利酒擺好。這時他們身後的酒吧門打開了，瑪格麗特帶著門外的寒意進來。最糟的是，那個與她一起來的傢伙，居然是他很不樂意見到的隆尼·哈里遜。瑪格麗特對著兔子說：「嗨，你好。你們還在一起啊？」

「該死，」哈里遜說，「是偉大的安格斯壯耶！」說得好像他想在每個方面都取代托塞羅地位。「我一直聽到你的事情，」他狡猾地補上了這句。

「聽到什麼？」

「噢，一些說法啦。」

哈里遜從來不列於兔子喜歡的那群人之一，有關這點至今也不曾改善過。當年在更衣室中他總愛談論著他跟女人上床，還有他在自己小毛肚下自慰的種種經驗。這個小毛肚轉眼間已經長成大鍋子了。如今的哈里遜很胖；又肥又禿了一半。他那糾纏不清的黃銅色頭髮變得稀薄，頭一歪連頭皮都會露了出來；頭皮底下露出的粉紅色皮膚更讓兔子嫌惡，一如哈里遜言談中總會顯現出的一些大膽說法般的，兩者同樣讓他憎厭不已。他依舊記得某次夜間比賽，就當哈里遜被某人賞了一記拐子並失去兩顆牙齒後，再度回到球場上時，自己還得盡力裝出很高興看見他重返戰場的模樣。比賽中每一支隊伍只有五個人，所以在打球的當頭，其他四位就是你當時在世界上獨一無二的最要緊夥伴。

不過這早已是很久之前的事了；而且哈里遜站在眼前對自己假笑的每一秒鐘，都讓兔子覺得這些往事變得更加遙遠。他穿一件縐起條紋布料的窄肩外套，帶有一種洋洋得意的清爽感覺——這點惹惱了兔子；他感覺被不愉快的感覺團團圍繞。此刻他們重逢產生的第一件問題是：彼此的座位如何分配？哈利跟露絲正面對面坐著——這眞是個錯誤的策略。哈里遜當下做了決定：去坐在露絲旁邊；他的肢體在移動中有些窒礙難行，洩露了他踢足球時曾受過傷的老毛病，兔子對哈里遜的殘缺著了迷。這名老同學戴了條像是南歐移民的白色領帶，也因此把他常春藤聯盟外套的尊貴效果破壞殆盡。嘴巴打開的他，有兩顆假牙也明顯地與其它牙齒不搭。

「呦，我們的大師過得怎麼樣啊？」他說道：「聽說你功成名就嘛！」他的眼睛輕輕斜向身旁的露絲，眼神透露出他話中的意思。露絲則靜靜地像一大團肉般的坐著，雙手圈起桌上的台克利酒。她紅紅的指關節是爲了幫兔子洗碗盤所造成的。當她舉杯來喝時，下巴看起來有點扭曲的樣子。

「我就是他造就的，」她說道，把杯子放下。

「除了他還有沒有別人啊？」哈里遜問道。

此時的瑪格麗特正在兔子旁邊扭動著。感覺上她就像珍妮絲一樣：急躁不安。她出現在他視線左邊的角落，彷若是塊深色潮溼的布料往他的側臉接近。

「托塞羅在哪？」他開口問道。

「托塞什麼？」

咯咯笑起來的露絲，作勢罵了老朋友一下；哈里遜則把頭部靠向露絲並低聲地說了幾句話，女孩臉上同時流露出一陣緋紅。哈利只見到她的嘴角在微笑中翹起；猶如那晚首次在中國餐館聚餐時，他說什麼都能逗得她開心不已；可惜今晚是哈里遜扮演了他的角色，而兔子僅能眼睜睜地坐在他倆對面，跟他討厭的女子湊成一對。他確信哈里遜在露絲耳邊輕說的是有關自己的種種，「我們的大師！」從他們剛剛變成四人行的那一刻開始，哈利很明顯地知道自己將要成爲大夥嘲笑的對象，彷若托塞羅那晚的遭遇。

「你很清楚我說的是誰，」哈利持續對瑪格麗特強調：「是馬蒂・托塞羅。」

「是我們的老教練啊，哈利！」哈里遜叫道，他的手臂還穿越桌子想碰觸到兔子的指尖。

「那個讓我們不朽的人物！」

兔子馬上彎起他的手指，就在哈里遜能觸及範圍的一吋之外。哈里遜只得滿足地假笑幾聲後把手縮回，並將手掌沿著平滑的桌面拉動，弄出一股滑溜溜的尖銳磨擦聲。

「你的意思應該是讓我不朽吧，」兔子說道，「你根本不算什麼。」

「不算什麼。聽起來有點刻薄，也有點不近人情喔！哈利，你這隻老兔子。我們好好回想一下從前。每當托塞羅想找個人玩硬時，他是派誰去啊？當他想找個人好好貼身防守一個跟你一樣的射手時，他心裡想的人又是誰啊？」他輕輕地拍了拍自己的胸膛。「你是個大明星，大明星絕不肯把手弄髒。你從未對什麼人犯規，是吧？你也從來不踢足球，去把你的膝蓋弄受傷，是嗎？沒有，先生，絕對不會是哈利；他是天上飛翔的鳥，他長有翅膀。只要把球傳給他，然後看著他進球就行了。」

「球是眞的進了，你也注意到了。」

「有時候而已，偶爾偶爾啦。哈利，別皺著鼻子生氣嘛！不要以爲我們全都不了解你的能力。」從他把手熟練地又劈又砍又高高舉起的模樣看來，他一定圍著桌子發表過許多長篇大論。但在他示範的一連串動作中不時帶有一陣抖動；這讓哈利看得出來哈里遜其實對自己敬畏三分；兔子突然間對這位老同學失去了興趣。

女服務生又被叫來了——哈里遜替自己和瑪格麗特點了伏特加藥酒；此外也幫露絲點了另一杯台克利酒——兔子望著黑美女的背部遠去，好像那是世上唯一眞實的東西：黑色胸罩的小三角形，放在兩團可以當枕頭的柔軟藍褐色肌肉下。他想讓露絲看見他在欣賞別的女人。

哈里遜正在漸漸失去他作爲一名銷售人員的冷靜。「我告訴你托塞羅曾對我說過關於你的什麼嗎？高手，你有在聽嗎？」

「托塞羅說過什麼？」天啊，這個人已經跟中年人一樣無趣了，但他甚至才三十歲不到。

「他對我說，『這是個祕密，隆尼，但我其實是靠你來幫全隊點火的。哈利可不是個能團隊作戰的球員。』」

把頭低下的兔子，將目光凝向瑪格麗特跟露絲後，開口接話道：「現在讓我來告訴你們什麼才是真正發生過的事。老哈里遜跑去找托塞羅說：『喂，我是個真正的火星塞，不是嗎？教練，真正能創造球賽的人，呃？我可不像那個糟糕又愛現的安格斯壯吧？』。托塞羅或許是睡著了所以沒回答他；所以哈里遜在他有生之年就一直想著：『唉呀，我是真正的英雄。真正能創造精彩球賽的人。』對籃球隊來說，你知道的，每當隊裡有一個笨手笨腳、什麼事情都不會做的矮冬瓜時，他就會被叫做創造球賽的人。我真不知道他到底想要把球賽創造在哪裡。可能在他的臥室裡吧，我猜。」露絲笑了；但他不確定自己是不是想要她笑。

「那不是真的。」哈里遜熟練的手掌揮動得更急了。「他是自願給我機會的。我可不是對任何事情都一無所知；整個學校都知道這件事。」

是嗎？可沒有人告訴過他。

露絲說：「天啊，我們不要談籃球了。每當我跟這個混球出門時，我們都只能談這些。」

哈利想：這是真的嗎？是他臉上顯現出的不信任，才使得露絲主動說出這樣的話來讓他安心嗎？她是否曾有一絲絲覺得他可憐、可悲過呢？

哈里遜或許亦覺得他今晚的表現，可比他開起業務會議時的溫文儒雅醜陋多了。他拿出一支香菸、與一個蜥蜴皮的藍森牌打火機。當他擦起一團尖尖的火焰時，其他三人的眼光不得不被他吸引住。

兔子轉向瑪格麗特。不過在他轉身過程中，突然感到頸部上排列的神經莫名其妙地發聲響起，讓他以爲自己其實早在百萬年前，就以如此的轉身姿勢在面對著她似地。他說：「你怎麼還沒回答過我托塞羅的問題？」

「你傻啦？我又不知道他在哪裡。我猜他是回家了。他生病了。」

「只是生病，還是——」哈里遜用嘴巴做了個有趣的動作：一面微笑、並一面噘起嘴抽菸，彷彿這是他首次隆重地對著他鄉下老家的親友們，介紹著這一點屬於曼哈頓大城獨有的小聰明。他輕拍自己的頭好確保他們都能聽得懂，「——病到不行？」

「都有吧，」說畢後的瑪格麗特臉上攏罩著一層嚴肅的陰影；感覺上她與同時見到這層陰霾的哈利，自此從眾人之間切割開來，兩人隨著影子被帶進百萬年前他們曾漫遊過的陌生領域；關於自己身在此地、而非在那個他從未去過的彼地這回事，著實讓哈利產生一種怪異的內疚感。坐在他們對面的露絲和哈里遜，則被斷斷續續的紅燈持續照射著，像是在萬劫不復的地獄火爐裡微微發笑。

「親愛的露絲，」哈里遜說道，「你過得怎麼樣？我經常擔心你。」

「不要擔心我，」她回道，但臉上表情卻好像很雀躍。

「我只是懷疑，」他繼續道，「我們共同的朋友是不是有能力供應妳習慣的生活方式。」

接著黑女侍端了他們點的飲料走來，而哈里遜好像在炫耀一個徽章似地，讓她瞧了瞧握在他手裡那個蜥蜴皮藍森牌打火機。「這可是眞皮的喔！」他說道。

「嗯，」女侍者用混著很多喉音的音調問道：「那是你自己的嗎？」

兔子聽了不禁笑出來。他眞是愛死了這個風姿綽約的黑美女啦！

當她轉身離去後，哈里遜把身體向前傾，用那種你會在孩子身上使用的漂亮微笑問起哈利道：「露絲和我曾一同去大西洋城玩過，你知道嗎？」

「還有跟另外一對一起去。」她趕緊接話下去。

「那討人厭的一對，」哈里遜說道，「寧可鎖在他們私密的寒酸小屋，也不肯走到戶外享受金色的陽光。這雙人組裡頭的男生私底下驕傲地向我透露：他在三十六個小時短暫的時光中經歷過了十一次的高潮。」

瑪格麗特笑了。「說眞的，隆尼，聽你說話有時候會以爲你上過哈佛大學。」

「是普林斯頓！」他更正道。「散放被普林斯頓書院風氣浸染過那種格調，才是我想要營造出來的效果。哈佛風在這裡是吃不開的。」

兔子看向露絲；她的第二杯台克利酒已經上路，第一杯早就喝光了。她竊笑著說道：「他們可怕的地方，」她說道，「是他們居然在車子裡做愛。我們在這裡看到的可憐隆尼，當時則得努力地開車通過週日晚上的擁擠車潮。我回頭想看看車子的尾燈，卻發覺貝西的衣服已經被拉到脖子上頭啦！」

「我可沒有開一整晚的路，」哈里遜糾正她。「還記得我們最後終於把那個傢伙也送上了駕駛座。」他把頭側向露絲做個確認，粉紅色的頭皮在燈光下閃動光芒。

「是啊。」露絲看著她的酒杯，又竊竊地笑起來；也許她又憶及貝西裸體的模樣。

把眼睛瞇起的哈里遜，正仔細觀察他說的這些話對兔子會有什麼影響。「那個男的，」他用一種平靜、好像在推銷一筆生意的聲音說道：「有一個有趣的理論喔。他認爲——」哈里遜的手握緊空氣「——就在緊要的，我要怎樣說呢……發展關頭，你該給你的伴侶打一個耳光，越重越好，就打在臉上；假如你的位置恰好打得到的話。否則就隨便打她什麼地方都好。」

兔子眨眨眼；他眞不知道該拿這個討人厭的傢伙怎麼辦。而就在自己眨眼的那一剎那間，他也隨著酒精在肋骨下逐漸蒸發，覺得自己已經死去。他笑了，眞的笑了。眼前這些人全都下地獄去吧，「耶，那他對咬女方有什麼看法呢？」

哈里遜那種「好傢伙，我抓到你的辮子了」的笑容驀地變得僵硬；反應太慢的他，沒有辦法迅速應對哈利突然引出的這類變化。「用咬的嗎？我不知道。」

「他當然不可能有太多的想法。想想看：要給她好好地大口咬出血印子來：沒啥比這個更棒的了。當然我能看得出你有生理障礙，你可是有兩顆假牙啊。」

「咦？隆尼，你有假牙嗎？」瑪格麗特大聲叫道：「眞令人興奮！怎麼從沒聽你說過。」

「他當然有，」兔子告訴她。「你不會認爲他嘴裡那兩顆鋼琴鍵是他的吧？跟他其它的牙齒根本不搭。」

哈里遜緊閉雙唇，但又不願放棄他經常露齒假笑的那一招，結果變成他老把臉繃得緊緊的，連開口講話都成了問題。

「有個我們過去在德州常去的地方，」兔子說道，「那裡有個女孩的背部常常被咬，結果看上去已經被咬得跟舊紙板一樣。你知道的，彷彿像紙板被雨淋過似地。但這全是她自己搞的。不然的話，她可還算是個處女呢！」他環視他的聽眾，看到對座的露絲輕微地搖著頭，搖了那麼短短的一下，好像在說：「停！兔子，算了。厚道點。」她看起來很悲傷。他的心裡突然有一層砂礫降臨，被蒙上了層陰影。

哈里遜說：「那很像另一個故事，有個妓女擁有最大的——啊？你們不想聽，是嗎？」

「當然要，繼續說，」露絲說道，「搞不好我還能學點新的東西。」

「是這樣的，這個人嘛，聽好，他正在搞女人，一不小心丟了他的，嗯，設備。」哈里遜的臉在閃爍的燈光裡輕輕搖動。他的手開始協助主人解釋一些東西。兔子心想：這個可憐人一天大概至少有五次必須拉高嗓門做生意。他懷疑哈里遜究竟在賣些什麼；一定是某種交易之類的東西，不可能是像神奇削皮器一樣的具體物品。「……直到他的手肘、他的肩膀、然後他把他整個頭及胸都塞了進去，接著開始沿著這條隧道向裡面爬……」好個神奇削皮器啊！兔子又想到：他幾乎現在就能在自己手中感覺到一把；它的握柄有三個顏色，公司把它們叫做寶藍綠、新鮮紅跟璀璨金。有趣的是，它的功效真的一如公司主管所宣稱的相同，確實能把皮從大頭菜、胡蘿蔔、馬鈴薯跟紅蘿蔔上頭輕鬆地削下來，既乾淨又俐落；而它還有個長長的槽，裡面裝有跟剃刀同等銳利的刀鋒。「……結果他在那裡頭看到另外一個傢伙，還反問他說：『喂，你有沒有看見……』」。露絲就在眼前靜坐著卻不作聲，臉上滿是驚恐的反應；哈利相信她心裡此刻必定在想著：這些男人都一樣；哈里遜跟他沒什麼不同——那件事由誰來主導會有什麼差別嗎？反正雙方的那裡面都給弄得一團亂，紅紅的全搞在一起，彷若就在胃裡頭，把彼此全給消化了。「……另外的傢伙回答：『喂！光屁股的，媽的，我已經在這裡找我的機車找了三個禮拜了！』」

說完的哈里遜抬頭一看，等著加入大家哄堂大笑的行列；但結果卻是一片死寂——他沒能把東西推銷成功。「那眞是太神奇了！」瑪格麗特勉強說了這句。

汗水浸溼了兔子的衣服；當身後的夜店門一開，戶外冷風飄進來讓他感到格外刺骨。哈里遜猛然問道：「喂，那不是你妹子嗎？」

露絲從酒杯處向上看，附和道：「是嗎？」眼看哈利沒有表示什麼，她接著又說：「他們兄妹長得挺像的，都有張長型的馬臉。」

是的，兔子一眼就認出來了。幸好蜜莉恩與她的護花使者才剛剛走進門，經過他們的桌子後，在一旁等候有無兩人座位空著。這家夜店呈現楔子狀，從入口處開始向內部變寬；吧檯則設在屋內中央，兩旁延伸出去都各有一排雅座。這對年輕小情侶繞去另一邊的走道。小蜜穿著非常高的亮白色高跟鞋；而她身旁的大男孩有著一如羊毛般的金髮，長度才留到剛夠梳頭的短度，皮膚則呈現均匀的焦糖色；那是唯有夏天在戶外玩耍、而非努力工作的人才能夠曬得出來的膚色。

「她是你妹妹嗎?」瑪格麗特說,「她眞迷人。你們兩個必定沒有像到父母同一個人。」

「你是怎麼認識她的?」兔子問哈里遜。

「喔——」他的手有點害怕地輕輕揮舞著,指尖彷若滑過空中的一道油脂。「她近來常在附近閒晃。」

兔子的本能一開始還僵直著不願動作,但哈里遜的話中暗示他妹妹是個落翅仔,這點可惹惱了他。哈利倏地站起身,走過橘色的磁磚地板,並繞到吧檯的另一邊。

「小蜜。」

「喔,嗨!」

「妳在這裡做什麼?」

她告訴身旁的男孩:「這是我哥哥。他剛從死神那裡回來。」

「嗨!大哥。」兔子不喜歡男孩這麼叫他;同時他也不喜歡這小子坐在內側、而小蜜卻坐在男人一慣坐著的外側方式;以及他更不喜歡小蜜把他的事情四處宣揚。這小子穿著藍色的運動衣、搭配起一條窄窄的領帶,看起來是種邋遢的學院風,可惜年輕的他穿成這樣子實在太老氣了;還有,他的嘴唇未免也太厚了吧!小蜜沒有向自己介紹他的名字。

「哈利,爸媽老是爲了你吵架。」

「是嗎?如果讓他們知道妳居然來這種爛地方,肯定又有得吵了。」

「以這一區來說，這裡還不算太差。」

「這裡臭死了，你跟小子爲什麼不走？」

「喂，這裡是歸誰管的？」那小子問道，並把肩膀向上提，嘴唇因而也顯得更厚了。

哈利伸出手，用手指勾住那小子的窄領帶並向下一扯；領帶飛起來後打到他的厚嘴唇上，修剪乾淨的臉孔也因此變得模糊不清。被修理的大男生想站起身來，卻又被兔子把手放在他整齊的短髮上向下一壓，以至於他只得乖乖坐著、無法動彈。此時的哈利掉頭就走，指尖還留著觸碰那小子一如刷子般、短而硬的頭髮所造成的刺痛感。他身後的妹妹半嚷著：「哈利！」他耳力很好，走過吧台時還聽到那小子跟她解釋道：「他愛妳。」聲音嘶啞又帶著怯弱。

他走回自己的餐桌說道：「來吧，露絲，坐上妳的摩托車。」

她抗議道：「我玩得正開心。」

「走啦！」

露絲收拾好自己的東西；哈里遜狐疑地向四周望了望，走出座位讓她可以出得來。他站在兔子身旁，兔子一時衝動便把手放在隆尼沒有墊肩、自封爲普林斯頓派的肩膀上。跟小蜜那小男友相比，他還比較喜歡哈里遜。「你說的對，隆尼，」他說：「你眞是個創造球賽的人。」看在老隊友的面子上，這話說得戲謔，但他也沒什麼惡意。

不過哈里遜的反應太遲鈍，沒辦法體悟他的意思，只是悻悻然地把他的手甩開，說道：「你什麼時候才要長大？」可能是剛剛那個下流的故事讓他生氣。

走到夜店外頭漆成紅色的台階上，兔子笑了出來說：「找我的摩托車吧！」然後開始在霓虹燈板下放聲縱笑：「哇哈哈……」

露絲一點都不覺得好笑。「你眞是個瘋子！」她評論著。

她竟笨到看不出來他其實很受傷，這點讓哈利十分懊惱。當他在東扯西扯時，她對著他搖頭說「不」的樣子也很惹人生氣；他不斷地回想那一刻的情形，每一次都覺得自己原本的好心情就得被擱淺在那裡。今晚有太多事情都讓他心煩，因此他也無法確定該從哪一件事開始發飆；唯一清楚的是：他今晚要好好修理這個女人一頓。

「原來你跟那個混蛋一起去過大西洋城。」

「為什麼他是混蛋？」

「喔，他不是，那我是囉？」

「我又沒有說你是。」

「你有。你剛剛在那裡有說。」

「那只是一種說法。表示親密、雖然我不知道為什麼我要這樣說。」

「你是不知道。」

「對，我不知道。你看見你妹妹跟一個男朋友進來，幾乎就要尿褲子了。」

「你看到跟她在一起那個龐克小子嗎？」

「他有什麼問題？」露絲問道，「他看起來還不錯啊！」

「對妳來說，每個人看起來都還不錯，不是嗎？」

「我不懂你像個萬能的法官到處巡邏是在做什麼。」

「是啊，任何東西只要腋下有長毛，在妳眼中就算不錯。」

他們正沿著沃倫大街向上走，離他們的住處還有七個街區遠。家家戶戶的居民都各自坐在自家台階上，享受起初夏的空氣；如此一來，他們的對話都能被大家聽到，所以兩人不得不盡力壓低他們的嗓音。

「天啊，如果這就是你看到你妹妹之後的反應，我倒很慶幸沒跟你結婚。」

「爲什麼提起這個？」

「爲什麼提起什麼？」

「結婚啊。」

「是你提的啊，不記得了嗎？認識你的第一個晚上，你一直在那說個不停，還一直親吻我的無名指。」

「唉，那晚眞是美好。」

「還可以啦！」

「還可以個屁。」兔子感到有點被露絲逼入絕境；在那個角落裡他必須要完全放棄她，抹去與她共度的那些甜蜜回憶，才能放手好好把她修裡一頓。不過一接下來，她即刻就把他帶向那個發臭的死角了。「妳跟哈里遜睡過，是吧？」

「我猜是吧！」

「妳猜，難道妳不知道？」

「我都說是了。」

「還有多少人？」

「我不知道。」

「一百個？」

「這是問題沒意義。」

「爲什麼沒意義？」

「就像問人去看過幾次電影一樣。」

「原來他們對妳來說都差不多，是吧？」

「不，他們當然不一樣，但是我不懂那個數字有什麼重要。你知道我是做哪一行的。」

「我不確定我知不知道。妳眞的做過妓女？」

「我有收錢，我告訴過你的。我在當速記員的時候有過幾個男朋友；他們也有朋友，然後我丟了工作，或許是因爲一些閒言閒語吧。然後有一些老男人拿到我電話號碼，我猜是瑪格麗特給的，我不清楚。聽好！這些都已經過去了。如果你覺得這樣很髒之類的，那很多結了婚的女人肯定比我更常做。」

「妳有擺姿勢讓人家拍照嗎？」

「你是說像爲高中男生看的那種色情書刊嗎？沒有。」

「你幫男人口交嗎？」

「聽著！也許我們該說再見了。」這麼想著的露絲，下巴變得柔和，眼睛變得像有火在燃燒。她太痛恨他了，所以不想跟他分享祕密，她心裡頭的祕密似乎跟他一點關係都沒有。這個巨大的身軀在街燈下隨著自己一起大步前進，餓得跟個鬼一樣，老想聽些話來刺激他自己。男人就是這麼一回事，總覺得用嘴巴做愛很重要。對她而言，兔子幾乎與其他男人沒啥不同；除了這一點之外：在不知不覺中他已經跟她緊緊地黏牢在一塊；露絲在這場愛與慾糾結成一團的男女關係中顯然無法脫身。

她心裡的感激之情漸漸變淡，卻聽見他說：「不，我不要說再見，我要的是妳回答我的問題。」

「那你要的答案是：有。」

「那哈里遜呢？」

「爲什麼你這麼在意哈里遜？」

「因爲他很臭。而且如果哈里遜跟我對妳來說都一樣，那我也很臭。」

此時此刻，她的確覺得這兩個男人都同樣臭——事實上她還比較喜歡哈里遜，只是因爲可以換個口味；同時，也因爲他不會堅持自己是有史以來最偉大的——但她撒了謊道：「你們才不一樣呢！你們屬於不同的聯盟。」

「跟妳及他在那間餐廳面對面坐著時，我有一種很奇怪的感覺。妳對他做過哪些事？」

「喔！我不知道，你要做哪些事？你做愛時不就是試著跟某人親近？」

「那麼妳願意對我做出妳對他做過的每一件事嗎？」

這句話讓露絲的皮膚好奇地發麻起來，渾身彷彿被人擠壓著，感覺十分痛苦。「當然可以，假如你硬要我這麼做的話。」光想到自己從良了一陣子後要再當起類似娼妓的角色，她全身的肌膚都不自覺緊繃起來。

哈利很孩子氣地鬆了一口氣，前排的白牙開心地閃閃發亮。「就這麼一次，」他保證說道：「眞的！我不會要求妳第二次。」他把手伸出來想環攬女孩的腰際，卻被對方不領情地推開。露絲只能暗自希望等一會後，他倆都別再談論到這個話題。

可惜上了公寓後兔子還是哀求道：「妳要做了嘛？」那話裡流露的無助感讓她吃了一驚。尚未適應屋內黑暗的露絲，發覺眼前這個男人看上去活像是套迷人的人型服裝，被吊在由他自己的臉龐所形成類似寬白色的門把上。

她沒好氣地問道：「你確定我們講的是同一件事嗎？」

「妳認爲我們講的是什麼？」他這個人吹毛求疵，連那些字眼都說不出口。

她說道：「把你吸乾。」

「沒錯，」他說道。

「這麼冷血，你就是想要。」

「嗯哼。那對妳來說很可怕嗎？」

這可是今晚這隻兔子難得露出的一丁點兒溫柔呢！它讓露絲也大起膽子。「還不會太糟啦！不過我可以問你，我今天到底做錯了什麼事嗎？」

「我不喜歡妳今晚的所作所爲。」

「我做了什麼？」

「就像妳剛剛那樣。」

「我不是有意的。」

「即便如此，我看到妳今晚的樣子，彷彿是在我們之間築了道牆；而這樣做是打破那道牆的唯一辦法。」

「你還眞可愛，反正你只是要『那個』嘛！」她很想給他幾拳、把他趕出去；不幸地是那個時機已經過了。

他重複一次問道：「這樣對妳來說很可怕嗎？」

「嗯，如果你覺得會它就會。」

「也許我不會。」

「聽好，我愛過你。」

「我也愛過妳。」

「那現在呢？」

「我不知道。我仍然想要繼續愛妳。」

那些該死的眼淚又在此時要溢出來了。她試著在自己的聲音崩潰前趕緊把話說出口。「你人眞好，你眞有英雄氣概。」

「不要耍嘴皮子。聽好，今晚妳背叛我，我需要看到妳跪下。」

「如果只要那樣──」

「不，不只。」

剛剛灌下的那兩大杯酒算是適得其反；她此刻昏昏欲睡，舌頭也傳來一股酸味。她胃裡難受的翻攪感讓她覺得自己必須把兔子留下來；不過心裡卻想說：這樣會嚇到他嗎？這樣會不會讓他不再愛我？

「就算我做了，那又能證明什麼？」

「證明妳是我的。」

「我要不要脫掉衣服？」

「當然。」哈利迅速而俐落地脫下衣物後，把他那身美好高大的軀體站在陰暗牆邊。他笨拙地倚在牆上；一隻手不知道該擺在哪裡，就只好把它舉放在肩膀上。他整個羞澀的姿態有一種即將振翅高飛的張力，宛如他是位天使，只等待露絲的一聲令下。褪去最後一件衣物的女孩，雙臂下垂碰觸到身體兩側，覺得非常冰冷。最近這個月來她總是覺得冰涼，她的體溫大概是被分散了還是怎麼樣的。在逐漸變亮的燈光下，男人輕輕地轉過身來面對露絲──她閉上眼睛告訴自己，「它們不醜、不醜……」

※

八點過後不久，史賓格太太打了通電話到牧師公館。艾克斯太太告訴她，傑克帶著一支青年壘球隊到十五哩遠的地方比賽，不知道何時才回得來。對方驚慌失措的聲音，透過電話線傳了過來；這使得露西也緊張地花了近兩個小時在拼命打電話，試圖聯絡上她的丈夫。天色漸漸暗了，她終於跟對手隊伍的教會牧師通上話；可是對方回覆她「比賽早已在一個小時前就結束了」。外頭的天空愈來愈暗，在放著電話的窗台上，那扇窗變成一面上了蠟的條紋鏡子。露西看到鏡中的自己：頭髮沒有紮，身子在電話簿與電話之間，來來回回地甩動著。由於聽到電話輪盤在滴滴答答地撥個不停，她的大女兒喬伊絲便走下樓梯靠在母親身旁。露西帶她上樓過三次，但其中有兩次她又自行下了樓；她看起來受到了驚嚇，一語不發，只能把整個小軀體的重量，沉甸甸地倚靠在媽媽腿上。整棟房子裡，一個接著一個的房間均被黑暗所圍繞；只有電話周遭像是座發光的小島，不過它四周卻又布滿了威脅。直到第三次喬伊絲沒有再從床上下樓來時，露西的心中產生一種罪惡感，並感到自己被人遺棄了，彷彿她把唯一的盟友出賣給了那些代表陰影的對手。她打電話到教區裡所有她能想得到問題個案的家中，試過教區代表、教會祕書、負責基金勸募的三位聯合主席，打給耳聾的教堂老司事安古斯，甚至是住在布魯爾市區專門在教鋼琴的風琴手。

時針已經過了十這個數字，整件事情變得越來越尷尬：聽起來像是她被遺棄了；事實上露西也眞的被嚇壞了，艾克斯似乎就從這個世界上消失了。她泡了杯咖啡，任憑自己待在廚房裡虛弱地哭泣著。她是怎麼淪落到這個地步的？是什麼東西讓她捲入的？她憶及她先生的喜悅；他從前總是很快樂的。若有人看過艾克斯從前在神學院的樣子，任何人都無法想像他後來竟會變得如此嚴肅。他跟他的朋友坐在空蕩蕩的老舊房子裡，四周排列著精美的藍色封面解經作品——如今這一切看上去猶如個優雅的玩笑。她還記得自己和他們一起打過壘球，那一次是阿塔拿修信教徒隊（Athanasians）[27]跟阿萊亞思教徒隊（Arians）[28]的比賽。不過現在的她再也看不到他的歡樂了，因爲它全部都被艾克斯拿去耗在別人的身上，耗在這個猙獰虛無的教區裡。這整個教區的信徒就是她的敵人；她憎恨他們，憎恨那些黏人、古怪、全身顫抖的寡婦，以及基督教青年會裡的人。如果被俄國人統治，至少還有個好處，那就是他們會讓宗教銷聲匿跡。早在一百年前它就該銷聲匿跡了吧！又或許它不該如此，或許我們軟弱的心靈還會需要它，不過請讓別人去負責吧！一旦宗教上了傑克的身，它就顯得太枯燥乏味了。有時候她會替他感到難過；但這一次同樣的感覺來得太突然了。

㉗阿塔拿修信是希臘亞歷山大主教。公元五百年通過的《亞大納西信經（Athanasian Creed）》對三位一體教義提出最終的明確定義。關於人，基督教義首先認爲，人是按照上帝的形象造出來的，因此在上帝彰顯自己的作爲時，人必然起決定性的作用。既然人反映上帝的形象，上帝在實踐自己的計畫時就必然要求人的合作。上帝和人互相緊密依附，可以說上帝和人是互相爲了對方的緣故而存在的。

㉘阿萊亞思是亞歷山大神學家，他創立了阿萊亞思教，認爲耶穌根本不是神，只是比一般人神聖罷了。

當艾克斯終能踏進家門時，時間已經是十一點二十五分了；原來他剛剛一直待在藥房與他教區內的一些青少年在閒聊；那些白癡小子什麼都告訴他，每個人抽菸都抽得像根煙囪一樣：所以他回家後還沉醉在約會時你可以對女生「攻佔到幾壘」同時也依舊愛著耶穌……等等這類孩子氣的話題裡。

艾克斯一眼就看出來他的老婆氣得七竅生煙。但身處於藥房的那段時光對他而言眞是太開心了。他愛孩子；他們的信仰對他們本身來說顯得那麼地眞實，而參與其中亦讓自己感受到輕快無比。

露西把史賓格太太的話傳給她先生；她想這可以算得上是番斥責了，不過那卻沒有得到任何效果。因爲牧師對自己妻子無形中度過的這一個可怕晚上，幾乎沒有正眼瞧過；他只是趕緊衝到電話那頭去。

他取出錢包，自他的駕照跟公共圖書館的借書證中，找到了一個他一直保留著的電話號碼——那是一把只能開一次鎖的鑰匙。他邊撥電話、邊懷疑這個號碼到底對不對；亦納悶自己是不是個傻瓜，把整件事孤注一擲地放在年輕佛斯納徹太太的一句話上；她可是位戴了一副可以當鏡子、又空洞易碎的可笑太陽眼鏡呢。遠方的電話聲持續響個不停：那份電力彷若是隻訓練有素的老鼠，匆匆跑過了幾哩長的電話線，僅是爲了要圓滿達成牠的任務，在終點那個不破的金屬盤子端頭咬上一口。他禱告，卻禱告得不得體，於是變成一篇充滿懷疑的祈禱文；他沒法子把上帝奉爲管理複雜電力的主宰者，反而得承認現代發明的文明電力是神聖不可侵犯的。另一端還是沒有人把話筒接起，艾克斯的希望漸漸消逝；他之所以沒有把電話掛了，乃是由於他已趨向絕望；不過就在此時，老鼠啃咬的聲響忽然停止了。那片金屬被人舉起了，這眞是一種開闊的空間，以及一種光明和空氣的感覺，穿過電話線朝向後方沖刷著，最後抵達到艾克斯的耳裡。

「你好。」接起電話的男人不是哈利，那聲音比他要找的朋友的嗓音還要緩慢與沙啞。

「哈利・安格斯壯在嗎？」腦海中那副太陽眼鏡正在嘲笑他往下沉的心；電話號碼不對。

「哪一位？」

「我是傑克・艾克斯。」

「噢，嗨。」

「哈利，眞的是你嗎？這聲音聽起來不像你。你剛在睡覺嗎？」

「算是吧。」

「哈利，你太太已經快生了。她母親八點左右打電話到這裡，而我才剛剛進門。」艾克斯閉上他的眼睛；在黑暗中寂靜輕輕地踱步，他感覺到自己牧師工作的本質、跟近期的整體表現，此時正在接受上帝審判。

「是啊，」遠處黑暗的角落裡傳來另一個人的喘息聲，「我猜我應該去找她。」

「我希望你可以。」

「我認爲我應該去，我的意思是孩子也是我的。」

「正是這樣。我會在那裡跟你碰面，是在布魯爾市的聖約瑟醫院。你知道在哪裡嗎？」

「是的，當然。我走十分鐘就到了。」

「你想要我開車去接你嗎？」

「不，我會用走的。」

「好吧，如果你喜歡這樣。哈利？」

「嗯？」

「我非常為你感到驕傲。」

「是，好的。我會去找你的。」

掛掉電話的哈利，感覺上自己已經被艾克斯從地上伸過來的手找到了。牧師的聲音聽起來細弱無力，好像被埋在土堆裡。露絲的臥室則是一片昏暗；外頭的路燈倒成為一輪低掛的明月燃燒不停，並且把陰影投進了室內的搖椅內側、睡了人的床鋪、以及扭曲的床單上。直到他認清這具電話從此將再不得安寧之後，才逼得自己把床單掀開。對面教堂明亮的玫瑰色窗子依舊亮眼：紫、紅、藍、金等顏色宛如不同的鐘聲在夜色中敲起來。他的身體、他的整個神經和骨架都感到刺痛，好像是有小小的鈴鐺，上下懸掛在他發亮的皮膚上搖晃不止。他不知道自己是否成眠過，或者睡著了多久，是十分鐘還是五小時？他發現自己的內衣和褲子都掛在椅子上，便手忙腳亂地穿上它們；他的白襯衫似乎變成一群在草裡爬動的螢火蟲。在要把手指伸進這個幻想的景象前，他還猶豫了一秒鐘；不過在他的觸摸下幻影變成了具體的布料，安全了，卻是沒有生命的。他手裡拎著衣服走到女人靜靜躺著的床邊。

「喂，寶貝。」

被單下長長的物體沒有動靜。只有露絲頭髮從枕頭上緣探了出來。他感覺得到她沒有睡著。

「喂，我要出去一下。」

沒有回答。假如她沒睡著，她應該聽到他在電話裡說的一切——可是他說了什麼呢？除了被逮到的這種回應之外，他什麼也記不得。露絲只是沉重又悶悶不樂地躺著那裡，把她的身軀隱藏起來。今晚其實蓋條被單就夠熱的了，但她卻說她很冷，硬要把一條毯子放在床上。這差不多就是她唯一說過的話。他後悔逼她做那檔子事。除了在當時感覺對了之外，他也不明白自己爲什麼想要她對自己進行口交。他想或許這會有什麼突破；反正她也爲其他男人做過，那跟他做這件事又有何不對？倘若她不想要；倘若這樣做會讓她噁心，那她爲什麼沒有如自己一半所預期地那樣，去拒絕這份要求呢？他一直用指尖輕觸露絲的臉頰。他當時想要拉直她的身子、抱抱她，單純地跟她道個謝，並且跟她說「好啦，妳又是我的囉」；但他不明白自己爲何就是停不下來，他總在想著下一刻將要抵達的快感，也直到整個激情過程都結束後，他才了解到就算他想喊卡也已經太遲啦！但那一剎那間，一種奇怪的、漂浮不定的高傲感也隨之消失；反倒是羞恥心陡然降臨。

「我太太要生小孩了，我必須去陪她度過。我會在幾個小時之後回來。我愛妳。」

可是眼前被單下的軀體、與露出毯子外那團半月型的捲髮仍舊是無動於衷。他很肯定露絲沒有成眠，他想，我把她弄死了。眞可笑，這種事情又不會弄死她，這跟死根本無關；但是這樣的想法讓他動彈不得，不敢再繼續碰她，只能讓她靜靜聽著他說話。

「露絲。我得馬上走了。她正在生的是我的孩子，她很笨，一個人熬不過去。我們的第一胎就生得很辛苦。至少，這是我欠她的。」

也許這不是說這件事的最好方法，不過他還是試著解釋著；可是露絲的全無回應使他害怕，也開始讓他覺得痛苦。

「露絲，喂。如果妳什麼都不說，我就不回來了喔。露絲。」

她就躺在那裡，類似某種死掉的動物，或是像有人在車禍後被蓋上一塊防水布一樣。他覺得假如他過去叫她，她就會宛如公主般的甦醒過來；不過他就是不喜歡這種被人操弄的感覺，更何況他也開始生氣了。他穿上襯衫、外套或領帶則就免了；但穿襪子對他而言彷彿穿了一輩子似的；因爲他的腳底永遠特別黏。

⁂

房門被關上時，露絲從喉底升起滿滿的、濃濃的、悲傷的情緒，呑沒了她嘴裡頭的海水味，以至於她非不得已必須坐直身子透口氣。此時眼淚就從她閉上的雙眸中滑了下來，把嘴角弄得鹹鹹的；屋裡頭空蕩蕩的牆壁變得既厚重、又眞實無比。這一切如同回到她十四歲時的所想的：若她的體重能減輕個二十磅，那全世界的樹、太陽和星辰就會美麗地搖擺著、並且各歸其位；只有區區二十磅耶，這對於那位有能力指引著田野上每朵花，變成各自迷人型態的上帝來說，算得上什麼呢？只是現在的她，曉得自己所祈求的並非什麼迷信的東西；只想要一分鐘前還存在於她房間裡的男人——哈利！當他心情好時可以把她變成一朵花，把她肉體上頭的衣服卸下後，轉變成爲甜美的空氣；是的，他都叫她「甜蜜的露絲」。假如他剛剛是喊她「甜心」，那她或許就會回答他，而他也就會依然佇立在這間臥室。不！從第一晚起她就知道他太太會贏，他們之間有份羈絆。反正不管如何，她確實覺得自己的情況很糟：一股想要嘔吐的衝動湧上心頭，這讓她對任何東西都不在乎了。她直奔到廁所、跪在磁磚上，看著馬桶裡橢圓形靜止的水，好像這些水眞的能爲她做些什麼似的。在經歷發生她身上的這些事情後，她已經不會眞的要吐，但無論如何她就是喜歡逗留在浴室內；這樣做使她覺得很快樂。她裸露的雙臂放在馬桶冰冷的瓷座墊上；她也對胃裡的威脅漸漸習慣——它沒有消失，一直跟她在一起；不過在半昏半醒的狀態下，她覺得讓自己噁心的這回事似乎也稱得上是某種朋友。

＊

到醫院的路上兔子大部分是用跑的。先從夏日街往上一個街區，再沿著揚奎斯特街向下走——這是一條跟北邊威瑟街平行的街道，一路上有一些磚造的寓所、幾棟廢棄的店面、隱約散發皮革味的修鞋小鋪、昏暗的糖果店、櫥窗裡掛有龍捲風肆虐過後照片的保險代理商家、印著金色字體招牌的房地產公司、以及一家書局。揚奎斯特街跨過一座舊式木橋後，與穿越市中心的鐵軌交會。這鐵路兩旁的石牆被如苔蘚似的柔軟煤煙燻黑；下面深處的金屬線條在黑暗中則像是一條河流，帶著上頭由霓虹燈潛照下來、彷若落日般粉紅色調的狹窄光線，沿著此條鐵路街道一路而下。音樂響起了，老舊橋上的沉重木板被火車頭散放的煙抹上一層黑蠟，而且他一腳踩下就會傳來隆隆聲。從小在小鎮長大的他，總是擔心走在城市的貧民窟中將被人莫名其妙地捅一刀。

哈利跑得更賣力了；眼前的人行道開始變寬，停車計時表也逐漸出現，還有一家新開的免停車銀行，就矗立在古老的Y.M.C.A機構正對面。他爲了抄捷徑，跑進Y.M.C.A建築物和一座石灰岩建材的教堂小巷之間，看見教堂那些加了鉛框的窗子，正把聖經故事顚倒的景象朝著街道顯現；不過他看不懂那些人物在做什麼。從Y.M.C.A.屋子高處的一個窗口傳出了撞球的擊球聲；此外，整棟大樓開闊的側面沒透露半點人氣；透過玻璃側門，他望見一位老黑人在綠色的水族館燈光下打掃著。此時他腳下踩的是某種樹的漿果種子；那熱帶風味的狹窄葉子猶如暗黃天空襯托下的黑色長針，它是從中國、巴西或者某個地方引進的，因爲它能生長在煤煙與塵霧之中。聖約瑟醫院的停車場是片鋪柏油的廣場，上頭漆了條紋，四周排列著適應這座城市環境的樹種。在這塊堅實開闊的空間裡，在樹群的上方，兔子發現了一輪明月。於是接下來的幾秒內，他就停下腳步、嘗試與頭頂月亮悲傷的面容溝通，身體僵硬地停駐在柏油路面，反映出的一方小小、凌亂、屬於自己的陰影。他仰望天上那顆巨石散發出一如金屬般的明燦光芒，似乎也在呼應著他從炙熱皮膚裡冒出來的心頭大石。他向月亮祈禱，希望一切平安無事；然後便踏進醫院的後門。

鋪了油氈的院廳裡瀰漫著消毒酒精的氣味。哈利穿過大廳走向櫃台。「安格斯壯，」他告訴打字機後面的修女：「我想我太太在這裡。」

她擁有一張像洗衣婦的豐滿臉龐，周圍被扇形的亞麻布給包起來，感覺上成了一塊裝在紙杯裡的蛋糕。她翻查手上的卡片後說聲「是的」，並微笑了起來。以小小鐵絲鑲邊而成的眼鏡，正從她的雙眼前頭滑得低低的，被架在臉頰上端兩團胖胖的鼻墊上。「你可以在那裡等候。」修女用一支粉紅色的鋼筆指了指，另一隻手則放在打字機旁一串黑色的珠串上──這跟他曾買來當耶誕禮物送給珍妮絲、上面刻了爪哇文的項鍊珠子一般大小。站在那裡的兔子直瞪著她；本來他期待聽到她說：妳太太已經到這好幾個小時了，你都跑到哪兒啦？但沒有；他無法相信：這位修女只把他當成一位即將成爲人父的普通男子來看待。他凝視著她那隻蒼白但自在的手，也是隻彷彿未照過日光的手，把櫃台上那條黑色的項鍊向下拉滑到身側的大腿上。

有另外兩個男人，早已在房外盡頭的等候區好整以暇地靜待著。這裡是前門入口大廳；就醫及探病的人潮正裡裡外外進出著。哈利坐在一把人造皮革的椅子上，手碰到它鉻製的扶手；那份金屬的觸感、與四周一種鬼鬼祟祟、滴滴答答的寂靜氛圍，讓他覺得自己像是名待在警察局的罪犯，而眼前這兩個男人則是逮捕他的警察，不過他倆似乎很刻意地忽視他。在緊張中他從桌子拾起了一本雜誌；它是一本跟讀者文摘同樣大小的天主教雜誌。他試著去讀起一位英國律師的故事：這名律師覺得有關亨利八世沒收修道院財產的這回事在法律上很不公平；同時他因爲對這件事顯得極度熱中，竟改信了羅馬天主教，最終還成爲一名修道士。附近兩個男人低聲地交頭接耳；其中一人或許是另一位的父親。比較年輕的那個男子一直搓弄著他的手，並對老人在耳邊的低語不住地點頭。

艾克斯進來了。眨著眼的他，臉龐在衣領之中顯得骨瘦如柴。他對著櫃桌後頭的修女打招呼：伯納修女。兔子站直了身子，腳踝感覺輕飄飄的；當牧師朝自己走來時，他發覺對方的眉宇之間仍然慣性地皺著眉頭。艾克斯被醫院的亮光刺得張不開眼，前額也因此蝕刻出紫色的紋路。他那天剛巧理了髮；轉動頭部時，他耳朵上方的修剪之處，彷彿鴿子喉嚨部位的藍色羽毛，發爍著隱約的亮光。

哈利率先問道：「她知道我在這裡嗎？」他沒料到自己居然也用起低語式的音量。他其實恨死了這種聲音裡散放出來帶有恐慌性的窒息感。

「如果她還清醒的話，我一定會讓她知道。」艾克斯的大嗓門，讓原先在低聲交談的兩個男人倏地抬起頭來。他接著就走到伯納修女旁邊；這位修女好像很喜歡聊天，雙方說著說著都笑了出來：艾克斯發出的是兔子熟知的傻笑聲，一如被驚嚇了一跳般地；伯納修女則笑得很純眞，從她稍微後縮、被臉上僵硬褶邊鏡框架所壓抑的喉嚨處，彈出的笑聲宛似少女的吹笛音。當牧師離開時，她正以被衣袖包覆著的手肘取起電話。

走回來的艾克斯面對面地正視著兔子，並嘆了口氣，遞給他一支香菸；這個動作看上去就像是牧師給予犯錯的教民一個懺悔用的聖餅似的，兔子大方地接受了。經歷過幾個月的不抽菸後，這次吸入的第一口菸讓他的肌肉錯亂，以至於他必須坐下身子後才能持續吞吐。牧師在附近拿了把堅固的椅子靠過來，卻看不出他有想要交談的企圖。一旦踏出高爾夫球場後，兔子就不知道要對艾克斯說些什麼了；他笨拙地把菸移至左手，並從桌几上取起另外一本雜誌；他確認了一下那是本與宗教無關的書，叫做《週六晚報》。它開頭文章的作者，從照片上看來是一位義大利人，述說著他如何帶他的太太、四個孩子跟岳母，一同到加拿大落磯山脈進行三週的露營旅行，卻只花了他們區區的一百二十塊美元（但這不算之前必須投資在一台輕型小飛機上的錢）。他的心無法讓自己再讀下去，反倒是不斷地在那文字上頭打滑、分岔。一幕幕珍妮絲尖聲喊叫的影像在他腦海綻放開來，嬰兒的頭從成堆的血中盛開著；珍妮絲一定在凝望著的那盞隆起的邪惡藍燈——假如她還清醒、假如果她還清醒的話；艾克斯是這麼說的——外科醫生套上了紅橡膠手套的雙手、跟戴了口罩的臉部，以及珍妮絲嬰兒般的黑色鼻孔被撐大，好吸進他此刻聞到的這種消毒水的氣味；那種味道沿著醫院裡被洗過的白色牆壁四處流竄，上頭的血、糞便、嘔吐物都被洗過了，直到每塊表面聞起來都像水桶裝的淨水一般；可惜的是，這裡永遠不會變乾淨，因為我們永遠會用自己的排泄穢物再次將醫院的每一個角落都填滿。

這時彷若有一塊潮溼而暖和的布料裹住了哈利的心。他很確信有鑑於他所犯下的罪，珍妮絲或是嬰兒必定有一個生命會去世。他的罪惡聚集了逃避、殘忍、猥褻與自負；一團黑色的硬塊體可能出現在嬰兒的內臟裡。儘管兔子的內心痛苦掙扎，可是他眞的想把新生兒體內的這個血塊排除、丟到別處，最後將他或她健康地還原回來；不過他依舊沒有把身子轉向他旁邊的神職人員，只是反覆地看著手中雜誌，有關於美味油煎鱒魚的那段句子。

在他內心恐懼之樹最遠的那一端，艾克斯正在那兒棲息著；牧師像隻黑色的鳥，用指頭翻動著雜誌，並對自己皺眉。對兔子來說他似乎並不眞實；除了他自己的感覺外，好像一切東西都變得不眞實。他的手掌刺痛起來；有一種陌生的壓力投擲到他身上，一會兒抓住他的腿，一會兒跑到他頸部底層。他腋下發癢的方式，就與他小時候上課遲到，必須沿著傑克遜街一路全力衝刺的情況一樣。

「她的父母在那裡？」他向艾克斯問道。

艾克斯被他的問題嚇了一跳。「我不知道，我去問修女。」他移動身體想要站起身子。

「不、不用了，看在耶穌的面子上麻煩安靜坐著。」艾克斯的言行舉止，活像他是這個地方的一半所有權人，這點實在讓兔子感到不快。哈利就是不想被注意到；但牧師卻硬要製造出一堆噪音。他把雜誌弄得卡嗒卡嗒響，彷彿他正在拆開一組放柳橙的木箱似地，還像個玩雜耍的人，用指頭四處彈著菸頭。

一名穿白衣的婦女——她不是修女——來到等候區並向伯納修女開口：「我有沒有在這裡留下一罐家具亮光劑？我在別處都找不到它。一罐綠色的，最上面有一種可以按的噴嘴，藥劑從那裡噴出來。」

「沒有，親愛的。」

她在裡頭找了找後出了去，但旋即於一分鐘後又跑回來，大聲宣佈著：「這眞是個奇怪的世界。」

隨著更遙遠的鍋子、馬車和開門聲交織而成的樂章伴奏，這份白晝進入午夜；但接著再轉成了另一個白天。伯納修女的值班工作，也由一位老修女接替下來；身穿成套天藍色服裝的老修女，整個人看起來彷彿在攀登到聖地的過程被困在空中似的。那兩個總在低聲交談的男人走向櫃台，說了幾句話後就先離開，但他們的危機尚未解除。於是等候室現場只剩下艾克斯和哈利了。豎起耳朵的兔子想要在醫院靜謐迷宮深處中的某處，捕捉到他孩子的啼哭聲。他常常自以爲是地聽到了；一隻鞋的摩擦聲、街上的狗吠聲、護士們的咯咯笑聲都足夠騙倒他。哈利並不期望珍妮絲痛苦的成果能產生出人類的噪音；他有種詭異的想法倒是不斷地增長：他想到它會是一個怪物，一個他製造出來的怪物。在哈利心裡，那個當初使得珍妮絲成孕的一戳，跟他幾小時前那變態地強行進入露絲體內的一挺，已經混淆不清。頃刻間他的色慾全退，僅僅凝視著自己還記得的、那些身體上在驅動他盲目衝向前方的扭曲與抽搐。他的人生似乎是一連串奇怪、可笑又盲目姿態的匯總，亦是一場沒有信仰的魔幻舞會。上帝不存在；珍妮絲會死：這兩種想法在一陣緩慢的思潮中同時到來。他覺得自己被困在水裡，任由成堆透明黏稠物形成的鎖鏈抓住不放；而那正是他急切射進女人溫暖體內的大量分泌物所構成的幽魂。他把手指放在自己膝蓋上，撥弄著那些想像中揮之不去、令人作嘔的細線。

瑪麗・安（Mary Ann）。每當年輕時期的哈利全身疲憊、僵硬而困頓地完成一場籃球賽後，他總會發現這個女孩站在刻有校訓下頭的前方台階等著自己。然候他們會一起漫步在十一月的白色煙霧中，經過覆蓋樹根的潮溼落葉堆，走到他父親新買的那輛車子；再一路把車開到車裡頭的暖器都熱了後方才停下。她的身體彷若一株分支的樹，上面築有許多溫暖的巢穴；它們在兔子的碰觸下總顯得含羞帶怯。由於瑪麗·安對男女那回事還不是那麼篤定，兔子因此覺得比她塊頭大得多的自己是個優勝者。於是他便以一個優勝者的身份來到她面前；這正是他在後來歲月裡經常懷念不止的感受。同樣地，她也是學校那些女生之中最棒的，因為相較之下，她是最常帶領他到那個精疲力竭神奇境界的女孩。有時候，恣聲喧嘩的體育館內照出強光眩目，這些光線在他受到汗水侵蝕的眼睛後頭，轉變為一片陰暗的預感；預期他能於灰色隔音車頂下，在這名女孩的曲線身材上所體驗到的溫柔觸感。而當他倆眞的來到了車裡頭，比賽時明亮的勝利滋味還不斷閃過她平靜的肌膚，加上車外雨水於擋風玻璃上所形成的陰影條紋；哈利終能將這兩種勝利在心裡合而為一。可惜的是，當他畢業後在外地當兵時，瑪麗她結了婚——讀到母親家書後註解的此行文字，讓原本一心想靠岸棲息的哈利，就這樣被狠狠地推向大海深處；這顆震憾彈就發生在他隨軍隊準備要啓航出海的那一天。

但是兔子此刻卻覺得愉悅；禁錮在腐蝕鍍鉻椅子上、正被香菸薰得全身不對勁的他，竟能開心地記起他人生中的第一個女孩；從他心田流出的清水因而倒入一只快樂的花瓶裡。不幸地它卻被艾克斯突然發出的音波震動而打破。

「嗯，我已經把傑基·詹森的這篇文章從頭到尾讀完，而我卻不知道他在說些什麼。」艾克斯說道。

「呃？」

「這篇傑基・詹森談他爲什麼要離開棒球場的文章。就我所知，身爲一名棒球手面臨的問題，其實就跟當牧師的一樣。」

「嘿，你不想回家嗎？幾點了？」

「大概兩點。可以的話，我想留下來。」

「如果你是怕我逃走，放心！我不會的。」

笑了起來的艾克斯，仍然坐在原位上不動如山。哈利當初對他的第一印象就是固執難纏；如今中間那些曾經互相稱兄道弟的感覺都被抹去，他對這名牧師的印象又重回到最初的原點。

哈利告訴他：「她生尼爾森時，那可憐的孩子足足忍受了十二個小時。」

艾克斯說：「生第二胎通常比較容易，」然後看看他的錶。「現在還不到六個小時呢！」

一件事接著另一件事發生。史賓格太太此時從貴賓室裡走出來；她之前一直都待在那裡頭，並在經過產房等候區時對艾克斯不自然地點了點頭。從眼角看見哈利時，她疼痛的雙腳就突然地踉蹌起來，差點跌坐在自己的高筒皮靴上。牧師趕緊把身子站直，陪著她穿越大門走向醫院外頭去。過一會後他倆跟著史賓格先生一起走回來。史賓格先生打著一個小領結，穿著一件新洗燙過的襯衫。他那沙色的小鬍子由於經常被修剪，以至於他鬍子下的上唇，看上去變得有點朝中間縮攏而變皺。他率先開口：「你好，哈利。」

儘管哈利岳父母先前也許已經跟艾克斯聊過一些相關事，但這句來自她丈夫的禮貌招呼，還是刺激到了這個胖巫婆。她轉向女婿說道：「年輕人，如果你正像隻禿鷹一樣坐著，心裡頭詛咒著她死掉，那你最好回到你住的地方去；因爲她沒有你也可以過得很好。」

其他兩名男人趕忙催促著她離開；同一時間櫃台老修女穿越書桌的眼神，也伴隨著她古怪的微笑，朝著他們這夥家屬團盯看——她聾了嗎？儘管被刺痛、也被傷害了，史賓格太太對哈利的攻擊，卻是多日以來，第一次有人對他所犯下的滔天大罪，做出如此適切的評論；而這整件事的後續發展，也還在醫院裡布滿肥皂水味的布幕後方某處，悄悄地運作著。在聽到老婦人直爽的責備前，兔子本來是孤獨地待在一顆死亡星球上，並沿著一顆龐大的氣態太陽星——珍妮絲的生產——四周繞行著；此刻他妻子從後頭產房裡傳出來的尖叫聲，雖然聽起來充滿恨意，終能把他的孤寂感刺穿殆盡。一旦能補捉到珍妮絲分娩時所發出的嗓音，讓原本一直纏繞著哈利的恐懼念頭，類似她或小孩可能會死掉之類的，就已被成功地減半。珍妮絲從死神那裡聞到的詭譎氣味，史賓格太太彷彿也聞到了；於是這種心照不宣的祕密分享，彷彿成了他跟世上任何人之間一種最寶貴的聯繫。

打算走回到醫院外的史賓格先生，在經過哈利身側時，給了女婿一個既痛苦又複雜的微笑，裡頭交織著爲他妻子道歉的意思（我們兩個都是男人，我懂）；與要跟兔子保持距離的冀望（即使如此，你的表現還是不可原諒的，所以不要碰我），以及身爲一名資深汽車推銷員所擁有的機械式反射禮貌態度。哈利心想：你這卑鄙小人；並把這個想法向著眼前使勁關上的門丟過去。你這個奴才；大家都跑去哪兒了？他們是打哪兒來的？爲什麼不能有人駐足休息一下？後來艾克斯回來了，遞給兔子另一支香菸後又再次離開。抽菸讓他的胃底顫抖起來，喉嚨就像嘴巴打開睡了一整夜後，那種在隔天早上醒來所品嚐到的感覺一樣：口臭拂過了自己的鼻孔。

此時有位胸部長得像個桶子，醫師袍口袋前掛著兩隻小小、彎彎、軟軟活像手之類難以理解東西的醫生，以不確定性地姿態來到大廳。他問起哈利：「安格斯壯先生嗎？我是克羅醫師。」哈利從未見過他；珍妮絲產第一胎時是由另一位產科醫生負責；而在她經歷過那次難產後，她父親讓女兒換了這個主治大夫。珍妮絲通常每個月去向他看診一次，並會把他的一些故事帶回家，談到這個醫師是多麼地溫和親切、雙手是多麼不可思議地溫柔、以及他似乎能夠精確地知道當個孕婦的感受是什麼。

「怎麼樣？」

「恭喜！你有一個漂亮的小女兒。」

由於克羅醫師匆促地伸出手來，以至於哈利只有時間能把手舉起一半，所以就用目前的蹲伏姿勢接受這個好消息。醫生的臉被醫療裝備磨擦得呈現粉紅色——他掛在一邊耳朵上的無菌面罩已被解開，蒼白厚實的嘴唇暴露了出來——在兔子試著賦予這個出乎預料的「女兒」詞彙某種型態和色調的過程，克羅醫師變成了參與其中的一個重要角色。

「眞的嗎？沒事了嗎？」

「七磅十盎司重。你的老婆始終保持清醒，而且在分娩後還抱了嬰兒一分鐘。」
「眞的？她抱著她？是嗎？是不是難產？」
「沒——有。過程一切正常。剛開始，她似乎很緊張，但分娩的過程卻很正常。」
「那太好了！謝天謝地，眞謝謝你。」
克羅醫師就站在哈利眼前，展現起他不自在的笑容。剛從生產的坑道裡離開，遇見這個開闊的空間反而讓他變得結結巴巴。在過去數個小時中，他比哈利之前曾有過的經驗都還要更接近珍妮絲：他用手在她的根部挖掘搜尋，亦在如同地震似的震動中他騎著女人的身體；不過此刻對方並沒有帶回什麼要吐露的東西：沒有詛咒，也沒有祝福。哈利擔心醫生的眼睛會震天巨響地揭露它們先前吸收到的祕密；但克羅醫師的注視裡不帶有任何的憤怒；甚至連微弱的斥責意味都沒有。他似乎只是把哈利看成那些多少必須付點責任的丈夫，所組成行進隊伍中的另外一名成員罷了；這些人沒有大腦地播下種子，卻是他終其一生要去收割的後果。
兔子問道：「我可以去看她嗎？」
「看哪個她？」
哪個她？現在的「她」已成爲一個模稜兩可的字眼——這讓他驚訝不已。由於新生命的降臨，這個世界變得更厚、更密了。「我的，我的太太。」
「當然，沒問題。」克羅醫師很客氣，可是他看上去像是無法理解：爲何哈利探妻竟然需要得到他的允許。他一定知道發生了啥事，卻不明白在哈利和人性間的罪惡缺口有多大。

「我原先以爲你是指小女娃。若是她，我希望你能等到明天的會客時間再來看小孩；因爲現在沒有護士能抱給你看。不過你的太太是清醒的，我剛也說過。我們給了她一些伊奎寧藥物。那只是一種鎮靜劑、是氨甲丙二酯。此外，請告訴我——」他緩緩地靠近哈利，皮膚通紅而且衣服乾淨「——她的母親能來看她一會兒嗎？她已經吵了我們一整晚。」他在問我耶！哈利心想：他，一個逃跑的男人，通姦的男人，甚至是個怪物；醫生必定是瞎了吧！或者只是因爲你當了父親就使得每個人都原諒了你——那畢竟是我們在醫院唯一確定的目的啊！

「當然。她可以進去。」

「在你之前或之後？」

猶豫起來的哈利，記起剛剛史賓格太太來到他空蕩蕩星球上的拜訪情況，「她可以先進去。」

「太好了，謝謝你，那麼她就可以早點兒回家了。我們會在一分鐘內把你太太推出來。所有人都會被告知可以待上約十分鐘的時間。護士們正在幫你太太準備。」

「太好了。」哈利坐下來，表現出他是多麼的柔順隨和；然後又再次站起來。「嘿，順便謝謝你，太感謝你了。我不了解你們醫生是怎麼做到的。」

克羅聳聳肩，「她是個好女孩。」

「我們生上一個孩子的時候，我簡直是嚇傻了。花了好久的時間。」

「她在哪裡生的？」

「在另外一家醫院，強調順勢療法的醫院。」

「嗯哼！」這個進入產道卻沒有帶著雷霆震怒出來的醫生，卻在聽到競爭對手的醫院時發出懷恨的火花，然後狠狠搖動著他漲成粉紅色的臉龐後，走開了。

此時的艾克斯走回院內，把牙齒露出笑得像個學童一樣；兔子無法將注意力保持在他那愚蠢的臉上。牧師提議他倆感謝上帝；因此隨著朋友的靜默，兔子亦茫然地低下頭；他感受到自己的每一個心跳，似乎平穩地撞擊在眼前開闊的白牆上。當他最後抬起頭來，所有的物體彷彿都變得無盡地堅實、又帶有點傾斜的模樣，似乎就要逐一生氣蓬勃地跳躍起來。他眞正的幸福在於：當他站在一具梯子頂端的那一級，依舊不斷地嘗試看能否再跳得更高一點；因爲他知道他自己必須這麼做，心裡頭才可能覺得踏實下來。

克羅醫師話裡曾提到護士們正在爲珍妮絲「準備」——這奇怪的語氣彷彿說她是個五月皇后似的。後來醫護人員領著哈利到他妻子病房時，他本來預期見到她頭髮上綁著緞帶，紙花纏繞在身旁兩側的床柱上。不過他看到的還是珍妮絲的老樣子；躺在一張高高鐵床上的兩張光滑被單之間。她把臉轉向她丈夫說道：「嘿，那不是誰來著？」

「嗨，」出聲回應的哈利朝珍妮絲走去、親吻了她，試圖表現出無盡的溫柔。他俯身的方式，猶如他正在觀賞一朵玻璃花；他老婆的嘴巴沉浸在乙醚甜美的臭氣之中。讓他驚訝的是，她把手臂從被單裡伸出來抱住他的頭，並且將他的臉壓向她在乙醚中柔軟、快樂的雙唇上。

「嘿，放輕鬆點。」他說道。

「我沒有腿，」她說著：「那感覺太有趣了。」她的頭髮在腦殼上被緊緊地綁成一個衛生結，臉上也沒有化妝。她那小小的腦殼靠在枕頭上，顯得烏黑顯眼。

「沒有腿？」他往被單下看，看到那雙腿平平地延伸成一個動也不動的V字型。

「他們最後給我的脊椎不知道注射了些什麼。所以我對任何東西都沒有感覺，我躺在那裡聽到他們說要用力推，接著這個滿月臉的小嬰兒就皺著眉瞪著我。我跟母親說她長得像你，可是她不想聽。」

「她在外面罵了我一頓。」

「我希望他們沒讓她進來。我不要看到她，我要看到的是你。」

「眞的嗎？天啊！爲什麼，寶貝？我曾做了那麼卑鄙的事。」

「不，你沒有。他們有告訴我你在這裡等我，一時之間我想的就只有：她是你的小孩，而我就像在生你一樣。我的體內充滿了麻醉劑，我彷若像沒有腿般的飄浮在空中，我只能一直說、一直說。」她把雙手放在肚子上，閉上眼睛微笑著。「我眞的很醉。你看，我躺得平平的。」

「如今妳可以穿上妳買的泳衣了，」他說畢後就微笑地漂浮進入她溢滿乙醚的對話中；兔子覺得自己好像也失去了雙腿，而他的背正漂浮在一片乾淨的大海，並且整個人輕得像顆氣泡，在黎明前被泡了紙漿的被單與無菌的表面包圍著。恐懼和後悔的感受溶化了，而感激之情被吹脹地大到沒有邊際。「醫生說妳是個好女孩。」

「嗯，這麼說不是很傻嗎？我才不是。我可怕極了。我哭喊著叫他把手拿開，儘管我最擔心的是這可怕的老修女要用乾的剃刀刮我陰毛。」

「可憐的珍妮絲。」

「不，其實是好極了。我試著數起她的腳趾頭，但我頭暈無法數，只好數著她的眼睛：兩個。我們想要一個女娃娃是不是？請說，我們想要。」

「我想要。」他發現這是眞的——即使是話說出口後才發覺到這種慾望。

「現在會有人跟我一起對抗你和尼爾森。」

「尼爾森怎麼樣？」

「哦，每天他都在問：『把一拔回家家了嗎？』重複到我都想用皮帶抽他了，唉，這個可憐的小孩。別讓我談起這件事，這實在太令人沮喪了。」

「哦，眞該死，」他由衷說道，淚水刺痛了他的鼻樑；他原先還以為自己這些眼淚是不存在的。「眞不敢相信我竟做得出這種事情來，我不知道我爲什麼要離開。」

「嗚嗯……」她整個人深深地陷入枕頭，臉頰上綻開一個鮮嫩多汁的笑容。「我有個小嬰兒了。」

「太棒了。」

「你眞可愛，你看起來那麼高。」她閉起眼睛這樣說。當她再打開雙眸時，眼裡突然像充滿了個絕妙的點子似的；兔子可從來沒有看過妻子的眼神如此閃耀。她低聲說道：「哈利。房裡另一張病床的女孩今天回家了，你離開時要不要在附近逛逛，然後再從窗戶溜回來，這樣我們就可以整晚都醒著並肩躺在床上，跟彼此說一些故事？就當作你剛從軍中或其他地方回來一樣，你有沒有跟很多其他的女人上床？」

「嘿，我想妳現在應該睡覺了。」

「沒關係啊，那你跟我做愛的技巧就會更棒了。」她傻笑著，還試著在床上移動著。

「不，我不是指那個意思，你是個很好的愛人呢，你讓我生了個小孩。」

「就妳剛生完小孩的情況看來，對我來說你已經算是很性感了。」

「那是你的感覺，」她說道，「不過我還想邀你躺到我的床上，但這床太窄了。嗚。」

「什麼？」

「我突然間好想喝杯橘子汁。」

「妳是不是在說笑呢？」

「你才在說笑呢。對了，小嬰兒看起來脾氣很壞。」

此時有一位修女用起她的雙翼堵住門口說：「安格斯壯先生，時間到了。」

「來、親一個，」珍妮絲說道。哈利彎下身子，又吸進了一些她身上的乙醚。她碰了先生的臉，嘴唇是一朵暖洋洋的雲；怎知這朵雲忽然裂開，她用牙齒咬了他下唇一口。「不要離開，」她呢喃道。

「只是現在。明天我會再來。」

「愛你。」

「聽好。我也愛妳。」

艾克斯已經在病房外的休息室等他，問道：「她怎麼樣？」

「好極了。」

「你現在要回去嗎？去嗯，你現在住的地方？」

「不，」兔子回答，看起來簡直是嚇壞了，「看在老天的份上，我不能。」

「好吧，那麼你要跟我回家嗎？」

「聽著，你做的已經太多了。我可以去我父母那裡待著。」

「現在吵醒他們已經太晚了。」

「不，眞的，我不能再給你添麻煩了。」他下定決心要去接受這一切後果，他身體的每一根骨頭都因此鬆弛了下來。

「一點都不麻煩；我不是要求你住在我們那裡，」艾克斯說道。這漫漫長夜已經讓他的精神渙散。「我們有很多空房間。」

「好、好，很好。謝謝。」

他們沿著熟悉的高速公路開回賈基山。此刻的路上顯得空蕩蕩的，甚至連輛卡車都沒有。雖然這已是深夜，天空還是奇特地透出一種溫和的黑色，實際上算是灰色的。哈利默默地坐在車上、透過擋風玻璃凝視著前方。他的身體是僵硬的，靈魂也是僵硬的。蜿蜒的高速公路，似乎成了一條寬廣筆直的道路打開在他的面前。啥也不想的他，只想默默一路開下去。

牧師寓所靜悄悄的。前廳聞起來像個衣櫥。艾克斯引著他來到樓上一間空客房，那裡頭的床罩上還有些流蘇。他悄悄地使用浴室，然後穿著內衣、捲起身子後，躺進發出沙沙聲的乾淨床單裡，盡可能在這串行動過程中發出最小的音量。就這麼蜷曲在床側的他，很快地縮進了睡眠中；彷彿是隻烏龜縮回了自己的殼。對兔子今晚的這一覺而言，他要進入的不是個黑暗鬼魅的領域，那裡需要他時時警醒自己的心靈去攻城掠地；反倒像回到了自己體內的洞穴中，而熊爪正像外面的雨一般發出嘎嘎不停的聲音。

＊

陽光這個老小丑把這房間的四周鑲上一層金黃色。兩張粉紅色的椅子排在被薄紗覆蓋的窗戶兩側，光線抹上了窗子，再塗上一張書桌；那桌上灑滿了從信封紙撕下來的毛茸茸封口。此桌上方掛有一幅畫，畫中一位身著粉紅色的淑女正迎向自己走來。一個女人的嗓音這時輕叩著房門：「安格斯壯先生、安格斯壯先生。」

「是的。嘿，」哈利回應著，聲音嘶啞。

「現在是十二點二十。傑克要我告訴你醫院的會客時間是一到三點。」他認出艾克斯太太清脆中又有點挖苦的語氣，猶如在那後頭又加了一句：那你到底還待在我家幹什麼？

「喔，好的，我馬上出去。」他穿上昨晚所穿的可可色褲子，不過看到這些東西這麼髒實在讓他高興不起來，於是他拿著他的鞋子、襪子和襯衫進入浴室，讓它們在那裡呼吸了幾分鐘的空氣。儘管四周都是濺起的水，整間浴室仍然是霧濛濛。最後他拎著這些衣物出了洗澡間，打著赤腳、並只穿著一件汗衫就走下樓。

艾克斯的年輕太太正在那間大廚房裡忙碌；這次她穿的是卡其短褲和涼鞋，雙腳指甲上塗著亮眼的蔻丹。

「你睡得好嗎？」她從冰箱門後問道。

「睡得跟死了一樣，什麼夢都沒有。」

「那是完全清醒的結果。」露西說道，拿著一杯橘子汁輕快地「泮嗒」一聲放在桌子上。他想像對方該是看到他穿成這樣，胸前只遮了一件汗衫，不得不讓她的眼神迅速移開。

「嘿，不要麻煩了。我會去布魯爾市區吃些東西。」

「我不會給你蛋或任何東西。你喜歡吃奇利兒（Cheerios）玉米片嗎？」

「愛死它們了。」

「很好。」

橘子汁沖掉了一些他嘴裡毛茸茸的感覺。兔子瞧著她大腿的背面；她在流理台面收拾東西時，膝蓋後面的青筋浮現了出來。「佛洛伊德還好嗎？」他開口問道。他知道說出這個問題可能不太適當，因爲他如果讓露西回想起那天下午，她就會想起他曾捏了她的屁股；可是他對艾克斯太太就是有一種荒謬的感覺，覺得自己控制著一切，不可能會犯錯。

艾克斯太太轉過頭來，把舌頭靠在一側的牙齒上，嘴巴則歪向一邊，顯得若有所思，平平地直視著他。哈利笑開了；因爲她的表情就像是那種高中小姑娘，想要表現出自己懂得的道理，其實遠比她能說出來的話還要多。「他還是老樣子；你的奇利兒玉米片要加牛奶、還是奶油？」

「牛奶。奶油太黏稠了。大家都去哪裡了？」

「傑克在教堂，可能正在跟他那些不良少年其中一個打乒乓球，喬伊絲跟邦妮還在睡覺。也不知道爲了什麼，她們姐妹倆一整個早上都想看看待在我家客房的那個淘氣大男人。我花了好大的功夫才把她們擋在門外。」

「誰告訴他們我是淘氣鬼的？」

「傑克說的。他在早餐時對她們說：『我昨晚帶了一名淘氣鬼回家過夜，他以後不會再淘氣了。』小孩子把傑克所有的問題人物都取了小名——你是『淘氣鬼』；酒鬼卡森先生是『糊塗蛋』；麥米蘭太太是『夜裡打電話來的女人』；還有『下垂女士』、『助聽器先生』、『側門太太』、跟『快樂豆』。『快樂豆』其實很不快樂，是你根本不會想要看到的那種人；但有一次他拿了些象牙色的小膠囊給這兩個小女生，因爲裡頭放了些東西所以會搖搖晃晃地轉動，從那時候起他就成了我們口中的『快樂豆』。」

兔子大笑著，露西也把奇利兒玉米片遞給了他——可惜她的牛奶放太多了；兔子跟露絲住慣了，在那裡她都讓他自己倒牛奶；他喜歡牛奶的量只要能讓東西吃起來不乾澀就好，所以牛奶跟玉米薄片的量要平均——兩人間又愉快地繼續聊著天。

「之前發生了件很糟糕的事，好像跟什麼委員會有關。就是傑克跟其中一名教區委員通電話時，他突然想到可以給這個可憐人一個教堂的職務，好讓他振作起來，所以他就說了：『爲什麼不讓快樂豆當個主席什麼的？』嗯，電話那頭的人緊接著問：『快樂什麼？』傑克這才發覺自己說溜了嘴，可是他沒有像別人支吾其詞地一語帶過，反而一五一十地把孩子稱他爲快樂豆的前因後果都解釋清楚。當然囉，這個老古板的教區委員一點而也不覺得好笑。你知道嗎？他可是這個快樂豆的朋友耶！他們不全然只有工作上的交情，還經常在布魯爾市一起吃飯。傑克就是這樣，他老是說得太多；這下子這個教區委員或許正在告訴大家，牧師是怎麼開這個可憐悲慘『快樂豆』的玩笑。」

哈利聽著又笑了出來。他的咖啡來了，被裝在一個薄淺的杯子裡，上頭印著金黃色的壓花；露西則是拿著她自己的那杯，坐在餐桌的另一頭。「他說我以後不會再淘氣了？」兔子說道。

「是阿！他可是樂歪了！事實上他還唱著歌出門呢！他認爲這是他到賈基山鎭以來，所完成的首件具有建設性指標的事情。」

兔子打了個呵欠問道：「嗯，我可不知道他做了些什麼。」

「我也不知道，但每次聽他說起這整件事，老是一副沾沾自喜的模樣。」

艾克斯話裡的意思是說哈利已在他的掌控之下——這種想法讓兔子覺得很不是滋味。他感到自己的笑容僵在空中。「眞的嗎?他提過這件事嗎?」

「噢，講個不停!他很喜歡你這個人。但我可不知道原因。」

「因爲我就是討人喜歡!」

「這正是我常聽到的，可憐的史密斯老太太被你耍得團團轉，她認爲你眞是了不起!」

「那妳看不出來嗎?」

「也許我還不夠老;也許要等到我七十三歲吧!」露西端起咖啡啜了一口。杯裡散放的熱氣一靠近她的臉龐，便使得她細小雪白鼻樑上的雀斑看上去更加明顯。她也是個淘氣的女孩。是的，這點無庸置疑，她是個典型的淘氣女孩。她放下杯子，睜大杏眼望著兔子，雙眸裡寫滿了嘲諷的意味。「好吧，告訴我，有了新的人生，感覺如何啊?傑克老是希望我能有所改變，我也想知道改變有什麼値得期待的。你『重生』了嗎?」

「噢，我覺得還是老樣子!」

「但是你的表現卻不太一樣。」

他咕噥了一聲說道:「這個嘛……」，然後改變了坐姿。爲什麼他覺得這麼難堪?她一直想讓他覺得自己很蠢很孬，就只是因爲他要回到他老婆的身邊去，是嗎?他確實表現得不太一樣，連對露西的感覺都不同了。他失去了那天讓他出手拍她臀部的那種靈敏。他對她說道:「昨晚在開車回家的路上，我感覺前方正有一條筆直的道路;在那之前的我被陷在樹叢裡，不管走哪條路都沒有差別。」

眼前的艾克斯太太用兩手端著咖啡杯，彷彿端著一個碗似的；忍著笑意的她，瘦小的臉蛋露出在杯子上頭。哈利以爲她會哈哈大笑，不過她卻僅是靜靜地微笑著。他心想：她要我。

不過他忽然想起下半身失去知覺的珍妮絲，昨晚還在閒扯著腳趾、愛跟橘子汁之類的話題。或許是這些個念頭讓他的臉色一沉，因爲他發覺露西・艾克斯正不耐煩地轉過頭去，對他說道：「你最好趕快向那條筆直美好的道路走去。現在已經一點二十了。」

「從這走到公車站牌要多久？」

「不用多久。要不是需要照顧小孩，我也可以載你去醫院。」她聽了聽樓梯傳來的聲響。

「說曹操，曹操到──其中一個來了。」

他開始穿上鞋襪。大女兒墊著腳尖偷偷溜進廚房，身上只穿條內褲。

「喬伊絲，」她母親手上拿著空杯子往水槽走去，卻在半路上停下腳步。「妳快點回去睡覺！」

「哈囉，喬伊絲，」兔子說道，「妳是下來看看淘氣鬼的嗎？」

喬伊絲的肩胛骨挨著牆壁，緊盯著他瞧。她金黃色的肚皮鼓得大大長長的，一副若有所思的模樣。

「喬伊絲，」露西說道：「妳沒聽見我說的話嗎？」

「爲什麼他不穿上他的襯衫？」那孩子口齒清晰地問道。

「我不知道，」她母親說道，「我想他自認爲有個強壯的胸膛吧！」

「我有穿T恤啊！」哈利抗議說道；好像沒人看到他的汗衫似的。

「那是不是他的——努——房？」喬伊絲問道。

「不是，親愛的，只有女人才有乳房；這個問題我們已經討論過了。」

「該死的，假如我這樣穿讓每個人都不自在的話，」兔子邊說著邊把襯衫穿上。他的襯衫皺皺的，領口內側有點髒；他把它穿到響板俱樂部時還是乾淨的。他沒有帶外套，離開露絲家的那個夜晚實在太匆忙了。「好了，」他紮好襯衫說道：「非常謝謝妳們。」

「別那麼客氣，」露西開玩笑說道：「要乖喔！」那兩個女生於是陪著他一起走到大廳。露西白皙的雙腿、與小女孩裸露的胸部混成了一片雪白。小喬伊絲一直盯著他瞧。哈利不知道她到底在想些什麼。小孩子跟狗都能察覺到一些看不到的東西。他同時試著推算露西那句「要乖喔」的話裡，隱藏了多少嘲諷的意味；還是帶有什麼特別的意義。他希望她可以載自己一程；他想要，他眞的想要跟她一起進到車子裡頭。因爲他不甘心就此離去，所以他們之間的氣氛莫名其妙地變得很不自然。

他們站在門口；兔子、那肌膚宛如新生兒般的牧師妻子、以及夾在他倆中間的小女生喬伊絲——她那寬厚的唇型跟拱起的眉毛與父親如出一轍。露西的彩繪腳趾甲在他們底下並排流露出來，小小深紅色的指甲襯托在地毯之上。兔子在空氣中撥彈了幾下，彷若是要把什麼趕走；並把一隻手放在堅硬的門把上。這個「只有女人才有乳房」的話題如同鬼魅一般愚蠢地糾纏著他。他的目光因而從地面的腳趾頭，向上看見喬伊絲專注的神情；再往上斜飄到了她母親的雙乳位置：兩個突起的點點就隱藏在整齊而扣好的夏日風情短衫裡，胸罩的白影亦隱約可見。當他的目光與露西的眼神相會時，一件奇妙的事情立刻劃破了他們之間的靜默：那女人竟對自己眨了眨眼，但快如閃電。或許這是他的幻覺吧！他轉動門把，走下灑滿陽光的小徑上；胸中傳來一聲呢喃，彷彿有根琴弦就在那裡應聲斷裂。

＊

抵達醫院後，醫護人員跟哈利說珍妮絲正與小嬰兒在一起，因此能不能請他在外面稍候？於是他坐在鍍鉻的椅子上，隨手拿了本《女人日誌》的雜誌從後頭讀回來。就在此時，一位女性走進了他的視線：她身材高挑，滿頭灰黑又參雜著銀色的頭髮朝後梳理，皮膚的皺紋細緻而均勻；由於整個人看起來是如此地熟悉，以至於他不禁對她注意起來。那女人察覺到兔子在望向她，開口就要說些什麼；但又覺得對方好像寧可沒看到他。她到底是誰？即使隔著這那麼遠的距離，她給予自己的熟悉感，仍然觸動著哈利。女人不情願地看著他的臉，說道：「你是馬蒂以前的學生。我是哈麗特．托塞羅（Harriet Tothero）。我們邀請你來吃過一次晚餐。我差一點就可以叫出你的名字。」

對了，就是她，可是他會記得這個人，卻不是因爲那次的晚餐聚會，而是他在街上注意過她這個人。賈基山高中的學生，大多數都知道托塞羅四處打情罵俏的風流事蹟，因此他的太太在這些天眞學生們的眼中，彷彿成了全身被暗黑的火焰所環繞，一位不折不扣的活生生殉教者、兀自呼吸的邪惡陰影。讓托塞羅太太與眾不同的並非憐憫，而是一種變態的魔力。老教練自己是個嚼舌根高手，一個喜歡高談闊論的男人；他犯下的過錯總是會自己說溜嘴，一如油從鴨子身上流出來似的自然。相反地，他太太的高挑、嚴肅，以及帶有點銀灰色的身影，便累積成爲一種對他惡言惡行的控訴，然後像雷電般大聲朝他們年輕的心靈釋放；以至於他們的眼睛得趕緊移開，不敢正眼看她，心裡是又怕又尷尬。站起身子的哈利，驚訝地明白到她踏進的，也正是自己的世界。「我是哈利．安格斯壯。」他自我介紹。

「沒錯，就是你。他是多麼地以你爲榮啊。他常向我提到你，連這陣子也是。」

這陣子？那他都對她說了些什麼？師母知道他的情況嗎？她會不會責怪他？她把臉拉得長長的，擺出一副女老師高高在上的模樣，一如往常地把所有的祕密都掩藏了起來。「我聽說他病了。」

「他確實是病了，而且病的不輕喔！他已經中風兩次了，其中一次是在他住進醫院之後。」

「他人在這裡？」

「是啊。你要不要去探望他？我相信他看見你一定會非常開心，只要一下子就好，沒什麼人來探望過他；我想這就是當老師悲哀的地方吧：自己記得很多人，卻沒有多少學生會記得你。」

「我當然很願意去看他。」

「那麼跟我來吧。」他們走過大廳時，她說：「我擔心你會發現他變了很多。」沒把這句話完全聽進去的兔子，只是在全神貫注地端詳她的皮膚，想看看是不是眞的像教練所說的：它彷彿是用很多小塊的蜥蜴皮縫成一片。不過她目前只有手跟脖子露在空氣中。

托塞羅獨自待在病房裡。白色的窗簾懸掛在他的床頭，展露出一副等待訪客來訪的期待樣子。窗檯上的綠色植物吐出氧氣，斜開的玻璃窗將夏天的氣息吹進房間裡。院方樓下碎石礫被人踩得嘎嘎作響的聲音傳了上來。

「親愛的，我給你帶個人來了。他剛剛就在外面等，簡直像是個奇蹟。」

「哈囉，托塞羅先生；我的太太生了。」哈利說著，並機械性地走向床邊。他看見躺在床上的是一位身體蜷縮的老先生，舌頭靠在已經歪到臉部一頭的嘴巴裡；這一幕景象讓他目瞪口呆。托塞羅的臉上散佈著點點斑白的鬍渣，襯在枕頭上顯得蠟黃；而他骨瘦如柴的手腕從布滿糖果圖案的睡衣袖口伸出來，擺在他單薄的身子旁。於是，兔子伸出了他的手。

「哈利，他沒有辦法舉起他的手臂，」托塞羅太太說道：「他完全無能爲力。但他還能聽能看，請跟他說些話吧！」她甜美又有耐心的嗓音聽起來像在唱歌，有種不祥的感覺，猶如她在對自個兒哼著歌一樣。

既然手已經伸了出來，哈利乾脆把它放到托塞羅的一隻手背上。儘管老教練那隻手如此乾燥，但它在一個稀疏湊和用的羊毛毯子下卻顯得暖和；同時讓哈利害怕的是，那隻手竟然在他眼前動了起來：它緩慢而費力地轉過來，把掌心向上迎向哈利的手心。把手抽回來的哈利，讓身體陷進床邊的椅子裡。老教練把頭朝著他的訪客轉動了一吋，眼球一快一慢地動著；由於眼球底下的肌肉一片凹陷，讓眼珠子虛弱地突了出來。說話，他告訴自己必須要打破沉默。「是個女娃娃。我要好好謝你，」他大聲說道——「幫助我跟珍妮絲破鏡重圓。你人眞好。」

托塞羅縮回舌頭，把臉轉向他妻子。他下巴底下的一條肌肉跳了跳、嘴唇也噘了起來，臉頰則像脈搏般的不斷地收縮著——他好像想開口說話；有幾個拖得長長的母音發聲出來。哈利轉過頭去看托塞羅太太，想看看她能不能加以解讀；卻驚訝地發現師母居然把目光望向窗外空蕩蕩的庭院，面無表情的整張臉如同一張照片。

是不是她根本就不在乎她丈夫的狀況？如果是的話，那他該不該告訴托塞羅有關瑪格麗特的消息？可惜跟瑪格麗特有關的消息中，沒有一條會讓托塞羅覺得高興的。「托塞羅先生，我現在已經改過自新了，但願你也能早日康復。」

聽到了的托塞羅迅速別過頭，帶有點懊惱的意味。他把嘴巴緊閉、半瞇著眼；這一刻他整個人的動作如此一致，以至於他以爲老教練就要開口了；而他剛剛的停頓，只是身爲教練的他，爲了得到眼前學生完全的注意力，所以再度耍出「暫時保持沉默」這一招的伎倆罷了。然而，這份停頓不停地延伸、擴大；彷彿在被使用過六十年後，它也一如癌細胞般的產生了自我的生命，最後吞噬了主人想說出口的所有話語。不過在這份沉默剛開始時，有一股力量浮現了出來：一個人的靈魂在急切之中所散發出無色無味的光芒。可惜托塞羅這份自雙眸裡流露的急切感還是褪去了；他那棕紅色的眼皮抬起後，只暴露出模糊不清的粉紅色糊狀物；他張開的嘴唇把舌尖露了出來。

「我得下樓看看我老婆，」哈利大聲說道，「她昨晚剛生，是個女孩。」他對這個窄小、封閉的空間感到害怕，彷彿是被囚禁在托塞羅的頭骨下。站起身時的他，擁有一種要撞到頭的恐懼心理，儘管白色的天花板離他仍有好些距離。

「相當感謝你，哈利。我知道他很高興見到你。」托塞羅太太朝自己說道。但從她的語調兔子感覺得出來，自己剛剛那些話背得太硬、太差了。既然已經告辭，他便飛奔似地穿過大廳。他健康的軀體、與他一手打造的新生活，讓每個角落從他眼中看出去都愉悅無比；即使是醫院裡頭那充滿消毒水味道的走廊也是這樣。

不過他跟珍妮絲的再度會面，依舊顯得那麼掃興。可能是他對可憐的托塞羅，躺在病床上像死人般地的景象感到窒息；也或許是見到剛從麻醉劑中復原過來的珍妮絲，兔子就想起自己是怎麼對待她的，而同樣有喉嚨被噎住的感受。她不斷地抱怨身上的傷口縫線有多痛；而當他再次試著表達自己的悔意時，他妻子卻似乎覺得無趣極了。如何取悅別人的這道難題開始把他團團圍繞。珍妮絲埋怨起她先生怎麼不捧束花來慰問一下剛生產完的辛苦老婆；哈利則回答自己在過去的半天中眞的沒時間跑腿。他主動談及自己是如何度過昨晚時光的；當然，珍妮絲也要自己的先生描述一下艾克斯太太的模樣。

「跟妳差不多高，」他小心翼翼地回答，「有些雀斑。」

「她老公人很好，」她說道，「他似乎愛每一個人。」

「他還好啦，」兔子說道，「他讓我神經緊張。」

「喔，每個人都讓你神經緊張。」

「才沒有咧！馬蒂・托塞羅就從來沒有讓我神經緊張過。我剛在醫院樓上還看到這個可憐的老混球，僵直地躺在病床上。他連個字都說不出口，頭也不能移動超過一吋的距離。」

「他沒有讓你神經緊張，但我有，是這樣吧？」

「我可沒這麼說。」

「喔，不要。噢！這些該死的傷口簡直就像布滿刺的鐵絲網。我讓你神經緊張到要棄我而去兩個月；不，超過兩個月的時間。」

「好了啦，天啊！珍妮絲，妳一天到晚就只會看電視跟喝酒。我並不是在說我完全沒有錯，不過整個情勢就是：我當時也不得不離開妳。你覺得好像全身的血液還沒有被抽走就進了棺材一樣。第一天晚上我從妳父母家門前取走車子，就連那個時候我都可以輕易地去接尼爾森，然後開車回家。可是當我一把手煞車放開——」說到這裡的哈利，注意到自己面對的妻子又擺出了那一副深感無趣的德性；她的頭顱來回轉動著，彷彿不想讓蒼蠅停留在上頭似的。他悶悶地罵了一句：「狗屎。」

這個低俗的字眼剎那間，倒是讓珍妮絲清醒了過來。她回應：「跟那個妓女住在一起後，你講話還是一樣沒進步。」

「嚴格說來，她不是妓女。她只是跟很多人睡過罷了。我想到處都有很多女生跟她處於同樣的情況。我是說，假如妳要稱呼每個沒結婚的女孩都是妓女的話——」

「在我離開醫院前，你要住在哪？」

「我想尼爾森會跟我會搬回我們的公寓。」

「我不確定你可否這麼做。我們已經兩個月沒付房租了。」

「什麼！妳沒付房租？」

「哦，哈利，我的天啊！你的要求太多了吧。你還期望我爸爸會繼續幫我們付房租嗎？我身上沒有半毛錢啊！」

「那房東有打電話來嗎？家具怎麼辦？他把它們丟到大街上了嗎？」

「我不知道。」

「妳不知道？那妳還知道什麼？妳這麼長的一段時間裡都在幹嘛？睡覺嗎？」

「我在帶你的小孩！」

「是嗎？見鬼了，我不知道妳帶小孩需要二十四小時全心全力。妳小朋友的問題，就是因爲妳對這樁婚姻裡頭的很多事，顯得一點都不在乎。眞的。」

「聽聽看你說的是什麼話。」

於是他用心地回想他自己剛剛說的話，並想起昨晚的感覺；等了一會兒後，他試著重新來過。「嘿，」他說道，「我愛妳。」

「我也愛你，」她說道，「你有二十五分錢的硬幣嗎？」

「應該有，我找找看。要做什麼用？」

「如果你把它投進去——」她指著放在高腳架上頭的一台小電視機，好讓病人可以躺在病床上看看電視打發時間，「——它就會播放一個小時的節目。兩點時有個很瞎的節目，我回家那幾天，我媽媽跟我都會準時收看。」

於是接下來的三十分鐘，哈利就坐在他老婆的病床邊，一起看著幾位留了平頭的電視主持人，在挖苦一堆上了年紀女人：她們分別來自俄亥俄州（Ohio）的亞克朗跟加州（California）的奧克蘭。這節目是要每位參與錄影的女性觀眾說出她們不堪的過去，再根據觀眾鼓掌的程度發贈獎金；但是等到主持人推銷完商品、還有拿她們的孫子或是她們少女似地的髮型開過玩笑後，已經沒有剩下多少時間來讓這些女性講起她們的人生悲劇了。那位主持人有著非常明顯的猶太口音，即使他說話的速度奇快也隱藏不住這項特色。兔子一直在想主持人再來也會開始推銷神奇削皮器公司的削皮器——可惜這項產品似乎還沒有紅到可以擠進如此的黃金時段。這個節目不算太差；其中有對雙胞胎染了頭髮，綁上的馬尾不停擺動時，忙著將這些女主角推向不同的麥克風、座位跟觀眾的鼓掌區。這種場面甚至製造出一股溫馨和平的氣氛，以至於他跟珍妮絲還攜著手一起注視著電視。兔子坐下時，病床幾乎跟他的肩膀同高，而他也因此挺享受跟女人間維持著的這種怪異的關係——彷若是他把珍妮絲放在自己肩頭上，卻不須要承受任何的重量。他把妻子的床立了起來，並爲她倒了杯水；這些小小的體貼服務正是他所需要去做的。節目還沒完就有一位護士走進房間說：「安格斯壯先生，如果你想看你的寶寶，護士已經把她抱到嬰兒室的窗戶旁邊了。」

他隨著這名護士走下大廳；而她方方正正的臀部正在漿洗過的白裙子底下晃動著。單單從她厚實的脖子看來，他猜想她該是個緊實美好的尤物：臀部的曲線畢露；以及擁有豐腴的大腿——他非常喜歡女人有豐腴的大腿。同時哈利也在擔心剛剛電視裡，那個從伊利諾州春田市來的女人，在她兒子經歷可怕的車禍並失去一條手臂後，會在節目中怎麼說。所以當嬰兒室裡的護士抱起他女兒到觀看窗口時，他可是一點心理準備也沒有，只突兀地覺得有一個令人掃興的小東西自他的胸口向後頭滑去。忽然吹來的一陣勁風凍結了他的呼吸；嬰兒室所有的初生兒都被綁得小小的，一個個只露出像橘子一樣大的小頭，躺在像是超級市場中一排排購物推車的籃子裡，有的籃子還被擺得有點歪斜。人們總是說初生的嬰兒有多難看，也許這就是他爲何會這麼震驚的原因。他的小女兒被護士抱在胸前，使得她那紅通通的側面，等於是直接靠在制服上扣著鈕扣的白色胸脯上面。她鼻孔四周的摺痕雖然很小卻十分精準，這簡直是種奇蹟；眼皮閉著時形成一條無接口的細小縫線，斜斜地往上方拉得很長；一旦那雙眼睁打開，他應該會看到她有一雙澄澈大眼吧；它們會看見這個世界、並且懂得一切事情。此外她安祥的眼皮背後透露出一些壓力，突出的上唇則斜向一邊，展現一股豔冠群芳的意味——這點讓哈利很高興：他的小女兒知道自己很棒。更超出他預期的是，他已經可以感覺到這個娃娃的女性特質：那弧線細長而粉紅，包裹著條紋狀毛髮黏成了黑色小巧的頭蓋骨，是既細緻又持久的東西。當年尼爾森出生時，他的頭上一塊一塊的，還布滿駭人的青筋；除了脖子根部有點毛髮之外，其他的地方都是禿的。兔子小心翼翼地透過玻璃窗向下看著，深怕如果看得太粗魯，就會毀了這突如其來、構造精巧的生命體。

護士搖曳的可愛笑容收縮在他的目光、與寶寶的鼻子之間；她並再次肯定他就是這孩子的父親。塗上口紅的她，透過玻璃用起嘴唇做了個疑問的形狀，於是他大聲回道：「好了，可以了。」然後張開手指，放在耳邊，揮動雙手比起一個手勢補充道：「她很棒，」講話時還故意用力說著，想要穿透窗子；但護士早已把他女兒放回超級市場的籃子中。打算要繞回妻子病房的兔子轉錯方向，迎面撞上另一位在身後等待著的男人；見到那位人父睡眼惺忪的臉，哈利忍不住笑了出來。在回到珍妮絲那裡的路上，有股風迴旋在他的身邊；小寶寶炙熱的粉紅皮膚也猶如火一般地圍繞著他。在充滿肥皀味的大廳裡他有個靈感倏忽出現：他們該把這個小女娃取名爲「瓊」（June）。因爲現在是六月，而她是六月生的。他認識的人當中沒有人叫瓊，況且以J開頭命名的話，應該也能讓同樣是J開頭的珍妮絲開心。不過珍妮絲也一直在幫孩子想名字；她想用她母親的名字來叫她——哈利倒是從沒想過史賓格太太也是有名字的；她叫麗貝卡（Rebecca）。兔子對自己孩子那種驕傲又溫暖的情緒，安撫了珍妮絲；而他亦同樣被自己妻子這份做女兒的孝心所感動；他還經常擔心她似乎不愛自己的母親。於是最後他們各退一步：麗貝卡・瓊・安格斯壯（Rebecca June Angstrom）。

＊

兔子眼中的筆直道路自此變得一路平坦。原來史賓格先生一直都有在幫這對小夫妻付房租；由於房東跟他的私交不錯，他便選擇直接與房東聯繫，就用不著麻煩到女兒。他總有預感這名女婿遲早會迷途知返的；但他不想四處去嚷嚷，以免萬一他猜錯的話臉上面子掛不住。於是哈利便與大兒子搬了回去，並且開始對家裡進行大掃除的任務。他很有整理家務的天份；當灰塵被吸進吸塵器，通過布面的橡皮管子進入集塵袋中，再等到那裡面充滿緊實的灰塵棉絮時，就會頂起寫著「伊萊克斯」品牌的吸塵器蓋子，好像是位紳士在舉起他的帽子似的——一旦想起這一連串隱藏的動作，兔子就會覺得很有成就感。照此邏輯看來，當初替神奇削皮公司出產的削皮器舉辦促銷、招徠顧客的工作，對他而言不算是種錯誤：因爲他對文明小家電之類的家用品，一律帶有直覺性的敏銳度及好品味，像是小型的研磨機、切片機跟支架等東西。或許每個家庭的老大都該是女孩子；像在他之後才來到安格斯壯家的小蜜，就從來進不到廚房事情的核心地帶。她老是躲在兔子的陰影下，就算做起實際上被分配到的份內事時，她也展現出一副悶悶不樂的樣子；可惜直到最後，小蜜還是得負擔起大部分的家務責任——誰叫老大哈利畢竟是個男生呢？他想日後尼爾森跟麗貝卡兩兄妹的相處情形，也就差不多如此吧！

他兒子幫了很多忙。已經快三歲的尼爾森，只要不是叫他出門，命令他做什麼都可以獨自完成；小男孩也很清楚他的玩具必須放在大籃子裡，同時樂於協助父親保持一個乾淨、有序、明亮的家庭環境。六月的微風在封閉已久的窗紗前嘆息；陽光穿過紗網孔，在公寓內投射出數百個閃爍的T字跟L字。窗外的韋爾伯街在他的視線中逐漸隱去。鄰居平坦的屋頂則是用錫鐵鋪上焦油做成的，在風雨侵襲下褪色成爲輕柔的皺摺紋路，上頭還閃爍著一些來路不明的碎石、糖果包裝紙跟一攤玻璃碎片——這些垃圾必定是從雲端飄下、或者被天上的鳥兒給帶到這條街上的。天空到處矗立著電視天線、以及與消防栓同樣大小的煙囪罩。沿此街道往下走去就有三個類似的屋頂，斜看上去有如一片片排水的梯田，彷彿三個髒髒的大台階，在引領著觀看者通往一條邊線。沿那條邊線朝下看去就會發現一些好人家：那種由灰泥跟磚牆砌成的城堡式建築物，內建有突出的陽台、天窗跟避雷針，並由針葉樹守護在外牆；可能還受到銀行條款及律師事務所的層層防護。怪異的是，竟然有一排平價的房子就蓋在它們上面；那裡的居民該是被建商提出有關都市發展的成長賣點所愚弄了吧！其實在一個傍山而建的城鎮裡，高度是俯拾即得的資產；於是這些寓所上方就是原始的山脊，亦是森林深處的黑暗貧民窟，被一條沒有鋪上柏油的巷道、幾座廢棄的農莊、墓園跟一些簡陋的新開發案所隔開。韋爾伯街的柏油路面，只鋪到哈利他們家再過去一個街區而已，接下來的就變成了一條泥濘的碎石路，夾在兩排低矮的農舍之間。這些色澤斑駁的農舍，一九五三年被建立在廢棄的紅土上；直到現在，那些紅土都只有一些零星的雜草葉片，把它們隨意地固定住，所以土質顯得非常鬆散——一旦大雨來臨，韋爾伯街排水溝內的水，就會被沖刷而下的紅土染成橘紅色。愈往山頂走，地面即愈來愈陡，樹林也就漸漸地現身。

從自家窗戶望出去，兔子可以看到城鎮對面寬廣的山谷農地、與在它之上的高爾夫球場。他心裡想著：「我的山谷、我的家園。」眼光掃回家裡一圈：有斑駁的綠色壁紙牆面、小塊且依舊沒鋪平的四角地毯、撞上電視機衣櫥的門板；這些有好幾個月沒觀察到的景象，又自然而然地重新湧上腦海。屋裡的每個地方，都曾被鎖在他記憶中的一個角落；油漆上頭的每道裂縫、每條不規則的刷痕，都喚醒了他心裡頭一次回憶。這些不完美的景況，讓向來對家中整潔有高標準要求的兔子，替自己今天要進行的清理任務，增添了可觀困難度。

此外在沙發跟椅子底下、在門後、在廚房櫃子下端的空間中，哈利竟然都能找到很多破舊的玩具；它們的出現簡直讓尼爾森高興極了。那孩子對於自己所擁有的玩具，總是記得清清楚楚。

「阿嬤給我——介——個。」他拿起一個缺了輪子的塑膠小鴨說道。

「她給你的嗎？」

「是啊，阿嬤給的。」

「阿嬤是不是很好？」

「是啊。」

「你知道嗎？」

「什麼？」

「阿嬤是你媽咪的媽媽。」

「喔，是啊。媽咪在哪裡？」

「在醫院。」

「在——滴——院喔？禮——期——五回來嗎？」

「對啊。她禮拜五會回來。她看到我們把東西整理得這麼乾淨是不是會很高興？」

「是啊，爹地有沒有去——滴——院？」

「沒有。爹地沒有去醫院，爹地走了。」

「爹地走了。」重複說起這句話的尼爾森，眼睛睜得大大的，同時張開小嘴巴，彷彿正瞪著「走了」這個熟悉的字眼；頃刻間他的聲音變得低沉，輔以嚴肅的神情補充：「很、很久。」並且把雙臂張開來模擬時間的長度，連手指頭都向後彎起來。這樣的表達方式已經是他所能說明有關時間測量的極限了。

「但是爹地現在不會再走了，對嗎？」

「不會了。」

開車去告訴史密斯太太：他要辭掉花園工作的那一天，哈利帶著尼爾森一起去。老丈人史賓格先生，已爲他安排好一個在自家二手車銷售店面裡的工作。發出嘎嘎聲的車道兩旁種起了杜鵑花樹，也布滿灰塵，只剩下一些棕褐色的花朵依然懸掛在樹枝上，這讓整個花園看上去很荒蕪。老婦人親自到大門口迎接這對父子倆。「來了，來了。」她輕聲哼唱著，褐色的臉上散發出光芒。

「史密斯太太，這是我的兒子尼爾森。」

「很好，很好，你好嗎，尼爾森？你的頭跟你的父親一模一樣。」她用那隻乾枯得像菸草葉般的手，輕輕拍了拍男孩的小臉蛋。「讓我想一想，我把那個舊糖果罐放哪去啦？他可以吃糖果，是吧？」

「我想吃一點沒關係，但是不用費心去找啦！」

「我想做的話，就會去找。年輕人，你的問題是，你把我當成老到不中用啦！」一說畢，她就步履蹣跚地走去找糖果，一手扯著衣服前面，另一手同時在空中揮舞著，好像是要拍掉蜘蛛網似的。

當史密斯太太離開房間時，兔子跟小男孩就站在原地，望著大廳高高的天花板跟窗戶。窗子的豎框細得跟粉筆線一樣，有些窗玻璃還被染成薰衣草的淡紫色；透過那些玻璃他們可以看到遠方的榆樹跟鐵杉，在共同守護這座莊園的疆界。畫作懸掛在閃亮的牆面上。其中有一幅顏色深沉，畫中有一位裹著絲質細條紋布料的女人；從她手臂揮舞的模樣看來，她似乎正在跟一隻站在身旁、不斷向前推的大天鵝吵架。另一面牆上則掛有一幅肖像：一個年輕的女子穿著黑袍，不耐煩地坐在鋪著軟墊的椅子上。她的臉雖然有點四方型，卻很好看；並且因爲髮型的關係，額頭呈現出三角形狀；而她圓潤白皙的手臂，被彎彎地放在膝蓋上。兔子朝前走了幾步，以便能把這個女孩的容貌看得更清楚。她那小巧豐滿的上唇，長在女生的身上就會顯得很標致：微微上翹的嘴角，正好讓雙唇之間展露出一點點的暗色。畫中女人渾身上下散放著一種蓄勢待發的味道，他感覺對方就要離開椅子、走出畫框、眞的向他走過來了；不過那三角形的額頭仍舊眉目深鎖。此時史密斯太太回來了，手上拿著一個深紅色的玻璃球，那球盒上還插著一根棒子，被弄得彷彿是只葡萄酒杯似的。一看到哈利在欣賞那幅畫，她即評論道：「我一直很在意的是，他爲何要把我畫得這麼煩躁？我一點都不喜歡他，他也知道這一點。這個滑頭的小義大利人，還自以爲很懂女生的心。來！」手上拿著玻璃糖罐的她，朝著尼爾森走去並說：「你吃一個看看。它們放很久了，卻還是好的，就像世界上許多老東西一樣。」她打開半圓形的紅色透明玻璃蓋後，把它拿在自己搖搖晃晃的手中。小男孩看見父親點頭表示贊同後，就挑了顆用上色錫箔紙包裝的糖果。

「你不會喜歡的，」兔子告訴他說，「那裡面是放櫻桃。」

「噓，」老婦人說道：「就讓這孩子挑他想要的吧！」那孩子彷彿被錫箔紙所迷惑，向前一步把他想要的那顆糖果拿走。

「史密斯太太，」兔子開始切入主題：「我不知道艾克斯牧師是否告訴過妳這件事了。我目前的家庭情況有點改變，所以必須去接別的工作；以後就不能繼續在這裡幫妳忙了。我很抱歉。」

「好的，好的，」她說道，專心看著尼爾森笨手笨腳地剝著糖果紙。

「我眞的很喜愛這份工作，」他繼續說道，「有點像置身天堂的意味，一如那個女人說的一般。」

「噢，是那個愚蠢的女人，愛瑪・福斯特（Alma Foster）。」史密斯太太說道：「口紅老是塗得快到鼻子去了。我永遠不會忘記她的，那個親愛的靈魂；她的身上沒有半點大腦。來吧，孩子。把它還給史密斯太太吧！」老婦人附近有張圓形的大理石桌子，那上頭只放著一個東方風味的花瓶，裡面插滿牡丹花。她在桌上擺好盤子後，把糖果從尼爾森那裡取回，用自己的手指一點一點地、專注地幫忙把這顆糖果的包裝紙挑開。在這等待過程中，佇足原地的小男孩打開嘴巴，抬著頭注視老奶奶的動作；只見她用力一拉，就把一顆巧克力球送進了尼爾森的雙唇之間。她側面臉頰翹起滿意的皺紋，轉個身後就把錫箔紙扔在桌子上。她最後對著兔子說道：「嗯，哈利，至少我們曾把杜鵑花帶進了這個花園。」

「沒錯。我們真的做到了。」

「我想，無論『老哈利』在哪裡，他也一定會很滿意的。」

一旁的小男孩意外地咬穿了櫻桃果肉，於是驚恐地把嘴噘了起來，從嘴角流出一道棕色的口水；他的一雙小眼睛不停地在掃視著這個純潔無暇、活脫是座宮殿般的大房間。眼見兔子在身側正以手擺出了一個杯狀容器的樣子，尼爾森即會心地朝著爸爸走去，悄悄地把口中的那團東西吐到他的大手裡：那是一些巧克力碎片、黏黏暖暖的糖漿，以及被咬碎的櫻桃。

史密斯太太完全沒有察覺到這一幕。她的兩顆眼珠子猶如透明的水晶球，極度熱切地把它們燒進哈利的眼裡。她說道：「對我來說，照顧哈利的花園，彷彿是一種宗教上的職責。」

「我相信妳可以找到別人擔任這個工作的。暑假已經開始了；對一些高中孩子來說，這會是個最棒的工作。」

「不，」老太太說道：「不。我不會再考慮這件事了。明年我將不會在這裡再看到哈利移進來的杜鵑花了。是你讓我活著的，哈利；這是眞的；是你。我整個冬天都在跟墳墓作戰，卻在四月時從窗外看到一個高大的年輕人向我走來，協助我點燃了這些殘枝。我因此曉得生命並沒有離我而去。哈利，你有的就是這個：生命。它是個奇特的禮物，我也不知道我們該怎麼樣運用它，不過我了解它是我們每個人唯一得到的禮物；而且它也非常地美好。」她水晶般的雙眸，此時已被蒙上一層比淚水還要濃稠的液體；老婦人以堅硬褐色的乾枯手指抓住哈利的手臂，將它們高舉過他的手肘之處。「美好而強壯的年輕人，」她低聲說道，把眼睛重新聚焦後補了一句：「你有個驕傲的兒子；要小心。」

史密斯太太原本的意思該是：他該爲大兒子尼爾森感到驕傲，而且要好好地照顧他。兔子被她的擁抱所感動；他想要回應她，也確實想在她預言自己將不久與人世時，跟著哀鳴一聲「不」。可是他的右手正捧著兒子方才咬碎融化的糖果殘渣，所以他也只能無能爲力地呆站著，聽見老婦人以顫抖的音節對自己說道：「再見了。我祝你好運、我祝你好運。」

得到老婦人這聲祝福後的一整個星期內，哈利與尼爾森都常常覺得很快樂。父子倆天天在鎭上四處散步。有一天他們在某高中的球場上看了一場壘球比賽。打球的人臉上又黑又皺，活像是磨坊工人，身穿俗麗的毛料跟法蘭絨混紡的制服；其中一隊跟布魯爾市區的一個消防隊同名，另外一隊則是掛上陽光體育協會的名字；他猜這一隊員的制服，可能就是當他睡在托塞羅臥室時，所看見被懸掛在頂樓裡的那幾件吧！臨時搭蓋的看台上觀眾數量，並不比球員多多少。而在看台後面，用鐵絲網與鐵管混編的擋球網後頭，到處都有穿著球鞋的小孩相互地扭打混戰、跑來跑去、吵個不停。看過幾局球賽後，太陽也漸漸落到樹林裡去，一種古老、像白紙一樣薄的暖意淹沒了兔子；餘暉斜照在自己的臉頰上、稀少又漫不經心的人群、糾結的辛辣閒聊、與內野漫天的黃土；以及穿著短褲、吃著巧克力冰棒漫步而過的女孩。那些年輕棕色的腿，腳踝厚實、大腿平滑。她們知道的事情很多，至少他們充滿彈性的青春肌膚知道。那塊地上還有一些跟少女們年齡相仿的男孩，一雙雙骨瘦如柴的腿，穿著粗棉布跟Keds球鞋，激烈地爭論著威廉斯[29]是不是落伍了；或者是曼托[30]厲害一萬倍、威廉斯才好過對手一千萬倍等話題。他跟兒子共喝一瓶橘子蘇打水，那是他跟樹蔭下擺起箱子、身上穿著一條「擁護者俱樂部」圍裙的人買的。瓶蓋一開，「波」的一聲，乾冰白煙就從冰淇淋的部分冒出來；一種人工的甜味在心裡溢得滿滿的。尼爾森把它拿來喝時，有一些汁液就不經意地濺灑在他自己身上。

隔幾天他倆還一同到遊樂場去玩。尼爾森本來看到盪鞦韆就會害怕。兔子告訴兒子要把兩手抓好，並且站在前頭以便讓他能見著自己；然後很輕柔地推起那座鞦韆。小男孩一開始還笑著，但旋即懇求道：「我要下去。」接著變成了哭喊的嗓音：「我要下去，我要下去，爹——地！」尼爾森喜歡窩在沙池裡玩，這一點不免讓愛乾淨的兔子感到頭疼。亭子那邊傳來頂球的塑膠撞擊聲、跟棋盤落子的敲擊聲，雙雙喚起了他的回憶。遺忘已久的氣味交織著小孩子的呢喃低語，共同隨著一陣微風被吹拂下來：其中包括編織手環跟哨子項鍊用的、那種細塑膠緞帶的味道；與運動器材握把上膠水跟汗水混合爲一的嗅覺。他漸漸體悟到一個眞理：一切自他生命中逝去的東西都已無法挽回；無論他怎麼找也尋不回來，不管他怎麼飛也追不回來；那些發生過的事都沉沒在這城市下方的最深處——雖然就在這些氣味跟這些聲音當中——可是卻將被他永遠地拋諸腦後。當我們付給大自然贖金，當我們爲她生出孩子之後，一個生命的完整性就結束了；然後大自然便要棄我們而去，同時間的我們亦將逐漸由裡到外地變成廢物，成爲一枝枝無用的花梗。

後來父子倆還一起去拜訪史賓格太太。小男孩很高興；他是由衷地愛著外婆，以至於兔子也慢慢地喜歡上他丈母娘。即使她曾想跟他挑起爭端，但他拒絕反擊，只是一味乖乖地認錯：他是卑鄙小人、是個笨蛋、他的行爲糟糕透頂、他是運氣好才沒被送進監獄。實際上她的言語攻擊過程並沒有眞的傷害到哈利。尼爾森在場是原因之一；原因之二是他既然已經迷途知返，她也比較放心了，反倒擔心自己又會把女婿嚇跑；第三個原因則在於：岳父母再怎麼指責你，也沒有你自己父母的能耐大——不管他們如何攻擊，總是只能在外頭打轉，你會對他們放心、甚至還覺得那兩老的行爲有點好笑。他跟老岳母坐在裝有紗窗的陽台上喝起冰鎮的茶；她把綁了繃帶的雙腿擱在凳子上，並在挪動自己笨重的身體時，發出輕微的呻吟聲，兔子微笑著

㉙泰德·威廉斯（Theodore Samuel Williams, 1918-2002），也有人暱稱爲Ted Williams，他是美國職棒大聯盟的傳奇球星，一生都效力於波士頓紅襪隊，曾經獲得兩次美聯年度最有價值球員。一九四一年，他在整個賽季的通算打擊率高達四成，也是大聯盟最後一次出現四成打擊率的打者；此外，威廉斯生涯最後一個打數是一支讓球迷難忘的全壘打。

㉚米奇·查理斯·曼托（Mickey Charles Mantle, 1931-1995）是一九七四年被選入名人堂的大聯盟球員。他生涯十八個球季都效力於紐約洋基隊，贏得三座美聯最有價值球員獎盃，並入選十六次明星賽。此外，曼托還參加過十二次世界大賽，擁有七枚世界大賽冠軍戒指；同時他也保有世界大賽最多全壘打（十八支）、打點（四十分）、得分（四十二分）、四壞保送（四十三次）和壘打數（一百二十三次）等偉大紀錄。一九九五年曼托因肝癌去世，享年六十三歲。

聆聽。他感覺對方就像是高中時代那些傻女孩中的其中一個，你會有一點兒喜歡她，卻從未有過愛不愛她的問題。此時他的兒子正跟著比利・佛斯納徹在房子裡頭靜靜地玩耍著。由於他倆這次是一反常態地格外安靜，尼爾森外婆因而想去看看孩子們有沒有發生什麼不好的事，但又懶得移動她不方便的腳；在這種左右爲難的情形下，她便開始抱怨那名大男孩的粗魯及無禮，又接著說起他母親的是非。史賓格太太看來並不是很喜歡佩姬・格林（現在叫佩姬・佛斯納徹）；即使她出現自己身邊時，老婦人也不太能夠信任她。這不僅僅因爲她那怪異的墨鏡——縱然她也認爲那種東西確實可笑而做作；而是那名女孩整個的言行舉止。每次她來找珍妮絲時，總是擺出一副自在享受的樣子，還以爲自己聊天的內容有多麼地精彩、生動而有趣呢。「喂，她三不五時就來這裡，兩人成天都去看電影；結果是我照顧尼爾森的時間比珍妮絲還要多，唉，一點當母親的責任都沒有。」其實早在學校念書時，兔子就曉得珍妮絲的這名姐妹淘戴墨鏡的眞正緣由，那是因爲她有不正常斜視的毛病，這一點總使得她覺得很自卑。艾克斯也曾經告訴過他，在自己棄家而去的那段艱困日子裡，佩姬的陪伴對珍妮絲來說是種很大的安慰。不過此刻的他，並沒有提出任何反駁；他只是安分守己地待在原位上聆聽，心裡暗自欣喜自己能跟老丈母娘聯合起來，對抗整個世界。茶杯內的冰塊在融化中，把哈利手中飲料的口味沖淡成原來的一半。史賓格太太咕噥的話語，彷彿是潺潺小溪沖刷過他的耳際，產生一如催眠曲的效應，讓他無法抗拒眼皮的自動闔上；一抹微笑並在不知不覺中爬上了他愛睏的臉容。因爲獨自一人，他這幾晚通常是孤枕難眠；反倒是在現在大白天，於清草味的薰陶下他竟懶洋洋地打起瞌睡，渾身洋溢著幸福的感受，最後乾脆把身體的右側都舒適地蜷伏起來了。

不幸地是，一談到回去拜訪自己父母的老家，整個情況就大相逕庭。哈利帶尼爾森去過爺爺奶奶家一次；他母親那時好像在生些什麼悶氣。從他在自家門口出現的刹那起，她的憤怒就衝著她兒子的鼻孔飛來，一如歲月的無情冷酷，不曾對任何事物手下留情。自從到過史賓格家拜訪後，這間房子看上去就顯得又小又破舊。是什麼事在讓他老媽懊惱？他以爲她總是站在自己這一邊的，於是就一股腦兒地跟她透露說：他岳父母一家人的生活一直過得有多好；史賓格太太其實是如何地仁慈、似乎原諒了他所做過的一切蠢事；而史賓格先生又是如何替他們付房租、甚至還答應要爲他在自家的店面中安插個銷售二手車的工作。他老丈人在布魯爾市及其郊區總共擁有四個銷售分處；之前的兔子都不清楚岳父經手管理的事業，原來這般龐大；他是個傻子，不過至少是個成功的傻子。不管如何，他都認爲他自己——哈利・安格斯壯——已經輕輕鬆鬆地從過去那團泥沼中安然脫身。此刻他母親堅硬高挺的鼻子，及其上頭散放隱約霧氣的眼鏡，均閃爍出刺人的光芒。每當她從水槽轉過身來，那一臉不屑的神情就朝他劈頭飛來。起初他還認爲自己惹她不快的原因在於：他在前一段期間內都沒有跟她聯絡；若眞是如此，現在的他也回來認錯了，她照理說應該會比較好過，而非覺得更難過才對。哈利接著又猜測可能是因爲他跟露絲睡過、犯下了通姦罪，以至於讓自己老媽覺得很厭惡。就當他還陷於推敲之際，老婦人倒是朝著兒子唐突問道：「那跟你在布魯爾市同居的不幸女孩，以後該怎麼辦？」

「她嗎？噢，她可以照顧自己的。她並沒有期望些什麼。」可惜當他說出這段話時，兔子感受到自己唾液裡頭潛藏的不安與不適。露絲的名字竟然會從他母親的嘴裡說出，使得他的生命因此變得擁擠不堪。

他母親抿著嘴，把頭自滿而輕佻地一搖後回應道：「我可是什麼都沒說，哈利。我可是一個字都沒說。」

然而她當然還說了很多話，只是連她兒子也搞不清楚她的重點到底是什麼。從她對待尼爾森的方式看來，哈利可以找到一些線索。說得好聽一點，他的母親不大理會孫子：她不給他玩具，也不肯輕易抱他，只是微微點著頭對小孩說：「你好啊，尼爾森。」當她如此說著時，臉上的兩個眼鏡還因爲霧氣，忽然轉變成爲怪異的白色圈圈。在經歷過史賓格太太的溫暖招待後，他這種從自己母親身上得到的冷酷待遇，簡直就是原始野蠻的象徵。尼爾森也感覺到了，不僅連氣都不敢吭一聲，而且還嚇得半死，只能選擇緊緊地倚靠在他父親的長腿上。此時的兔子，眞不明白究竟是什麼惹得他母親憤怒不已；但她實在不該拿一個兩歲大的孩子出氣。他從來沒有聽說過當祖母的人會展現這樣粗俗的行爲。可惜這是眞的；只要那可憐的小男孩在場，他與母親就無法再像從前一樣地親密對談。從前他母親總愛對他講述街坊鄰居一些趣事，並且談到他小時候的模樣、他是怎麼樣練習整個下午的運球直到天黑、以及他是一直如何細心地協助父母照顧小蜜等等。尼爾森有一半史賓格家血統的這檔子事，看來是會把這些美好的回憶毀於一旦。就此之後，他再也無法喜歡自己的母親了；一想到她使出深厚的鐵石心腸，故意冷落一個才剛學會說話的小孫子，就令兔子感到滿腔怒氣。他想要對她大喊：這到底是什麼？妳表現得好像我背叛了妳似的；難道妳不明瞭我已經改邪歸正了嗎？妳為什麼不稱讚我一下？

不過哈利沒有把這些不愉快說出口；這對母子的頑固特性顯然是一脈相承的。在自己說過史賓格一家人如何對女婿展現深為寬容的運動員精神，卻被自己母親回以一副愛理不理的德性後，他當下就決定封口不語。他只是安靜地待在廚房裡頭，跟尼爾森來來回回地滾動著一顆檸檬。每當這顆檸檬搖搖晃晃地滾到他母親的腳邊，他都得勇於主動把它撿回來；因為小男孩萬般不肯進行這個動作。後來現場都沒人開口說話的情景，不免讓兔子感到莫名的尷尬，雙頰一併潮紅了起來；這是在為他自己、還是為他母親感到羞愧？他也不確定。等到他父親回家時，整個情況似乎也沒有好轉。老人家雖然沒生氣，但他看起哈利的模樣，彷若視親生兒子於無物似的。同時他那神情疲憊、彎腰駝背、指甲藏污納垢的樣子，亦惹得哈利很不舒服；這簡直就像是他父親在故意放任這些器官的加速老化嘛！他為什麼不配一副合適一點的假牙呢？一旦動起嘴巴，他父親的嘴型就成了一名老太婆。可是至少有一件事是可取的；那就是他父親把一些注意力分給了尼爾森。爺爺滿懷希望地把檸檬滾向小孫子，而小男孩也開開心心地把它滾了回去。「你要像你爸爸一樣當一名球員嗎？」

「他沒有辦法，厄爾。」他媽媽遽然打斷了丈夫的話。兔子很高興她終於開口說話；他天眞地以為雙方目前的僵局已被成功打破了——直到他聽到她接下來的評論後才又變得沮喪不堪。「他的手跟史賓格那家人一樣，都很小。」

「看在耶穌的面子上，媽，別再說了。」才把話說完的他馬上覺得後悔，因為他已經掉入了他母親設的陷阱裡。尼爾森雙手的大小原本無關緊要的；不過直到此刻他才發覺，這一點對自己而言似乎也眞的很重要；因爲他不希望這男孩子的手長得像史賓格家的人；況且，假如眞是如此——假如連他母親都能注意到這樣的細節——那麼尼爾森或許眞是這樣，如此一來他對大兒子的喜愛度就會減少一些。事實上，他現在的確沒那麼喜愛尼爾森了，但讓他更可恨的是：居然是自己母親在逼他朝著這個無情的方向前進，弄得彷彿是她想要把一切有關史賓格家的事都拆散光了，即使會令她本身遭受玉石俱焚的命運也在所不惜。如果他能參透母親的心思，那會對她那種寧可被自己兒子憎恨的堅強意志力更感欽佩。不過他拒絕接收她傳來的訊息：他感覺到它正在眼前撥弄他的心，但他選擇相應不理。他不想聽；他也不想再聽到她說的任何其他事；哈利只想帶著對自己母親僅剩下的一點點親情與愛意，順利地離開這個老家。

走到門口時他問父親：「小蜜在哪裡？」

「我們最近已經很少看到小蜜了。」老人家說道。他混濁的雙眼凹陷，並摸了摸自己襯衫的口袋，上面掛有兩枝原子筆、跟一包髒髒的卡片和文件。在過去這幾年中，他父親已經習慣把一些小東西捆成一團，裡頭含有卡片、目錄、收據跟小日曆；他會用橡皮筋把它們都捆好後，再用老人家一貫地瞎忙方式，把這些雜物插到衣服上不同的口袋裡。心情沉重的兔子離開老家，感覺自己的心也被重重摔下，偏離了原本生活軌道的中心點。

只要尼爾森還醒著，哈利父子倆的日子就過得一切正常。不過一旦這孩子入睡，他的臉進入了夢鄉後——換句話說，當他的呼吸拖著沉重節奏在無助雙唇間來來回回，他的唾液在兒童床單上流下幾個污點，他一束束柔細的頭髮在枕頭上披成扇形，他肉肉放鬆雙頰上的完美皮膚失去活動力、並被塵封在厚重的潮紅底部時，兔子身上深鎖已久的死亡缺口就會被打開，讓他對一切產生莫名的恐懼感。眼見兒子睡得如此深沉，他不由自主地害怕起：尼爾森可能會因而把自己那小小的生命薄膜壓毀殆盡、墜落到遭人遺忘的空間中。有時候爲了心安，他得不時把大手伸進床裡，抱起小男孩的身軀，想要透過體溫跟兒子那些無力、下垂的四肢所做出的種種反射性動作相抗衡。

其餘時候，哈利則在公寓裡頭四處遛達，設法弄出一大堆聲音；並且打開電視跟所有的燈光，喝著薑汁酒，翻著過期的《生活》雜誌——只要是視線所及內抓得到的具體物品，都會被他拿來填補四周的空虛感。每晚就寢前，哈利通常會抱著呈現昏睡狀態的尼爾森，一起站在馬桶前小解；同時打開水龍頭，輕輕拍著兒子結實而光溜溜的小屁股，直到尿液能從孩子被吵醒的睡夢中射出，抽搐而斷續地灑進馬桶裡。然後他會在尼爾森的腰部包上尿布，把他再送回嬰兒床後，再鼓起勇氣跳進他此刻跟清晨之間的深淵。在清晨暖和陽光的斜照下，小男孩即將活力現身，重新甦醒過來；裹著溼透尿布的他，該會跑到爸爸大床邊，試探性地輕輕拍著哈利的臉。他也可能直接跑進父親的被窩裡玩耍；若是如此，他身上穿戴著的那塊冰冷潮溼的尿布，則會把兔子嚇一大跳，好像自己的皮膚碰觸到的是，溼冷堅硬的海岸線一般。

然而在漫漫長夜中，時間對哈利來說毫無意義；可惜那種急於想要度過這一夜的念頭，往往只會讓他更難入睡。斜躺在床上的他，一邊注意著長腳不至於懸掛到床外，一邊卻要在內心對抗起一種不安穩的感覺；彷彿自己是在駕馭一艘失控的小船，不斷地擦撞岸邊幾塊類似的大礁岩：有母親醜陋的行爲、父親放棄的眼神、露絲最後一次與他相處時的沉默不語，以及他母親不吭一聲時帶給他的壓迫感等等——到底是什麼事在讓她心煩氣燥？兔子翻過身後俯趴在床上，似乎看到他的目光所及之處，全部轉變成一個無底的海洋，一直往下、一直往下，最後到達那布滿著岩石峭壁、伸手不見五指的深淵。他看見游泳池裡露絲展現出的姣好身影；哈里遜那個可憐的傻子、拼命喬裝的常春藤名校風格；瑪格麗特把細小、柔弱又骯髒的手輕輕一揮後，就被塞進托塞羅的嘴巴裡；還有老教練躺在病床上、吐出舌頭，將溢滿眼屎的雙眸轉個不停；不！他不要想到這些。於是哈利又把身子翻了個面，平躺在那張顯得又熱又乾的雙人床上，感覺自己一貫不安穩的性格再度浮現，而且變得更加嚴重。他告訴自己：想些愉快的事吧！譬如說那所鄉下小學校金鶯高中的籃球賽與蘋果汁；可惜時光久遠，他只能回想起蘋果汁跟觀眾坐在體育館舞台上的模樣。後來他腦海裡的畫面來到了泳池畔：輕盈浮在水面上的露絲，渾身被水流所包圍；她在水波上往後滑動、眼睛闔上、並且圍著大毛巾走出水池；他則是抬頭凝望著她雙腳間私處的體毛，瞥見女孩把自己的臉躺在他身側，巨大光滑，沉靜無聲。不！他必須將托塞羅跟露絲從心中抹去，因爲這兩個人會讓兔子聯想到死亡。他倆站在線頭的這一端，造成他對空虛和死亡的懼怕；而在另外一頭，珍妮絲即將返家的威脅也愈來愈大：它就是讓他覺得不安穩、不平衡的緣由吧！即使此刻躺著的哈利是孤家寡人，他仍舊覺得很擁擠；因爲這些人物都在惹自己心煩。並非僅僅是他們的臉孔或者話語，而是他們的魂魄本身似乎就如此無聲無息地與他並躺在床上；兔子覺得在那海底下、甚至可以說在一切東西底下的峭壁岩塊裡，所有與自己有關的人都在那裡擠成了一團，製造出一陣陣微弱卻尖銳的低鳴聲響。

他忽然憶及了艾克斯太太的眨眼舉動。她眨眼是要表示些什麼？只是與他在門前任憑兩顆心曖昧不清時所開的一個玩笑？他還想起她大女兒穿著小內褲、光著上身就跑下來的有趣畫面。或許露西意識到兔子在觀察著她的腳趾甲，所以把雙眸小小的一眨，只是在說「祝你一路順風」，或者代表著黑暗大廳裡的一道光，意思是說「請進」？面對這位聰明、有趣、又長了雀斑的小女人，哈利覺得自己早該上了她。自那一刻開始，她那眨眼的動作就一直在困擾著他，或許對方眞的也想要與他做愛吧！她胸罩下的陰影，與它上頭兩顆堅挺的雙峰；以及在一個明亮空間裡，她美麗的俏臀正沿著一如嬰兒肌膚般的大腿，掙脫短褲的束縛，懸掛成兩團白皙眩目的圓球。佛洛伊德的圖像鑲在漆成一片白色的客廳裡，搭配著幾幅有關運河的水彩畫。露西呢喃道：過來這裡，哈利，觸動你原始的慾望之父吧；你有這麼漂亮的胸膛，還有這裡，這裡，跟這裡；把身子轉過來的他，幻想那床單的乾燥觸感，就是這女人急切的纖指，而他自己的命根子，則大剌剌地從兩腿間的的叢林裡突出，挺得又高又直，並且在濃密的血脈賁張處暴漲開來——他終於完成了他該做的事；之後他就用一隻緊實伶俐的手，試著去阻止耳朵裡那份莫名的尖銳低吟聲持續下去，目的是要讓自己能夠好好地放鬆入睡。女人甜蜜的汁液在四處流竄；他上了露西。這個想法流經他腦波中一如鑽石般的主體部位，再從另外一頭溼漉漉地流動出來。好幼稚啊！兔子替自己的性幻想覺得羞愧。弄溼的地方好奇怪，是你想像不到的地方：它居然是上半部的那床被單，而非下半身的那塊面積。他把臉頰靠在枕頭乾淨的一個角落上；不安穩的感覺因此減退了些。露西退場了，她身影的白色輪廓就像條解開的繩子，從他眼前順利地飄開。他一定要入睡：不過一想到自遠方逼近而來的海岸，就成爲一道阻止他滑進夢鄉的障礙。

想些愉快的事吧，哈利對自己這樣說。於是從他生活的記憶深處有個地方跑出來了——開車南下的那一天，他在西維吉尼亞州的一家餐館喝了杯咖啡後，走到它屋外的停車場；那是一片他可以站得安穩，不用隨時擔憂腳下的泥土，會轉變成一張張他熟悉臉孔的眞實土地。他記得那時圍繞在周遭的山巒，彷彿是一圈剪紙，被經由月光漂白的藍色夜空中襯托出來。他也憶及了那間餐館，它有金黃色的窗戶，一如他年幼時所看到那些從賈基山駛進布魯爾市區的電車車窗一樣；還有那裡的空氣，寒冷卻充斥著新春的活力。背後傳來踩在柏油路面上的腳步聲，他看見一對情侶以手牽著手的姿態奔向他們的車子；以及坐在餐廳中的一位紅髮女孩，她頭髮垂擺下來的樣子，與搖曳生姿的海草如出一轍。當時的他，似乎就是在這個轉捩點上做出錯誤的抉擇，他本該是要開車尾隨這些當地居民前進才對；他們想要爲他指引持續南下的正確方位，而他也的確應該跟上去；可惜他沒有。而當此刻於床上呈現昏昏欲睡的半解體狀態下，哈利的靈魂似乎眞的跟了上去；他一路伴隨著這些外地人，彷若自己是顆被瞬間抓住的音符般的，與這些陌生的年輕人結伴去旅行。儘管這顆音符其實是留在原地，但他卻能乘載在它之上，一路飄進了夢鄉。

不過天還未亮時兔子就醒了，又再度感到無法心安，並且驚恐兮兮地平躺在空蕩蕩的床上；他不知道尼爾森是否還有呼吸。他有種想要偷偷躲回剛剛夢裡的衝動，可是對於這個兒子可能死掉的莫名恐慌感不斷地擴大，最後還是得起床去聽聽那孩子的鼻息。一旦確認小男孩正常後，他便接著去小解；因爲半夜做春夢及夢遺的關係，他感到下體有點疼痛。後來當他再回到被自己弄皺了的床時，他看到由於清晨陽光的照射，那些床褥上的皺摺此時變得更深刻、更明顯。儘管又冷又餓，哈利還是縮回了綿被、躺在像網子一樣的大床上；他必須趁著小孩子還沒有來吵醒他之前，偷幾個小時睡回籠覺。

直到禮拜五，珍妮絲終於出院回家了。她回來後的前幾天，整棟公寓都是初生兒帶來的種種蹤跡，就像是一小盒香料的香味即能塡滿整座教堂一般。六月生的麗貝卡睡在藺草編成的白色搖籃裡，並被固定在推車上。兔子常常走過去看她，只是爲了確認她還在搖籃裡好端端地活著；可是總覺得他小女兒的相貌有點模糊不清，這該是小嬰兒本身還無法凝聚出足夠的力量，使自己展現出明確的輪廓似的。望著把臉頰轉向一邊的她，哈利發現自己當時在醫院見到麗貝卡的那種鮮明紅潤度，此刻已經消失無蹤；如今的她渾身夾雜著灰色、黃色跟藍色的紋路，好像是他身體不適、想要嘔吐時那手掌上會跑出的斑駁色澤。珍妮絲給麗貝卡餵奶時，也有黃色斑點浮現在她的胸脯，似乎是在回應寶寶膚色的泛黃陰影。那乳房跟小孩子的臉蛋完美結合，構成了兩顆賞心悅目的對稱球體，以至於他跟兒子都想緊緊地依偎過去。麗貝卡吃奶時，尼爾森會變得煩躁不安；他爬過去靠在她們身上，用手指頭戳著小寶寶的嘴唇跟媽媽乳房中間的空隙。挨了罵被推開的他，只好繞著床緣走來走去，嘴裡哼著熟悉的卡通台詞：「太空飛鼠來了。」至於兔子本身也總愛躺在這一對母女身旁，看著珍妮絲巧妙地操弄她漲大的胸部，白晰的膚色豐滿而透亮。她把一如武器般的粗大奶頭，塞進那張盲目探尋、腫脹不堪的嬰兒小嘴裡；小女娃就在那裡一開一闔地吞食著，彷彿雛鳥般的行動迅速。「嗚！」每當珍妮絲把身子往後一縮，她懷裡寶寶嘴唇上的神經，就會自動地開始配合她分泌乳汁的乳腺同步運作，彼此能將一致的協調性淋漓發揮；於是珍妮絲的臉上也會露出放鬆的笑容。她拿著一塊襯墊墊著另一邊乳房，抹去同時溢出被浪費的奶水。

最初幾天內，因爲經歷過充分的休息，並且獲得來自醫院的良好照顧，珍妮絲分泌的乳汁遠比小孩子能喝下的份量還要多；因此在餵奶空檔中她胸脯的乳汁會溢滿而出，以至於她所有緊身胸衣的上頭，都會留下了兩團僵硬的污漬。他常常看見赤身裸體的妻子，身上空無一物，只剩下腰際上那用來固定陰部傷口所穿戴的摩黛絲護墊彈性綳帶。她的陰毛經過剃修後，微胖的肚皮上留有幾條唯有產婦才可能有的褐色、垂直狀的妊娠紋。一旦看見珍妮絲胸前那一副迥異於平時的景象：奶汁的壓力讓她的雙乳高挺地聳立著，並從整身纖細的骨架上突了出來，彷彿兩顆外表光滑、上頭透露著青筋、外加兩個紫色粗大尖峰的水果時，哈利的整個胃部即會翻攪不已。由於上半身較重、腰際之間又綁著綳帶，珍妮絲走起路來必須戰戰兢兢如同端著水碗、一受到震動就怕它會潑灑出來似的。縱然用赤裸裸的胸部餵著小女兒喝奶，對此時的她來說彷若用雙手做家事般的自然不做作；不過在丈夫面前，珍妮絲還是會覺得害羞不已——特別是當他睜大雙眼盯著她瞧時，她還是會盡快找點東西來遮住自己光溜溜的身子。哈利發覺此時的感覺、與當初他倆熱戀時期所體會的情況，還是有點不同。那時的他們陷入熱戀，並肩躺在借來的床上；把雙眼緊閉的自己，會帶領著意亂情迷的彼此，一起在朦朧中進入對方體內。然而現在，變成他老婆的珍妮絲，有時候常顯得漫不經心、因而展現出一種特殊的自在感；當她光著身子從浴室走出來，幫寶寶拍氣時任由胸罩的肩帶垂掛下來，似乎不自覺地會帶著一種欣慰的情緒，接受本身是一部機器——一部白皙柔順、負責交配、孵化跟餵食的母性機器。在妻子面前，哈利也不時自行宣洩了一些；因爲那份濃郁而甜蜜的愛意及性慾，已經積壓在他的胸口與下半身太久了，他要她——只要碰一下就好——他曉得她陰道的傷口還未癒合，不過只要些微微的碰觸，就足以讓他的精液（可稱得上是男性的乳汁）朝向她汨汨流出。即使當珍妮絲在醫院、被麻醉藥效影響時曾吵著說要與兔子交歡，不過一旦眞的並躺到床上，她卻翻身背對著她先生，倒頭大睡，擺出一副不容許別人打擾她的凜冽姿態。經過及目睹這一切的哈利，由於對自己的妻子太過感謝，太引以爲傲，所以目前還只能溫馴地服從著她。這整個禮拜，他簡直是把她成是女神般在崇拜、敬奉著。

艾克斯到哈利家造訪，而且說希望能在本週日的教堂，看到他們夫妻倆參加禮拜儀式。他倆欠了牧師太多恩情，因此也欣然同意彼此間至少會有一個人出席——這個人選必然是哈利。珍妮絲還無法出家門；直到這個禮拜天爲止（她也已經出院九天），照顧初生兒的艱苦任務，讓她覺得疲憊不堪、虛弱無力、受盡折磨；至於哈利則是自本週一開始，就出門展開他在老岳父旗下公司的新工作，所以他很高興能趁著週日來到艾克斯的教堂。這份喜悅之情，不僅是出自於他對艾克斯這段日子付出心力的愧疚及感謝——雖然這麼說也沒錯——更是由於他認爲現在的自己很快樂、很幸運、很滿足，並且得到了上帝的祝福與寬恕，這的確使得他更該前去教堂向耶穌基督表達他由衷的謝意。他直覺意識到有個看不見的世界存在，沒有人能猜到他的一連串行動其實有很多部份都是跟它有關，那些是他跟祂之間的一種互動紀錄。於是在夏至的前一天，兔子穿起他上班用的那套淺灰色新西裝；十一點十五分時踏出家門，走進禮拜天早上的萬里晴空。他總是喜歡觀賞人群列隊齊步，一一自露絲的住處門口經過後、進入教堂；而此時的自己也成爲這個擁有虔誠信仰行列中的一員。接著的一個小時，是這一整週以來，自己終於能不用跟姓史賓格的人——不管是家裡的珍妮絲，還是攜手工作的老丈人——在一起相處的首次時光。假如不去刻意扭曲事實，那麼他必須坦承在岳父二手車店面的職位算是蠻輕鬆的。不過他往往才上半天班，就覺得神情疲憊。因爲當你看到那些老爺車進場，明明跑了八萬哩，活塞已經磨損鬆脫到油都會溢出來；結果只要清洗一番，把里程數調回去後，你又可以聽到自己裝模作樣地向前來買二手車的顧客說：「你買到就等於是賺到喔。」唉，他今天要來乞求上帝的諒解。

他討厭街上那些穿著骯髒、邋遢家居服的人，這些人彷彿是在對大眾宣告說：他們相信這個世間是痛苦的深淵，死亡是一切的終點；而類似哈利這種氾濫的七情六慾將沒有任何出路。相對地，他喜歡那些全身整潔乾淨去教堂作禮拜的人：挺拔俊俏的男士穿著燙得平整的西裝，那是對他私底下感受到的無形世界，一種實質的認同與尊敬的表現；太太們帽沿的美麗花朵，則能讓那個虛幻的世界跟著眞切了起來；而他們的女兒本身就是一朵朵盛開的花：若把她們的肉體比喻成一朵鮮花，那洋裝上的薄紗跟蕾絲就是花瓣，能讓這些年輕的女孩渾身散放出信仰的光采——因此即使只是很平凡地走在路上，在兔子的眼裡，這些女眷們都能閃耀出耀眼的光芒，這也是宗教信仰上一份美感的見證。他甚至可以用感恩的心親吻她們的腳，因爲她們擁有能使他免於恐懼的力道。直到他眞的進入教堂後，他已經由於這份不知名的歡樂，而興奮到幾乎忘記自己是來此請求蒼天原諒的。他跪在教堂一張紅色的矮凳子上，雖然那上頭墊了層軟墊，仍不能減輕他體重壓迫膝蓋所造成的疼痛感；不過他的雙耳仍舊開心得嗡鳴不已，血液沖上他的腦門，整個腦袋呈現放空的狀態。此時的他只能勉強記起來幾個字：「上帝，麗貝卡，謝謝。」——它們在他莫名的愉悅漩渦中相繼浮現。

認識上帝的人在哈利四周走動著，他們對他而言是一種激勵，把他從黑暗中高聳地舉起。他重回席位上後，眼光在不知不覺中被前方一位聽眾的頭型吸引住了。那是一名戴著大草帽的女性，個子顯得比別人嬌小，纖細的肩膀上長了一些雀斑；或許她還很年輕——儘管女人從背後看上去往往都比實際年齡小一點。那頂寬大的帽子，能將她頭部最輕微的動作放大後，再優雅地展現出來；也把她頸背上交錯的金髮，變成似乎只有他一個人能掌握、偷偷窺視得到的祕密。她的脖子和肩膀被白亮柔細的髮絲覆蓋著，彷彿打上了搖曳朦朧的柔光；可是除了向光處之外，她身上的其餘地方都無法補捉到這層柔光。他憶及了托塞羅曾談過女人全身都是毛的這個想法，不由得會心一笑。他心想：不曉得托塞羅現在去世了沒；他趕緊朝上帝祈禱希望他早日痊癒。一直把目光偷偷瞥向前頭那名女子的哈利，此刻變得有些不耐；他希望對方趕快轉身，好讓他看得到帽簷底下她漂亮的側面輪廓。那是一頂編織的草帽，一如太陽的火輪那般龐大，上頭裝飾著排成彎月形的紫羅蘭紙花。後來她果眞如兔子所想地側了身，低著頭看向她身旁的小東西；他屏息注視著，發現那宛如彎月般的纖細臉頰露出了一絲光芒，可惜又像扇形月亮般地被迅速遮掩起來。有個繫著粉紅絲帶的小女生，從她肩膀旁邊冒出了頭來：那是小喬伊絲・艾克斯；她好奇的棕褐色臉龐赫然呈現在他眼前。教堂裡伴奏的風琴音翩翩響起，禮拜的儀式就要開始了；他把手指摸索著尋找詩歌本。同時間，一直逗得他心癢癢的前方那位金髮女子——原來也就是露西・艾克斯——站了起來，佇立在他垂手可得的範圍內。

艾克斯在一群助手跟唱詩班的簇擁下，從中間走道拖著沉重的腳步往聽眾席走來。他高高在上站在講壇圍欄的後面，看起來心不在焉、鬱鬱寡歡、遙不可及、虛無縹緲又全身僵硬，好像一位穿了牧師袍的日本偶人。他用感情洋溢的鼻音，引領著大家吟唱祈禱文，這一點倒是讓兔子覺得很不自在；整個聖公會的禮拜儀式裡充滿一些令人不快的橋段，比方說禱告的過程費力、細節的高低起伏過大、祈禱文也像是事先錄好音、再於現場播放一樣地制式與呆板，而詩歌吟誦的部份亦過於草率；甚至連跪墊的品質都跟哈利過不去；腰際發疼的他，得把手肘勾在前排凳子的椅背上，才能讓他的巨大身子不致朝後傾倒。他懷念起路德教派的禱告儀式，儘管猶如經過風化的碑文般稀稀落落，卻同樣能展現撩撥他心弦的效果。針對這次不同基督子教派的新禮拜儀式，他是跟得七零八落的；他不由得把如此的後果，歸咎於那些聽上去似乎是隨心所欲、荒腔走板的祈禱詞。他總覺得這個教堂在募款這檔事情上做得太多。而關於牧師佈道的這回事，哈利則根本沒有認眞在聽。

艾克思佈道的內容主要是耶穌在曠野的四十天，以及耶穌跟魔鬼的對話。這個故事跟此時此地生活在二十世紀的美國的我們有任何關聯嗎？有的。它代表著某種特殊的含意，那就是所有的基督徒都必須跟魔鬼對話，必須了解他的行徑，必須傾聽他的聲音。這個說法背後的傳統相當古老，是經由早期的基督徒口耳相傳後，才得以在世代之間延續下來。它偉大的內涵和用意，艾克斯是這麼解讀的：苦難、剝奪、荒蕪、艱困、缺乏，這些都是從過去到現在，任何一個想追隨耶穌基督的人所不可或缺的教育、跟入教儀式的一部分。艾克斯在講台上聲嘶力竭地賣力揮舞著，他的眉毛像極了魚兒上勾時不停的抖動。這是一場不舒服、不自然、多多少少被人扭曲了的表演；對兔子來說，開車時的艾克斯還顯得較爲由衷地虔誠。牧師穿著聖袍，看上去像個不男不女的惡魔。哈利對基督教黑暗、糾結、粗俗的一面沒有興趣；那種要捱過去的特質，那條要通往死亡的道路，還有要得受難後才得以重生被救贖之類的想法，彷若一把被吹得開花的雨傘破爛透頂——他缺乏強韌的意志力，去熬過那條筆直的矛盾之路。儘管刺眼，他還是寧可迎向陽光。

艾克斯太太明亮的臉頰，在草帽的掩蓋下綻開若隱若現的丰姿。由於被椅背擋住視線，兔子只能看見綁絲帶的小女孩與她母親說起悄悄話來，這一對母女想必是在討論：坐在她們後頭的就是那個「淘氣鬼」吧！可惜那女人並未把頭轉向哈利的方位看去。如此沒有必要的矜持，讓他被自以爲是的曖昧撩撥得更加興奮。他頂多只能看見她的側面：眼見她皺眉低頭望著身旁的小孩，那雙下巴的柔和曲線，在白晝的照射下顯得清晰可見。她身上穿著洋裝，藍色的細條紋在車縫線上形成銳角。她今天在教堂裡的沉靜與拘謹，象徵著一種性別上的意涵，那是她對這套以男性爲主軸的僵化儀式，產生的一種服從性。爲了滿足心中的虛榮心，他在原位上天馬行空地發揮想像力：對方的注意力，此刻該是全部集中在背後、也就是兔子身上所散發的魅力吧！跟參與禮拜會眾穿戴含蓄的頭部所形成的那張冷峻拼布、教堂中的彩繪玻璃、石牆上泛黃的紀念勳章，還有四周一些雕工細膩、珠珠串串的木刻藝術一一比較起來；露西的秀髮、肌膚跟帽子各自散發出不同的光芒；兩者在色度上的差異性，就像火燄裡頭的明亮光影、跟它外面的虛無通透產生對比，正不停地被放大。

當佈道告一段落後大家唱起了聖歌，她亮麗的頸背也彎下來接受祝禱；然後那令人焦慮的默禱亦跟著結束。等到露西終能把身子站直，並把眼光直接迎向哈利時，他心理上眞正的高潮已經經歷過了。細看起來，對方的臉上盡是大大小小尖尖的點點——眼睛、鼻孔與雀斑；她淺淺緊實的酒窩，足以將一種諷刺的力道帶到她的嘴角邊。此刻的她，臉上營造出的戲謔性表情倒是沒讓兔子太驚訝。不過在他欣賞了長達一個小時、任憑自我幻想所創造出來的明亮光景後，他似乎再也無法將視線，重新聚焦在實際上竟是如此嬌小的女性身上。

「嘿，嗨！」他說道。

「哈囉，」她說道，「我從來沒有想到會在這裡碰到你。」

「爲什麼？」他很高興她把他當成一個極限。

「我不知道。你就是一點都不像是會參加這種活動、活在體制內的那一種人。」

他凝望艾克斯太太的雙眼，希望能看到她再次的眨眼動作。距離她首次的眨眼舉動有幾個星期了，他早對她當時那個若有似無的表示失去信心。此時的她也大膽地回盯著他，直到哈利主動避開視線爲止。「哈囉，喬伊絲，」他說道：「妳好嗎？」

小女孩停頓了一下後就跑躲到媽媽的身後。踩著小碎步的露西，高雅地沿著走道持續往前移動，同時跟周遭的人群微笑致意。他不得不佩服她優異的社交能力。

一到教堂門口，艾克斯就大手一張，熱切地緊握起哈利的手，並且不打算輕易放開。「眞的非常高興在這兒見到你，」牧師以堆滿笑容的表情偷偷瞧著他，臉上因爲高興而潮紅一片，倒像是在跟哈利道歉似的。

「來這裡眞好，」他說道，「你佈道得眞好！」他感到身後的隊伍都因爲他倆的對話而卡住，大夥兒都推擠成了一團。

艾克思聽了這句話後笑了開來；他的上顎閃爍過微光，終於把雙手放下。

兔子聽到他朝露西說道：「再大概一個鐘頭就好。」

「烤肉已經進烤箱了。你要吃冷的還是烤焦一點？」

「烤焦一點。」他說道，並很正經地拉著喬伊絲的小手問：「妳好嗎？小夫人，妳今天早上看起來眞漂亮！」

嚇了一跳的哈利，轉身看見排在他身後的胖女士也是一臉驚訝。他太太說得沒錯：艾克斯有時候也很不正經。露西走到他的身旁，後頭跟著喬伊絲的小腳步。她的草帽只能碰到他的肩頭。她問：「你有車嗎？」

「沒有。妳呢？」

「我也沒有。那跟我們一起走回去吧。」

「好啊。」她的提議很大膽；即使看不出有什麼特別之意，哈利的內心已隨著她起伏的琴弦被輕輕地撥動。陽光搖搖擺擺地穿過大樹，並在街上沒有樹蔭的人行道兩側，以整片的、辛辣的、厚重的任性姿態潑灑下來，早就喪失了它清晨時綻放的稀疏與朦朧之美。人行道上散佈的雲母石碎片正閃閃發亮，匆忙行駛的車輛則從車頂跟車窗處，反射出刺眼的白光。露西脫下帽子，甩了甩頭髮；跟在他們身後、從教堂步出的人潮亦漸漸散去。在人行道跟車馬路之間種著一排楓樹，它們光滑明亮、清新濃密的樹葉，有意或無意地將他們的身影遮蔽起來。樹蔭之間的光線，把露西的臉、跟哈利的襯衫照得是一片白，亮眼的白。汽車往來急駛的引擎聲、三輪車的嘰嘎聲、房子裡傳出杯盤的觸碰聲，似乎都透過這一條明亮的鋼條，聲聲傳進他的耳裡。三個人走在一起時，他彷彿在露西發出的光芒下微微顫抖。

「你太太跟孩子還好嗎？」她問道。

「很好，都很好。」

「那就好。喜歡你的新工作嗎?」

「不怎麼喜歡。」

「噢,那可不是個好兆頭,不是嗎?」

「我也不知道。我想人不一定要喜歡自己的工作。如果眞的喜歡,那就不叫工作了。」

「傑克就很喜歡他的工作。」

「那就不算他的工作囉!」

「他也是這麼說的。不過又加以解釋說:他不把牧師僅僅當成是一份工作,所以我也只好跟著他這麼看。不過我很肯定,你跟我都知道,他就是會玩這一套言語上的把戲。」

哈利知道她這麼說是在諷刺他,可是他沒啥感覺,反正他從頭到腳,都因爲參與禱告的過程而顯得酸麻難耐了,「我想他跟我多少有些相似。」他說道。

「我知道、我當然知道。」她這番急切的回答顯得怪異,這讓他的心跳不斷加速。她接下去說道:「不過,我更注意到的是你們的不同之處。」在句尾處她刻意把聲音拉高,並且努了努嘴唇。

她這句話代表什麼意思?他因而有種碰到玻璃牆的感受。他不知道他倆究竟只是閒聊,還是在玩弄一些密碼或暗號、來爲彼此傳達更深一層的含意。他也不明白對方是有意還是無意地在挑逗著他。他一直在想說假如雙方能再度碰面,他必定會用很堅定的語氣告訴她:他愛她,或以諸如此類直截了當的話,把他內心的眞心話攤開來講清楚。可惜的是,面對現在就在眼前的露西，哈利反倒是啞口無言；他的呼吸讓心田上的那塊玻璃蒙上一層迷霧，想不出他到底該吐露些什麼，最後聽到自己眞說出口的，盡是些無聊的渾話。兔子唯一確定的是：在這一切事物底下，在他倆所有的心思與感覺底下，他，像是一大片土地的合法繼承人似的，擁有對露西的支配權；同時間在女方的天性裡，在她身軀的毛髮、神經系統跟細緻的血管結構中，她都該已經準備好接受他的統轄。只是在那一切就緒的時刻、跟此時活在現實世界的兩人之間，還存有著許多合情合理的阻礙對他倆的關係干擾著。他問道：「比方說？」

「喔——比方說你不怕女人。」

「誰會怕？」

「傑克啊。」

「妳這麼認爲？」

「那當然。年紀大的、年紀輕的他還處得來；那些人都當他是教會牧師。一旦面對其他類型的女性，他就疑心病很重；他不喜歡她們；他甚至不認爲她們該到教堂來；他說她們會把嬰兒跟床鋪的味道帶進教堂。不只是傑克這麼想，基督教本身就是這樣。它眞的是個非常神經質的宗教。」

不知怎麼地，在她說出那些似乎很愚蠢的心裡話之後，哈利自己那種愚蠢的感覺也跟著消失了。要從高高的人行道上跨下時，他扶住了露西的手臂。賈基山鎭就建在山坡上，因此四處都是落差很大的人行道，個子小的女性要以這般保持高雅的姿勢爬上爬下，實在是件吃力的任務。她裸露的手臂就停留在他的手指裡，依然是冰冷的觸覺。

「別把這些告訴教區裡的居民。」他說道。

「看！你連說話的口氣都像傑克。」

「跟他相似是好、還是不好？」就是這裡了；他似乎想用這個問題檢驗出她內心的虛實。她一定要回答說好、或是不好，彷彿是腳底下的雙岔路，她僅能挑一條往前走。

可惜對方什麼也沒說。他發覺她用盡了力氣在自我克制——誰叫她平日是那種習慣有問必答的人。當他們跨上對面的人行道後，他接著很笨拙地把她的手臂放鬆。雖然他的英雄舉止看上去很不熟練，他還是嚐到了一種被依靠、被接納的感覺，那是一種難得的默契。

「媽咪？」喬伊絲問道。

「怎麼了？」

「什麼是——經——質？」

「經質？喔，是神經質。它是說頭腦有一點生病的樣子。」

「像感冒頭痛嗎？」

「嗯，是啊，可以這麼說。大概就那麼嚴重。小寶貝、不用擔心，大部分人都有點這種小毛病，只有我們的朋友——安格斯壯先生——除外。」

站在母親大腿旁的小女孩抬起頭來看著哈利，臉上堆滿了笑意；可見她知道自己再來要說出口的話很沒禮貌。「因爲他很頑皮，」她說道。

「還不算超級頑皮。」她媽媽說道。

牧師公館磚牆的另一端處，停留著一部老舊的小三輪車。喬伊絲跑向前，把它騎上去後就往前踩；她穿著做禮拜用的水藍色外套，頭髮上綁著粉紅色絲帶，三輪車發出金屬鉸鍊的唧咯聲，那噪音猶如細線一樣地被旋進空氣中。兔子就與艾克斯太太一起望向這小女孩。然後露西開口了：「要不要進來坐坐？」在等待他回答的同時，她正凝視著他的肩膀；於是從男方的角度朝下看，露西的眼睫毛恰巧擋住了她的雙眸；雙唇微開的她，下巴動了一下，可能是她的舌頭頂住了上顎吧。在中午的豔陽下，她的五官輪廓顯得更加出色，嘴上的唇膏看起來已經乾裂了。他可以看見她下唇溼潤的內緣處，輕輕抵靠著牙齒。忽然間有一陣殘存的佈道聲、夾雜起艾克斯嘮叨的訓誡聲，混搭成爲沙漠中揚起的風暴沙塵、向他瘋狂地掃射而來，其中伴隨著一幕詭異的景象：珍妮絲一對青筋浮現的柔軟胸脯。這個惡毒的一幕，想把他從自己及露西之間狠狠拉開。

「不了，謝謝。眞的，我不能進去。」

「喔，別這樣嘛。你都已經上過教堂了，値得給個獎賞。喝杯咖啡吧！」

「眞的不用了。聽我說，」他說話語氣輕柔，卻在講述件重要的原則：「妳是個美人，不過我現在已經有妻子要照顧了。」他的手從身體兩側舉起來想要解釋一番，卻讓露西很快地朝後方退了一步。

「對不起，你在說什麼？」

除了注意到她綠色眼珠子有斑點的那一小部分，彷彿撕裂的衛生紙般被圍繞在黑色瞳孔四周，哈利沒有意識任何其它的部份。接著他就看到對方緊實圓潤的臀部跳上了走道。「不過還是謝謝妳。」他有氣無力、膽小怯懦地說著。他其實不喜歡這種被人討厭的感受。只見露西用力甩上她身後的門板，留下那門上的魚形叩環，還依然在空蕩蕩的走廊上嘎嘎作響。

他無視於刺眼的陽光，一路悠閒地散步回家。艾克斯老婆的生氣，是因為他拒絕了她的好意？還是因為他的樣子顯示出：他以為她對自己也有好感？或者是兩者兼具，而她潛藏的心思因而被暴露了出來？他憶及自己的母親，若她被逮到陷入於某種由她自我製造出來的疑惑、複雜的情緒之中時，就會同樣地惱羞成怒、大動肝火。不管如何，他都覺得自己剛剛的表現是高尚而優雅的紳士行為，而且穿著上教堂的西裝，讓他更加深具自信，於是便在大樹下邁開大步向前走。無論是被拒絕了、還是被誤解，露西都已經讓他精神為之振奮。他回到家後，頭腦清醒、精神平靜，但性慾卻顯得高漲。

＊

哈利一心想要跟許久沒有親密關係的妻子交歡。這種想法宛如身上綁著小鉛塊的天使，讓他整個下午的心情都沉重不堪。小嬰兒不停地在屋裡吵鬧著，躺在搖籃裡發出令人發狂、精神緊繃的噪音，哼吶、啊、啊、嗯；那一種微弱而低沉的哭鬧、活像門板上的抓刮聲、持續不斷地縈繞在屋子四週。她想要什麼？她為什麼不肯睡覺？兔子剛從教堂替珍妮絲帶回了寶貴的禮物，卻一直被這名小嬰兒所阻撓，以至於他無法把自己的身心交給老婆。來自於初生兒的呻吟聲，已經使得整間公寓都充斥著恐怖的氣氛，並且讓他的胃部隱隱作痛了起來。他抱起小女娃，想拍拍她的背幫她打嗝，卻只變成讓自己打嗝；於是他胃部的壓力不斷地破裂，然後又重新成型，結果變成了一個漲大的氣球；可是小孩肚子裡的主要氣泡卻一直沒破。這個柔軟的小身軀，擁有大理石般的紋路，卻活像紙張一般地輕盈脆弱。她一會兒僵硬地靠在他的胸前，一會兒又渾身軟綿綿地趴著；那發燙的小腦袋一直左右扭動著，彷彿隨時都會從自己的頸子上掉下來。「貝姬[31]，貝姬，貝姬，」哈利哄著小女兒說：「睡覺吧。睡吧，睡吧，睡吧。」

妹妹的哭鬧聲也導致尼爾森心情煩躁、反覆無常。身爲幼兒的他，距離嬰兒時代形成的黑暗大門最近，因此順理成章地對於小女娃試著要傳達給大人的威脅警訊，變得最爲敏銳。寶寶們總能察覺到大人發育成熟的感官所無法體會的異狀——所以只要一被單獨留下，麗貝卡馬上就能感覺得出來。每當兔子把小女兒放到搖籃中，躡手躡腳地走到客廳時，其他家人全都屏住了呼吸。可惜不一會兒過後，一陣尖銳的哭叫聲就會立刻劃破這份寂靜，之後那種起伏不定的呻吟聲，馬上展開下一輪的循環：嗯、啊、嗯咿！

「喔，我的天啊！」兔子嘆道：「眞是畜生，怪物。」

約在下午五點左右，珍妮絲也開始哭了；眼淚從她暗沉憔悴、睡眠不足的臉頰上潸潸流下。「我沒奶了，」她哭道：「我沒奶了。我已經擠不出一滴奶水來餵她了。」嬰兒反反覆覆地吸著她的胸部。

「算了，」他說道，「她遲早會安靜下來的。喝杯酒吧！廚房有瓶陳年威士忌。」

「喂，你幹嘛老是只會說喝杯酒吧？我一直想戒酒。我以為你並不贊成我喝酒。可是你整個下午只知道菸一根接著一根抽，嘴裡還念著：『喝杯酒吧、喝杯酒吧。』」

「我是想說它可以幫妳放鬆心情，妳緊張得要命。」

「我可沒你來得緊張。你是哪根筋不對了？你到底在想什麼？」

「妳的奶水怎麼了？為什麼小孩子會喝不夠？」

「我四個小時餵了她三次，已經沒有奶水了。」她乾脆用手隔著衣服壓她的胸部，表示裡面的東西已經枯竭了。

「那好，喝點什麼吧。」

「喂，教會是教了你些什麼？『回家去，把你們老婆灌醉』嗎？若你有這種想法的話，那你自己去喝一杯啊！」

「我不需要喝酒。」

「但是你需要些別的。是你讓貝姬煩躁不安的。她整個早上還好好的，你一回家後她就變了個樣。」

「算了、算了。把這整個煩人的事都忘了吧。」

㉛ 哈利女兒麗貝卡的小名。

「小寶——保——在哭！」尼爾森的童稚嗓音於此時響起。

珍妮絲用手摟著大兒子說道：「我知道，親愛的。她熱，她馬上就不哭了。」

「孩子會熱？」

留在原地的三人聆聽了一分鐘，但小女娃還是哭個不停；那個狂亂微弱的警訊，雖然中間穿插了幾段難熬的寧靜，但仍舊在持續不斷。他們收到了這個警告，卻不知她的用意爲何，只能彼此之間不斷地在公寓裡頭走來走去，大夥的腳還踩在散落一地的週日報紙上。他們公寓的牆上滲著水，猶如監獄裡的牆壁一樣。室外的太陽則高高掛著，廣闊的天空蔚藍無雲。兔子想起從前在這種日子裡，他的父母都會帶著他跟小蜜一起散步到採石場——一旦想到他們正在浪費一個美好的禮拜天，他便更加地懊惱。不過家裡頭有著新生兒的他們，實在沒辦法準備到舉家外出的程度。他大可跟著尼爾森出門走走，但尼爾森莫名的恐懼讓他不願意離開媽媽，而兔子則是希望能夠永遠地佔有他妻子，於是也就一直在她身旁徘徊不去，彷彿是個守財奴堅守在他的金銀財寶旁邊。他的性慾把他倆及一家人都緊緊地黏牢在一塊。

珍妮絲似乎意識到了這點，因此倍感壓力。「你爲什麼不去外面透透氣？你讓小孩子變得緊張兮兮，也把我弄得緊張兮兮。」

「妳要不要喝杯酒？」

「不要、我不要。我只要你坐下來、不要抽煙，或是幫忙搖一搖孩子，作點什麼別的。還有別再碰我了。天氣好熱，我想我應該回去醫院靜養。」

「妳會痛嗎？我是指妳下面那裡。」

「倘若小孩子能不再哭鬧，我就不痛了。我已經餵了她三次，現在還要做晚飯給你們吃。噢，禮拜天眞是累人。你在教堂裡到底做了些什麼，讓你這麼忙進忙出的？」

「我不忙，我只想幫點忙。」

「我知道，這就是奇怪的地方。你身上有股怪味道。」

「怎麼個怪法？」

「喔，我也說不上來。總之不要再來煩我。」

「我愛妳嘛！」

「別說了。你不可以，我現在不可愛。」

「妳只要躺在沙發上，我會去把湯煮好。」

「不要、不要、不要。你去幫尼爾森洗澡，我再試著給小孩餵奶看看。可憐的小東西都沒奶喝。」

這一家人拖到很晚才吃到晚飯。當時的天色還很亮——今天是一整年白晝最長的日子。他們埋首喝著湯，但麗貝卡急迫的哭泣聲也還在陪伴他們。那些呻吟及啜泣的音調活像是忽明忽暗的燭火；有如一根燃燒的細燈芯，不時被注入大小不等的力量。在水槽裡相互堆疊的碗盤中，在破舊又潮溼的家具下頭，還有在像棺材、有褶邊的嬰兒床裡——隨著夜晚的陰影開始伸長，那跟貝姬纏鬥整個下午的惡魔終於鬆綁消失了。小女娃突然安靜了下來，只留下一片祥和、嚴肅卻帶著罪惡感的和平氛圍。這些家人讓她失望了。她就像個不會說英文的外國人，被安置在一個異國的寄宿人家中；即使身上帶有極大的痛苦與憂愁，可是周遭的人們卻聽不懂，最後也就幫不上她的忙；直到黑夜終能降臨後，她就被當成一件破爛、與成堆的垃圾一起沖走了。

「應該不是腹絞痛。她還太小，不會生這種病，」珍妮絲說道：「或許她只是餓壞了，或許我的奶水眞的沒了。」

「怎麼可能？妳的胸脯就跟足球一樣大。」

她把眼睛倏地斜斜地瞄了丈夫一眼，便曉得這是怎麼一回事了。「別想說你可以跟我玩那個。」不過兔子覺得自己隱隱看到她在偷笑。

此時的尼爾森也心甘情願、邊走邊哭地上床睡覺，一如他生病時的樣子；今天的他也被妹妹鬧得精疲力盡。把整個頭都陷進枕頭裡的小男孩，露出的黃褐色小臉看上去端正而緊實。在他餓得吸著奶瓶時，兔子亦在一旁徘徊著，想從小男孩身上找到一種他從來沒有發覺到的、想要和別人溝通與傳達的神情，能把那些稍縱即逝、危險卻摯愛的、加諸在我們人類心靈、卻又像毛筆輕輕揮灑，然後就迅速離開的種種重擔，流利地吐露出來。有一種說不出的懊悔蒙住了他的嘴；那是一份從時間跟行動而來的遺憾感受，對於自己能單純地生存在四處都是黃褐色頭髮小毛頭的一個眞情世界，進行一種自我哀悼──値得感恩的是，這些孩子就正睡在狹小的兒童床上，嘴上也還吸吮著玻璃奶瓶。他弓著手掌摸摸尼爾森微凸的額頭，而小男生卻在昏昏沉沉中想把它揮開、生氣地甩起頭來，哈利只好把手移開，往另一個房間走去。

他說服珍妮絲喝了杯酒。酒是他調的——但他對酒懂得不多——半杯的威士忌加半杯的水。她抱怨道這一杯難喝死了，但過一會兒後卻又能將它一飲而盡。

當兩人並躺在床上，他想像自己可以感覺得到她肉體上生產前後的差異性，感受她的曲線在自己手中、掌中，展現一種性感而令人傾慕的質地。珍妮絲睡衣下頭整片女性化的身子，一直到她的喉結處，都在眼前靜靜地守候著他。他倆面對面地側躺著；他首先撫摸起妻子的背，先輕後重地，再順手把她膨脹的乳房緊密地貼向自己。她的柔軟與順從更讓他增添了一股力量，然後他便用手肘使勁撐起身子後俯瞰著她。他親了她暗沉、冷峻、又滿佈酒香的臉頰；可惜她並沒有把頭轉過來迎向他的目光——他沒有從這個細微的抵制當中察覺到任何拒絕之意，不過他終究也只能像鳥啄到相片一般地笨拙離開。壓抑住微慍怒火的哈利，嘗試重新調整自己去配合他老婆慢吞吞的回應動作。他對自己的耐心感到自豪，又再度搓揉起她的背脊來。她肌膚底下隱藏著不能說的祕密，而她的舌頭也同樣不肯訴說：她有感覺嗎？繼露絲之後，他眼前這位神祕而聖潔的老婆大人——只是任憑她繃得緊緊的身材，散放出對哈利正想進行的結合念頭、不爲所動的化學因子，並且堅持對他渾身陽剛的男性特徵毫不屈從。他是否點燃了她的火花？他一直在老婆身軀下上游移的手腕都痠疼了。於是他乾脆大膽地解開珍妮絲睡衣上頭的兩顆鈕釦，掀開她半邊的整片衣物，一長條優美的胴體就此曝露在幽暗的床上。她溫暖的酥胸平貼著自己裸露的胸肌；同時對他不斷愛撫的雙手表達順從之意，此時的兔子內心充滿愉悅，自忖要把妻子引領到完美的境界去了——他自認是個調情高手。接下來的他把手鬆開、躺進溫暖的床鋪中解開自己睡衣的腰帶。他壓低身子，固定在棉質的襯墊上，可惜這份不自然的感覺提醒了他：老婆的傷口該是尚未癒合吧；而且被剃過陰毛的珍妮絲，也讓哈利的皮膚觸碰到那裡時，被新長出來的些微毛髮刮出不自在的刺痛感。雙重的體悟頓時讓他的信心減弱；更糟糕的是，他老婆那薄弱、刺耳、像笨女孩的嗓音竟於此時開口道出：「哈利，你不知道我想睡覺嗎？」一舉把他高漲、處於爆發邊緣的性慾消潰殆盡。

「那妳爲什麼不早說？」

「我不知道，我不知道。」

「不知道什麼？」

「不知道你要幹嘛。我以爲你只是在疼我。」

「所以這樣不算疼妳。」

「嗯，因爲我現在什麼都不能做，所以這不算眞的疼我。」

「但是妳總有一些事情是妳可以做的。」

「不行，我還不行。即使麗貝卡哭鬧了一整天沒有讓我又累又煩，我還是不行。醫生說過六週內都不行。這點你是知道的。」

「是啊，我知道。但我剛剛以爲——」他眞是尷尬到不行。

「你剛剛以爲什麼？」

「我以爲妳可能還愛著我。」

她停頓了一下回應：「我是愛著你啊。」

「只要碰一下。珍妮絲，妳就讓我碰一下嘛！」

「你不能好好睡一覺嗎？」

「不行，我沒辦法、我沒辦法。我太愛妳了。妳只要躺著不動就好。」

僅僅一分鐘前，也許這件事還可以被圓滿地解決；不過中間發生的這一席對話，已經把哈利所有美好的感覺統統抹殺掉了。這次與妻子的肌膚之親顯得糟透了；而珍妮絲僵硬的四肢、動都不動的，只會把事情變得更糟糕。她用讓他覺得愧疚、羞恥跟愚蠢的手段，來扼殺他油然而升的性慾與愛意。原本甜蜜的好事變成了汗水與苦工，還有他可笑的無能；哈利根本跨越不了她死硬發燙的肚皮。她推開她先生說道：「你只是在利用我，我覺得好難過。」

「拜託，寶貝。我都快到了。」

「我覺得這樣好下賤。」

聽見自己的老婆竟然膽敢這樣說，哈利簡直氣瘋了。他明白她已經有三個月沒有行房，所以開始對性有種不眞實的幻想。她把它想像成一種稀有而珍貴的寶貝，並且擁有一半的掌控權；然而此刻的他所要求的，只是要把體內的慾望好好地發洩出來，然後他們夫妻倆就可以睡個好覺，繼續往前邁進——這是爲了她；他走正道都是爲了她。

「翻過身去。」他命令道。

「我愛你。」鬆了口氣的珍妮絲，誤以爲她丈夫已經放過了她。於是她便摸了摸他的臉、向他道別後轉過身去。

沒料到哈利卻逕自蜷曲著，把他整個身子緊貼在她的雙臀之間，彷彿兩人被莫名的法力吸附在一塊。接著那份迷戀而釋放的效應開始產生，穩穩的、暖暖的。就在此刻他妻子轉過頭來，從肩膀上發出掃興的嗓音說道：「這一招是你那個妓女教你的嗎？」

他把一拳從她的肩膀處重重打下去，跟著下了床、睡褲也掉落於地面。晚風從窗紗透了進來。她翻身後平躺在床中央，臉色黝黑，仍用愚蠢的話語加油添醋道：「我可不是你找來的妓女啊，哈利。」

「該死的東西，」他說道，「從妳回家之後，這可是我第一件求妳的事。」

「你一直表現得很好，」她說道。

「謝了。」

「你要去哪裡？」

哈利穿起衣服道：「我要出去走走。我已經被關在這個洞裡一整天了。」

「你早上才出去過啊！」

他找到卡其褲穿上。珍妮絲問道：「爲什麼你就不可以試著體諒一下我的感受？我才剛生過小孩耶。」

「我可以。我可以，但是我不要。重點不是那個，重點是我的感受。而我現在的感受就是我想要出去晃晃。」

「不要。哈利。不要。」

「妳就跟妳的寶貝屁股躺在那裡好了，代我親它一下。」

「喔，看在老天的份上，」她哭喊道，整個人跟著縮在被窩裡掙扎，還把臉重重地埋進枕頭裡。

縱然走到這個地步，倘若她不要這麼歇斯底里地接受挫敗，他還是會留在家裡。他要對她求愛的需求已經過去了，因此他本來沒有理由出走。反正他終究也不想要她了，他大可就冷冷躺在她身旁沉沉睡去。不過這樣的結局是她自找的——誰叫她就只會渾身邋邋遢遢地躺在床鋪上頭、自顧自地啜泣著呢？在家外頭，在城鎮裡，一輛摩托車呼嘯而過，他想起了空氣、樹木、路燈下一路延伸的赤裸街道，便毅然決然地從門口走出去。

＊

說來奇怪的是，丈夫離開後的珍妮絲反倒很快地入睡了；她最近也早就習慣獨自成眠。況且對她而言，沒有哈利同時在床上用那熱熱的雙腳亂踢、又把床單捲縮成一團，對她疲憊不堪的身體來說，這也算是一種解脫吧！他剛剛在她臀部那裡所做的好事，足以讓她縫了線的傷口刺痛起來，她只能全身無力地陷入那種微微的痛楚中。直到凌晨四點左右，貝姬的哭鬧聲吵醒了她，珍妮絲也得跟著起床；睡衣輕拂過她的身體。在屋子裡頭四處走動時，她覺得自己全身的肌膚顯得異常敏感。她替寶寶換了尿布，跟著躺在床上餵她喝母奶。貝姬開始喝奶時，彷彿也把空虛吸進她母親的身體裡；哈利還是沒有回來。

因爲她的暫時失神，所以乳頭總是從小女娃的嘴巴中滑出來；她一直側耳傾聽是否有哈利在大門口轉動鑰匙的聲音。

假如她又失去她先生一次，她母親的那些街坊鄰居們準會笑到人仰馬翻。她不知道爲什麼自己要想起媽媽的街坊鄰居；也許是當她成天待在家裡的那段時期內，史賓格太太總是無時無刻地不提醒她說：這些人是如何在訕笑她及其娘家的。而且只要跟她父母生活在一起時，珍妮絲就會覺得自己很笨、很平凡，也很令人失望。於是年輕時的她，天眞地認爲只要結了婚、擁有了自己老公，這些不好的感受及情景，都將一口氣煙消雲散；她會變成一個成熟穩重的女人，並擁有一個屬於自己的小家庭。她想給小女兒以媽媽的名字命名，以爲這樣就能安撫她，卻反而讓史賓格太太不悅。此時還有個小可憐靠在她胸前，張口盲目向她索求奶水溫飽。她覺得自己似乎是躺在一座柱子的頂端，全城的人均能看得到她的孤單與寂寞；這種荒涼的感受讓她覺得心寒。懷中的寶寶也不乖乖地待著吃奶，只會在原處亂動個不停。

珍妮絲起身後在房裡頭盲目地打轉，把小女兒靠在肩頭上輕輕拍著，以便讓她能把體內的氣嗝出來。這個小嬰兒，可憐的小東西，她的小身子是如此地鬆懶而柔軟，一直從母親的肩膀上頭滑落；又試著伸出她那好像沒有長骨頭的小腳，朝著她媽媽的身體又踩又蹬，目的是要把媽媽抱緊。微風徐徐，吹起的睡衣不斷地拂過珍妮絲的小腿、大腿後側，還有哈利口中的屁股。爲了讓妳覺得自己污穢不堪，這些男人甚至不願對妳身上的那一部份提出一個好稱呼。

倘若她能聽到門鎖的轉動之聲，兔子就會從那扇大門踏進來；然後他就可以對她爲所欲爲，想要她身體的哪個部位都可以，反正她在意的婚姻就是這麼一回事。可是他今晚的所做所爲，眞是讓她覺得非常不公平：爲了能安全生下他的孩子，她的傷口至今都還在痛楚；同時他卻已經跟那個妓女睡了好幾個禮拜；然後他還只用了種不耐煩的語氣，命令老婆「翻身」，彷若丈夫這麼一吼、女人得這麼配合，都是天經地義似的。況且整件事看起來像是：假如在她讓他跑了一次之後、還不肯把他要的東西送他，那她還有什麼資格談到尊嚴？任何的自尊啊！這就是爲什麼珍妮絲必須擁有最後的一絲尊嚴——因爲在自己當初讓丈夫跑掉了一次後，她連僅存的一點點尊嚴都不敢去爭取。最可笑之處在於：哈利那時的出走分明是他的錯，而她卻被社會大眾認定：身爲妻子的她，不該再奢求任何尊嚴，只要乖乖地當著他藏污納垢的容器就行了。他剛剛在她背後求愛的手法相當熟練，這不禁讓她憶及：在她先生棄自己而去的這些日子裡，他很顯然地都在爲所欲爲；然後這整個世間，只有無助的媽媽跟佩姬爲她覺得不捨，其他的人都在笑她，笑到她再也無法忍受下去。

然後哈利迷途知返了；接著再去參與了教堂禮拜儀式；並在回家時展現一副神采奕奕的模樣。他到底有什麼權力及資格到教堂裡頭去？當鎮上那些女人互相使著眼色時，他與上帝在她們背後談了些什麼，這是她所介意的地方；還有當他倆在做愛時哈利是否只想到愛，而不是去想到別人所可能想到的任何事情——譬如說一旦把她肚子裡頭這個煩人的小血塊解決掉後，他們就能恣意妄為的任何舉動。妳可以從被男人的手指觸碰的感覺，去體會他們是否正在想念著妳——今晚哈利起初的表現，就是如此溫柔而真心，這也是為何她那時會讓他持續進行下去的原因，彷彿是妳躺在浴缸裡，而他的手正上下游移、舒服而自在地撫摸妳的胴體一樣。不過他接下來的行為就荒腔走板了起來、變得粗暴而狠心。身為人夫及人父的他，只顧念著他自己一時渴望發洩的性慾，這種認知著實讓她狂怒；他只會為自己吸吮了她的全身而洋洋得意、沾沾自喜，卻全然沒有想過她的感受、她的疲憊與她傷口處的疼痛；甚至拚命用起他那話兒，在她的肚子及後臀上戳個不停，一如用手肘在往她的腰際推擠一樣。眞是太粗魯了。

就是這份如此純粹的粗魯姿態。哈利竟然罵自己老婆笨，其實他才是眞的笨，笨到一點都不體察她的感受，也不知道他的離家出走對她造成的改變，更不明白他得好好地哄她、疼她後，方能把她的心再贏回來；而非只是蠻幹而費力地插入她的身體，卻完全不懂得女人的心裡頭藏了些什麼。自她還是個小女孩時，這種類似的感受就常常讓她驚惶失措；好像是沒有人了解妳的感受，或者沒有人有能力懂妳，還是沒有人眞的關心過妳——她也搞不清楚究竟是哪一種情況才會使得她手足無措。此外她也不喜歡自己的膚色，從來都沒有喜歡過。即使她不曾像其他女生遭遇過青春痘的困擾，但她仍舊嫌棄自己的深色肌膚過於黯淡，因為這會讓她看起來像名義大利人。她憶及兩人一起在克羅爾百貨工作的日子：當哈利跟她並躺在瑪麗・漢納契爾（Mary Hannacher）的床上時，還算青春的她應該顯得秀色可餐吧！哈利最喜歡那裡的銀色壁紙；閉上眼睛的他，就讓這份近身的接觸自然引導出他倆的順利交合，她同時也體會到了心中對這名男人的愛戀與激情。她認爲一旦找到這般的眞命天子，自己先前少女時代的不如意之處，從此即將結束。然後他們就結婚了（她早在婚前就懷孕了——這讓她感覺很糟糕，不過哈利提到結婚一事也有好一陣子；當她在二月初跟他說自己的月經沒來時，他還笑說太棒了，但她都嚇的半死，他還持續雀躍不已，然後用雙手環繞在她的臀部底下，像抱小孩子一樣地把她抱起來；喔！妳一點都沒想到他會這麼地好，對，很重要的一點就是：妳一點都沒想到：哈利眞的對她很好，好到她沒有辦法跟別人解釋他曾經有多疼她；那時的她好怕懷孕，是他讓她爲自己感到驕傲），他們在三月她第二次月經沒有來後便舉行了婚禮。當時的她還是那個笨笨、小小、膚色黑黑的珍妮絲・史賓格，而她外型英挺的丈夫，則是她老爸口中一無是處的那種自負型傻瓜。然後她覺得自己心中的那種孤獨感，該會隨著一點一滴的酒精而逐漸溶解與消失吧！她喝得不多，心裡那塊大石頭只是邊緣處融化了一點點，變得順順的，活像一道彩虹。

此刻的珍妮絲仍不斷地走來繞去，雙手還不停地輕拍著小娃兒的背部，直到她的手腕跟腳踝都痠疼了起來。麗貝卡這個可憐的小東西還是睡得很沉，並把雙腳纏在媽媽的雙乳上，那裡頭都是準備給她喝的乳汁。她很想知道自己是不是該試著餵小女娃一些母乳，然後想想算了，她能乖乖地睡著就讓她睡吧。她把這個沒有半點份量的可憐小東西，從自己肩膀上溼溼的地方舉起來，放在嬰兒床上比較陰涼的位置。此時的夜色已經漸漸稀疏，鎮上臨靠著山並面向東方，所以晨曦很早就會到來。躺在床上珍妮絲，感受到身旁床單上那份光影逐漸拉長的動作，因而總在保持著清醒的狀態。一開始，醒著的感覺很愉快；早晨的到來顯得如此溫柔，讓她回復到哈利離家第二個月後的感受，她母親那棵巨大的日本櫻花樹，在她的窗戶下盛開著花朵，草地也甦醒了過來，整個地面聞起來是溼溼的、灰灰的，以及暖暖的美好氣味。她過去這數個月中想開了一些事：既然婚姻已經結束，她也就將順其自然；她想要離婚，帶著她的寶寶生活著，而且永遠不會再婚；就跟一位修女一樣。她看過奧黛莉・赫本（Audrey Hepburn）主演電影[32]裡頭的那副美麗的景象。不過另一方面，假如哈利回來了，這整件事情也會變得同樣簡單；她會原諒他所做過的一切，並且讓自己戒掉會讓丈夫困擾不已的酗酒習慣——即使她不清楚爲何需要如此生氣——然後他們就能相處融洽，一起過著簡單而潔淨的生活。選擇歸來的他，應該會把自己整個人完全釋放開來，全心全意地愛起他的妻子；因爲她已經原諒了他，同時她會知道如何做一名好妻子。她已跟佩姬、與艾克斯牧師深談過了，亦跟神禱告過：她了解到婚姻不是一個想要結束少女時代的避難所，而是夫妻雙方一種相互的、長期的分享；因此她跟哈利會開始分享彼此的一切。然後——眞是奇蹟——剛過完的那兩個禮拜就是呈現這樣的喜樂與平和。

不過突然間，哈利又把他從那個妓女那裡學到的骯髒及齷齪的床上技倆帶到這裡來，還強硬地要求她也去愛這些下流的東西——這樣的不公平讓她忍不住輕柔地放聲大哭，宛如她被這張空蕩蕩床上的什麼東西嚇著一樣。

於是在過去的幾個小時中，愛鑽牛角尖的珍妮絲就像被卡在狹小水管裡的某一個轉彎處，不管如何都無法從其中順利地鑽出來。她的耳朵一次又一次地重複著哈利那道命令式的語氣：「翻身」，以至於她整個人更困在管子盡頭、打轉著擠不出去，因而不由得感到驚恐窒息。

下了床的她在屋內四處亂走，胸部有一邊脹得滿滿的，乳頭還在持續刺痛著。她赤腳走進了廚房，聞著哈利為她調的威士忌空酒杯裡頭，所散發出來的酒氣。那味道黯淡生澀、卻舒適而深沉，她想或許喝一小口可以治好她的失眠、幫她入睡。直到兔子鑰匙開門的聲音吵醒她後，她會看到丈夫龐大的白色身軀難為情地在客廳踱著步，然後她就可以說：「上床吧，哈利，沒事了，來要我吧，我要跟你分享，我真的要，真的。」

她倒了只有大概一吋高的威士忌份量在酒杯裡；她沒倒太多的水：因為若那樣混喝需要喝很久；她亦沒有加冰塊：因為冰塊撞擊杯子的聲音會吵醒孩子。拿著這杯酒的珍妮絲走到窗前，透過外頭三間有焦油屋頂的房子，把眼光落在遠方沉睡中的城鎮裡；已經有好幾處的廚房跟臥室的窗戶，亮起了黯淡的燈光。有輛車正不疾不徐地沿著韋爾伯街往城鎮市中心開去，它的頭燈一如兩個陰暗的圓盤，射出的燈光卻沒能穿透逐漸散去的夜晚。高速公路被兩旁房子的輪廓遮蔽住，呈現出若隱若現的狀態，彷彿一條河被兩旁河堤上種的樹木擋住一般；即使時間還早，整條道路早已傳來車子通過時所發出的沙沙噪音。她感覺一個新的上班日就要開始，宛如光神的部隊即將全員出動；而她眼簾下方這些黑暗隆起的房舍，也馬上要進行鼓動、甦醒、打開的一連串動作，猶如城堡主人派出他麾下的士兵一樣——她不禁懊惱起來：為何兔子不能加入他們行進的正常節奏；他總是會讓這樣的隊伍裡頭隨時出現另一種未知惱人的節拍。為什

㉜珍妮絲指的是奧黛莉・赫本所主演的《修女傳》（The Nun's Stary, 1959）。

麼是他？他到底有什麼了不起的？擔憂自己壓抑不住對哈利的憤怒，珍妮絲只好把杯裡的東西一飲而盡，試著阻止這種負面的情緒繼續困擾著她，然後再從晨光中轉身看向她的住所：公寓裡的每一樣東西都帶有咖啡色陰影。由於有一側乳房的乳汁還沒被小孩吸取，所以那份重量讓她渾身傾向一邊。

接著她走進廚房又調了一杯酒——它的濃度比第一杯還要強烈——心裡想著畢竟她也該找個時間放鬆一下吧！從醫院回來後的她，還不曾擁有過片刻屬於自己的時光。一旦想到該放鬆一下，她的動作就變得輕快起來；她赤裸的雙腳幾乎是跑著的姿態，通過那張有砂子附著的地毯後回到窗前，彷彿要趕赴一場專門為她舉辦的表演。身穿白色睡袍的珍妮絲，以君臨天下的王后氣勢，放眼望向腳下的一切；同時用手指碰了碰自己緊實的雙乳，發覺溫暖的乳汁又開始汩汩流出，沾溼了她身上的白袍。

溼潤的液體自她胸前一路滑落下去，並隨著窗戶吹進來的空氣變得冰冷。站立姿勢讓她的靜脈曲張的老毛病又犯了，所以她不得不走到一張發霉了的咖啡色扶手椅坐下。可惜抬頭一望，那斑駁的牆壁跟鬆軟剝落天花板所形成的夾角，讓她覺得噁心不已。這種視線的角度輕輕敲打著她，讓她的身體開始上下搖晃：壁紙上的圖案塞滿這整個空間；印出的花朵一如咖啡色的斑點在陰暗中游移、彼此追逐，然後再飢渴地互相吞噬；這眞是可恨的景象！她趕緊把臉轉走，換成研究起無聲無息電視機上，那個平靜綠色的螢幕。由於乳汁流溢而弄溼的睡衣前襟漸漸乾了；一種乾乾、脆脆，而且硬硬的感覺刮得珍妮絲很不舒服。育兒書上寫著：「要保持乳頭清潔，用肥皀輕輕洗」；否則細菌會從傷口入侵。因此她把酒放在椅子圓形的扶手上，站起身來，直接脫掉身上穿的這件長袍後再度坐下。這張椅子提供她赤裸的身子一個毛茸茸的擁抱。她把皺成一團的睡袍放在膝上，蓋住她下半身的摩黛斯護墊跟束腰，並且自認聰明地用腳趾頭把附近的小凳子拉過來，把腳踝放在上頭休息著，然後開始欣賞自己的雙腿。她一直認爲自己的腿長得很迷人：又直又細、均勻而優美的肢體。她確實有一雙美足；從側面看上去時從寬變窄、又起伏有致，被地毯深深的陰影襯托得更加白淨動人。清晨的昏暗光線，抹去了剛剛抱寶寶時腿上浮起的青紫色靜脈。她心想：不知道自己的腿以後會不會變得跟她母親的腿一樣糟糕。她試著想像當自己的腳踝變成跟膝蓋同等粗大的情形；這麼一想時，她兩腳似乎眞的腫脹起來；她便彎下身用手感受她腳踝纖細堅硬的骨頭，想要確定她此刻的雙腿尙未變腫。當肩膀不小心碰倒了扶手椅上面的威士忌酒杯時，她倏地跳了起來，驚恐地察覺到空氣還擁抱著她渾身裸露的肌膚，涼涼的空間橫掃環繞著她顫抖的、凹凸有致的身材；她咯咯笑了起來：假如哈利看到她現在的模樣，不知道會怎麼想；還好杯子裡剩下的酒不多。接下來，珍妮絲試著光溜溜地走到廚房，就像名妓女一樣；可是她感覺到好似屋內有人躲在某處瞧著她。這種感覺，從她站在窗戶旁任由胸前的乳汁流出時就有了，而且還相當強烈；於是她逼自己匆匆躲進浴室，把藍色的浴巾裹在身上，然後再去調了另一杯酒；酒瓶裡頭的威士忌還剩下三分之一。

疲倦感讓珍妮絲的眼皮邊緣呈現乾澀狀態，但她沒有想回到床上就寢的渴望。她對這張床有著深沉的恐懼，因爲哈利該在那裡陪著妻子，可惜事實上他並不在；整張空蕩蕩的床，在她眼裡彷彿是個正在漸漸擴大的洞。她再倒了些威士忌到酒杯裡，但又覺得不夠。在她第三次走到窗戶旁觀賞窗外景色時，發現整個天色已經亮到足以讓她看出：城鎮上所有的東西都是同樣地單調。譬如說在一片片塗上焦油的屋頂處，有人在其中一戶上頭打碎了一個酒瓶；韋爾伯街的排水溝，積滿了從山上新工地沖刷下來的泥沙。同一時間，排成串的美麗灰色街燈也開始一盞盞地熄滅。她想像有一位在電廠工作的人，正在把開關拉下；他的個子小小的、灰灰的，駝著背而且還睡眼惺忪。她離開窗邊、走回電視機前方，凝視這個綠色長方形盒子裡突然閃爍出的一條條光線，讓她疲憊的腦海裡瞬間燃起喜悅的光芒；可惜時間還太早，那些從窗外照進來的光線，不過還是些毫無意義的亮點，而電視的聲音，則仍固執地凝結在裡頭未發一語。坐在電視機前方的珍妮絲，看著那片空洞的光輝朝著自己放射而出，又莫名地感到好像有人正站在她身後似地，她不得不迅速地轉頭看了好多次。她的動作很快，但總覺得這屋內似乎有一個區塊是她無法見著的——倘若那個陌生人果眞存在的話，那塊她無法搆著的地方可能就是他的藏身之處。她幻想：該是電視機把那個人引進這個房間的吧！不過一旦當她把電視機關掉時，她卻立刻哭了出來。她就坐在客廳裡掩面哭泣，淚水從指縫之間流洩了下來，可憐的啜泣聲憾動了整間公寓。她再也不想抑制她無助的哭泣聲了，因爲她急迫地想要吵醒整個住戶區的某個人；她想告訴大家：珍妮絲已經厭倦了獨自一人在啃蝕著孤寂。在燦爛的白日中，家中的牆壁與家具的輪廓都變得清晰可辨，它們飽滿的色澤度也恢復了；而原先那些融化在一起的咖啡色斑點，卻已融進她的心坎裡。

珍妮絲走到小女娃搖籃一旁，看著那可憐的小東西乖乖地躺在那裡頭；她的鼻子湊在嬰兒床的被單邊緣大聲吸著氣，小手則在兩耳旁不停地搔動著。她把手伸向孩子熱熱的頭皮，上頭稀疏地長著幾撮黑髮。當她抱起小嬰兒時，發覺小寶寶的兩腿之間已經溼了一片；然後她就把貝姬抱到面向窗戶的那張扶手椅去餵奶。從那窗子看出去是一片平坦淡藍色的天空，它彷彿被刻畫在此扇窗玻璃上頭似的。可是除天空之外，珍妮絲就無法從這扇窗戶看到其他東西，或許它們都離這個景點還有好幾百哩遠吧，像坐在大型熱汽球的籃子中一樣。公寓牆板的另一邊，有扇門突然間碰的一聲被關上，她的心也跟著這個聲響跳動了一下；不過那當然是別的房客。或許是卡佩羅老先生，他可從來不跟任何要去上班的人打過招呼；樓梯被他踩得隆隆作響，好像很心不甘情不願似的。這些早晨的聲音把尼爾森吵醒了，這樣子她有段時間就得同時抱著兩個孩子。幫兒子做早餐時，她打破了一個裝橘子汁的玻璃杯；那杯子不知怎麼地就從她的拇指滑落，掉進水槽裡破碎了。就在她彎身餵起尼爾森吃營養麥片的當頭，小男孩抬頭望向她，把鼻子皺了皺；從熟悉的味道中他聞到了一抹熟悉的悲傷氣息，這讓他對自己的母親感到恐懼。

「爹地走了？」眞是個好孩子，他這一問，珍妮絲只要簡單地照事實回答一聲：「是」就行了。

「不是，」但她開口說道：「爹地在你起床之前就出門工作了。他會跟平常一樣準時回家吃飯。」

這孩子對著她皺起眉頭，然後用尖尖的聲音模仿他媽媽說：「就跟平常一樣嗎？」把頭抬得很高的尼爾森，臉上寫滿了憂慮與懷疑；還把脖子伸得很長，好似一根細竹竿，看上去像是支撐不了他那顆結實的小腦袋瓜、以及他上頭被枕頭弄得凌亂不堪的頭髮。

「你爹地會回家的。」珍妮絲重複說道，自己一個人扛下這個謊言的無形負擔，這使得她必須再多喝一點威士忌才能熬過去。

她心田深處有一個暗角，假如不用點東西把它弄亮，她可能眞的會崩潰。她把餐具拿到廚房裡去洗，但那些碗盤卻不斷地從她的手中滑落，乾脆她也不洗了。她想自己該把邋遢的浴袍換成賞心悅目的洋裝，可是一旦走進臥房時卻忘了她來到這裡的目的，反倒開始整理起床鋪及被單。不過那一張凌亂的床總讓她產生幻覺、彷彿有什麼東西睡在那裡似的；她覺得很害怕，往後退了幾步，並趕緊走到另一個房間、要跟孩子待在一起。當她剛剛向兒子說道：哈利會一如往常地準時回家時，她似乎把一個鬼魂招進了公寓；但那個魂魄並非哈利，倒像個夜賊，老搶先一步地從這個房間、跳著舞旋到另一個房間，一路戲弄著她。

她又抱起了小女兒，感覺到她的小腳溼漉漉的，心想該幫她換尿布了；但又隨即聰明地想起來喝醉了的自己，可能會誤把別針扎到孩子身上。珍妮絲爲自己能想到這一點感到自豪，同告誡自己必須離酒瓶遠一點，以便能夠於一個小時內恢復清醒、才能替孩子換尿布。於是她把乖乖的貝姬放進嬰兒床；而且很完美地的是：在接著的一段時間中，小女娃一次都沒有發出哭鬧聲。她跟兒尼爾森一同坐下來看著電視，戴夫·蓋洛威的節目正演到結尾的部份；接著播出的節目，是有關一個叫伊麗莎白的女性，跟她丈夫一起招待他的一位朋友，還是個王老五；這個男子老愛露營旅行，而且能把菜煮得比伊麗莎白還要好。不知怎麼地，每次珍妮絲一看到這類型的節目就會莫名的緊張。所以依照往常看電視時的習慣，她走進廚房又弄了一小杯酒給自己喝；不過那杯酒大部分都是冰塊，反正她只是想要封死心裡頭那顆不斷在打開的大洞罷了。她小啜一口後，彷彿把它一口氣吞光，讓周遭的一切全部因而照亮了。她必須把自己心頭裡的這塊小窟窿遮蓋起來；直到下班時間先生回家後，就沒有人會知道發生了什麼事，也沒有人會嘲笑她這個做妻子及媽媽的女子了。她覺得自己成爲哈利頭上的一道彩虹在保護著他；而她底下的丈夫則變得無限渺小，猶如小孩子的玩具。此時她想：如果能陪尼爾森玩玩那也很不錯；若讓這孩子整個早上盯著電視看，將對他的視力造成不良影響。於是她便把電視機關掉，找到小男孩的塗鴉本與蠟筆；然後母子倆就坐在地毯上，各自在空白畫冊打開的左右兩頁上畫了起來。

珍妮絲不斷地擁抱著小男孩，還說些話逗他嘻嘻哈哈的；兩人由衷開心地在塗鴉本上著起色。高中時期的她並不害怕藝術這門課，總能拿到至少是B的成績。她的那一頁是個畫得很好的穀倉，一旦握住短短的色筆，它就能幻化成爲一道道平行整齊的線條；此外，她還有個寶貝兒子、以專注而認眞的神態坐在自己身旁一起塗鴉；這樣的時刻眞是美好，她不自覺浮出了快樂的笑容。她的浴袍在四周地板上鋪成了一個扇形，這讓整個自我看上去顯得是又美又寬闊。她挪動身子以避免陰影遮擋到了她筆下的畫，卻發覺自己把一隻雞的一部分塗上綠色，但那色彩根本跑到線條外頭了，以至於整頁圖畫看起來醜醜的。她倏地開始哭了出來；眞是不公平，此時彷彿有個缺乏美學素養的陌生人站在她身後，毫不客氣地批評起她的畫：很醜！聞聲抬頭的尼爾森，著急的臉上喊道：「不哭，媽咪不哭。」珍妮絲準備把他抱到大腿上撫慰著，但小男生卻跳了起來，以斜向一邊、幾乎都快跌倒的姿勢跑進臥室後，跌坐在地上，把兩腳朝著空中亂踢。

見著此景的她，轉而帶著一抹鎮靜下來的微笑，用雙手把自己的重量自地面上撐起來後走進了廚房；她想到的是：也許自己剛剛的酒還放在那裡。現在對她來說，最重要的是她必須把那道幻化成彩虹的力量撐到今晚，以便能夠保護她的摯愛：哈利；所以倘若不趁此多喝一口酒以便振奮精神，那她就太傻了。又喝了幾口酒的珍妮絲，從廚房裡踏出來對尼爾森說：「媽咪不哭了，甜心。剛剛是跟你開玩笑。媽咪沒有哭，媽咪很高興，媽咪很愛你。」兒子把揉得都是髒兮兮的小臉蛋舉起來，半信半疑地望著他母親。

此時從珍妮絲身後，猛然地傳來了一陣電話聲，感覺就像背後被刺進一把匕首那般地突兀。她試著維持著方才的冷靜，拿起話筒說：「哈囉？」

「親愛的，是妳嗎？我是爹地。」

「哦，是爹地啊！」喜悅的心情就這麼自然而然地從話裡流洩而出。

對方停頓了一下問道：「寶貝，哈利生病了嗎？現在都過十一點了，他還沒在店面裡出現。」

「沒事啊，他人很好。我們也都很好。」

又是一陣沉默。她對父親的愛正透過無聲的電話線傳遞過去。她希望這個對話能夠永遠持續下去。史賓格先生再問道：「既然這樣，他跑哪裡去了？他在妳旁邊嗎？讓我跟他講一下電話，珍妮絲。」

「爹地，他不在家。他一大早就出門了。」

「那他去哪裡了？他沒到車廠來啊。」她似乎聽他說「車廠」這個詞彙百萬次了吧；沒有人把它說得跟她爸爸一樣；從他嘴裡聽起來，這個字感覺既濃厚又豐富，一如全世界都被濃縮在它裡頭似的。尤其是她成長過程中的一切美好事物，像她的衣服、玩具、他們的房子等等，都是拜這個「車廠」所賜。

她父親的話使珍妮絲受到啓發；從小的耳濡目染，讓她關於汽車買賣的話題並不陌生。「他很早就出門了，爹地，去給一位買主展示一輛旅行車，那個人要去上班還是什麼的。等一下，讓我想想他去哪了。他說那個人很早就要到艾倫鎭去，哈利只好到那裡去讓他看車。沒事的，爹地。哈利很喜歡這份工作。」

電話的那一端又沉寂了下來；這已經是第三次了，而且是時間最長的。「親愛的，妳確定他眞的不在家嗎？」

「爹地，你眞好笑，他眞的不在家，不然你看。」她把話筒與空蕩蕩屋子裡的空氣相對峙，彷彿話筒本身長有類似人類的雙眼。她這麼做是身爲女兒的自己，故意跟老爸開起的一個玩笑，但沒有料到光是把手臂直直伸出去的這個動作，就足以讓她渾身覺得昏沉不適。等到她再將話筒拿回到耳邊時，只聽到她父親用起遙遠的嗓音、在滴滴答答地講著：「——寶貝，沒關係。什麼都不要擔心。孩子跟妳在一起嗎？」

此刻的珍妮絲覺得頭昏腦脹，便不回一語地把電話給掛了。她知道這樣做是不對的，不過她認爲整體來說，她的回答算是夠聰明的了。因此她認爲值得再給自己倒一杯酒，以做爲與父親做機智問答的嘉獎。當她看著那棕色的液體倒在冒煙的冰塊上時，她想叫酒瓶停下，它卻不肯聽；然後她就生氣地把瓶子一摔，大滴的酒因而濺灑到水槽裡。她拿著酒杯走進浴室，出來時卻雙手空空，嘴裡瀰漫了一股牙膏味。她記得剛剛照了鏡子，整理了頭髮，並且還刷了牙——她用的是哈利的牙刷。

後來她居然發現自己在做午餐，一如雜誌上的食物廣告，她把培根肉片放在有著藍色手把尾端的平底鍋裡滋滋作響。珍妮絲看過BB牌肉片的電視廣告，它把那油脂灑向空中的弧線，拍得就跟從公園裡噴泉所濺灑出的水滴一樣：快速、完美。可是此刻的她，只會把油噴到她握著鍋柄的手臂，以至於她嚇得趕緊把瓦斯爐的紫色火燄調小。她替尼爾森倒了一杯牛奶，從萵苣的頭剝了幾片葉子，放在一個黃色塑膠的盤子上，自己也吃了一把。她本想不必給自己鋪個位置吃飯，接著又決定還是鋪好了；或許她胃裡的顫抖是種飢餓的宣告吧！然後她又取出另一個盤子，把它放在自己胸前，心裡納悶著爲何爹地這麼肯定哈利在家。她知道這裡可能還有另外一個隱形人，但那並非哈利。況且這個人雖然處在這裡，卻也沒有要做什麼或要求什麼，她因而決定不理他，逕自僵直著身子在繼續做飯。她竭力撐著完成每一件事情，直到餐桌上的東西都就緒完畢。

尼爾森說培根煎得太油了，並且再問了一次：爹地是否走了。他對他媽媽用聰明跟膽量完成的培根抱怨個不停，這一點把珍妮絲惹火了。直到他第二十次拒絕她，連一口萵苣都不肯嚐試時，她終於伸出手來，在小男孩無禮的臉蛋上打了一個耳光。這個笨小子一開始甚至連哭都不會，只是呆呆地愣坐在椅子上瞪著他母親，一次次的大口吸著氣，最後才放聲大哭了起來。幸運的是，她頗能應付小孩這種無理取鬧的狀況；她很冷靜地看出來：她兒子這整個舉止根本沒道理，所以拒絕受到他的威脅。此刻的珍妮絲心頭顯得風平浪靜，爲尼爾森沖了一瓶牛奶，並且牽起他的手、看著他小便，再把他帶上床睡午覺。小男生的身子由於方才的啜泣還在微微地震動著，一旦奶瓶塞到他嘴裡後就像生了根一樣；從他迷濛的眼神中，她很確定尼爾森已被困在某個頻道裡，很快地就能沉沉入睡。同時間她站在床邊，爲自己這種堅定的毅力感到訝異不已。

電話聲又再次響起了，它比上一次的噪音還要猛烈。她跑過去接起電話——選擇用跑的是因爲她不想讓尼爾森因而被吵醒；況且她覺得自己剛剛那種堅強的魄力已在漸漸衰退中，一種棕褐色的疲憊感從喉嚨深處一湧而上。「喂？」

「珍妮絲。」是史賓格太太的聲音，聽上去單調而嚴厲：「我剛從布魯爾市區購物回來，妳爸爸已經找了我一整天了。他說哈利又離家出走了，對嗎？」

珍妮絲閉上眼睛說：「他到艾倫鎮去了。」

「他去那裡做什麼？」

「他去賣車。」

「別傻了，珍妮絲。妳還好吧？」

「妳是什麼意思？」

「妳有喝酒嗎？」

「喝什麼？」

「好了，別擔心。我馬上就過去。」

「媽，不要。沒事。我剛剛才把尼爾森哄睡覺而已。」

「我先去冰箱拿點東西吃，然後就趕到妳那裡去。妳先躺一下。」

「媽，拜託，不要過來。」

「珍妮絲，不要再跟我頂嘴。哈利到底跑哪裡去了？」

「別管這件事，媽。他今天晚上就回來了。」她朝著話筒仔細聆聽後，補了一句說：「還有別再哭了。」

她媽說：「是啊，妳說別哭了，可是妳卻一直讓我們丟臉。上一次我肯定是哈利的錯，不過現在我可就無法這麼想了。妳有在聽嗎？我沒有辦法那麼說了。」

聽到這番話的珍妮絲，讓自己本來鬱悶的心情更加地沉落到谷底；她懷疑自己是否還能握得住手上的電話筒。「不要過來，媽，」她懇求道：「拜託。」

「我先吃一點午餐，二十分鐘之內就過去。妳先去睡一下。」

她放下話筒後，萬分驚恐地環繞屋內四周。公寓裡頭眞是一團亂：散放在地上的塗鴉本跟酒杯、凌亂不堪的床鋪、以及骯髒油污的碗盤餐具。她走到她早上與尼爾森一起畫畫的地方，試著要彎腰蹲下去把那一處收拾乾淨。誰知她才剛跪到地板上，小寶寶就開始哭了。由於不想讓小妹妹的哭聲吵醒她哥哥，加上要去掩飾哈利不在家的事實，這雙重的壓力讓珍妮絲不禁又顯得倉皇失措。她趕緊跑到嬰兒床邊，卻像做噩夢般地發現：小女娃身上正沾滿了橘色的糞便。「該死的東西，該死的東西。」她對著麗貝卡抱怨著，同時把這個全身沾滿穢物的小東西抱起來，卻又不知道該把她抱向何處去。於是她只得將小孩移到扶手椅那裡，咬著嘴唇解開貝姬的臭尿布。「妳這個髒東西！」她喃喃自語說道，覺得自己的發聲該能夠阻止房裡的隱形人聚集成形。她用手拎著沾滿糞便的尿布走到浴室，把它扔進馬桶裡，然後跪下來摸索著大浴缸的塞子，並把排水口堵起來。她用力盡量轉開水龍頭的兩個把手——她的經驗告訴她：冷熱的兩邊水必須同時開到最大，它們混合起來的水溫才會剛剛好。此時水龍頭還在轟隆隆地流出水來，其力道就跟拳頭一樣猛烈。在浴室等待放水的當頭，她注意到她稍早時放在馬桶蓋上那杯混了水的威士忌，便再度把走味的酒灌了一大口，接著又爲了該把杯子放在哪裡傷透腦筋。

外頭的麗貝卡一直哭鬧著不停，彷彿她已經懂事到足夠了解自己很髒似的。把酒杯放在地毯上的珍妮絲，在幫小女娃脫去身上的睡衣跟汗衫時，自己的膝蓋不小心碰倒了杯子，於是裡頭的酒全都潑灑了出來。她把小孩溼透的衣服拿到電視機上面放著，又跪下來試著把蠟筆塞回盒子裡；這些上上下下的動作著實讓她的頭痛了起來。接著她把蠟筆拿到餐桌上，把沒吃完的培根和萵苣倒到水槽底下的紙袋；不過紙袋的開口沒有全開，結果就變成有部份的剩菜滾落垃圾桶後頭的陰暗之處。蹲下來的她很想看看裡頭的情況，或者欲用手指把那些廚餘撈出來，同時頭還不時撞到某些東西；可惜徒勞無功。這個蹲得太久的姿勢，讓她的膝蓋傳出陣陣刺痛感。最後她只好放棄，然後很驚訝地發現自己竟然癱坐在廚房椅子上，怔怔地看著突出在克瑞尤拉牌蠟筆盒外的那些俗麗、柔軟的蠟筆頭。趕快把威士忌藏起來吧！如此思索的她，身子卻有好一會兒動彈不得；等到她終能開始動作時，就看到自己附著污垢的手指頭，正要把那瓶威士忌藏到下層的櫃子裡。那裡頭還擺放著一些哈利的舊襯衫；這些舊襯衫是珍妮絲留下來當作抹布用的：因爲她丈夫從來不肯穿修補過的襯衫，這一點倒不是因爲她修補得不好。她用力地把門關上，門卻砰的一聲沒有關緊。在那水槽旁邊油膩抹布的邊緣，她見著威士忌酒瓶的軟木塞，正像個高帽子似地回瞪著她；她馬上把它拿起來丟進垃圾袋裡。她滿意地想著：現在廚房總算夠乾淨了。

客廳裡的麗貝卡赤身裸體地躺在毛茸茸的扶手椅上；她的肚子朝向一邊，脹得鼓鼓地在大聲哀號著，像兩個甜甜圈似胖嘟嘟、紅通通的小腳也冷得縮了起來。由於珍妮絲的另一個孩子是男生，小女孩兩腿之間的東西她還是看不慣，那小小的兩片而非是小男生豐滿的一根（當年醫生建議要幫尼爾森割包皮，哈利對此表示反對；因爲他自己沒有做過這類手術，而且覺得這樣做會違反自然；她對他的看法訕笑起來，她丈夫簡直氣瘋了）。小寶寶的臉愈哭愈紅，珍妮絲閉起眼睛，想到她媽媽等一下抵達這裡之後，必定會毀掉她的這一整天；她只是要再確認她女兒是否會再失去自己的先生一次，這種舉動說來真是恐怖。自己的母親等不及要看她出糗，連眼前這個小壞蛋也同樣迫不及待地想逮到媽媽的無能之處。此時電視機上放著的小孩衣物還沒有收拾；她趕緊把這些衣物拿進浴室，把它們全都丟到髒衣簍的尿布上頭，並把水龍頭關掉。洗澡水幾乎都溢滿出了浴缸；水面上的灰色波紋搖擺不定，激起了陣陣漣漪，水面下頭則塡滿了一團無色的東西；她眞希望是這水是給自己泡澡用的。帶著平靜的神情，珍妮絲走回了客廳，一心想把椅子上那團軟軟有彈性的小東西盡力抱起；不過她身子傾斜過度的結果，是跪倒在地上。她把麗貝卡抱進懷裡，並將小女娃側過身來抵著自己的胸部，一起步入浴室。她很驕傲自己能夠完成這件事；至少她母親來訪時，她的小寶寶屆時能夠乾淨無暇。一心沉浸在自己冥想裡的她，於是慢慢地蹲坐在這個靜謐的大浴缸旁，完全沒有注意到她的袖子已經被水浸溼了。更糟糕的是：浴缸裡的水此刻就像一雙大手般把她的前臂環繞住；而雙臂裡的粉紅色小孩，卻猶如一顆灰色石頭般，在她眼前活生生地沉了下去。

本來精神不濟的珍妮絲，猛然間被看到的景象嚇一大跳，尖叫了一聲後，馬上把手伸進水裡設法撈起逐漸滑進水面下的小嬰兒，可是強勁的水力卻把她的雙手推開，身上的浴袍也跟著浮到水面上來；那個滑溜溜的小東西，就在這個突然進入的幽閉空間裡，把身軀扭動得不止。她覺得自己抓到了小女兒，感覺心跳從她的拇指處傳出來；不過一下子卻又沒了，只剩下浮動的水面在不停折射出一個個蒼白的矩形，害她抓不到什麼固體類的東西。這一些僅是瞬間發生的情節罷了，但這個片刻卻在濃密的時間隧道裡被拉得長長、放得大大的。最後她終能把貝姬緊緊握在雙手裡，心想還好她沒事。

珍妮絲把這個活生生的小東西舉到空中，儘速把她拉進來抱在自己浸溼的胸前。水就從她們母女倆的身上一起潑灑在浴室的磁磚上。那個彷彿沒啥重量的小身軀，就這樣軟趴趴地攤在珍妮絲的脖子上；小嬰兒臉上一閃而過的解脫神情，給了她一種詭異的凝固感受。她記憶裡隱約傳來人們做人工呼吸的模樣，於是她便用她溼透冰冷的手臂，瘋狂地依照節奏一邊抱著、一邊壓著孩子的小胸部；緊閉的眼皮底下同時傳出自己向老天爺說出的偉大、愼重的禱告詞——它涵蓋的文字寥寥無幾、顯得單調而無趣。她的雙手似乎緊緊扣住第三個人的膝蓋，他的名字，天父啊，天父啊，一次又一次重擊著她的腦袋，感覺上就像被大力揮下的拳頭打到一樣。儘管她狂亂的心將整個宇宙染成一片血紅，兩臂之間的動作依舊燃不起任何火花；她熱切的祈禱文傾瀉而出，跟她對立的暗處魔神卻沒有讓她聽到一絲微弱的回應；企盼有第三個人跟她們同在一起的渴求則不斷地擴大。此時大門傳來陣陣的敲門聲，她知道，她明白：這世上身爲女人曾有過的最悲慘遭遇，已經發生在自己的身上。

第三章

傑克掛掉電話時，一臉驚恐的模樣。「珍妮絲・安格斯壯不小心把她的初生兒淹死了。」

露西不可置信地回問道：「她怎麼會這樣？」

「我不知道。我想她恐怕是喝醉了。她現在還昏迷不醒。」

「那『他』又在哪裡？」

「沒有人知道。我應該去把他找出來的。剛才打電話來的是史賓格太太。」

艾克斯在一張曾屬於他父親的大椅子上頭坐下來——那椅子的把手是由胡桃木做成的。此時露西意識到自己的先生也已邁入了中年：他的頭髮漸漸地稀疏、皮膚不再滋潤光滑，看上去渾身精疲力竭的。她不禁怒喊道：「爲什麼你一定得把生命，浪費在追逐那個沒有用的寄生蟲身上？」

「他不是沒有用。我愛他。」

「你愛他？！眞是太噁心了。喔，我覺得眞的是太噁心了，傑克。爲什麼你不試著愛我，或是愛你的小孩？」

「我愛啊。」

「你才不愛，傑克。我們面對現實吧，你才不愛。你不能忍受去愛上一個可能會回報你的愛的人吧？你怕別人回報你的愛，對吧？你是不是在怕這個？」

當剛剛電話鈴響時，牧師夫妻倆正在圖書室裡喝茶。此時他從腳中間的地上取起他的空杯，並往杯子的中間處瞥了瞥。「不要那麼自以爲是地在胡思亂想，露西。」他回道：「我已經覺得很難過了。」

「你覺得難過，是啊，我也覺得難過。每次當你跟那個畜牲牽扯上時，我就覺得難過。他甚至不是你教會的人。」

「每個基督徒都是我教會的人。」

「基督徒！如果他算是基督徒的話，那要感謝上帝，還好我不是基督徒。他殺了自己的小孩，你卻還這樣叫他。」

「他沒有謀殺自己的孩子。當時的他不在場，那是個意外。」

「哼，那也差不多就是他做的。他就愛四處亂跑，逼得自己的白痴老婆只能飲酒作樂。你根本就不該讓他們兩個人復合的。」

艾克斯聽了老婆的評論後眨起眼來；這個插曲的打擊，已經讓他跟所有的事物之間產生了明顯的距離。他對於露西剛剛談起的那一段話——她把哈利小夫妻當時發生的家務事重新假設一遍——倒是印象深刻，只是搞不懂爲何她的言語之中會帶有這麼重的報復口吻。「寄生蟲」這個詞她倒是很少用。「那麼妳是說，其實是我害死那個孩子的。」他說道。

「當然不是。我根本就沒有那個意思。」

「不，我想妳或許是對的。」說畢的艾克斯，從椅子上站起了身子。他走進大廳，步到電話旁邊，並從皮夾裡抽出一張用鉛筆寫著電話號碼的紙條，那上頭還有著筆跡模糊的名字：露絲・李奧納德。這個號碼他曾經用過一次，不過這一次那隻電子鼠咬了咬遠方的金屬隔膜後，卻是徒勞無功。他讓電話白白響了十二次，掛上後再重撥，再響過七次後又把它掛上。直到他回到書房時，他妻子已經在那裡頭等著他了。

「傑克，我很抱歉。我一點也沒有暗示你要負責的意思。你當然不需要負責，別那麼傻。」

「沒關係，露西。眞相並不會使我們受到傷害。」這番話其實源自於他的另一個念頭，那就是：假如信仰是眞實的，那麼就不會有任何眞實的事物足以跟這份信仰相衝突。

「喔，慈悲的上帝啊，你想當個烈士。我看得出來你認爲這是你的錯，無論我怎麼說也不能改變你的想法。那我也就不要再白費唇舌了。」

保持靜默的他，的確在提醒老婆不必再白費唇舌。但沉默了一會兒後露西還是輕聲問道：「傑克？」

「什麼？」

「你那時候爲什麼急著讓他們兩個人復合呢？」

他從茶托裡拿起一片檸檬，瞇著眼試著透過檸檬片看那個房間。「婚姻是神聖的。」他說道。

他原本以爲露西聽了會開懷大笑，但不料她卻以更熱切的態度再持續深問道：「即使是椿錯的、不好的婚姻也是一樣嗎？」

「是的。」

「但是，這實在是太荒謬了。這根本就不合乎常理。」

「我本來就不相信常理。」他說道，「假如這麼說會讓妳覺得開心的話，我會說我根本就不相信任何事情。」

「你這樣說並不會讓我覺得開心。」他妻子回應道：「你一直都很神經兮兮的。不過我眞的很遺憾會有這樣的事情發生。我眞的很難過。」她收走他倆用過的杯子後，便嗖的一聲走進了廚房，留下他獨自一人。此刻下午時分的陰影，正像蜘蛛網般的被聚集在書牆上，這些驚人的書籍大半不是他的，而是屬於這個牧師公館的前一任主人，那是位受人尊敬的單身漢：約瑟夫・連宏（Joseph Langhorne）的。他麻木地呆坐在原位上等著，不過並沒有等太久；電話聲又響起了。他趕緊搶在露西前面接了電話；從放著電話的窗台上，他可以透過玻璃窗看見他的鄰居正把衣服從曬衣繩上取下來。

「哈囉？」

「嗨，是傑克嗎？我是哈利・安格斯壯。希望沒有打擾到你。」

「不會的，你沒有。」

「現在你身邊沒有什麼老太太在那裡縫衣服之類的吧？」

「沒有。」

「奇怪，我好幾次試著打電話回家，卻沒有人接電話，這讓我覺得有點不安。我昨晚沒有在家裡睡覺，現在則顯得坐立難安。我想要回家，但是我想知道珍妮絲是否有打電話給警方或是什麼的。你知道嗎？」

「哈利，你在哪裡？」

「哦，我在布魯爾市的一間藥局。」

窗外的那個鄰居把最後一條床單捲進她的手臂裡，傑克的視線就落在那條裸露的曬衣繩上。身為牧師，他的社會責任之一，似乎就是把不幸的消息說給當事人聽——儘管這已成了他生活中的例行公事了，但每當到了要傳達悲劇的關卡時，他依然覺得口乾舌燥。「沒有人能夠手扶犁頭……」佈道的內容文在他的腦海裡響起。張大眼睛的艾克斯，試著跟耳邊的人保持距離。「我想為了節省時間，我最好在電話裡就告訴你，」他開始說道：「哈利，有件非常可怕的事情，已經發生在我們身上了。」

＊

假如你把一根繩子扭了又扭，它就會開始失去了它原本直直的樣子；然後突然間會產生個結、並有個環會從那上頭跳了出來。當哈利聽完艾克斯的陳述後，他的心裡頭就呈現出一個如此難解的結。他不確定自己對艾克斯回應了些什麼；他唯一意識到的是：從電話亭門上面的窗口所看出去那堆大大小小的商品。這家藥局的牆上有一面旗幟，上面用紅字寫著「PARADICHLOROBENZENE」。在他設法搞清楚艾克斯究竟在說些什麼的那段時間中，他反覆讀著那幾個字，試著找出這些字母的音節，甚至開始懷疑它是否真的可以被唸出聲來。等到他終能把牧師告訴他的消息弄懂時，也等於是他生命中最低潮的時分降臨，有個胖女人來到藥局的櫃台買了兩捲紙巾。步出藥房的兔子，走進外頭的陽光裡，一直呑著口水，好叫心田裡那個無形的結不會爬上來讓他窒息。天氣很熱，這是夏季的第一天；熱氣從閃閃發光的人行道上反射到行人臉上，以至於他們只好都斜著臉，躲向商店的窗口跟房子炙熱的門面那一頭。那一張張被光線照得慘白的臉上，布滿了標準的美式表情：瞇著眼、嘴巴下垂微張，這些讓他們看上去好像就要說些惡毒殘忍的話似的。在大街上，躲在刺眼車頂下的駕駛人被陽光無情地燒烤著，同時也被塞在痛苦的車陣裡。而在頭頂上，天空則散放出如同牛奶般黏答答的味道，彷彿有種疲憊感，以至於這片藍天本身也無力把它回歸晴朗。站在路口的哈利，身旁都是一些滿頭大汗、腳跟酸痛的購物者，他們在那裡等待賈基山鎮的十六號巴士；等到巴士嘶的一聲停下來時，車裡早已擠滿了乘客。他把自己掛在車廂後面的鋼管上，竭盡所能地在跟心裡面的糾結相對抗，以免他的軀體被活活地折成一半。視線見到琳瑯滿目、彎彎曲曲的廣告標語，上頭宣傳著淡菸、防曬乳液、…以及各式保養品。

他昨晚就是搭上這班巴士中的某一輛，跑到位於布魯爾市區的露絲住處去。可惜當時她的寓所熄著燈，亦無人應門；倒是那上頭寫著「F. X. 貝里格尼，醫生」的鄰居毛玻璃後方，還透著微光。兔子坐在她大門的階梯附近，往下望向那家熟食店，一直看到它結束營業爲止；接著把目光轉移到對面教堂的明亮窗戶上。然而就連那扇窗子也陷入漆黑時，他體會到一種被不知名事物緊緊勒住的無助感，便產生一股想要回家的衝動。但他依舊沒有回家；徘徊在威瑟街上的他，朝下俯瞰著萬家燈火、與那一朵美麗的向日葵霓虹燈；由於沒有看到任何一輛公車，他不得不持續往南走。於是他開始對自已因爲踽踽獨行，可能遭受歹徒搶劫、刺殺的潛在風險感到害怕，只好走進了一棟看上去頗爲低俗的廉價旅館住下來。不過哈利睡得並不好；那外頭用膠帶包著的霓紅燈招牌，整夜都在空氣中嘶嘶作響；別的房間還不停地傳來一陣陣陌生女子的笑聲。他其實起得很早，早到足夠讓他回去位於賈基山鎮的家，換件乾淨的襯衫後再去上班；可是有件事阻止了他，它把他這一整天都困在市區、進退維谷。現在的他，盡力在回想那件事究竟是什麼——不管如何，她的女兒都被它給害死了。

想再見到露絲一面，這該是他今早還不情願直接回家的原因之一吧！他早上又親自到過她家，卻找不著她：她可能跟某個臭小子一起到大西洋城去玩了。不過他依然遊蕩在布魯爾市街頭；他在百貨公司裡隨著牆上流洩的音樂進進出出，或者待在廉價商店吃著熱狗，要不然就是在電影院外頭流連不去（但他沒有眞的進去看電影）；哈利的目的只有一個——他隨時隨地注意是否有露絲的身影出沒其中。他總期待著能再看到那被他吻過的豐腴肩膀，能在茫茫人群中貼近自己；以及那一頭他乞求著從髮夾上解下的深棕色秀髮，也會在擺放有生日卡片架子的另一端閃閃發亮著。然而，她所居住城鎮的人口總數超過十萬，這表示一項事實：要想與她在大街上偶遇的機會微乎其微；反正他有的是時間，他大可改天再來找她啊！但哈利不能！就算卡在心頭處的糾結愈來愈大——暗示他家裡可能已經出事了——他卻仍然堅持逗留在這個市區內，一直徘徊在電影院門口呼吸著冰冷的空氣；或是來來回回地逡巡在滿是香氣的女用內衣櫃台、首飾櫃台跟鹹堅果櫃台之間；或者一個人沿著幽腸小徑穿進公園，走走那一條他曾與露絲攜手踏過，並於一棵七葉樹下共同觀看路旁有五個寒酸的小孩，拿著網球跟掃把逗弄一隻小貓；他又沿著威瑟街繞過去，最後來到了他剛剛打電話給艾克斯的那間市區藥局。

讓他今天這麼竭力走著、繞著的主因是：他總認爲會在某處找到一個足以讓他宣洩情緒的出口。昨晚他最受不了珍妮絲的地方在於，與其說她這一次的看法終於是對的（他確實犯下了個愚蠢的錯誤），倒不如說是那種封閉的感覺（一種被囚禁的感受），讓他無法釋懷。他特地前去教會做禮拜，把一顆小小的火苗（其中包涵著他對老婆的滿腔愛意，與渴望與她好好交歡的甜言蜜語），卻在整間公寓黑暗潮溼的牆壁上，找不到適當之處穩穩地將它安掛；於是，那團火苗只輕輕地閃動了幾下後、便消失無蹤了；他明瞭自己沒有辦法常常製造出這樣的火花。如此一來，有個一直讓他不願輕易回家的理由是：他總覺得在這世上某個地方，會有比聽孩子的哭聲、或是在二手車廠騙別人用高價買下舊車之類，更好、更值得的事情在等他去發掘吧！所以當他在公車上時就蘊釀著這種感覺，而他也試著努力要把它給抹掉，他緊握住鋼管扶手，從高處俯身在兩名身穿白色打褶襯衫、膝蓋上放著包包的婦女上頭；他閉上雙眼，嘗試要把自己這種老是不想安於平凡的念頭大力消滅。糾結的胃開始讓他感覺噁心了；公車在駛向山區的道路上搖晃；苦悶的他只能怔怔地依附住那條冰冷的鋼條。哈利提早了幾個街區下車，渾身都是汗；一旦抵達賈基山鎮，人事物的影子彷彿就變得深刻起來。烘烤著布魯爾市區的太陽跨過了山頂；他身上的汗水凝結成污點，呼吸聲也急促起來。他一路跑著，好讓自己巨大的身軀有事可做，同時也想要甩掉腦袋裡多餘的事情。他經過有蒸氣管子在旁邊嘶嘶作響的乾洗工廠；穿越一間艾索加油站，聞得到汽油跟橡膠味、正從紅色加油幫浦旁的瀝青槽、翻騰而上；還跑過賈基山鎮公所前頭的草坪、跟玻璃櫥窗內的二次大戰英烈名冊——那上頭的姓名、勳章都已經粉碎斑駁。此時哈利的胸口開始疼痛，不得不把腳步放慢，用走路的方式向前進。

當兔子到達岳父母家時，史賓格太太前來應門；一見到是他，老婦人便立即當著他的面，把大門用力地甩上。不過從停在屋子外頭那輛跟戰艦同等大小的灰色別克轎車來看，他知道艾克斯已經先一步抵達。所以他耐心等了一會，果然就有牧師出來開門，好讓他能夠進去。在昏暗的大廳內，艾克斯小心翼翼地輕聲說道：「你太太已經服了鎮定劑，現在睡著了。」

「那小嬰兒……」

「已有葬儀社的人來帶走了。」

哈利聽了本想要大喊：「葬儀社連這麼小的孩子都能要，似乎是太不合理了。」他們應該照貝姬本來的簡單模樣將她埋葬，彷彿是處理一隻小鳥似的，在草地上挖個小洞就好。不過他仍然點了點頭，他想自己再也不會去反抗任何事情了。

艾克斯接著往樓上走去。哈利便呆坐在客廳沙發上，瞪著窗几上照射進來的陽光，穿越一個擺著蕨類、非洲紫羅蘭跟迷你仙人掌的鐵桌，玩弄起屬於它的魔法來。有被光線照射到的葉面會呈現鮮亮的黃綠色；而被隱藏在陰影裡的那一頭，則成爲一個墨綠色的洞，突兀地切進旁邊這片金黃色的世界裡。此時有個輕快的腳步聲自樓上走了下來。兔子沒有回頭望去；他不想冒險去看到任何親朋好友的容顏。

於是那毛茸茸的東西，主動跑過來摸了摸他的手臂；他因而跟尼爾森四目交會。小男孩的臉由於好奇而散發出光芒。「媽咪睡覺。」他以低沉的嗓音說道，彷彿在模仿他這一天來，感受到的那一種被悲劇打擊的氛圍。

兔子把更重，也長得更高了的兒子，抱到膝蓋上；如此一來，他兒子就成了一張罩子，覆蓋在自己的身上。他把這孩子的頭，挪過來靠向自己的脖子。尼爾森問道：「寶寶病了？」

「寶寶病了。」

「很大、很大的水在浴缸裡面，」尼爾森一邊說著，一邊把他的小身子拼命掙扎著；他想坐正，好讓自己能張開短短的雙臂，爲爸爸詳加解釋他所看到的劇情。「阿——嬷過來，把媽咪帶走。」這可憐的孩子究竟看見了什麼？他想要離開他父親的膝蓋，卻反被心裡充滿恐懼感的哈利抱的緊緊地；這屋內濃得化不開的憂傷，似乎在威脅著這個孩子。同樣地，小男生把身子激烈扭動的舉動，也會讓此刻停留在滿屋子的悲戚害怕不已；整間房屋彷彿將因此傾斜、倒塌，把他們父子都埋進斷垣殘壁底。所以兔子把尼爾森囚禁在自己的懷中，其實是要預防自己不要提早崩潰。

從二樓走下來的艾克斯，站在哈利面前朝著這對父子倆端詳著。「你怎麼不把他帶到外面去？」他問道：「這一整天對他來說簡直就是場噩夢。」

於是他們三人一起踏出屋子外頭。艾克斯緊緊握著哈利的手，沉默良久後才說道：「留下來吧！就算他們嘴上不說，可是他們還是需要你。」語畢後，就開著他的車離開了。兔子跟兒子坐在馬路一旁的草地上，對著人行道丟起小石頭。那孩子興奮地大聲說笑；不過因為身處室外，所以這種音量顯得並不刺耳。此刻的兔子覺得稍有安全感，因為這是由擔任神職的牧師教導他該怎麼走出的下一步。下班的人群，正三三兩兩地沿著人行道回家；小男孩一不小心把一粒小石子丟得太靠近其中一位，以至於那個男人抬頭，朝他倆的位置望來。那張陌生的臉孔，似乎是從另一個世界的底部注視著哈利；那一個不包括他小女兒死亡消息的空間，對他不帶有絲毫責難。他跟兒子於是轉移了丟小石頭的目標，開始瞄準一台靠在車庫牆上的綠色草坪播種機。哈利擊中了四次，都是先落地再滾著打中的。此刻的天空雖然依舊明亮，但樹梢上的陽光已經縮小成了一些殘餘碎片；草地也變得潮溼起來。他在想：是不是該偷偷將尼爾森送進岳父母家門裡，然後悄悄地開溜。

不過在此時史賓格先生走到門口叫道：「哈利。」父子倆聞聲朝屋內走去。「你岳母做了些三明治當作晚餐。」他的老丈人說道：「你跟孩子進來吃吧！」他們因而走進廚房，尼爾森看到食物就逕自吃了起來。哈利什麼都不吃，只要了一杯水。此刻的史賓格太太並不在廚房，哈利對她的缺席深感慶幸。「哈利，」史賓格先生一邊說著，一邊站起身子，用他的兩隻手指輕輕地摸著臉上的小鬍子，以彷彿要宣告一項跟財務有關的讓予行動的嚴肅態度說道：「艾克斯牧師與貝姬、和我談過了。我不是說我不怪你，因為我當然會怪你；但你不該是唯一承擔這些指責的人。她母親跟我不知怎麼地，從來沒有讓珍妮絲有足夠的安全感；或者說，從來沒有讓她覺得自己是受到歡迎的，我不知道，」——他那雙狡猾的粉紅色小眼睛，如今並沒有散放出一如往常、詭計多端的意味，只剩下混濁跟疲憊——「我們把一切都給了她，也盡其所能地在幫助她。至少我是這麼認爲的。現在，不管怎樣，」——這句話說得刺耳而心碎；他岳父停頓了下來，直到把聲音恢復平靜後才接著說——「日子還是要過下去。我說的你能懂嗎？」

「是的，先生。」

「日子還是要過下去。我們必須帶著還沒有失去的東西繼續前進。雖然珍妮絲的媽媽心情還很亂，現在並不想見你；不過她也對這種看法表示贊同。我們談過了，並且認爲這是唯一能讓大家好好走下去的方式。我是說、我想要講的是，我可以看得出來你覺得很困惑；但我們認爲你還是這個家裡的一份子。哈利，就算發生了，」——他舉起一隻手臂，茫然地指向樓梯——「這個，」把手臂猛然放下後的他，再補上了「意外」兩個字。

哈利用手遮住雙眸，此刻的他眼睛覺得灼熱又怕光。「謝謝你。」他勉強說著，那份對眼前岳父的感謝之意，幾乎讓他哽咽了起來；這位讓他長久以來都瞧不起的男人，竟然會對女婿說出如此寬宏大量的話。他試著在濃濃的悲傷氣氛中，依循一種如同地下水般流轉的人間禮儀，硬是擠出了幾句應對之辭。「我保證會信守我這一部份的協議結果。」不過話才出口他就噤聲了，對自己聲音裡的卑鄙語調感到窒息。他爲什麼會說出「協議」這個用詞呢？

「我知道你會的，」史賓納說道：「艾克斯牧師向我們保證你會做到的。」

「點心！」尼爾森清楚地要求道。

「小尼，你要不要拿著餅乾上床去呢？」他岳父的聲音雖然依舊緊繃，卻帶著習慣性的歡悅情緒；這一點倒提醒了兔子：他兒子已經在祖父母家中生活了好幾個月。「現在該是你睡覺的時間了吧？要不要讓阿嬤帶你上去呢？」

「我要爹地帶我去。」尼爾森說完後就溜下椅子，跑到他爸爸身旁。

兩個男人都顯得有些尷尬。「好吧，」兔子說道：「那告訴我你的房間在哪裡。」

看見他外公從食物櫃裡取出兩塊奧利奧巧克力餅乾，尼爾森便出其不意地跑過去擁抱著他，史賓格先生也欣然彎腰回抱孫子。這張抵靠小男孩雙頰的臉龐，原本展現玩世不恭的浮華神態，此時卻變得憔悴而茫然；那雙混濁眼神也怔怔地聚焦在兔子腳上的鞋子。他把手臂用力一抱，黑色的方形大袖口上滾了金絲、與繡著S的金字，便從外套袖子裡爬了出來。

尼爾森要帶他爸爸上樓時，經過了一個房間；史賓格太太正坐在裡面。兔子偷偷瞥向老婦人一眼，發現有張浮腫的臉、及其上頭兩行溼滑而下的淚水；猶如是因爲手術而被暴露在身體外的內臟器官一樣；於是哈利趕緊把視線移開。他接著彎身小聲地要求兒子，走進房間去親吻外婆，並跟她道晚安。孩子重回到他身邊後，父子倆繼續往樓上走，然後沿著一條用老舊汽車設計圖樣壁紙裝飾的長廊，走到一間白色帷幔被窗外樹木染成綠色氛圍的小房間。它內部窗戶的兩側分別掛起兩幅對稱的畫；一張是小貓，一張則是小狗。他不禁想這是不是珍妮絲小時候的房間？它散放出一種塵封已久、單純無瑕的味道；又帶有一種懸疑的感覺，彷彿這裡已被閒置多年了。有一隻舊泰迪熊，正坐在一張壞掉的兒童搖椅上；它身上的毛都脫落光了，只剩下裡頭的布料，而且也缺了隻眼睛。那曾經是珍妮絲的玩偶嗎？又是誰把那顆眼珠子挖出來的呢？在這個房間裡，尼爾森變得異常被動。哈利得替這個愛睏的孩子脫下外出服後，再換上睡衣；他這才發覺他兒子除了小屁股之外，渾身皮膚全曬成了健康的褐色。他把兒子放上床、蓋了被子後，說道：「你是個好孩子。」

「嗯。」

「我現在要走了，別害怕。」

「爹地要走了？」

「這樣你才能好好睡覺，我會回來的。」

「好吧。」

「很好。」

「爹地？」

「什麼事？」

「貝姬妹妹死了嗎？」

「是。」

「她會怕嗎？」

「哦，不會，她不會怕。」

「那她開心嗎？」

「嗯，她現在非常地開心。」

「好。」

「你不要擔心這個。」

「好吧。」

「睡上來一點。」

「嗯。」

「想想丟石頭的事吧。」

「等我長大，我要把它們丟得很遠。」

「是呀。你現在已經丟得很遠了。」

「我知道。」

「好了，睡覺吧！」

走到一樓時，他問起了正在廚房裡洗碗盤的史賓格先生：「你不會想要我今晚留在這裡過夜吧，是不是？」

「今晚不要。哈利，我很抱歉，我想今晚不要會比較好。」

「這樣也好，我會先回公寓去，明天早上再過來？」

「是的，請過來，我們會幫你準備明天的早餐。」

「不用了，我什麼都不需要。我的意思是，我只想在珍妮絲起床的時候去看她。」

「是的，那當然。」

「你認爲她今晚能睡的著嗎？」

「我想應該可以。」

「呃——我很抱歉，我今天沒去修車店面上班。」

「哦，沒關係。這無關緊要。」

「你……不會想要我明天去上班吧？」

「暫時先請假吧！」

「我的這份工作還保得住嗎？」

「那當然。」他岳父把話說得非常小心，眼神也很不安穩；他彷彿能感到他的妻子正在附近偷聽著。

「你對我眞是太寬宏大量了。」

對方沒有答腔；哈利悻悻然地選擇從陽台離去，爲了能避開跟他丈母娘照面的機會。他繞過屋子，在這個悶熱的夏夜裡散步回家，一路上都是家家戶戶叮叮噹噹的洗碗聲。踏上韋爾伯街、走進他公寓那扇老舊的大門後，他一邊爬著樓梯，一邊聞到一股類似烹煮甘藍菜的氣味。他用鑰匙開了門，火速把屋內所有的燈都打開；接著走進浴室，發現浴缸裡頭的水依然存在。有些洗澡水已經蒸散出去了，所以水平面離缸頂約一吋的地方有條淺灰色的線，底下還剩超過一半的水。此時的水顯得沉重、平靜、無色、無味，彷彿浴室裡多了一位緘默的人；這樣的想法讓兔子不免開始心驚膽跳。沒有受到干擾的水面，呈現著平靜無波的狀態，活像是一張失去了生命的皮革，甚至開始有灰塵浮現在它表面上。他捲起袖子，把手伸到水底拔掉了塞子；這堆水隨即擺動了起來，排水管也跟著喘氣。他呆呆地看著那一條水線，就這樣穩穩地從浴缸的壁面，慢慢朝下滑，然後隨著急速迴旋的一聲呼喊，最後的水便全部流乾。他心想：這是多麼容易的事啊，可是全能的上帝卻只是袖手旁觀。如果當時，有個人能把那只小小橡皮塞子拔起來就好了。

直到躺到床上後，兔子才發覺自己的腳疼痛不堪；應該是他一整天下來在布魯爾市區亂走之故吧！他感覺脛骨像是要斷裂一樣；不管他如何扭、怎麼按，這些動作只能把感受到的那份疼痛暫時止住，沒過一會兒它就又偷偷地溜回來。他試著向上帝禱告，想讓自己放鬆下來，可惜徒勞無功；此刻的他、跟天上的世界搭不上線。他睜開雙眼瞪著天花板，見到眼前的那片黑暗，正被一張不穩定的網子染上許多斑點，那一條條的網線猶如他小女兒皮膚上黃的、藍的、斑駁的靜脈。他仍記得當時在醫院裡隔著玻璃窗，看見貝姬細緻而粉嫩的輪廓，一陣悲傷的狂風突然朝他襲捲而來，以至於他不得不掙扎著下床、把房間的燈打開；電燈的強光看上去就只有薄薄的一層。他的鼠蹊部因為累積了大量尿液而隱隱漲痛著，卻連隻手都不敢伸進浴室裡頭；他害怕萬一打開了燈，他就會看見排乾水的浴缸底部，出現一具臉朝上的小屍體；她全身起了皺紋、臉色轉為青黑、一動也不動的躺在那裡。可是隨著膀胱的壓力不斷增強，他最後還是得鼓起勇氣踏入廁所；並且確認他身旁黑暗的浴缸底，其實僅僅躍現了一片空白。

他本來認爲會悲傷得無法成眠；一直到被斜射進來的陽光、跟樓下大聲的關門聲吵醒時，他才明白自己的身體已經背叛了他的靈魂。他急忙地把衣服穿好；比起昨天的任何時候，此刻的他顯得更爲緊張。這整件悲劇在大白晝的襯映下，變得更加眞實；像有一塊無形的墊子扼住他的喉嚨，讓他的手腳遲鈍而緩慢；他胸口糾結的情緒也因此變得更厚重、也更僵硬了。「原諒我，原諒我——」，兔子持續小聲地喃喃自語，卻無人聽到。

他一路走向史賓格家，察覺到那間屋子的氣氛完全改觀了；他發現岳父母家所有的物品，都被稍微地重新整理過，因此足以騰出一個小空間、方便「他」這個角色得以蜷縮進去。史賓格太太遞給他橘子汁跟咖啡，甚至還小心翼翼地跟他說了些話。

「你要奶油嗎？」

「不用、不用。我喝黑咖啡就好。」

「如果你要鮮奶油的話，我們有。」

「不用了，眞的。這樣就很好了。」

珍妮絲醒了。他爬上樓，在妻子旁邊的床側躺下；她把身子挪靠過來，依偎在他的下巴、脖子跟床單之間啜泣著。她的臉變尖了；溫暖又結實的身體看起來像個小女孩。她說道：「我沒有辦法看著任何人，除了你以外。我無法面對其它人。」

「那不是妳的錯，」他告訴她說：「是我的錯。」

「我的奶汁又回來了。」珍妮絲持續低語：「而且每當我的胸部脹痛起來，我就以爲她必定還在隔壁的房間裡。」

哈利夫妻倆，就相互依偎在這個共同擁有的黑暗世界裡；他感到本來橫亙在彼此間的那一道牆，被一陣黑暗的洪流漸漸衝垮；不過那只沉重而憂慮的結，依然存活在他的胸膛；那是屬於他一人獨有的負擔。

他一整天都待在史賓格家裡頭。客人不斷地造訪，大夥兒都躡手躡腳地走來走去——那種樣子，彷彿他們認爲樓上的珍妮絲病得很重似的。這些女人坐下來，跟他的岳母一起在廚房餐桌上喝著咖啡。史賓格太太的聲音細小而圓潤，與怪里怪氣的女孩子無異，跟她肥胖、充滿贅肉的身材一點都不搭；她不停地嘆著氣，聽起來宛如一首含糊起伏的歌曲。佩姬・佛斯納徹也來了；這次的她沒有戴太陽眼鏡，於是她那犯了外斜視毛病的眼睛，簡直可以一眼就把全世界都看完。走去二樓探望珍妮絲的她，把兒子比利跟尼爾森留在後院一起玩耍。這時再也沒人有心力出面處理、或制止男孩們相處時憤怒、痛苦的尖叫聲；他倆已經被大人們忽略了，只能自顧自地待在流逝的時光之河裡。就連兔子本身都有訪客到來。

門鈴再度響起，珍妮絲的母親走去應門；然後她踏進了哈利坐著看雜誌的那個昏暗房間，用一種驚訝、而且受傷未癒的嗓音說道：「有個男人來找你。」

她說完後就離開了，兔子站起身來向前走了幾步，去招呼這位意料之外的訪客——那是托塞羅。拄著拐杖的他，有半邊臉呈現麻痺的狀態；不過仍可以說話及走路；他是活生生的，而哈利的小女兒卻死了。「嗨！嘿，你還好嗎？」

「哈利。」老教練用著那隻沒有拿拐杖的手，把哈利的手臂緊緊握住，並且朝著哈利的臉頰盯了許久；他扭動著嘴巴垂向一側，而同一邊眼睛的上方皮膚也被斜斜地向下拉扯，因此把他進屋時眼裡閃爍出來的光芒遮蓋住了；同時間，他緊抓著哈利的手指也顫抖個不停。

「我們坐下來吧。」兔子邊說邊協助他在安樂椅上坐好。托塞羅試圖把自己雙臂安頓好，仍然不小心撞掉了一塊小桌墊。哈利拿了張可以直靠著背的椅子，緊挨著老教練身旁坐下，如此一來他便不用大聲地說話。「你這樣到處跑行嗎？」因爲托塞羅沒說話，他只好先開口問道。

「我太太帶我來。在車子裡，外面。哈利，我們聽說了你的壞消息，我不是警告過你嗎？」不知何時起，淚水已經盈滿了他的雙眸。

「什麼時候？」

「什麼時候？」托塞羅把中風的那半邊臉轉進陰影裡；或許這個動作是有意識地，他笑起來的模樣因而顯得充滿活力，格外明智而篤定。「第一天晚上啊，我說了叫你回去，我還求你。」

「我想你必定是有這樣做的，但是我忘了。」

「不，你沒有。不，你沒有，哈ㄧ利。」他的呼吸在「哈利」的那個「哈」字上頭喘了一下。「讓我跟你說一些事情，你肯聽嗎？」

「當然。」

「對跟錯，」說完後他停頓了一下；一旦他把那個大大的頭轉過來，僵硬嘴角下垂的線條，與那雙賊賊的壞眼睛，就又再次出現。「對跟錯不會從天上掉下來。是我們、是我們造成的。去反抗悲慘的遭遇。這是顛撲不破的，哈利，是顛撲不破的——」他對自己運用更長詞彙的能力產生了信心，「——會有悲慘的遭遇，通常因爲我們沒照著規則走。規則不是我們自己定的，通常一開始不是。如今在你自己的生命裡，就有一個活生生的例子。」用心聆聽著的兔子想到：托塞羅臉頰上的淚痕是何時跑出來的？那些淚痕如同蝸牛爬過的痕跡一樣。「你相信我的話嗎？」

「當然，當然相信。聽好，我知道這是我的錯。自從那件事情發生之後，我就覺得自己像是一個，呃，像是一隻蟲一樣，等著遭人踐踏。」

托塞羅平靜的微笑加深了；一個微弱刺耳的咕嚕聲從他的臉上傳出來。「我警告過你的。」他說道，「我警告過你的，哈利，可惜年輕人總是聽不進去。年輕人總是粗心大意。」

哈利脫口說道：「但我又能做些什麼呢？」

托塞羅好像沒聽到他的問題，逕自重複說道：「你不記得了嗎？我一直祈求你回家的？」

「我不知道，大概是吧。」

「很好。唉。你仍然是個好人，哈利。你還有一副健康的身體。等到我死去時，要記得你的老教練曾告訴過你該如何避開人生的痛苦，切記啊！」托塞羅說到這最後幾個字時，已經含糊不清，他的頭還跟著搖了搖。就在他下意識地做出這個朝氣蓬勃的動作後，老教練突然扯起拐杖，支撐自己從椅子上站了起來，並且盡力避免朝前倒下去。見著此景的哈利，連忙跟著驚慌跳起，頃刻之間他倆站得非常靠近。老人家的大頭呼出一陣讓人不舒服的氣息；它不像是藥味，倒像是蔬菜腐爛掉的氣味。「你們年輕人啊，」托塞羅提高了音調，以一種學校老師般的口氣，斥責又揶揄地對哈利說道：「很容易忘記事情，不是嗎？難道不是嗎？」

奇怪的是，此刻的兔子倒是很認同他這個說法，「當然。」他回道，暗自祈禱愛說教的托塞羅能快點離開。

把老教練攙扶到屋外時，哈利看到有一輛一九五七年出廠的藍白色道奇車，就停在橘色的消防栓前頭等著他們。托塞羅太太也一併表達了對於他失去女兒的遺憾，並且帶著她一貫的冷淡神情。一臉滄桑又貴氣的她，灰色的頭髮披散在鋪滿細緻皺紋的銀白色太陽穴上；他看得出來師母急欲擺脫這裡，帶著她的先生遠離此地。托塞羅坐在老婆旁的副駕駛座上，看上去活像是一個愛傻笑的侏儒，腦筋空空地撫摸著他手杖的曲線。老教練這次的拜訪，讓待在老婆娘家裡的兔子感覺更爲沮喪，也覺得自己更加骯髒。對方的一席話讓他心寒；他寧可相信天空，那才是一切人事物命運的主宰。

艾克斯在傍晚時候來訪，目的是協助這一家人能把小女娃的葬禮安排妥當：就在明天下午，星期三。他要離去時，哈利引起了他的注意；然後兩人在前廳裡交談了片刻。

「你覺得怎麼樣？」兔子問道。

「什麼事情？」

「我該怎麼做？」

艾克斯緊張地把頭抬起來看了他一下。那慘白又稚氣的臉色，讓牧師看上去就像是位睡眠不足的人。「做你正在做的，」他回應道：「當個好丈夫，好父親。珍愛你現在仍擁有的事物。」

「那樣就夠了嗎？」

「你是說夠贏得寬恕嗎？我相信是的，倘若你能用剩下來的人生去實現的話。」

「我的意思是：——」，他以前從來沒有覺得必須像這樣求過艾克斯，「——記得我們過去常常談論的那件事嗎？在一切事物背後的那個東西？」

「哈利，你知道對於事物存在的模式，我跟你的想法並不同。」

「好吧。」他意識到艾克斯也想要遠離自己；彷彿哈利本身會讓周遭的人覺得痛苦及噁心。

艾克斯可能是發現他擁有這種不幸的感受，他勉強喚起一點對哈利的憐憫之情。他試著這樣跟兔子說：「哈利，要寬恕你的不是我。你沒有做啥對不起我的事、而需要我的諒解。我跟你一樣有罪，我們必須爲得到上帝的寬恕而努力；我們必須贏得了解萬事、萬物背後眞理的那份權利。哈利，我知道人們是會被帶往基督與神那裡去的。我已經親眼看見、也親口品嚐過那種滋味。而且我是眞的如此認爲著：我認爲婚姻是神聖的；因此這個悲劇雖然很可怕，但它會以一種神聖的方式，直到最後把你跟珍妮絲重新結合在一起。」

接下來的幾個小時中，兔子就堅守著牧師所教導的這個信念——儘管它好像跟眼前令人哀傷的大房子裡呈現出的色調與聲音；以及玻璃茶几上面小叢林裡午後陽光的輕觸和曲線；或者是跟他和珍妮絲在她臥房裡、所分享一頓幾乎無言的晚飯，都毫不相干。

❊

他整個晚上都待在史賓格家，跟珍妮絲一起睡著。她睡得很沉；微弱的打鼾聲從她漆黑的嘴裡傳來，以至於讓窗外的月光看來更加耀眼；哈利因此無法成眠。他用手肘撐起了身體，仔細觀察著妻子的容顏；在月光照射下那張臉顯得頗為可怕，瘦小的臉頰上彷彿布滿了髒污的暗色補丁；不過這些補丁的質地輕柔而自然，並不帶有任何人為修整的痕跡。他對於珍妮絲竟能睡得著這檔子事很反感。一直在第一道曙光下，他感覺到他老婆的身子微微騷動起來，並且溜下了床鋪；他這才把臉也深深埋進枕頭，並將自己的半個頭都縮在棉被下，然後努力入睡。一想到今天是舉行小女兒葬禮的大日子，他終於慢慢地昏睡過去。

在偷來的這段小憩片刻中，他做了一個鮮活的夢。他孤單單地站在一個散佈著鵝卵石的大田徑場上、也可能是空蕩蕩的修車廠裡之類的某處。在一片藍天中，有兩個完美、大小相同的圓盤狀物體停留在那裡，不過其中一個是濃稠白，另一個則帶有透明的色澤。這兩個圓盤正緩慢地朝向對方移動；於是顏色較淺的那個圓，就跑到了顏色較深那個圓的正上方。當雙方接觸的瞬間，哈利覺得害怕起來；他聽到有個聲音（一如在田徑比賽時從某個角落的擴音器傳出來的那種聲音），宣佈說：「野櫻草[33]吞掉接骨木[34]！」同一刻，上面的那個圓，持續而穩定地在朝下滑動；而另外的那一個圓雖然比較強大，卻被上頭的圓完全遮蔽住；最後他眼前只剩下一個蒼白又純淨的圓指環。他因此意會到：「野櫻草」指的是月亮；而「接骨木」指的是太陽；那他所目擊到的一幕就是在解釋死亡：可愛的死亡掩蓋了可愛的生命。體悟到這層眞理的兔子，大大地鬆了一口氣，覺得心情變得振奮不已。他了解自己必須從這個田徑場再重新出發，前去尋找另一個新的宗教寄託。他隱約覺得那些圓盤、還有那個回音仍在自己的上頭縈繞不去，接著他就睜開了雙眼。

珍妮絲正穿著咖啡色的裙子、跟粉紅色無袖的襯衫站在他床邊。在大白天的日光下，哈利看到妻子的下巴底部，跑出一層他以前從未注意到的茶色肥肉。他對自己是以仰躺的姿勢睡在床上感到驚訝——因爲他通常都是趴著睡的。他明白剛剛經歷的不過是一場夢罷了；他並不需要跟這個世界報告些什麼。不過他的胸膛再度有個死結出現。從床上起身時，他吻了吻老婆懸在她身軀兩側無助、又生硬的手臂。

她幫他做了早餐：有鮮奶泡麥片，跟煮得太焦的咖啡，這完全是她一貫的風格。之後他倆帶著尼爾森一起走回自己的公寓，準備拿參加下午葬禮時該穿的衣服。繼昨夜他發現珍妮絲居然能在女兒葬禮的前一天安詳入睡後，現在的兔子也對於她還能安穩行走這回事，覺得同樣反感；他最喜歡的該是她呈現無意識時的悲傷神情吧！這到底是什麼樣的二流悲傷，能讓他們一家人迄今還在人行道上悠哉悠哉地走著？一旦想到自己與妻子無言向前行的笨重軀體，正包裹著彼此一顆麻木不仁的心靈、與小小的需求渴望，哈利的怒氣便油然而升。他倆與孩子一起默默地穿越街道，這個動作跟雙方還在幼小時代時所經歷過的一樣。沿著波特大道的排水溝，曾經奔流著製冰工廠的水，現在則已乾涸；路上這些房子也住過著一些他熟知的老面孔，可惜那些舊識之中有很多人早已不住在這裡了；這與他有時會從飛馳的火車上，望向城裡成排屋舍時所體會到的感受相同；那些房子磚牆上的冷酷表情，擺出一道亙古的謎題：爲什麼有人要住在這裡？爲什麼他要定居這裡？這整個宇宙涵蓋許多偉大的草原、高山、沙漠、森林、城市跟海洋，但爲何這麼不起眼的一個小鎭，偏偏會變成他個人世界的中心跟索引？這種自孩提時期就蘊藏在他心中的謎題——有關「任何地方」的議題，已變成一個他終極問題的序曲：「爲什麼我是我？」——又再次在他心中燃起了一陣恐懼；冷意因而傳遍了他的全身。這街道上的所有細節——那與雜草爭地的人行道，有崎嶇不平的邊緣；柏油在電線桿上留下的斑斑傷痕——看起來都不想再跟他說話了。他現在什麼都不是；彷彿頃刻間他走出了大腦跟身體，駐足在畫面之外望著自己的那台肉體引擎向前跑著，然後走進虛無。因爲這個「他」只不過是光線折射的結

㉝原文爲「Cowslip」，又名歐洲櫻草或黃花九輪草，在花語上有象徵年輕與憂傷之意。

㉞原文爲「Elder」，意指五福花科的接骨木植物。接骨木屬的植物多爲灌木或小喬木，於春季末開白色或黃白色的圓錐狀聚傘花。哈利爲何在此處突兀的做了一個與植物有關的夢？這必須回顧到史密斯太太的花園，作者厄普代克巧妙的運用隱喻，讓哈利夢中的田徑場有如植物被搬空了的園地，而僅存的兩樣象徵性的花草，野櫻草與接骨木。一則象徵死亡，一則代表生機；在天空中兩樣事物互相交疊，最後形成如同日蝕的壯麗景象，意味著生與死是相互依存、不可分割的——也代表了哈利潛意識底下的生命觀。

果，僅是器官引擎內震動的共鳴聲響，一直到他再也回不去爲止。他感覺自己正藏身在路旁這些屋舍窗戶的後頭，凝視著他們這一行人在眼前走過；見到這一家三口正以穩健的步伐漫步經過、一切如常——除了那個女人帶有無聲的淚水之外，現場找不到任何徵兆，足以突顯出他們的世界曾於兩天前產生劇變。他妻子宛如露水般的淚珠輕柔湧現，看上去恍若是由早晨街道的清新景象所賜給他們的禮物。

腳步甫踏進公寓，珍妮絲便重重地嘆了口氣，並且癱倒在丈夫身上。或許她沒有預期到這個地方居然會充滿陽光；灰塵形成的牆，天眞地於乳白色的光線斜射下，從地板中央延伸到窗戶頂端。由於他衣櫥的門就立在大門旁，所以對只是回來這裡想取走幾件深色、莊嚴服飾的哈利夫妻而言，彼此都還不需要過於深入這間寓所。兔子打開衣櫥的門，把門盡量向裡頭推進，同時得小心翼翼地提醒自己：不要碰倒了電視機座。他把手伸進衣櫃的最深處，摸到裡頭有一個塑膠的儲衣袋；他把拉鍊打開，拿出了一套藍色西裝——那是一款適合冬天穿著的羊毛西裝，也是他僅有的一件黑色系西裝。同一時間，興沖沖回到這裡來的尼爾森，正在公寓裡頭四處亂跑著，而且在浴室裡頭找到了一隻舊舊的橡膠熊貓；他吵著等會兒要把它一起帶走。他這番深具探險性的言行舉止，倒是把這間房子一開始散發的威脅感驅離不少。後來哈利夫妻倆走進了他們的主臥室；珍妮絲的衣物一向是掛在這裡的。走到一半，她指著一張椅子說道：「我那時候就是坐在這裡的。禮拜一的早上。看著太陽升起。」她的語調充滿了死沉沉的暮氣；兔子不清楚他妻子希望聽到丈夫回應些什麼，因此寧願保持沉默；他甚至可以屏住自己的呼吸。

不過當來到主臥室內部，卻另有一番美好的風情展現於面前。珍妮絲脫掉了她的裙子跟襯衫，試穿起一套陳舊的黑色套裝。穿著襯裙的她，赤腳站在地毯上，這讓哈利回想起他從前相識的、有著細細腳踝和手腕、還有嬌小臉蛋，並且總是呈現一臉害羞模樣的年輕女孩。她那套黑色的套裝，是她仍在讀中學時候所買的，所以對於如今懷孕、才剛生產完的她當然穿不下；像她的腰圍及腹部，一直到現在爲止都顯得過於粗大；要不然就是她那種遺傳自母親，一當上媽媽後就易於發福的體質，也將即刻起開始生效。可是他的妻子不想要放棄；珍妮絲依舊佇足在原地，竭盡所能地想把那件套裝裙子的側邊釦子給扣上；她那一對因爲漲奶而腫脹變大的乳房頂端，被擠到了胸罩上緣，渾身呈現出發胖的體態；但她這種豐滿卻吸引住了哈利浪漫的眼光。他想著：「我的，我的女人啊！」，可惜當他老婆一轉過身來，那一張污穢又寫滿驚恐的容顏，又迅速地把他剛剛以擁有她而自豪的感受一筆抹去。這個女人已經成爲他不得不負擔的責任——一想到這點的兔子，立刻感覺到那一顆痛苦而沉重的結，再度出現在胸口下方。就是這個瘋狂野蠻的女人啊，成爲他之後都必須以戰戰兢兢的姿態、一起帶領著駛向未來漫漫長路的女人，就從這個週一的早晨開始。

「穿不下了！」珍妮絲發出尖叫，猛然把腿抽出裙外並且用力一扔；那一隻巨大的蝙蝠就飛旋著穿過房間。

「妳沒有其它的衣服嗎？」

「我該怎麼辦？」

「走吧！我們離開這裡，回去妳住的地方。這裡會讓妳神經緊繃。」

「可是我們不是得住在這裡嗎？」

「是啊，但不是今天。走吧。」

「我們不能住在這裡。」她說道。

「我知道我們不能。」

「可是我們還能住哪呢？」

「我們再來想辦法。走吧！」

她跌跌撞撞地把腳伸進剛才穿來的裙子裡，再將襯衫穿過她的手臂；然後溫順地別過臉去，要求丈夫說：「幫我把背後的釦子扣上。」於是哈利便把粉紅色上衣的鈕釦，一路朝下扣到她平靜的脊椎骨底部。在這般的動作中他也免不了地哭了出來；他眼裡的熱淚變成一根螫人的刺；他發覺妻子上衣背後一如嬰兒般的小鈕釦，透過一串串水珠的光線，看上去彷彿是蘋果花的花瓣一般。淚水在他眼中打轉著，接著滑落到他的兩頰；溼溼的味道嚐起來眞好。他冀望他可以放縱地哭上好幾個小時，唯有這樣小小地宣洩一番，方能減輕這兩天來所承受到的痛苦與壓力。可是這個社會向來的規則是：男兒有淚不輕彈；所以他的淚水，在他們一家人離開公寓前已被自己強自抑遏住了。關上大門時，哈利覺得自己乾燥乏味的一生，將要在這扇門的開開關關中流逝。

尼爾森帶著他的橡膠熊貓一起離開。每當他把它擠得吱吱叫，兔子的腸胃就會絞痛起來。

此刻已是日正當中，整個城鎮都被豔陽漂成了一片白色。

＊

其後的數個小時似乎很漫長，相同的事情一再被重演。一回到他岳父母家中，珍妮絲立刻與她的母親輕聲細語地說起話來，並且從這個房間走到了另一個房間；兩人不斷地出現、消失、又出現、然後再消失。她們大概是在擔心：珍妮絲在麗貝卡的葬禮上該穿些什麼。於是母女倆一起上樓：半個小時後，珍妮絲再穿起她母親一件用別針固定的黑色洋裝走下樓──那件衣服讓她看上去一如她母親的翻版。「哈利，這樣看起來好嗎？」

「妳到底以為這是什麼？一場時裝秀嗎？」話一出口，哈利就後悔了；他趕緊認錯補充道：「妳看起來很好。」不幸的是傷害已經造成。受到驚嚇的珍妮絲，馬上發出長長的啜泣聲；她跑上二樓去，哭倒在她母親的懷裡。於是史賓格太太收回了她對女婿僅有的一點點寬恕，整個房子也因而瀰漫起一種大家心照不宣的想法：他是兇手。他倒能滿懷感激地接受起這個想法；這是眞的，他是兇手、他是兇手；而且憎恨會比寬恕更適合他。沉浸在憎恨之中的自己可以什麼也不必做；他大可選擇麻木不仁，直接讓那些嚴厲的怨恨，成為他仁慈的庇護所。

下午一點了。兔子的丈母娘來到他待著的那個房間，勉強問道：「你要吃三明治嗎？」

「謝了，我什麼都吃不下。」

「你最好吃點東西。」他發現老婦人這種堅持很有問題，便決定走向廚房；他想看看有什麼事情正在發生。尼爾森獨自一人在餐桌上喝著湯、吃起生的胡蘿蔔，以及一個黎巴嫩臘腸三明治。埋首猛吃的小男孩，似乎很猶豫自己是否該分心對父親微笑。此外，他的岳母始終背對著女婿。

哈利開口問道：「這孩子睡過午覺了嗎？」

「你可以帶他上樓去睡。」回應這句話的史賓格太太並沒有轉身。於是兔子帶著兒子一起爬上樓、進了房間；在那僅剩一隻眼睛泰迪熊的陪伴之下，他爲尼爾森唸了一本《小金書》的故事書；它是描述一輛害怕隧道的小火車，所經歷過的種種故事。一直講到小火車能證明它再也不害怕隧道時，小男孩早就在父親的懷中睡著了。下樓的哈利，看到珍妮絲正在她房內休憩著，而她的母親則在幫忙調整那件黑色洋裝的尺寸；有一台縫紉機運作的聲響傳送到午後小鳥的歌聲、與人們喃喃的低語聲之間。

大門突然「砰！」的一聲被關上，史賓格先生走進客廳內；此時全屋的窗簾都被放下了，他見到坐在椅子上的兔子，主動說道：「哈利，你好！」

「你好。」

「哈利，我去過鎮公所跟阿爾．厚斯特（Al Horst）談過了。他是名驗屍官；他檢查過那具小屍體後很確定；沒有傷痕、意外溺水。他保證不會有殺人罪起訴。他已經約談過大部分的人，另外也會找時間跟你談談。不過，這是非官方的。」

「我了解。」哈利被動地做出回應；他發現老丈人依舊杵在原地，彷彿是在期待他會說些恭喜什麼的。「爲什麼他們不乾脆把我關起來算了？」哈利倔強地補充了這句話。

「哈利，這是一種非常負面的想法。每當處於低潮時我總會問自己一個問題，『現在我們該如何把損失降到最低呢？』」

「你是對的，我很抱歉。」法網居然會從他身上溜走，這還眞是讓他難受不已。他們就是不肯來抓你；那些人就是不肯幫他脫離困境。

然後他岳父以小快步的姿態，跑上樓與他的妻子會合。由二樓傳出的人們走動聲響，使得哈利身後裝有玻璃門板廚櫃裡的漂亮餐具，也都在輕輕震動著。他看著裝飾用壁爐上方懸掛著的一個小銀面時鐘：那上面的指針還沒走到兩點。

兔子不知道自己的胃痛是否肇因於他這幾天吃得太少，所以他不得不走進廚房，吃了兩片簡單的餅乾。每吞下一口餅乾，就讓他感覺到一股撞擊的力道，主動砸在早已傷痕累累的胃壁上，並且讓他心理上的痛楚也不斷地增加。周遭明亮的瓷器支柱跟金屬家具的表面，彷彿都充斥著一股反向的磁力，在朝向他的身子擠壓著，同時把他變得極度稀薄。他走進陰暗的客廳，拉開窗簾後佇立在窗前；他望見屋外有兩名穿著整齊合身短褲的少女，正以懶散的步伐走在充滿陽光的人行道上。她們的身材已經發展到趨於成熟，但她們的臉還處在不上不下的階段中——仍透漏善良的稚氣。十四歲的女生總是顯得很滑稽，她們的臉上正忙著冒出青春痘；零食與糖果吃得太多，把她們的肌膚都弄糟了。哈利只見她倆就這樣慢慢地散著步，一如貝姬葬禮舉行前的時間，同樣顯得緩慢不已；好像假如她們走得夠慢，在下一刻的街角處就會遭逢人生奇妙的轉變。女兒們，這些女兒們，六月生的麗貝卡是否也會是其中之一？——哈利倏忽把這個念頭給停住了。後來那兩名年輕的女孩子自他眼前穿過去，那雙翹嘟嘟的屁股、以及穿著帶有兩點尖尖突出T恤的姿影，看上去有點噁心、並散發著不切實際的意味。一旦明白自己正站在窗戶後頭窺視著這兩人，自己似乎也成了潔淨玻璃上的一個污點。他不了解：爲何宇宙不乾脆把這種又小又髒的東西給抹掉算了。他低頭看向自己的手，突然覺得它們很醜陋，比爪子還要難看。

於是他走上樓，謹愼地清洗雙手、臉跟脖子。他不敢用史賓格家裡那些高檔而別緻的毛巾，只好雙手溼答答的走出去。在沉寂的走廊上，他遇到了史賓格先生，說道：「我沒有乾淨的襯衫。」他岳父小聲地回應說：「等一下。」之後便遞給了女婿一件襯衫和黑色的袖扣。兔子在兒子睡覺的那個房間換衣服。此時的陽光，還在拉下的窗簾底部躡手躡腳地移動著；窗簾則是輕柔地前後擺動起來，幾乎跟床上小男孩沉重的呼吸聲同步。縱然他謹愼地騰出了空間來著衣，卻還是得花上好幾分鐘，笨拙地扣上他一向不習慣穿戴的袖扣；不過幸好他所花掉的時間，仍比他預期中的要少。這套羊毛西裝很熱，穿上它不甚舒適，而且也沒有他記憶中的合身。可是兔子拒絕脫下外套，拒絕去讓其他人滿意——即使他並不確定對方會是誰。他踮起腳尖、悄悄地走下樓坐著，全身穿著整潔，只有那件新襯衫稍嫌緊了些。他安靜地待在客廳裡，一味地凝視那盆放在玻璃桌上的熱帶植物，同時讓自己的頭部不斷地左右轉著。因此在他的視線中，一會兒是這片葉子擋住了那片，一會兒又成了那片葉子擋住了這片；這樣的變化看久了，他不曉得自己會不會隨時嘔吐出來。他的五臟六腑由於莫名的恐懼而被攪成一團，變成一個堅硬的泡泡，擁有誰也戳不破的銅牆鐵壁。此時牆上的時鐘，正指著兩點二十五分。

面對自己的父母親則是哈利最害怕的事。這件悲劇發生至今，他都沒有勇氣打電話回家、或是親自去看他們。禮拜一晚上史賓格太太曾打了通電話給親家母，邀請她一起去參加小孫女的葬禮。不過自那通電話後，他的家裡便音訊全無，這使得他膽顫心驚。別人唾棄你是一回事；但生養你的父母唾棄你，又是另外一回事。當初他從德州當完兵回來後，就因爲他不肯去父親向來任職的那家印刷店一起工作，老爸即開始對他抱怨個不停；在某種程度上，這名老先生也因而一點一滴地、把自己在哈利心目中曾有過的崇高地位給埋怨掉了。他過去給予他兒子所有溫和、親切的好印象，早已在哈利的記憶中消失殆盡。不過要面對兔子與安格斯壯太太的母子關係，一切就沒有那麼簡單了；她還是活生生地被某條線緊綁在他的生命之中。如果她選擇跳進來把他臭罵一頓，兔子想：自己是寧可去死、也不願接受她這樣的對待吧！當然，除了臭罵他一頓之外，難道她還能給長得這麼大的兒子其它處罰嗎？不管史賓格太太說了些什麼，他都大可脫身；因爲對方總是得替女兒的幸福著想，所以直到最後，她還是得跟女婿的命運糾纏在一起；況且無論如何，他覺得這位丈母娘，應該還是在竭盡心力去嘗試喜歡哈利。可是一談到他的母親，就沒有喜不喜歡兔子的問題存在；甚至可以說他打從娘胎時代開始，就與自己的母親分不開；倘若哈利的生命是她給的，那麼她該可選擇把它拿走吧；假如他感覺被他母親離棄了，那麼他也等於提早進到墳墓。所以在世上的所有人當中，哈利此刻最不希望見到的就是他的老媽。獨自坐在客廳裡思索的兔子，在洶湧的思潮裡得到的結論竟然是：不管是他、還是他母親，看起來總有一個人必須要死，另外一方才得以好好地生存下去；這眞是個詭異的結論。但他就一直這麼想著，一遍又一遍，一直到史賓格一家人換穿衣服的騷動聲，從頭頂上響了起來，才讓他能夠稍微回神。

他在考慮是否也該上樓看看情況發展；但隨即又想：說不定哪個人還沒把衣服穿好，因此他還是不要驚嚇到史賓格家族的任何一位成員好了。後來那一家人終於著裝完畢，一個接一個地走下樓來：他岳父穿了件體面的石墨灰快乾襯衫；尼爾森穿上的則是，有點像小女生穿的燈心絨吊帶褲；他岳母另外戴了頂黑色毛氈帽，那上頭有面紗、跟一枝以人造漿果做成的硬梗；最後出場的珍妮絲，穿起了她母親那件又縫又改的洋裝，看上去失魂落魄的、而且完全沒有造型可言。「妳看起來很好，」他又對老婆說了一次謊。

「大黑貓在哪裡？」尼爾森發聲問道。

等待的時光似乎有點損及他們的尊嚴。他們這一家人只能暫時在客廳裡繞圈踱步、望著銀面時鐘上的時間一分一秒地逐漸消逝；同時間大夥也都變成了穿著不自在的戲服、緊張等候生日派對開始的小孩子。當葬儀社派出的凱迪拉克大車、終於停在他們門前時，大家的注意力全跑到了窗戶旁邊；不過，當那個員工眞的穿過走道、按下他們家的門鈴，五個人又往客廳的各個角落四散而去，彷若即將有顆潛藏傳染病的炸彈，要在自家中間爆炸開來似的。

＊

舉行葬禮的大廳曾經是戶住家，但現在已被裝飾成不帶有絲毫家的感覺。沒有任何磨損的地毯呈現著極淡的綠色，把他們的腳步聲完全消除。透過牆上那切成一半小型銀色燈罩的遮蔽，微弱的燈光被散發出來。窗簾跟牆上的顏色是沒有格調的中間色，包括了類似鮭魚肉的粉紅色、水色、以及加油站廁所馬桶座位上面，那種足以殺菌的紫羅蘭色，根本不會有人願意在充斥這些顏色的環境下生活。他們一行人先被引進座落於主廳旁的一個粉紅色小房間。哈利看得見在那主要的大廳中，有幾排講堂的椅子已坐了六個人；其中有五位是女性。他唯一認得出來的是佩姬·格林，再加上她身邊動來動去的兒子後，一共是七位來賓。起初大夥只想找雙方的至親家人來參與這齣葬禮，不過史賓格夫婦後來又多邀請了幾位他們的近親友人。照目前的進度看來，哈利的父母缺席了；他感到有一雙看不見的手正來來回回地、輕輕柔柔地、跟著電子琴的琴鍵流利地移動著。屋子裡那些不自然的顏色在中央，被圍繞在白色小棺木周遭的溫室花朵襯托下，顯得更加明顯及突兀。那棺木的把手漆成了金色，整個被妥善放置於用深紫色帷幕遮蓋的平台上；他想或許那個帷幕會奇蹟式地被拉開，然後上帝會把下方死掉的嬰孩給活生生地變出來，宛如魔術師的戲法一樣。珍妮絲把眼光朝棺木裡頭望去，不免嗚咽了一聲；此時有位年輕、金髮、臉上紅得很不尋常的殯葬社男性員工，馬上從他的側邊口袋裡，掏出了一小瓶裝有阿摩尼亞的提神藥，並把它交給了史賓格太太；老婦人趕緊將這一小罐提神藥放到她女兒的鼻子下方。珍妮絲只能盡力壓抑住自己對這種刺鼻藥味的嫌惡感，同時把一雙眉毛向上揚起，以至於在她單薄眼皮下方的兩顆眼球，看上去分外的突出。哈利拉住妻子的手臂，將她轉過身去，好讓她暫時看不見隔壁主大廳的動靜。

大廳旁的房間有扇窗戶，他們自家人可以從這裡看到在街上跑動的小孩跟汽車。「希望牧師沒有忘記來。」那個滿臉通紅的年輕男子忽然這樣說，說完還忍不住地咯咯地笑出聲；然後發現在本該洋溢悲傷氣氛的葬禮前失了態，馬上擺出一臉尷尬的樣子。想到自己居然無法在這裡止住自在感，他渾身不禁漲紅了起來。

「這種情況常發生嗎？」史賓格先生向他問道。此刻的他站在他的妻子身後，臉龐因爲好奇而向前傾斜著，在他沙土色的鬍髭底下的嘴巴，彷若一道鳥喙般的黑色傷口。史賓格太太則靜坐在椅子上，她的手掌正透過面紗壓住著自己的臉頰。那帽沿上的紫色漿果，在硬梗上輕微地晃動著。

「大概每兩年會有一次。」哈利的老丈人得到如此回答。

此時一輛熟悉的老舊藍色普利茅斯車子，慢慢地靠著路邊停下。安格斯壯太太率先下了車，一臉怒氣地上下打量著人行道。眼見此景的兔子，心臟快要跳了出來，舌頭也打結了，只能短短地說道：「我的父母來了。」於是史賓格一家人全都打起了精神。史賓格太太站起身來，哈利則把自己安頓在他的岳母與他的妻子之中。他想要跟老婆的娘家成員，以如此一字排開的方式，至少讓母親知道他的人生已經有所改變：他已經接受了這一切；同時他也已被太太的一家人所接受。那個殯儀館的工作人員走出大門，把安格斯壯一家人帶了進來；哈利看到他們正站在明亮的人行道上，互嚷著該要從哪扇門進去大廳，小蜜則是乖乖地站在他父母身邊。這名年輕的女孩子一臉素顏，並且穿著她平日上教堂的嚴謹服裝，這種難得的潔淨與樸素，讓他自然聯想起曾擁有過的那個可愛小妹。眞正見到自己父母後，哈利卻懷疑起來：自己先前爲什麼要那麼怕他們？

他母親首先踏進房門；她把目光掃過史賓格家這一排人後，伸出了擁抱的雙臂朝向哈利走過去。「小哈，他們對你做了些什麼？」她的大嗓門迴盪在這個空間中，然後她只是緊緊地擁抱著她兒子，好像要把他帶回到他們當初掉落下來的那片天空上。

於是天空的門快速地被開啓，卻又再次地被關閉。哈利感覺自己正像個小男生般的尷尬不已；他趕緊把老媽推開後，將高壯的身子挺得直直的。對他母親來說，她彷彿沒有意識到自己剛才說了些什麼無禮的話，接著轉過身去擁抱珍妮絲。他的父親是在一邊喃喃自語，一邊與親家公握手致意。此時小蜜走了過來、碰碰她哥哥的肩膀；然後把身子蹲下來，小聲地跟尼爾森說話，這兩人是這邊年紀最小的的家族成員了。哈利明瞭到在他眼簾下的這些人物，全都因爲自己而被編織在一塊；他的妻子正跟他的母親相擁著。一開始是他母親主動給予擁抱，但卻把一種生命悲哀的氣息帶進屋來；她的臉寫滿了哀慟的皺紋；而珍妮絲則被婆婆抱得擠成一團，差一點透不過氣，仍勉強回應了對方的深擁；那雙黝黑而無力的纖細手臂，試著去竭力回抱起安格斯壯太太緊靠在身上、那壯碩無比的骨架跟身形。他的老媽對媳婦說了幾個字，其他的人不免對此景感到困惑，唯有高高在上、冷眼旁觀、而且心情平靜的哈利才能懂得箇中意思。他老媽主動擁抱受到我方傷害的人，那純粹是受到直覺的驅使；但她接著意識到在自己懷裡的這名年輕女子是個跟她一樣，自古以來就受到男人社會不公平地對待、制約、束縛與定型的女性；因此他母親必定能再體悟到一點：即便她讓兒子重回到自己身邊，以哈利那種一貫率性而爲的人格特質看來，就算是她這個做媽的，可能也會一併被遺棄吧！

隨著他母親把媳婦的雙臂抱得更緊，哈利也能感受到老婦人心裡的憂傷層層湧現；然後她放開了珍妮絲，哀戚而得體地與跟史賓格夫婦倆寒暄。大夥已經把她初進門時的大嗓門質問，當成是她的一種情緒發洩方式，而沒放在心上；珍妮絲親家這一夥人當然沒有對哈利做過什麼；相反地，倒是她兒子哈利對史賓格這一家人做了「那些事情」。眾人都沒有發現在兔子心中的自在與釋懷。儘管彼此近在咫尺，他卻覺得距離他們很遙遠。他母親剛剛對珍妮絲說的話是「我的女兒」；當這幾個字逐漸褪去時，換小蜜站起身來，而他的父親則把孫子尼爾森抱進懷中。他感覺自己正被這兩家人的動作輕輕推擠著。

哈利的心原本已經完成了先前的轉動程序。不過緊接著又有一陣猛力的悸動，讓他的心再度恢復運轉；但是，這一次重新轉動之後，他跟外面世界的關聯性卻變得愈來愈小。

後來艾克斯終於在另外一個入口出現，並從遠遠的大門口向他們一行人招手致意。於是他們七個大人、帶著小孩尼爾森，魚貫朝那用鮮花佈置的主要大廳前進，一一彎下身在前排的位置坐定。身穿黑袍的艾克斯，在白色的小棺木前唸起經文，可惜其身影竟然恰巧就擋在兔子跟他的女兒之間；這讓他懊惱不已。他忽然憶及那名小女娃尚未受洗過，其他人卻沒有注意到這件事。此時艾克斯唸到：「我就是復活與生命，主說：凡信我者，雖死猶生。生者信我，將得永生。」

這些生澀的經文正一個又一個字地走進哈利的腦海裡，彷若一隻又一隻笨拙山鳥的步伐；他有感受到這些話語的可能性，卻又認爲正在朗誦這段文字的牧師本身，應該無法體會到這等聖意吧！艾克斯的臉上顯得拘謹而疲憊，一併連他的嗓音也跟著聽起來假假的；是的，在場的所有人都是假的，只有那個鑲金邊的白色棺材、跟裝在它裡頭死去的貝姬，才是眞實的。

「祂就像牧者一樣餵養祂的羊群；祂將用手臂聚集羔羊，將牠們抱進懷裡。」

牧者、羔羊、手臂：聆聽經文的哈利早已熱淚盈框。最初那些淚水一如大海般匯集，把他緊緊環繞著；後來那股鹹水，更無聲無息地墜入到瞳孔最深處。他的女兒死了，六月出生的瓊離他遠去；哈利的心也迷失在淹漫過自己的哀傷裡，愈沉愈深，直到沉進了一個無邊際的失落國度。他再也聽不到貝姬的細微啜泣了；再也看不見她大理石般的細嫩肌膚了；也不能將那個幾乎沒有體重的小小身子抱在懷中，看著她用藍色的雙眸四處打量，尋找她父親聲音的來源。兔子確定：這「再也不能了」的幾個字眼將永不止息——這幾個字眼濃得化不開，他再也無法從其中找到絲毫的空隙。

他們所有人一起朝著預定的墓地走去。他、他的父親、珍妮絲的父親、還有那名葬儀社的男人，合力把這具白色的小棺木抬進靈車裡。這個棺木並不輕，不過全都是木頭的重量。然後他們才各自坐上不同的車子，沿著山坡往上方的街道駛去。整個城鎮便在他們的四周安靜下來；有一個女人提著一籃待洗衣物自門廊裡走了出來，並駐足在原處不動；一個小男孩停止了手上的丟球動作，怔怔地看著他們一行人經過眼前；他們還穿越了那用鑄鐵做成的拱門、有兩根花崗岩柱相連的中間走道。下午四點的墓園看上去很美，肥沃翠綠的草坪沿著斜坡而下，跟灑落的陽光幾乎成了平行線。墓碑投下暗藍色的長影。一行人均將汽車引擎打入二檔，緩緩駛上會發出嘎嘎聲的藍色碎石子小路，朝一座聞起來有泥土、跟蕨類混合味道的翠綠色柔軟帳篷而去。最後車子停住了，大夥走下車來。放眼望去，遠方有一個圍成新月形的黑森林昂然聳立著。這座墓園建在山丘的高處，於城鎮與森林之間；煙囪在他們的腳下冒著煙。此時遠方的山脊上有個人，正開著電動割草機，在活像磨損了牙齒的墓碑之間來回穿梭。成群結隊的燕子也忽高忽低地、轉身飛過一間小石屋的上方，附近還有一個地穴。白色的小棺木被裝上了腳輪，巧妙地從同色靈車滑落到深紅色的吊帶上；然後它就這樣被穩穩地撐放在幾乎成四方形、很小、但挖得很深的墓穴上頭。棺木小小的嘎吱聲、跟參加葬禮的人們呼吸聲，不時磨擦過周遭所形成的一片肅靜；是的，萬籟俱寂。驀地有個咳嗽聲冒了出來；鮮花也緊接著拋下去；所有的人都在這墓穴旁密密麻麻包圍著麗貝卡。哈利的腳後有個整齊的土堆，上面放著四四方方的草皮；它們正深深地吐著泥土的自然氣息，等著被重新填回坑洞。葬儀社的人員似乎很滿意，因爲他們的工作就快順利完成了，戴著手套的幾雙手在各自長褲拉鍊前交握著。四周仍然杳無聲息。

「耶和華是我的牧者，我必不致缺乏。」

由於在戶外，艾克斯的聲音聽起來很薄弱。遠處的割草機把嗡嗡聲停了下來，表示對死者的尊敬。兔子的胸膛則激動得大力顫動著；他很確定小女兒已經上了天堂。這種感覺猶如充滿活力的身體肌膚，被艾克斯的禱告詞充塡得滿滿似的。「哦，上帝啊，請祢最親愛的兒子將幼小的孩童擁在懷中，祝福他們；賜給我們恩典，我們懇求祢，將這個孩子的靈魂託付給祢無盡的關懷跟愛，請帶領我們進入天國，藉著祢的兒子，耶穌基督，我們的主。阿門。」

「阿門。」史賓格太太輕聲附和道。

是了，就是這樣。他覺得現場所有的人，即使他們的頭仍然一如墓碑般圍繞在自己周圍，但他們全部，全化成了一體，跟草地、溫室的花朵、葬儀社的人員、還有那台關掉的割草機、看不見的山丘管理員，全都在這裡聚成一體，給予他那尚未受洗的小寶貝無窮的力量，以協助她能一舉躍入天堂。

殯儀館打開早備妥的機器電源，那些吊帶開始把小棺木往墳墓深處放下去，接著又停頓了一下。此時的牧師用沙子在棺蓋上畫了個十字架，沙粒一顆接一顆地從彎曲的蓋子上滾進洞裡。一隻沒帶手套的手灑著揉碎了的花瓣。「親愛優雅的孩子，我們跟所有的哀悼妳、深深關心妳的人，在爲妳禱告……」吊帶再度發出了高而長的嗚咽聲。在哈利身旁的珍妮絲已經傷心得無法自己、身子在風中顯得搖搖欲墜，他緊握住妻子的手臂，即使透過衣服都還能感受到肌膚的熱度。有一陣微風拂過，讓他們一行人的物品都隨之擺動，花香也因此向他們撲鼻而來。

「……還有聖靈，會祝福妳，保守妳，直到永遠。阿門。」

艾克斯終於闔上他的經書。兔子的父親跟珍妮絲的父親並肩站著，一同望著沉下土裡的小孫女棺木，不時地眨著眼睛。葬儀社的人員開始忙著收拾設備，並且把吊帶從墓穴裡拉了回來。參加葬禮的親友團改移到陽光下，「深深關心妳……」他覺得就連頭頂的天空也在向他致意。一股陌生而奇特的力量彷彿從天而降，進入他的體內；他感覺上就像在一個山洞裡爬行著，一直到最後終能在黑暗擁擠的石堆深處，發覺有一小簇亮光就在前頭赫然出現；不過一旦當他轉過身，便望見珍妮絲那一張悲痛而呆滯的臉龐，倏地就把他心靈上的那片陽光擋住了。

「別看我，」哈利突然開口這樣說：「我沒有殺她。」

這句話如此清晰地自他口中冒出來，其實就與他現在所感受到的一切人事物，有著十分契合的調性。正在附近輕聲細語交談的那群親朋好友，在頃刻之間聽到這麼殘忍的一句話，全都啪的一聲轉過頭，一起瞪著哈利。

他們誤會了。於是他產生了一股想要把自己的本意講清楚、說明白的衝動。他對著這些人說道：「你們所有人的表現就像是我殺了貝姬一樣。可是我那時候根本就離事故現場很遠；她，才是在事件現場的那個人。」他把眼光轉向珍妮絲，只見到她的臉頰似乎被人狠狠打了一巴掌般地垮了下來，神情絕望地離開丈夫身側。「嘿，沒有關係，」他火上加油般地對妻子柔聲說著：「妳又不是故意的。」他試著把對方的手拉起，卻被她迅速地抽回去，那隻手彷彿像是從陷阱裡頭伸出來似的；然後兔子看到史賓格夫婦正朝向自己走過來。

他的臉發燙著；他的尷尬亦兇猛難擋。本來他心中有很大的寬恕與悲憫，此刻卻全都變成了恨意。他討厭他太太那一張總是寫滿失望、沒有生氣的臉蛋。她真的看不出來是吧！她原本會有大好機會可以跟著丈夫一起勇於面對事實的，那不過是最簡單的事實嘛——她不小心把他們的小女兒淹死了——可是她卻選擇別過臉去、缺乏勇氣面對這個眞相。哈利發覺望向自己的這些人頭裡，也包括他那嚇著了的母親：她正因爲驚愕而顯得一臉恐懼；於是她變成了一堵牆，她與別人一樣，把她摯愛的兒子殘忍地隔絕在外。她剛剛問過他：他妻子的娘家人對他都做過些什麼；然而此刻的她，也在對她兒子做出了同樣不公平的待遇。一股被冤枉的感覺讓他窒息；眼前茫然一片的他，把身子一轉後就霍然跑開了。

哈利熱血沸騰地朝著山上跑去，在林立的墓碑之間左躲右閃的。蒲公英在這處墳墓區塊長得像奶油一般的白。他身後傳出艾克斯的聲音喊著：「哈利！哈利！」他感覺得到牧師正在自己後頭追著跑，但他拒絕轉頭做出任何回應。他身子斜斜地穿過石堆，越過草地，朝著那片黑樹林跑去。那一片呈現黑色新月形的森林，似乎比從墓地旁所看到的距離還要遠得多。漸漸地，他輕巧的身體變重了，山坡也變得更陡。可是這個埋葬之地竟存有一種彈性，足以支撐住他奔放的步伐，地面上的起伏曲線溫和而穩定，讓他巨大的身體產生一種浮力，彷彿記憶中的他在球場上一邊閃躲、一邊向前衝刺的痛快情景。他終於跑到了那片黑森林的兩側，並將目標鎖定在這個新月形的中心。可惜一旦進到裡面，他才發覺那裡可供人遮蔽的樹蔭數量並不如預期；轉過身來的他，透過葉子還能望見剛才貝姬下葬的墓園，以及那一群他才離開了的親友團。半路上的艾克思已經停止奔跑；他就杵在兔子跟那群人之間，任憑他黑色的胸膛上下起伏，並努力把雙眼睜大，重新聚焦在那片黑森林中在找尋哈利。至於其他的人物，看上去彷彿是一枝枝隨風搖曳、穿著黑衣的樹幹，輕輕地搖擺著、游移著、策劃著，同時也在互探著彼此的虛實。一張張蒼白的臉再度望向樹林中心，遞送著無聲的信息；然後厭惡地、或是絕望地別過臉去；接著又在夕陽的照射下，他們寫在臉上的迷惘正重複閃爍。從頭到尾，只有艾克斯的目光穩定地朝著這堆樹叢，或許他正在凝神聚氣、休養生息，以便能再度展開這場你追我跑的耐力賽。

兔子把身子半蹲了下來，即使狼狽不堪，也決定放手一搏、盡力地朝前頭跑去。由於沿途上必須撥開阻礙著自己的灌木與樹苗，他的手跟臉處處被大小不一的樹枝刮出傷痕。他往黑森林的更深處跑著，發現那裡的空間變得更寬敞。松樹把其他樹種的成長空間都佔滿了，它們咖啡色的松針覆蓋參差不齊的泥土後，轉變出一條光滑平坦的毯子來；陽光從茂密樹葉中的狹小縫隙，降臨到這片死寂的荒林上。樹林的中心處光線昏暗，氣溫又悶熱，讓人宛如身處在閣樓裡。看不見的午後太陽卻隔著樹叢，烤曬著他頭上那片深綠色的木瓦；處於這片樹林下方的枯萎枝幹，在等同於他雙眼的高度處往外刺出去。哈利被刮傷的身體部位感覺很燙；此刻的他回頭瞧一瞧：自己是否已把那群人都甩掉了？的確沒有人跟來。遠方松樹林間的小路盡頭有一片綠地，或許是另一處墓園所散放的那種綠；不過它看上去很遙遠，就跟搖曳在此片樹梢背後那幾塊被切出的天空般，遙遠而無盡。轉身中的他，好像失去了方向感；還好那些樹幹從一開始就能整齊地排列著，把他自然而然地夾在中間、並引導哈利一路平順地朝上走。倘若他走得夠高，他便能即時到達那一條沿著山脊建成、風景優美的車道。唯有往下坡的方向前進，才會把他帶回群聚在他小女兒墓園的那行人身邊。

不過兔子漸漸發現到，眼前的這些樹木不再成排地規律前進了；它們愈長愈茂盛。矗立在森林深處的都是些較老的樹；在其下頭呈現出來的黑暗顯得更濃更密，地面也變得更陡峭。布滿了青苔的石頭，在松針覆蓋而成的毯子上盡情突生著；倒塌的樹幹，則變成錯綜複雜的動物腳爪，霸道地橫越過他前方道路。茂密的樹木所形成的華蓋，偶爾會開個空隙，吸引著多刺的灌木跟黃色的雜草，迫不及待地擠身其中，散放出甜甜的香草味來；於是一大群的蟲子也就跟著出現。有些樹叢間形成的一塊塊空隙，寬大到足以捕捉從山腰上斜射下來的陽光；這反而讓周遭環境顯得更加暗沉。哈利停留在這些植物的上頭，沒有發出任何聲響；卻在冥冥之中意識到有一聲聲的呢喃，充塞在他周圍咖啡色的隧道裡。因爲身旁的樹木過於高大，讓他怎麼也無法察覺到一絲由文明世界傳來的訊號——就連遠方有人整理過的風貌，此時此地都蕩然無存。如此一來，被孤立在光線裡的他深感恐懼。他太顯眼了；以至於在樹林中輕聲低吼的熊、跟不知名的各種威脅都可以清楚地看見他。所以與其無力地懸在這幾道清晰可見的樹牆裡，他不如大肆爬越石頭、腐爛的樹幹、溼滑的松針，朝著那些威脅猛衝過去。蟲子們也就隨著他一起爬出了陽光。他的汗水味相當強烈，胸口緊繃著；脛骨則由於爬坡時猛烈撞擊到被松針掩蓋住的凹洞、跟地面上的石頭，而益發感到疼痛不已。

兔子把悶熱的緊身藍色外套脫掉，隨意將它捲成一束並拿在手上。他掙扎著反抗自己一直想要回頭、去看看身後有什麼東西在追著他跑的衝動；其實那裡根本什麼都沒有，只有除了樹林外一片死氣沉沉的生命。不幸的是，他的恐懼硬是要充斥在由這些樹幹形成的迴旋空間裡；每當頭一擺動，就不免幻想會有那些動作敏捷、身手矯健想威脅他的隱形人，就從眼角視線裡火速避開。因此他必須要把頭部定得牢牢的；現在的他完全是在自己嚇自己罷了。從他年幼起，他就經常在這片樹林間自在地走動著。或許他那時候還是個孩子，因而會有些不知名的力量在保護著他，如今這層保護網已被悄悄移除了；他無法相信記憶中的那片樹林，竟然會在今天顯得這般地黑暗而深沉；原來這些樹木也都跟著自己長大了。他對於自己體會到的這種黑暗，感到相當不自然；一如蜘蛛網般的細枝布滿了整片森林，並還在不斷觸碰他的臉；這份黑暗是對大白晝的一種蔑視吧！他頭上的明亮天空，僅能成爲一隻沉默的猴子，從這個樹梢、跳到了那個樹梢，留下無數個參差不齊的碎片。

他的腰因爲蹲跑久了而開始疼痛，使得哈利懷疑自己採用的方式不正確。當他還小時，他從來沒有自墓園的那一頭踏進過這片黑樹林。或許逆著最陡的坡往上爬很笨吧，這會讓他一直沿著山脊的底下困難前進；事實上在他左方不遠處就有一條路出現。於是他朝左轉去，試著逼自己筆直前進；樹林的沙沙聲似乎愈來愈大，他的心也慢慢升起了一絲希望：他是對的，他已經接近一條由人工築成的道路了。加快腳步的他，瘋狂地向前攀爬，心裡期望著就在下一刻時，有一條好路就會赫然地出現在他眼前；而那兩旁的白色柱子與註明速限的金屬路標也將要跟著閃閃發光。

不料兔子腳下的坡地在不知不覺間突然消失。他停住了腳步，心驚膽顫地發現自己抵達了一個峭壁的邊緣；那裡散落著枯死的樹木。它們身上的殘枝與樹藤，緊緊依附著曾屹立在陡峭土壤上的樹幹上，並且對著咫尺的深淵，投下猶如最後一道暮色深遠般的陰影。不過有個長方形的東西，干擾了這份平衡的陰霾；他漸漸明白在前方深淵的底部，該是躺著一間棄屋的地窖洞穴、跟它已經崩塌的沙岩牆。他迷了路，只得再度往山下的方向前進；這讓他氣得想要尖叫。然而此刻增添的恐懼感，正在鏗鏘作響，彷彿是如他一般的人類、闖入一個沒有光明的世界後所留下毀壞過的證據，在此方天地之間敲著喪鐘，那聲響還能一路傳遞到宇宙的邊際。這個地方曾經有過自我意識；它曾被人類踐踏、開墾、並爲人所悉；一旦想到這，他周遭的空氣瞬間暗了下來，幽暗的鬼魂也從長滿蕨類的崖邊朝他爬近，彷彿是一群孩子從墳墓裡頭冒出頭似的。或許這裡眞有小孩子待過吧；身穿印花綿布衣的胖女孩，從泉裡把水提了出來、以及男孩們在樹上玩耍所留下的痕跡；這些證據都在橫跨地窖上面的木板上漸漸變老，同時在瀕臨垂死之際，不忘向窗戶外頭，也就是兔子此刻所站的崖邊位置，拋出了它們的最後一眼。現在的他有一種感受：自己彷彿比剛才站在充滿陽光的林中空地時，顯現得更爲醒目、也更易受到攻擊。他模模糊糊地覺得，自己該是被一個熊熊的火光所照亮；而且由於這團火光的照射，所有盲目而混沌的事物都認識了自己；這股來自黑暗與光明交會時所發生的火光，正是那位令人懼怕的上帝之神所做出的安排。他的胃倏忽朝下陷落；他的耳朵彷若聽到一個聲音。他又重新爬上了坡，在愈來愈深的黑暗中設法弄出一堆聲音來，目的是想把那股在樹林陰影間一掠而過、對著他吶喊不止的嗓音給淹沒。在詭譎多變的光線照射下，這片坡地猶如一個抱頭四竄的古怪生物。

光線變得更亮了，亮到足以讓哈利看清楚：他右側有一堆舊錫罐跟空瓶子，被埋在松針堆底下。此時的他，安全而大步地邁在大馬路上。他抬起長腿越過護欄，挺直了身子。金色的光點在他的眼角一明一滅著，柏油也在他的鞋底發出刺耳的刮擦聲；他似乎氣喘吁吁地進到一個嶄新的生命裡。冷冽的空氣襲擊了他的肩胛骨；剛剛在樹林裡頭的某處，他勾破了老丈人襯衫的背面部份。他已經成功步出森林，大約就在「山頂旅店」下方半哩之處。他大搖大擺地向前走，神氣活現地用一根手指，拎起他的藍色外套、並將之掛在自己肩頭。在這個同時，珍妮絲、艾克斯、他的母親、以及他所有的罪過，彷彿都被拋諸於千里之外。不過他仍舊決定打個電話給艾克斯，如同你會寄明信片給某個人一樣。艾克斯一直都很喜歡他，也總是對他非常地信任，至少值得自己主動提供這名牧師一通電話。於是兔子演練著他想要說的話。我很好——他會這樣跟他說；我正在路上——我的意思是，我想我有幾條路可走；別擔心；謝謝你所做的一切。其實他眞正想要傳達的是，期許艾克斯不要因爲他的一度開溜，又失意沮喪了起來。

山頂上仍然是大白天。在天空的雲海中，一片片魚鱗狀的雲朵成群飄動著，有如一群魚兒在集體行動。只有幾輛老爺車停在這間旅社的四周，有五二年出廠的龐帝克斯、跟五一年製造的賓士，就像「史賓格汽車」賣給那些髒兮兮、口袋空空、銀行戶頭只剩下一百塊美元的小伙子的那種車。進到旅館的自助餐廳裡，有些人正在玩一種叫做「跳躍貝特西」的彈球遊戲機。他們瞧著哈利，仔細端詳著，其中一個男孩甚至大聲說道：「是她把你的襯衫撕破的嗎？」奇怪的是，他們對他一無所知，僅僅曉得他渾身看起來髒兮兮。你做了一堆事，又進行一堆事，但沒有人眞的對那些整理出頭緒。時鐘上顯示著六點二十分；他走向掛在芥末色牆壁上的付費電話，查了一下電話簿裡頭艾克斯的號碼。

牧師的妻子接起電話，冷冷地說道：「哈囉？」兔子聽了閉上眼睛，對方臉上的雀斑就在自己紅肉色的眼皮上飛舞著。

「嗨。請問艾克斯牧師在嗎？」

「你是哪位？」露西把音量提高，細小而生硬；她知道是誰打來的。

「嘿，我是哈利・安格斯壯。傑克在嗎？」

話筒另外一端的電話就倏地掛斷了；這個賤女人！可憐的艾克斯也許正坐在那裡，爲了想聽他說說話而在心裡淌血，可是她卻冷酷地走回去，逕自說著：有人撥錯了電話。那可憐的混蛋娶了這個賤女人。掛上電話的哈利，聽見那枚一角硬幣「嘎嘎」掉落，感覺剛才沒與牧師通上電話的失敗，反而能讓他心裡落得輕鬆，於是走出屋外，穿過停車場。

露西必定會在那疲憊而可憐傢伙的耳中，持續灌輸所有惡毒言詞；不過兔子似乎也能夠把這些惱人的想法，一併留在他身後的自助餐館內了。他想像她正在告訴艾克斯：他當時拍了她的屁股這回事；也想像他聽見了艾克斯的笑聲，自己也就會跟著發笑起來。他會記得艾克斯的笑聲；他的笑聲帶給別人一種距離感；那濃厚的鼻音則讓人對他神職人員的職務望而生畏——可是一旦透過他的笑聲，你就能接近他。這有點像是從身後偷偷地接近牧師，繞過他那令人沮喪的、沉悶的、死纏不放的正面。眞正令人失望之處在於：艾克斯本身往往不能肯定一些事，但他又不能明白地告訴你；他只讓自己的眉毛洩了底，上面寫盡擔憂；然後從他口中冒出的每一句話，都是運用了不同的嗓音或腔調。反正整體說來，哈利覺得自己能離開他算是如釋重負。

從停車場的邊緣處朝下方望去，布魯爾市區猶如條毯子般地在他眼下被開展成一片；它一如花盆般的紅色光澤蒙上了一層灰塵。有些夜燈已經打開了；市中心那一大朵向日葵形狀的霓虹燈，自這種遙遠的距離看下去，就像一朵可愛的小雛菊。低空的雲朵呈現出粉紅色，可是高高在上、掛在穹蒼中的捲雲尾巴，依舊是純淨而蒼白。走下階梯的兔子一邊想著：她會嗎？露西——身爲牧師的太太會性冷感嗎？就像杜邦女子一樣。

他沿著木頭搭成的階梯步下山坡，穿過仍有一些人在打網球的公園；並且沿著威瑟街向下走去。重新把外套穿上的哈利，正往夏日街的方向前進。他的心還懸在半空中喃喃自語；不過幸運的是，這顆心早已回到他胸膛的中心點。原先那個因爲貝姬的消逝，顯得扭曲而難解的死結也煙消雲散；他把小女兒放進了天堂，他感覺得到麗貝卡眞的離開了。倘若珍妮絲也有同樣的感覺，那麼剛剛的他就會選擇留下——他眞的會嗎？露絲家外頭的那扇大門是敞開著的；有一位綁著波蘭頭巾的老婦人，正從掛著「F. X. 貝里格尼，醫生」的隔壁門走了出來，嘴裡含糊不清地說著什麼；他按下女孩的門鈴。

有人應門了；他迅速地把門打開後爬上了階梯。他看見露絲來到她房門前的欄杆，朝下頭看了兔子一眼後，說道：「走開。」

「什麼？妳怎麼知道是我？」

「滾回你太太身邊吧！」

「不行，我剛剛才離開她。」

她笑出聲來；這時的他已經爬到最後倒數來的第二階，於是他倆的臉正處於同等的高度。

「你總是在離開她。」她諷刺說道。

「不，這次非常地不一樣。情況眞的很糟。」

「你到處都很糟，你跟我在一起也很糟。」

「爲什麼？」走到最後一層樓梯的哈利，站在離露絲一碼之遠，心裡頭顯得既激動又無助。他本來以爲當自己能再見到露絲時，心裡的直覺就會告訴他下一步該怎麼行動；不過才經過幾個禮拜，情況卻已經完全改觀。露絲變了：她的行動變得遲緩，腰圍也變粗了：那雙藍眼睛亦不再是一片空白。

她正以鄙夷的眼神望著他；表現出這種態度的她，是兩人當時在一起時不曾存在過的。

「爲什麼？」她重複著兔子的問題，聲音聽起來強硬無比。

「讓我猜猜看——」他說道，「妳懷孕了。」

訝異的感受讓她一貫強硬的姿態顯得緩和許多。

「太棒了。」哈利喊道，同時趁著露絲態度軟化之際，把她一起推向房裡。僅僅經他這麼一推，那種熟悉的觸感又回來了，馬上讓他憶及了露絲曾溫柔躺在他懷中的感覺。「太棒了，」他又說了一次並把房門關上。他試著想抱她，但被對方抵抗成功；她趕緊躲到一張椅子的後頭。她這次的抗拒是來眞的；他的脖子刮傷了。

「走開，」她說道，「你走開。」

「妳不需要我嗎？」

「需要你？」露絲叫喊著。兔子滿懷痛苦地偷瞄著女孩——此刻的她身上正奏出充滿歇斯底里氣氛的音符；他感覺她大概已經把這次與哈利的相逢，想像及演練了多次；她也下定決心要把一切說清楚，所以當然會藏有這麼大的火氣。於是他選了把安樂椅坐下；他的腿經過整個下午的疲累奔馳後，正痛楚不堪。露絲開口了：「我需要你的那一晚，你卻走了出去。你還記得：我曾經有多麼需要你嗎？你還記得：你要求我爲你做過些什麼嗎？」

「珍妮絲那時正在醫院；」他說，「我必須去一趟。」

「天啊，你眞的很可愛。天啊，你眞是個聖人！你必須去一趟。那你不是也必須要留下來陪我嗎？你知道嗎，我甚至笨到認爲：你至少會給我一通電話吧。」

「我是想啊，可是我試著跟她重新開始。況且我不曉得妳懷孕了。」

「你不曉得？你爲什麼不曉得呢？其他的人都知道啊。我病得很明顯了。」

「那是何時的事？是跟我在一起時嗎？」

「天啊，對。你爲什麼不偶爾也看一看，你那自以爲漂亮的身體之外的世界呢？」

「那妳爲什麼不告訴我呢？」

「爲什麼我該要告訴你？說了又能怎樣？你又幫不上我任何忙。你根本什麼都不是。你知道我爲何不說出來嗎？你或許會笑，但我沒有說是因爲我以爲：假如你知道這件事，你就將選擇離開我。當初是你不讓我做任何避孕措施的；不過我還是認定，一旦我眞的懷孕，你必定會拍拍屁股、一走了之。反正無論如何，你都會離開我；而你也確實走了。現在，你爲什麼不滾出去？請你出去。我第一次求你離開我。眞該死，這是我第一次求你出去。你幹嘛來這裡？」

「我想來這裡，眞的。聽好，我很高興妳懷孕了。」

「現在才高興已經太晚了。」

「爲什麼？爲什麼太晚了？」他聽到露絲的回答嚇壞了；他想起前兩天來找她時，她並不在家；如今她還在，可是她那時卻離開了這裡。女人通常會去別的地方拿掉小孩，關於這一點他是清楚的；例如在費城就有這種機構，甚至連高中小女生都知道它。

「而且你怎麼還可以坐得下去？」她問他：「我眞不懂，你怎麼能好好地坐在那邊？你剛剛才殺了你的孩子，你居然卻還坐得下去。」

「誰告訴妳的？」

「你的牧師朋友，跟你一樣的聖人。他一個半小時前打電話來過。」

「天啊，他還是不放棄。」

「我說你不在我這裡。而且我也說過：你永遠不會待在這裡。」

「我沒有殺那可憐的孩子；那是珍妮絲做的。有天晚上我跟她吵過架後，就跑來這邊找妳；結果是她喝醉了酒，把那可憐的孩子不小心淹死在浴缸裡。現在，妳不要再讓我談起這件事了。妳那時候到底在哪裡？」

一臉興趣缺缺的露絲望起兔子，溫柔地說道：「天啊，誰倒楣跟你碰到就眞的該死，不是嗎？」

「嘿，妳有沒有做什麼傻事？」

「請你坐在那裡不要動，我現在把你看得很透徹。你本人就是死神；你不是什麼都不是，你比什麼都不是更糟糕。你甚至豬狗不如，你不會發臭，你還不夠資格發臭。」

「聽好，我什麼都沒做。事情發生時，我正好前來找妳。」

「不，你不是什麼都沒做。你只是帶著你的死神之吻四處閒蕩。出去吧！老實說，兔子，光是看見你就讓我想吐。」她以極爲眞切的姿態評論了這句話後，感到渾身無力，只好握住一張直椅子椅背上最高的一條木板，來支撐著自己——那是他們之前經常坐著用餐的其中一張椅子——她的身子向前傾、張著嘴，並且瞪大了眼睛。

平日的哈利總是以穿著整潔而自豪，總是以爲自己的外表還蠻好看的；一旦聽她眞實地把自己評論成這副德性，臉也不禁漲紅了起來。而且他原本一直憑藉與信賴著的感受——一種他天生就該是露絲的伴侶、並且該騎在她上頭的感覺——並沒有於此刻出現。他只能怔怔地凝視著露絲的十指、與她指頭上一如月亮大面積的指甲表面。他的四肢，正瀰漫著那種被殘酷的現實故事，以鋪天蓋地的巨浪姿態，無情淹沒的麻痺感：他的孩子眞的死了；他的日子也眞的完了，並且連他眼前這名、自己本想與她成爲終生伴侶的女人，也一看到他就想要吐。一旦了解眞相到這種程度，哈利乾脆急著把所有的厄運，一併召到自己的身上吧；他想要往前再邁進一大步。於是他平靜地問露絲：「妳去墮胎了嗎？」

她傻笑著，鼓起沙啞的聲音說道：「你認爲呢？」

他閉上眼睛，感覺椅子扶手上粗粗的毛在扎著他的指尖。他祈禱著：「上帝啊，親愛的上帝：不要，不要再一個，祢已拿走一個小生命了，請饒了這一個吧！」同時間正有一把骯髒的刀，在他錯綜複雜的內在黑暗世界裡翻攪著。不過一旦他把雙眼睜開後，他便從露絲猶豫不決的站姿、以及故意擺出一副氣定神閒的模樣看出來，對方是要故意氣他的、刻意折磨他的。他的聲音因爲帶著一絲希望而尖銳起來，問道：「妳去了嗎？」

她臉上蒙著的一層霜融化了。「沒有，」她說道：「沒有。但我應該要去的，可是我一直忍耐著不去，我根本不想這麼做。」

兔子旋即把身子拉直，用他的手臂輕輕把露絲圈住，像是個有魔法的圓圈圈，深怕把她給弄痛了。儘管經他這麼一碰，女孩的全身變得莫名緊繃；但她倔強地把自己白皙而壯碩的脖子一扭後，就轉到另一邊去；哈利那種自以爲高高在上的感覺又回來了。「喔，」他說道，「太好了，眞是太好了。」

「那麼做太醜陋了，」她說道，「瑪格麗特已經把一切都安排妥當，可是我一直——在想——」

「這就對啦！」兔子開心地回應道：「這就對啦，妳太棒了！我眞的很高興！」他一邊說著、一邊試著用鼻子觸碰她半邊臉頰。他的鼻子碰到了一些潮溼的東西。「把他留下來，」他勸哄著露絲：「把他留下來。」

對方僵了一下，沉思半晌後，猛然掙脫了他的手臂說道：「不要碰我！」她的臉因爲憤怒而燃燒著，身體也劍拔弩張得活像隻野獸一樣；彷彿他剛才的輕輕一觸就代表了死亡。

「我愛妳。」他說道。

「這句話由你來說沒有任何意義。把他留下來，你說把他留下來：怎麼留？你會娶我嗎？」

「我很願意。」

「你很願意？你還很願意當個月亮上的人。你太太該怎麼辦？你兒子該怎麼辦？」

「我不知道。」

「你會跟她離婚嗎？不會，你也很願意跟她保持結婚的狀態，你很願意跟每個人結婚。爲什麼你無法下定決心，決定自己到底要做什麼？」

「我沒有嗎？我不知道。」

「你要怎麼養我？你養得起幾個老婆？你的工作只是個笑話。你根本就不值得雇用。或許你曾經籃球打得很好，但是現在的你則任何事情都做不了。你到底認爲這個世界是什麼？」

「請留住孩子，」哈利只是一味地說著：「妳一定要留住他。」

「爲什麼？你幹嘛在乎？」

「我不知道，這些問題的答案我都不知道，我只明白什麼樣的感覺是對的。對我來說，妳帶給我的感覺是對的，珍妮絲也曾經給過我同樣的感覺。不過有的時候，就沒有一件事感覺是對的。」

「誰在乎？就是這一點。誰在乎你的感覺？」

「我不知道。」他又呆呆地說了一遍。

露絲發出了一聲嘆息——自臉上充滿鄙視的神情看來，哈利怕她眞的會朝他吐口水——幸好她把頭轉過去，凝視著一面牆；那面牆，因爲不停地剝落又不停地被粉刷，看起來崎嶇不平。

他說：「我餓了。我想去熟食店買些東西來一起吃，然後我們才能好好思考。」

聽到這句話的露絲回過神來，整個人看上去心情變得穩定多了。「我一直都在思考，」她開始說道：「你知道你前兩天來這時，我去了哪裡嗎？我去找我的父母。你該曉得我也是有父母的吧——即使他們很差勁，但也終歸是我的爸媽。他們住在布魯爾市西區；而且他們知道了。我的意思是：他們明白了一些事情。他們曉得我懷孕了。懷孕是個很不錯的字眼，它會在每個人身上發生，你不用想太多，只要去做那件事就會懷孕。現在我很願意嫁給你，我願意。我的意思是不管我剛剛說了些什麼，只要我們一結婚，整個事情就會好轉。如今你要想個辦法解決，你得去跟每個月都會爲她難過一次的太太離婚。反正要嘛跟她離婚，要不你就選擇忘了我。假如你無法下定決定要怎樣做，那麼請當我已經死了吧；就當我死了，也當這個本該屬於你的寶寶也死了。現在聽好：如果你要走的話，就快滾。」這些話讓露絲的情緒又再次激動澎湃，她順勢哭了起來；可是一方面盡力想要假裝自己沒有哭。緊抓著椅背的她，鼻子兩側閃爍著淚光；她看向哈利，等著他能開口做出些回應。露絲擺出那種努力克制自己的模樣，讓他覺得厭惡不已；他不喜歡那些能完美掌控每件事的人。他喜歡讓一切事物自然而然、水到渠成地發生。

他不安地感覺到眼前的女孩正盯著自己，設法從他的臉部表情找出一些蛛絲馬跡，以便能讓她了解到：經過她這番言語的啓發後，他應該已經想出了一些解決之道。可惜哈利根本沒有在聽；露絲的話對他來說過於複雜，況且拿這些道理跟一個三明治的圖像相比，也顯得太不眞實。哈利只是站起身來，希望可以帶來一些屬於軍人般的英勇氣概，回她道：「這很公平，我會想辦法解決的。妳現在想要吃些什麼？」先吃個三明治再喝杯牛奶；然後把她脫光光，把她從那件皺巴巴的棉衣裡頭給解放出來吧！再度審視她漸漸變粗的腰身，平靜地從那白淨涼爽的肌膚上隆了起來。他喜愛剛懷孕的女人；彷彿有一道曙光、照進到了她們的胴體。倘若他能再一次把自己埋在對方的懷裡，他知道當他能再度起身時，渾身的神經都將會服服貼貼的。

「我什麼都不想吃。」她卻說道。

「哦，妳一定要吃些東西。」他說道。

「我已經吃過了。」她說道。

他想要親吻露斯，可是她直截了當的說「不要」來拒絕；況且她看上去也並非秀色可餐：全身胖胖的、臉色也顯得潮紅、一頭散亂的頭髮溼漉漉的，什麼顏色都有。

「那我很快就回來。」他說道。

當他下樓梯時，憂慮而複雜的情緒，跟隨著他的腳步聲一樣地迅速襲來。珍妮絲、經濟壓力、艾克斯打來的電話、他母親臉上的表情等等，全都夾雜在一波波強勁的黑色浪潮中，以驚天動地的姿態撲向他；罪惡感與責任感，一如兩道牢固的陰影在他胸口滑過。他只需要把這些細節稍微盤算一番——比如那些對話、那些電話、律師的問題、以及錢的問題等等——隨之而來的麻煩事，似乎就順理成章地出現在面前，變得如此具體而繁複，以至於他意識到自己得多麼用力地呼吸，才能讓身體支撐下去。他原本要做的動作，不過就是伸手去碰觸門把罷了；但現在卻感到有一條不牢靠、連結到他心裡的長長機械鍊子，主動去幫他延伸出了一個又一個的危險動作。那道堅實的門把，回應了他的觸碰，發出了輕輕喀噠的一聲，在他的世界裡無止盡地轉動著。

哈利的恐懼，在他一接觸到外頭的空氣中就被凝結住了。球狀的麻醉劑、與純然的焦慮，雙雙沿著他的長腿汩汩流下。置身於戶外的這一層意識把他的胸口掏空。他站在台階上，試著從他攪成一團的憂慮中理出頭緒；也對自己方才在屋內感受到的那種隱約氣氛做出了分析，希望能指出它之所以能產生巨大震撼的原動力。這時有兩個想法使得他安心了不少，彷彿一道微弱的光，穿過那團濃密得讓他別無選擇的泥沼。露絲有父母親可以幫忙，而且她會把他的小孩生出來；這兩個想法或許沒啥不同，均是身爲父母該做的任務傳承，如同一支時間實驗裡的垂直滴管——若置身其中，便能把我們的孤獨感稍稍稀釋。露絲跟珍妮絲都有各自的父母親幫得上忙：基於這個理由，這兩個女人及其孩子的問題就得到解決。只剩下尼爾森了：這是他無法拋開的難題。在這個小支點上，他試圖讓其他人能得到平衡的對待，把彼此針鋒相向的對立加以琢磨：珍妮絲跟露絲，艾克斯跟他的母親，多麼完美又正確的道路；恰巧也是到熟食店的那條路——有俗麗的店面、成堆的水果、以及裸露的燈泡——與另外一條路的對立：沿著夏日街走下去，一直走到這個城市的盡頭。他努力想像盡頭那裡的景象，有空蕩蕩的棒球場、烏漆抹黑的工廠，然後越過小溪後，會進入一條黃土路吧？他也不知道。一旦想像到有一個巨大而空曠的地面被鋪滿灰燼，他的心裡就變得更加空虛。

怕了，他眞的怕起來了。兔子想起一招曾經用來自我安慰的老方法：假裝自己在地上挖了一個洞，一旦把目光朝洞下方看著，他就會察覺到那地底的亮光。然後他又把視線移向了教堂的窗戶上，也許是因爲這間教堂很窮，或者是這個夏夜來得很晚，又或許是有人疏忽了：那裡並沒有亮燈；塗抹石灰的教堂正面，此刻只剩下一圈黑色的圓。

大街上還是有光的；它們從街燈裡照射出來。這些街燈圓錐狀的燈球被行道樹所掩蓋，彼此混合交雜在一起後，漸漸地隱退到夏日街看不見的盡頭。在他左側不遠處一盞街燈的正下方，那粗糙的柏油路面被燈光一照後，看上去就變成凹凸不平的雪地。他決定在這個街區的周圍散散步，好讓自己的頭腦能夠清醒過來，再決定該選擇往哪一條路走去。奇怪的是：讓你向前進的原因竟能如此簡單，可是你要去的地方卻顯得非常擁擠；兩者之間的差異，無疑地為他的雙腿注入了一股力量，讓他足以穩穩地大步向前行。善良存乎內心，外界皆是幻影；那些他過去竭力取得平衡的人事物，他此時此刻均不再在乎了。兔子突然明白：他的內在是非常眞實地存在著，也是綿密網子中心一個純然、空白的空間。「我不知道。」這是他一直對露絲說的話；的確，他眞的不知道自己該怎麼做，又該往哪裡去，還會有什麼事要發生。這個什麼都不曉得的想法使他變得非常渺小、無法捉摸；如此舉無輕重的感覺，正浩瀚無邊地充斥他的內在世界。彷彿就像一場荒謬的球賽：一聽說你球打得很好，對手就派了兩個人來防守你；不論你轉向哪一邊，你都會撞到他們其中的一個，而唯一能做的事就是傳球給別人。所以你就把球傳了出去——當你兩手空空時，那些傢伙卻都看傻了眼——因爲根本就沒有人在那邊準備接球。

兔子到了人行道旁，不過他並沒有選擇繼續向右，反倒是朝著下方的那塊街區走去。他心裡強烈地認爲：這條小街是一道寬廣的河流，因此他要渡河而去；他想要旅行到下一處雪地。雖然這個街區、跟他剛剛離開的那個地方，都存有某種東西能讓他感到快樂；階梯跟窗台在他眼角裡似乎都在扭動著，彷彿是種活生生的東西。這個幻覺把他的腳絆了一下。他的手不由自主地高高舉起，而風在他耳邊吹拂而逝的感覺更勝從前。起初他的腳跟重重地撞擊人行道表面，但隨著一種暗藏甜蜜快感的驚恐指數不斷上升，他便能夠輕易地把能量逐漸凝聚起來；於是他的腳步變得更輕、更快、更安靜；他，飛奔了起來——兔子在跑呀、跑著。

《兔子四部曲》兔子，快跑

作者 約翰・厄普代克（John Updike）
譯者 謝欽仰
編輯 李健睿
校對 徐慶圓、李健睿
封面設計 言忍巾貞工作室
謝靜宜

發行人 陳銘民
發行所 晨星出版有限公司
台中市工業區30路1號
TEL：(04)23595820 FAX：(04)23550581
E-mail: morning@morningstar.com.tw
http://www.morningstar.com.tw
行政院新聞局局版台業字第2500號
法律顧問 甘龍強律師
承製 知己圖書股份有限公司 TEL：(04)23581803
初版 西元2010年4月1日

總經銷 知己圖書股份有限公司
郵政劃撥：15060393
（台北公司）台北市羅斯福路二段95號4F之3
TEL：(02)23672044 FAX：(02)23635741
（台中公司）台中市407工業區30路1號
TEL：(04)23595819 FAX：(04)23597123

定價350元
（如書籍有缺頁或破損，請寄回更換）
ISBN 978-986-177-353-7

RABBIT RUN by John Updike
Copyright © 1960 by John Updike. All rights reserved under International and Pan-American Copyright Conventions. Published in the United States by Alfred A. Knopf, Inc., New York, and simultaneously in Canada by Random House of Canada Limited, Toronto. Distributed by Random House, Inc., New York.
Complex Chinese Translation copyright © 2010 by Morning Star Publishing Inc.
Published by arranged with ALFRED A. KNOPF, a division of Random House, Inc., through Bardon-Chinese Media Agency, Taiwan.
ALL RIGHTS RESERVED

版權所有・翻印必究

國家圖書館出版品預編目資料

兔子，快跑 / 約翰．厄普代克（John Updike）著；謝欽仰譯. -- 初版. -- 台中市 ； 晨星, 2010. 03

面 ； 公分. --（兔子四部曲）

譯自：Rabbit run

ISBN 978-986-177-353-7（平裝）

874.57 99000577

◆讀者回函卡◆

以下資料或許太過繁瑣，但卻是我們了解您的唯一途徑
誠摯期待能與您在下一本書中相逢，讓我們一起從閱讀中尋找樂趣吧！

姓名：__________________ 性別：□男 □女 生日： / /

教育程度：______________

職業：□學生 □教師 □內勤職員 □家庭主婦
□SOHO 族 □企業主管 □服務業 □製造業
□醫藥護理 □軍警 □資訊業 □銷售業務
□其他 ____________________

E-mail：______________________________ 聯絡電話：__________________

聯絡地址：□□□____

購買書名：《兔子，快跑》

·本書中最吸引您的是哪一篇文章或哪一段話呢？__________________________

·誘使您購買此書的原因？

□於 ________ 書店尋找新知時 □看 ________ 報時瞄到 □受海報或文案吸引
□翻閱 ________ 雜誌時 □親朋好友拍胸脯保證 □ ________ 電台 DJ 熱情推薦
□其他編輯萬萬想不到的過程：______________________________

·對於本書的評分？（請填代號：1. 很滿意 2. OK 啦！ 3. 尚可 4. 需改進）

封面設計 _________ 版面編排 _________ 內容 _________ 文／譯筆 _________

·美好的事物、聲音或影像都很吸引人，但究竟是怎樣的書最能吸引您呢？

□價格殺紅眼的書 □內容符合需求 □贈品大碗又滿意 □我誓死效忠此作者
□晨星出版，必屬佳作！ □千里相逢，即是有緣 □其他原因，請務必告訴我們！

____

·您與眾不同的閱讀品味，也請務必與我們分享：

□哲學 □心理學 □宗教 □自然生態 □流行趨勢 □醫療保健
□財經企管 □史地 □傳記 □文學 □散文 □原住民
□小說 □親子叢書 □休閒旅遊 □其他 ______________________

以上問題想必耗去您不少心力，爲免這份心血白費
請務必將此回函郵寄回本社，或傳眞至（04）2359-7123，感謝！
若行有餘力，也請不吝賜教，好讓我們可以出版更多更好的書！

·其他意見：

晨星出版有限公司 編輯群，感謝您！

請填妥後對折裝訂，直接投郵即可，免貼郵票。

廣告回函
台灣中區郵政管理局
登記證第 267 號
免貼郵票

407
台中市工業區 30 路 1 號
晨星出版有限公司

請沿虛線摺下裝訂，謝謝！

更方便的購書方式：

（1）網站：http://www.morningstar.com.tw
（2）郵政劃撥　帳號：15060393
　　　　　　　戶名：知己圖書股份有限公司
　　請於通信欄中註明欲購買之書名及數量
（3）電話訂購：如爲大量團購可直接撥客服專線洽詢

◎ 如需詳細書目可上網查詢或來電索取。
◎ 客服專線：04-23595819#230 傳眞：04-23597123
◎ 客戶信箱：service@morningstar.com.tw